# D'UNE ÉCLOSION DE VIE À UNE AUTRE

BERNARD NILLES

# En plongeant dans l'univers

# de ma mémoire

# Tome I

D'UNE ÉCLOSION DE VIE

À UNE AUTRE

© 2009, Bernard Nilles

Édition : Books on Demand GmbH, 12-14 rond-point des Champs Elysée, 75008 Paris

Impression : Books on Demand GmbH, Norderstedt, Allemagne

ISBN : 978-2-8106-1111-9

Dépôt légal : octobre 2009

# SOMMAIRE

« Si l'homme ne peut être défini
Au commencement de son existence,
C'est qu'il n'est d'abord rien,
Devient ensuite
Et devient tel qu'il choisit de se faire »

Jean Paul Sartre

Note de l'auteur :

*Ce livre est écrit à la première personne pour mieux entrer dans l'intimité spirituelle du personnage principal. Toute ressemblance avec quelqu'un que le lecteur aurait pu reconnaître ne serait qu'une coïncidence fortuite !*

# PROLOGUE

Il y a plusieurs années, je disais à ma femme que lorsque j'arrêterais mes activités professionnelles, je privilégierais toujours mes préférences.

Les contraintes ou les obligations, je les éviterais pour me consacrer uniquement aux projets que j'aurais du plaisir à accomplir.

Elle avait du mal à prendre mes propos au pied de la lettre.

Il ne faudrait pas croire pour autant que ma vie professionnelle n'a pas été un grand plaisir pour moi !

Mon métier a été passionnant ; mais après trente-cinq ans d'activité, il y a beaucoup d'autres choses intéressantes à réaliser pour lesquelles je ne disposerai pas d'autant de temps pour les mener à terme.

Il faut donc choisir.

Elle manifestait un scepticisme identique à celui qu'elle avait eu parfois sur certaines actions que j'avais faites dans le passé.

Son attitude d'alors n'était pas vraiment de l'opposition, mais s'identifiait plutôt à un réflexe instinctif, lié à une sorte de crainte devant l'incertitude ou l'inconnu !

Son étonnement ressemblait parfois à de la naïveté volontaire pour observer mes réactions.

Elle insinuait parfois que j'avais peut-être des difficultés dans le cadre de mes activités pour manquer d'enthousiasme à certains de ses souhaits, alors que j'étais surtout orienté vers des réflexions de nature à imaginer des actions dans des perspectives plus lointaines !

Je lui disais alors qu'il faut savoir faire des efforts aujourd'hui ou quelques sacrifices dans le présent, pour être en mesure de construire un futur qui sera plus serein et plus agréable.

De plus, notre petite famille qui s'était agrandie imposait naturellement de modifier notre façon de vivre pour que notre cadre de vie fût plus approprié ou plus adapté !

La règle d'or était aussi qu'aucune contrainte n'apparût jamais pour nos enfants !

Les choix et orientations qu'imposaient leurs études devaient impérativement être accompagnés jusqu'aux limites de leurs capacités ou de leurs possibilités. Les contraintes que j'avais dû contourner dans ma jeunesse ne devaient pas effleurer l'esprit de mes enfants, afin que leur attention soit orientée sur l'essentiel : « construire leur vie d'homme ou de femme » !

Mireille avait fini par répéter comme une sorte de jeu, devenu une façon d'être, en me poussant souvent à faire des actions que je ne voulais pas ou qui n'étaient pas nécessaires pour revivre le climat d'amour induit qu'elle avait connu lorsque j'accomplissais pour elle des dépenses extravagantes au début de notre amour, alors que je n'avais que de faibles moyens !

L'amour qui m'animait me poussait donc très souvent à faire le contraire de ce que je voulais vraiment. Cela ne pouvait jamais se transformer en regret, car cette attitude était nourrie par les sentiments que j'avais ! Lorsque je succombais aux attentes de mon épouse en faisant ce qu'il fallait pour la satisfaire, je décidais alors de travailler davantage pour acquérir les moyens nécessaires !

L'envie d'entreprendre s'accompagne toujours d'une part plus ou moins grande de risques qu'il faut savoir apprécier.

J'ai souvent rencontré des personnes ayant de grands talents qui envisageaient d'entreprendre de grands projets, à condition que le risque puisse être quasi nul !

Autant dire que cela restait au niveau de leurs rêves ou de leurs fantasmes ! Pourquoi pas d'ailleurs, s'ils y trouvaient un plaisir quelconque dans l'inassouvissement, comme la belle dont on parle toujours et que l'on n'aura jamais.

Dès que Mireille voyait se profiler un risque de changement ou d'instabilité, une inquiétude lancinante dans tout son être se propageait, comme si un système nerveux en doublon venait subitement d'exister. Cette attitude a eu un effet sélectif sur mes combats et mes envies d'entreprendre, qui a toujours été présent dans ma vie. Ainsi, beaucoup de projets ont pu fleurir et ont fini par s'étioler faute de lumière.

Pas à pas, les abandons successifs ont fini par atténuer l'envie de prendre trop de risques en s'appuyant essentiellement sur les acquis ! Car il faut bien le dire, mes emplois du temps professionnels ne laissaient plus beaucoup de place aux loisirs !

Ma vie professionnelle fut passionnante à plus d'un titre, mais n'a pas pu atteindre les sommets que je visais ! Faut-il le regretter ? À vrai dire non !

Le regret est ce qui remonte à l'âme lorsqu'elle est triste et fatiguée et « je ne suis ni triste ni fatigué » !

L'amour que j'avais pour mon épouse m'a toujours imposé une règle simple : intégrer la prise en compte permanente de ses craintes ou de ses peurs parfois irraisonnées, pour que sa vie reste paisible et sereine dans l'équilibre familial et pour le sien en particulier.

La seule fois où j'ai pris des risques inconsidérés en tenant peu compte de son avis, j'ai subi un échec. Il me fallut quelques mois pour redresser la situation. Il est vrai que je m'étais associé avec des partenaires peu fiables dont les intérêts étaient divergents et plutôt égocentriques.

Cet échec a eu sur mon épouse un effet définitif contre mon esprit d'entreprise, qui s'est petit à petit atténué en développant une sorte d'autocensure avec l'abandon de nombreux projets. Je me suis dit à ce moment-là qu'il fallait que je fasse un choix : **aimer ou entreprendre !**

J'ai alors choisi d'aimer. Philosophiquement parlant, les années passant, j'ai traduit cette réalité par une boutade que j'ai souvent évoquée en disant : « ma femme n'a jamais été une égérie pour moi » :

C'est à la fois vrai et faux :

- *Vrai*, en ce sens qu'elle n'a jamais favorisé l'ambition, une fois que notre cadre de vie et notre confort étaient acquis.

- *Faux*, dans le sens où il fallait que je me surpasse avant d'agir, pour toutes les raisons évoquées précédemment.

J'ai de ce fait toujours recherché une sorte de compromis sécuritaire entre celui d'entreprendre ou au contraire limiter mes désirs d'agir pour plus de stabilité familiale : pouvoir préserver la sérénité de mon épouse parce que je l'aimais.

Pour cela, je me contentais de faire des sauts de puces successifs pour éviter de venir perturber son besoin de quiétude.

Dans la « pouponnière d'étoiles » comme celle que l'on rencontre dans les galaxies, elle représentait l'une d'entre elles, provoquant dans son voisinage un souffle de vie ininterrompu d'un éclat incomparable.

On ne peut comprendre ma vie sans prendre en compte la relation d'amour qui m'a animé depuis la rencontre avec la femme qui est toujours à mes côtés.

# PROLOGUE

C'est avec elle que je continue à marcher paisiblement sur le chemin qui doit nous conduire jusqu'à l'ultime sagesse !

Telles les molécules d'ADN dans le génome de la vie, la mienne s'est articulée symétriquement à celle de cette jeune fille que j'avais rencontrée un jour d'été et qui est devenue ma femme.

# CHAPITRE I

## LA RENCONTRE AVEC LE PROMENEUR SOLITAIRE

*Cela se passe dans une petite ville de Provence.*

Mais cette histoire aurait très bien pu se dérouler partout ailleurs.

Le promeneur était solitaire ce jour-là !

Il était arrivé à l'automne de sa vie et avait laissé derrière lui les nombreuses obligations qui le contraignaient à consacrer trop de temps à son activité.

Il décida un jour de jeter par-dessus bord tout ce qui lui sembla inutile, pour être de plus en plus en symbiose avec lui-même et essayer d'atteindre le « niveau de sagesse » que chaque homme devrait rechercher pour avoir encore le temps de la transmettre autour de lui.

Une démarche est essentielle pour construire « une vie d'Homme » : réussir à partir de questionnements rationnels et spirituels et d'expériences analysées, savoir éliminer progressivement le doute stérile et les idées fausses !

Distinguer le vrai du faux pour prendre des chemins habités par la certitude ! Ne pas agir dans ce sens, c'est vivre et mourir dans l'ignorance. L'homme qui doute toujours n'est pas plus savant que celui qui ignore tout. Comme ceux qui n'ont que des certitudes sans avoir douté préalablement ont perdu l'esprit ou n'ont pas d'esprit du tout !

Malheureusement, parmi les personnes que l'on rencontre, aucune n'est au même endroit sur le chemin qui conduit à la vérité : ce qui aboutit presque toujours à une incompréhension totale lorsqu'on aborde un sujet quelconque.

Il faut pour éviter cette méprise être placé en situation favorable pour transmettre le savoir avec un pouvoir ou une notoriété reconnue.

La personne doit alors savoir inspirer confiance et respect « pour ce qu'elle est » en tant qu'Homme.

« Il importe de bien déterminer sur quels points doit porter le doute afin de le distinguer du scepticisme et montrer comment « le doute scientifique » devient un moyen pour atteindre une plus grande certitude » *(1)*.

Je suis ; j'existe est nécessairement vrai quand j'y pense. Rien ne peut être certain si ma propre existence ne l'est pas !

Je ne peux devenir parfait moi-même que si je doute que quelqu'un le soit davantage que moi !

« La certitude de mon existence est la première vérité qui impose la recherche de toutes les autres ». *(2)*

Celui qui, au cours de sa vie, n'est pas arrivé à atteindre une certaine vérité sur un nombre de plus en plus élevé de choses est quelqu'un qui n'a pas pensé et n'a donc pas vécu « en Homme ».

Du doute, puis de la certitude acquise, l'humanité a pu progresser.

Les certitudes en mathématiques et en sciences physiques sont incontestables jusqu'à ce qu'un doute apparaisse pour parvenir à une nouvelle vérité.

Celles que l'on acquiert en sciences humaines, psychologie, neurosciences, médecine, astronomie, progressent à force de questionnements et de réponses appropriées après avoir pu reproduire scientifiquement un phénomène.

C'est le doute puis la certitude acquise, qui ont permis de faire les progrès fulgurants de l'humanité dans ce dernier siècle, mais aussi dans toute l'Histoire.

Transmettre « son savoir », mais aussi une méthode pour douter et progresser en même temps.

En somme, essayer de faire le tri dans son esprit sur les choses qui peuvent être des vérités universelles par opposition aux autres plus vagues ou indéterminées pour lesquelles on nourrit de nombreuses interrogations.

Ceux qui ne font généralement rien de constructif et qui critiquent sans cesse méritent-ils que l'on s'y attarde ?

**Dans ses méditations** sur les sentiers de la vie, le promeneur solitaire a souvent recherché ce qui est essentiel dans l'existence et ce qui l'est moins…

- Ce qui est bon et ce qui l'est moins…

- Ce qui est beau et qui l'est moins…

- Ce qui est humain et qui l'est moins…

Et bien d'autres réflexions qui devraient permettre d'être un peu plus un homme bien pensant, au sens propre d'un « être digne » parmi les hommes.

Un jour, en flânant dans la campagne, le promeneur méditait devant la nature immortelle quand un enfant vint à sa hauteur avec la fraîcheur de ses huit ou neuf ans correspondant juste à l'âge où l'on commence à se poser des questions sur la vie.

L'enfant demanda si je voulais bien répondre à quelques questions dont il aimerait bien obtenir des réponses.

La première question qu'il me posa était :

« - Monsieur ! C'est quoi être sage ? Mes parents me disent tout le temps qu'il faut que je sois sage, mais je ne sais pas vraiment ce qu'ils veulent dire ! Pouvez-vous m'expliquer ce qu'il faudrait faire, vous qui êtes déjà grand depuis longtemps ?

- Tu m'as l'air bien gentil et déjà bien réfléchi pour me poser une question aussi difficile, mon petit !

- Pour que je puisse te répondre, j'aimerais bien que tu me dises comment tu t'appelles.

- Mon nom est Philippe, répondit le garçon.

- Eh bien, mon petit Philippe, je vais te raconter le peu que je sais pour essayer de bien répondre à ta question.

Quand j'étais à peine plus âgé que toi, je venais de perdre mon père et, chaque année qui passait, j'avais de plus en plus de questions à lui poser.

Ma maman m'avait dit qu'il était parti au Paradis et qu'il suffisait d'aller sur sa tombe pour lui parler et le questionner si je voulais connaître ses réponses, ou d'aller à l'église et interroger Dieu pour qu'il me réponde à sa place.

Plus je faisais ce que m'avait dit ma mère, plus je me posais de nouvelles questions, et moins j'avais de réponses à toutes mes interrogations devenues de plus en plus nombreuses en grandissant.

Quand, un peu plus âgé, mes professeurs à l'école puis au lycée me parlèrent des philosophes, je fus de plus en plus tenté de lire ce qu'ils avaient écrit pour essayer de connaître des réponses à mes questions souvent restées sans explications, sauf quand mon esprit un peu plus éclairé grâce à mes professeurs, me permettait de commencer à donner des réponses par moi-même.

Tu vois, ta question que je n'ai pas oubliée me transporte vers la philosophie et ce serait bien long si je me laissais aller à te parler avec l'aide des quelques philosophes qui m'ont accompagné tout au long de ma vie d'adolescent et de jeune adulte.

Je vais donc te répondre simplement par une question que voici : si ton papa ou ta maman te demandait de voler le veston de ton petit camarade d'école et surtout de ne pas te faire prendre, le ferais-tu parce qu'ils te l'ont demandé ?

- Non ce n'est pas bien de voler, répondit le garçon !

- Tu as raison mon petit, ce n'est pas bien du tout de voler son prochain, même si ce sont tes parents qui te le demandent. Toi tu es sage et tes parents ne le sont pas dans ce cas. »

Le petit, en insistant, visiblement pas complètement satisfait de ma réponse, me dit :

« Oui, mais si mes parents m'obligent à faire ce qu'ils me demandent, qu'est-ce que je peux faire ? »

« - C'est très rare que des parents demandent cela à leur enfant parce qu'ils ont le plus souvent reçu une bonne éducation et qu'ils ont de plus réussi à te la transmettre.

Sur ce point-là d'ailleurs, tes parents ont réussi à bien t'éduquer, puisque tu as bien répondu à ma question.

Maintenant, si tes parents, ou l'un d'entre eux, t'obligeaient à faire ce que ta conscience ne veut pas faire, tu aurais peur de ne pas réaliser ce qu'ils te demandent, parce que tu n'as pas les moyens de leur dire non s'ils te l'imposent ; dans ce cas il y a deux situations qui peuvent se produire :

Soit tu ne veux pas, et ils vont peut-être te battre ou t'imposer de le faire malgré tout et tu seras malheureux ; c'est la société qui viendra alors remplacer tes parents en les jugeant et en te punissant parce qu'ils sont responsables de toi.

Soit tu feras ce qu'ils te demandent, et tu vas devenir un petit garçon marginal dans la société, abîmé par des parents indignes. Tu n'auras pas été sage, du tout !

Tu vois mon petit bonhomme comme ce n'est pas simple de devenir un Homme !

- Alors, c'est quoi être sage finalement ?

- Comme tu peux le voir, c'est très compliqué et il faut bien souvent toute une vie pour réussir à être sage sur toutes les questions qui pourront se poser un jour à toi.

On peut être sage en obéissant, mais on peut aussi être sage en désobéissant.

Heureusement, beaucoup de questions ne sont pas si difficiles et sont pour ainsi dire naturelles, comme pour les animaux qui apportent, puis apprennent à leurs *petits* à manger et à boire, en leur montrant ensuite comment se nourrir par leur propre moyen sans se faire aider.

Il n'y a aujourd'hui qu'une seule espèce animale, la nôtre, *celle des Hommes* qui laisse un si grand nombre de ses semblables sans nourriture, sans eau, les obligeant à vivre avec presque rien, et pourtant nous sommes l'espèce animale la plus intelligente de toutes celles de la création.

Tu vois, mon petit, lorsque tu seras grand avec tes copains et tous les autres, il faudra que tu trouves des moyens pour empêcher que cela continue si tu penses que c'est injuste : essayer de changer les choses injustes, c'est aussi être sage.

Je te donnerai encore un exemple : tu as dû voir parfois des personnes qui étaient très méchantes avec d'autres, parmi tes copains ou certains adultes, et puis tu as entendu que partout dans le monde il y avait des personnes qui n'hésitaient pas à se battre et même à tuer.

Au lieu de se parler et de savoir pourquoi ils ne sont pas d'accord, et ensuite chercher un moyen pour s'entendre et faire la paix, c'est tellement plus intelligent !

Chercher à être plus heureux en partageant les désaccords et en imaginant les accords possibles, pour s'enrichir de la différence de l'autre : ça aussi c'est être sage ! On appelle cela, la tolérance.

Vois-tu, mon petit Philippe, quand tu grandiras et que tu auras un regard sur le monde et sur les choses que font les hommes et que tu pourras dire : ceci est bien!… cela est mal !

Tu deviendras de plus en plus sage, si ensuite tu décides d'agir pour que ce soit toujours le bien qui puisse triompher du mal.

Mais là, il faudrait que je te parle du *bien* et *du mal*.

Nous verrons cela une autre fois quand je te rencontrerai et que tu auras grandi un peu plus.

Être sage c'est éviter de mentir : donc, essayer de dire la vérité, même si c'est difficile.

Là aussi, quand tu seras plus grand, il faudra que tu apprennes parfois à te taire pour éviter de faire souffrir les autres ou pour ne pas te mettre en danger.

Comme tu vois, ce n'est pas toujours aussi simple qu'il y paraît, mais tu verras, tu apprendras à devenir un homme.

Tu as dû entendre que des hommes mettaient d'autres hommes en prison et ainsi ils étaient privés de liberté parce qu'ils avaient fait quelque chose de grave et que la société où ils vivent n'accepte pas ce qu'ils ont fait.

Elle les punit en les privant de liberté et en les plaçant en prison. Souvent c'est normal.

Parfois ce n'est pas normal.

Mais vois-tu, mon petit Philippe, il y a beaucoup de gens qui ne sont pas en prison et sont donc libres en apparence, mais ils sont en réalité privés de liberté et quand cela arrive, il faut faire tout son possible pour empêcher que cela ne continue.

- Je ne comprends pas ! Comment des personnes peuvent être libres et être comme si elles étaient en prison ?

- Vois-tu mon garçon, la liberté peut se perdre de beaucoup de façons.

Je vais te donner deux exemples et voici le premier : perdre ta liberté peut être bénéfique et même éducatif, quand ta maman t'interdit de regarder la télévision et que toi, au contraire, tu as envie de la regarder ; ta liberté est alors en danger mais là, c'est pour une cause juste, afin que tu puisses consacrer plus de temps à tes études ou à travailler sur des sujets plus utiles pour toi ; là, ta maman joue son rôle d'éducatrice et de mère et elle a raison dans ce cas.

Voici un deuxième exemple : quand un des parents interdit à l'autre de faire telle ou telle chose.

Alors qu'ils sont grands, libres et responsables individuellement de leurs choix.

Si l'un empêche l'autre d'aller au cinéma (ou toutes autres formes d'interdictions) seul(e) ou avec un(e) ami(e), alors que son compagnon ne sort pas !

Celui qui agit de la sorte se comporte en despote. Il met son partenaire un peu en prison en le privant de son libre arbitre et donc de sa liberté.

Que cette attitude soit consentie ou non, par manque de confiance ou pour toutes autres raisons : vois-tu ?

Ce n'est pas être sage, là aussi, quand on prive quelqu'un d'adulte de faire ce qu'il veut, à condition que cela ne soit pas une grosse bêtise.

Pour aujourd'hui, contente-toi de ce que je t'ai dit avant et ce sera déjà bien !

Quand une personne est mal payée et qu'elle ne peut pas se loger dans la société où elle vit, bien que libre en apparence, cette liberté là l'enferme elle aussi dans une prison.

Comme tu peux le constater, ce n'est pas facile d'être sage quand on parle de liberté. Pour un gentil garçon comme toi, c'est également difficile de comprendre.

Il y a cependant encore d'autres situations qui réduisent la liberté : plus tard tu verras ! Quand tu découvriras les inégalités dans la répartition des richesses dans le monde, tu trouveras peut-être des solutions avec les autres hommes pour que les richesses soient mieux partagées et que tout le monde soit un peu plus heureux et plus libre pour profiter de sa vie sur terre ! Agir librement et protéger la liberté des autres, c'est encore être sage vois-tu ! »

Je poursuivais mon chemin avec le petit bonhomme quand soudain il me dit : « Je serai toujours sage avec mes parents parce que je les aime ».

Nous arrivions à la hauteur du parking quand il se mit à courir vers ses parents en se jetant dans les bras de son père.

J'entendis qu'il lui disait :

« Papa, je t'aime » !

Puis quittant les bras du père et sautant dans ceux de sa mère, il l'embrassa en lui disant :

« Je t'aime, maman » !

Moi, je saluai ses parents en allant vers ma voiture et leur dis qu'ils avaient un adorable petit garçon.

Ils me firent un sourire en me voyant partir !

Cette rencontre avec le petit bonhomme me rajeunit d'un demi-siècle.

En parlant avec lui, j'ai alors pensé que dans la société on avait un peu perdu l'habitude de parler sur des sujets sérieux avec nos enfants, que l'on poussait de plus en plus à apprendre sans comprendre vraiment, en formant des têtes plus « pleines » que « bien faites » !

Je pensais que, du coup, les enfants d'aujourd'hui avaient de ce fait, comme moi perdu un père.

Moi par malchance, eux par déficit de dialogues sur des questions sérieuses, alors qu'ils vivaient à côté de leurs parents qui ne les voyaient pas vraiment, préoccupés par leurs activités et les enfants investis par leurs études.

Les philosophes peuvent aider à découvrir la vie avant de l'accomplir en ouvrant l'esprit du jeune adulte.

# CHAPITRE I

Pour moi, si j'ai été marqué à tout jamais par mes lectures, j'ai eu dans un certain sens la chance d'avoir été confronté à la nécessité de faire face à des situations difficiles, mais protégé par un amour maternel exemplaire.

Parvenir à l'homme que je suis, ni meilleur ni plus mauvais qu'un autre, j'ai cependant toujours cherché à me trouver dans la vie en cohérence et en symbiose avec ma pensée, elle-même évolutive !

Mon père était tellement absent qu'il a bien fallu que je cherche par moi-même, puisque je n'avais pas la possibilité de l'entendre.

Apprendre avec l'aide des philosophes, et de tous les autres qui ont bien voulu me faire part de leurs idées et de leurs savoirs, était devenu nécessaire, comme autant de pères spirituels placés sur mon chemin de vie !

# Première partie

## Jusqu'à l'aube de la conscience

Lorsque mon meilleur ami vint me voir et me demanda si je voulais bien écrire un livre sur lui, mon premier réflexe fut de lui dire :

« - Tu as un tel talent, alors pourquoi ne veux-tu pas l'écrire toi-même ?

- Je crains de ne pas pouvoir être suffisamment fidèle à ma pensée en cherchant parfois à l'édulcorer. Alors, je préférerais que quelqu'un en qui j'ai toute confiance puisse écrire à ma place à partir des entretiens que nous pourrions avoir ensemble ! »

Après avoir échangé quelques idées pour mener à bien son désir, je lui répondis :

« - Je suis d'accord, mais à condition que nous ayons la volonté d'être profondément sincères l'un envers l'autre !

- Je n'en souhaite pas moins !

- Dans ce cas, je suis d'accord. Quand veux-tu que nous commencions ?

- Tout de suite ! »

Avant d'évoquer la pensée de mon ami à travers sa vie, il fallait d'abord essayer de bien comprendre le contexte familial où il avait vécu.

Il fallait, à partir des impressions mais aussi des récits que ses parents ou son entourage lui avaient révélés lors de l'adolescence, retracer sa pensée d'enfant.

Enfant, il avait été imprégné de faits et de situations que son cerveau avait enregistrés inconsciemment !

Cette partie du livre reflètera donc davantage le climat par lequel mon ami a été imprégné avant que sa pensée ne puisse exister par elle-même.

J'écrirai donc pour lui à la première personne.

# CHAPITRE II

## L'ANNÉE DE MA NAISSANCE, UN VENIN DESTRUCTEUR S'ÉTEND SUR L'EUROPE ET LA FRANCE

### *Ce début d'année 1940 la France est en guerre !*

L'embryon de mon « être » était en pleine maturation, installé confortablement dans le ventre de ma mère.

Il était encore insouciant de la folie des hommes, qui ne dépassait pas l'enveloppe corporelle de celle qui me portait.

L'Histoire, quant à elle, ne l'entendait pas ainsi, en ayant jeté sur l'Europe son venin destructeur des consciences et des corps. Les âmes vivantes peinaient encore pour que se soulève le glaive qui anéantirait « l'Hydre de Lerne » (3) destructrice de la vie, de la liberté et de la civilisation.

Plus tard, quand ma conscience commencera à naître et que ma mère avec d'autres personnes viendra me dire et me faire comprendre comment j'ai pu sortir vivant du chaos qui s'annonçait, elle m'invitera à lire les écrits des historiens pour que je connaisse la vérité le jour où je serai devenu un Homme.

Ce début d'année 1940, la France est en guerre contre l'Allemagne depuis le trois septembre 1939 au côté de l'Angleterre, suite à l'invasion de la Pologne par Hitler le premier septembre 1939.

Daladier avait fait voter en Conseil des ministres la mobilisation générale suite à cette invasion, en faisant jouer le jeu des alliances.

Cette guerre bien que déclarée, il n'y eut aucune bataille jusqu'au 10 mai 1940 : ce paradoxe quasi unique dans l'Histoire fit qu'on l'appela « la drôle de guerre » : la France et l'Angleterre avaient décidé d'attendre que l'Allemagne attaquât.

CHAPITRE II

## Mon nom était « fœtus ».

J'avais la taille d'une balle de ping-pong lorsque la guerre démarra et je commençais à esquisser des formes. Mon visage qui deviendra unique apparaissait. C'était le début du travail du sculpteur de ma vie …qui s'exprimait à l'abri où il se trouvait encore ! Pendant ce temps-là, le monde sombrait dans la tragédie !

## L'effondrement devant l'armée allemande

L'état-major de l'armée française considérait que la « ligne Maginot » *(4)* était son atout majeur de défense en cas d'attaque. Il n'y avait qu'à attendre que l'ennemi se décide à bouger. Alors, l'armée campée sur ses positions attendait.

On sait ce qu'il en est advenu quand l'Allemagne enclencha les hostilités !

Lorsqu'Hitler donna l'ordre d'attaquer *(5)*, il lui fallut trente-huit jours pour venir à bout de l'armée française, qui était considérée à l'époque comme la meilleure armée du monde. De plus, le haut commandement, avec le Maréchal Pétain, estimait que les forêts et le relief des Ardennes n'autorisaient pas le passage à cet endroit.

La Meuse sera traversée à Sedan, Givet et Dinant provoquant le chaos et la débâcle des armées.

S'il y eut de nombreuses actions d'éclat, elles ne furent pas de nature à pouvoir inverser la tendance de la débâcle.

On peut cependant citer : la résistance héroïque des cadets de Saumur, ou bien celle de la quatrième division cuirassée commandée par le colonel de Gaulle à Mont Cornet près de Laon et Abbeville.

On a le devoir de s'interroger sur l'incompétence du gouvernement de la France d'alors et l'impéritie de son état-major militaire devant de tels préjugés, là ou il aurait probablement fallu être plutôt paradoxal par rapport à la pensée dominante !

L'irresponsabilité était totale.

La force et le génie du peuple français, confiant mais abusé, avaient été livrés à des chefs qui anéantissaient son talent. La défaite eut pour causes la faillite des politiques et l'imprévoyance, pour ne pas dire l'aveuglement général du pouvoir.

La République ne disposait pas des mécanismes de contrôles efficaces des hommes au pouvoir pour faire entendre la voix de la raison dans de telles circonstances.

Dunkerque tombe après le vingt-cinquième jour de combat, mais en évitant que plus de trois cent cinquante mille hommes ne soient faits prisonniers en réussissant à les évacuer vers l'Angleterre : parmi eux, il y eut cent quinze mille Français et deux cent trente-cinq mille Britanniques qui purent plus tard participer au débarquement du 6 juin 1944.

Le 14 juin, Paris, que le gouvernement avait abandonné pour se réfugier à Bordeaux, est ouvert à l'armée allemande.

Le 17 juin, le « cessez-le-feu » sera demandé par le nouveau Président du Conseil, Philippe Pétain, l'ancien vainqueur de Verdun. La bataille de France est terminée.

Le Gouvernement exilé à Bordeaux prend sa première décision *(6)* infamante : pour l'esprit de lutte qui restait encore dans nos forces combattantes, elle finit par accélérer la démoralisation de celles-ci et du peuple.

L'armistice fut signé le 22 juin dans la clairière de Rethondes, *(7)* sur les lieux mêmes où fut signé celui du 11 novembre 1918.

Les conditions de l'armistice furent déplorables et humiliantes *(8)* : il fallait que la France ne puisse plus redevenir une puissance militaire de façon durable. La Flotte quant à elle, ne devait pas avoir le droit de gagner l'Angleterre, qui n'était pas vaincue.

Le 12 juillet, on confiera tous les pouvoirs à un homme de quatre-vingt-quatre ans : le Maréchal Pétain.

**L'Alsace et la Lorraine** se retrouvent à nouveau orphelines de la France. *(9)*

Mes parents n'auront pas cessé d'y rêver au rattachement à la France !

La jeunesse de ma mère avait été marquée par le mythe de la culture française.

Cette culture à peine retrouvée à la fin de la Première Guerre mondiale, elle fut à nouveau placée dans la sphère des traditions allemandes de son enfance.

Mon père, dont les parents étaient d'origine sarroise, n'avait pas encore terminé son enfance lorsque ses parents firent le choix d'être français, comme une perspective réjouissante pour l'épanouissement de leur vie.

En cette fin juin 1940, huit millions de Français sont devenus des nomades fuyant l'occupant : ils partaient pour aller le plus loin possible des zones occupées.

Un orage grandissant torturait leur âme, qu'il fallait mettre à l'abri du gouffre devant lequel ils se trouvaient !

Du Nord, des Ardennes, de Lorraine, d'Alsace dans une fuite éperdue, c'était l'exode vers l'inconnu !

Les parents de mon épouse m'apprirent plus tard qu'ils avaient été, comme les miens, parmi ces colonnes de réfugiés, fuyant les zones occupées avec quelques bagages, vers une destination hasardeuse et incertaine.

Saint-Exupéry écrira dans ses carnets de guerre :

« C'était l'exode.

On avait donné dans le Nord un grand coup de pied dans la fourmilière et les fourmis s'en allaient.

Laborieusement. Sans panique. Sans espoir. Comme par devoir ».

Le 18 juin 1940, le général de Gaulle lance son appel à résister : ce sera le point de départ du parcours d'un homme hors du commun, qui en s'identifiant à la France elle-même, sera capable en se transcendant de redonner une âme à une France anéantie par la défaite.

Il démarrait la lente et périlleuse ascension qui redonnera à la France et à son peuple les valeurs perdues pendant et après la défaite.

Le régime de Vichy, qui incarnait cette déliquescence, ne pouvait qu'être honni pour que renaissent de leurs cendres les grandeurs égarées.

Depuis le Moyen-âge en passant par le Siècle des Lumières et la Révolution française, la France était attachée aux valeurs culturelles, à la liberté individuelle, à l'honneur, aux succès de son histoire, à l'humanisme et à sa foi en l'homme.

Ce sursaut et la volonté de ce général qui refusait de se soumettre, récemment nommé, devenu secrétaire d'État à la défense le 4 juin, permirent plus tard, lors de la victoire des Alliés, que la France puisse s'asseoir à la table des vainqueurs.

On a du mal à imaginer l'exploit d'un tel homme, qui réussira à contrebalancer sur le plan international cinq années d'une collaboration aussi lourde.

Sous l'égide d'un maréchal sénile, la politique française officielle était devenue indigne, ne laissant pas de place à l'honneur !

Quel renversement de valeur pour un homme dont le mérite avait été indiscutable lors de la Grande Guerre !

## *Le nouveau gouvernement de la France occupée :*

Il décréta le 3 octobre1940 le statut des juifs français :
« Exclus de toute fonction élective, ils ne peuvent plus être fonctionnaires, officiers, magistrats, ni exercer un métier touchant aux médias ». L'occupant n'avait même pas eu besoin d'effectuer une pression directe quelconque.

Ce décret plaçait la France au rang détestable des nations racistes. Nos valeurs républicaines étaient bafouées. Comment cela avait-il pu devenir possible au pays des droits de l'homme ?

C'est l'affaire Dreyfus, à l'échelle du collectif des citoyens dont la religion est juive.

L'ignominie devient dantesque !

Sans chercher à polémiquer, je ne citerai pas dans le texte d'autres exemples où ces mêmes valeurs ont été piétinées par nos républiques successives, montrant s'il en est besoin, le caractère parfois ambigu du peuple français. *(10)*

Prélude à la rencontre du 24 octobre à Montoire entre Hitler et Pétain, il en sortira la confirmation étatique de la négation des valeurs séculaires de la France.

Il entrait dans la voie de la collaboration, convaincu qu'il était sur la construction de l'Europe nouvelle dominée par le « troisième Reich » pour les mille ans à venir, selon la propagande nazie. C'était adhérer de fait à la politique génocidaire et raciste d'extermination des juifs, tsiganes et de tous opposants au nouvel ordre défini et décrété par un pouvoir dominé par des fous et des assassins.

## *La balle de ping-pong s'était métamorphosée :*

Pour devenir un petit ballon de rugby.

L'émergence d'un embryon de conscience attentive aux voix extérieures dont seules celles de l'amour lui parvenaient.

Je n'étais pas pressé d'apparaître dans le monde que j'allais devoir regarder en face !

Je serai fragile. Mes parents me cacheront les réalités de leurs vies pour mieux me protéger.

## *La France se prépare à entrer dans la collaboration*

Le 3 décembre à Marseille on acclame Pétain comme un sauveur ; il signe le 13 décembre les accords de Paris, qui consentent aux armées du Reich l'utilisation des aérodromes de Syrie, les bases françaises de Bizerte et de Dakar !

Il décide de renvoyer Laval le **neuf décembre** *(11)* : Pétain y exprime une argumentation qu'il ne changera plus pour justifier cette décision.

« Il confirme pour cela la politique de collaboration, susceptible d'assurer à l'Europe une paix définitive avec Hitler ».

Mais pris d'un doute, cette lettre ne fut finalement pas envoyée.

Laval, champion de la mise en œuvre de la collaboration sous ses formes les plus nuisibles, était en sursis jusqu'au 28 mai 1941, pour y être remplacé par l'amiral Darlan.

Voilà cette France, dont Paul Claudel dira en décembre 1940, en s'adressant au Maréchal :

« Monsieur le Maréchal, voici cette France entre vos bras, lentement, qui n'a que vous et qui ressuscite à voix basse ».

C'est dans ce climat politique et de vie difficile au début d'une guerre mondiale, la plus terrible de l'Histoire, que je venais pointer le bout de mon nez et que mon histoire a démarré.

## *L'éclosion de ma vie !*

Elle se produisit ce **neuf décembre1940** pour me permettre de devenir un jour un homme !

ooo

# CHAPITRE II

**L'hésitation avant le plongeon dans l'inconnu !**

J'hésitais encore !

J'étais si bien dans cette mer génératrice de vie, qui avait vu mes premiers plaisirs et mes sourires d'ange.

J'avais été bercé parfois par une musique douce où le musicien semblait utiliser mon corps comme un instrument.

Mon cerveau était en attente de servir avec ses dix milliards de neurones, prêts à assurer un milliard de milliards de connexions dans ses réseaux infinis pour que je puisse emmagasiner toutes les informations qu'un jour je pourrais restituer ! L'instrument était fin prêt pour rencontrer un autre monde !

- La nuit était sur le point de se terminer !
- Mais là où j'étais, il faisait toujours nuit.
- Mon soleil, c'étaient les gazouillis du ventre de ma mère qui me révélait qu'elle était en activité.
- Il était un peu plus de cinq heures.
- Il faisait encore nuit !

Soudain je fus pris d'un vertige inouï !
Il me sembla que j'entrais dans un espace infini,
Qui m'attirait avec une énergie incontrôlable.

Un nouveau monde m'apparaissait au loin, en devenant de plus en plus perceptible, quand dans un dernier mouvement et un dernier gémissement, j'entendis d'abord :

La belle voix !
Puis la douce !
Et la mélodieuse !
De trois sirènes qui me prirent dans leurs palmes
En me transportant vers
La plus belle au beau visage !
Où fatigué je restai blotti.

- La journée fut différente de toutes les autres.

- Il y avait des moments de calme qui n'existaient pas vraiment d'où je venais !

- Il y avait du bruit plus net et parfois plus strident que je ne comprenais pas.

- Lorsque mes yeux regardaient sans voir j'étais ébloui par des luminescences comme des étoiles qui venaient me rendre hommage.

- J'étais enveloppé comme dans un nuage ouaté qui me donnait l'impression d'être porté et de voler vers des sites différents à chaque fois. Les bruits, les odeurs, les lumières variaient sans cesse.

- J'avais très souvent des picotements dans mon ventre qui me disaient qu'un nectar blanchâtre m'attendait.

- Quand cela ne venait pas, j'étais angoissé ! Je n'avais jamais connu cela auparavant dans le monde ancien d'où j'étais venu !

- J'avais des grosses fatigues avec toutes ces nouveautés qui m'assaillaient. Il fallait donc que je récupère des heures et des heures pour affronter la journée suivante.

- Je devinais que ma grosse tête avait été mise à ma disposition pour emmagasiner tout ce que j'entendais et ce que je sentais.

- Je commençais peu à peu à voir ! Mais à quoi cela pourrait bien me servir ?

- Ma mère avait dit un jour en me parlant : « mon chéri, tu es beau… mais si tu veux le rester plus tard avec ton esprit, il faudra que tu apprennes ! Il faudra que tu étudies sans cesse pour comprendre le monde où tu es » ! Elle se parlait à elle-même, puisque je ne comprenais rien : mon cerveau retenait juste la phrase, sans comprendre. Je la conserverai sans en avoir conscience dans ma mémoire pour plus tard !

ooo

Au moment de ma naissance, la terre était visitée par environ « deux milliards et quatre cents millions » de terriens et j'étais environ « le quarante et un millionième » français qui venait se joindre à tous les autres, pour porter l'avenir de la France dans la continuité du Siècle des Lumières.

# CHAPITRE II

## *La famille d'où je viens.*

Un grain de sable dans l'océan était venu. Pour mes parents, j'avais déjà de l'importance.

Je serai l'aîné dans une famille de trois enfants, qui s'était formée en 1937 dans une période incertaine, avec les bruits de bottes, les tendances hégémoniques de l'Allemagne et l'arrivée au pouvoir d'Hitler en 1933.

Ma mère, dont l'arbre généalogique permettait de remonter jusqu'à la Révolution française de 1789, avait toujours vécu dans ce petit village situé à la périphérie de Thionville, dans la maison familiale. *(12)*

La colline majestueuse domine le hameau le plus élevé avec son église comme une protection.

Inondée de mirabelliers, elle respire l'enchantement avec toutes ses petites fleurs blanches, quand vient le printemps. On éprouve une impression étrange si on ne fait pas attention en regardant le spectacle : au premier regard on pourrait imaginer que c'est l'hiver qui est revenu nous saluer en couvrant les arbres d'un voile floconneux, comme une caresse de neige !

En été, au mois d'août, c'est une autre féerie qui jaillit des forêts de mirabelliers. Chaque arbre se charge d'une multitude de « pépites d'or », provoquant la convoitise de tous les promeneurs qui s'aventurent sur les chemins qui sillonnent la colline !

La mirabelle d'or avait séduit le roi Charles IX en 1568, lors d'un passage dans la ville de Metz, où on lui offrit « des mirabelles confites au sucre ».

À partir de cet événement et dans les siècles qui suivirent, la mirabelle obtint ses lettres de noblesse dans l'art culinaire, les parfums et les productions d'eau de vie et de liqueurs !

En Lorraine, la mirabelle dispose de son cortège de légendes : l'une d'elles fait état de ses origines et raconte que le Roi René *(13)* aurait rapporté de ses vergers, situés dans le village de Mirabeau en Provence, une « prune d'or ». Elle partageait le lieu avec les olives des nombreuses oliveraies.

Une autre relève du conte de fées : la princesse Mira *(14)* fut récompensée un jour pour sa générosité à l'égard d'une fée déjà bien vieille. En retournant à son château, elle vit soudainement tous les arbres ornés de boules d'or ; on les nomma en son honneur les « Mirabelles ».

# CHAPITRE II

Ma mère était le quatrième enfant d'une famille qui en comptait cinq.
*(15)*

Mon grand-père du côté maternel, régisseur d'un vignoble thionvillois produisait un vin de Moselle très connu localement ; certains crus étaient également vendus dans quelques restaurants parisiens jusqu'à une date où la vigne fut en grande partie remplacée par des champs de mirabelliers, soit jusqu'à la fin de la Première Guerre mondiale.

Il était heureux, en juillet 1940, de devenir grand-père pour la sixième fois, mais malheureusement il s'éteignit ce mois-là avec cette espérance. Il ne savait pas que l'enfant qui allait naître était *moi*.

Sa femme Catherine, ma grand-mère, lui survécut encore onze années.

Ma mère avait 32 ans lors de son mariage et son travail quotidien s'accomplissait dans le cadre des activités familiales. En dehors du vignoble il y avait aussi « un café-bar », comme on pouvait les voir avant la guerre dans les villages mosellans ; lieu de rencontres des villageois où se racontait la vie locale autour de parties de cartes sans cesse renouvelées, moins célèbres sans doute que la fameuse « partie de cartes au bar de la marine », racontée par Marcel Pagnol et que Raimu, dans le rôle de César, immortalisa au cinéma.

Mon père, Henri, était l'aîné d'une famille qui comptait trois enfants avec sa sœur Catherine et son frère Paul.

Fils d'un comptable et d'une mère sans profession, il avait 24 ans quand il épousa ma mère.

Il l'avait rencontrée au café du village, qui appartenait à ses parents.

Le métier de mon père était « peintre décorateur » à la ville de Thionville.

Avant de disparaître, il s'apprêtait à créer sa propre entreprise avec son meilleur ami Louis, qui était aussi mon parrain.

Il exerçait également une activité de sapeur-pompier et faisait partie de l'équipe dirigeante du corps local !

Lorsque plus tard ma mère parlait de lui, elle le décrivait comme un homme joyeux et de nature conviviale. Son tempérament était volontaire et il aimait être entouré d'amis.

Il était direct et n'aimait pas les manipulateurs qui, disait-il, ont souvent tendance à se comporter en lâches et avec lesquels on ne peut jamais être en confiance.

Il avait le sens de la rigueur et avait horreur du laxisme.

Son père et sa mère d'origine sarroise et donc de nationalité allemande avaient été naturalisés français à leur naissance, en 1918, lorsque la Moselle était redevenue française.

Ils s'étaient installés à Thionville au début du siècle, alors que la Moselle avait été annexée par l'Allemagne depuis 1871.

# CHAPITRE III

## UN ENFANT PROTÉGÉ PENDANT LA GUERRE

### *Ma mémoire d'enfant*

J'aurais pu en 1944 faire partie des victimes de guerre, lorsque l'avancée des Américains provoqua durant deux mois des bombardements à coups de canons et de mortiers, obligeant fréquemment les habitants à se réfugier dans les caves.

De nombreux incendies éclataient un peu partout dans la ville, mais l'ardeur des sapeurs-pompiers permettait souvent de juguler les sinistres et de limiter les dégâts.

L'électricité étant souvent coupée, l'usage de la bougie ou de la lampe à pétrole était fréquent. Alors que je dormais, mon lit prit feu des suites d'un fort tremblement occasionné par un bombardement, dont les conséquences furent de faire tomber une lampe à pétrole proche du lit où je me trouvais.

Je fus sauvé de justesse par ma mère, qui n'était jamais bien loin et qui réussit à me sortir du lit rapidement, sans que je subisse une quelconque brûlure.

Ma mémoire avait cependant enregistré les flammes qui m'avaient entouré.

Au lieu de la peur qu'elles auraient pu engendrer si j'en avais été meurtri ou conscient, elles m'ont au contraire apporté une certaine fascination pour la beauté magique et le côté mystique du feu.

### *Le climat de la guerre pour l'enfant qui regarde et écoute.*

Le 3 septembre 1944, les trois premiers chars du général Patton se présentent à Thionville, puis se retirent pour revenir en force le 11 septembre, provoquant la fuite des Allemands dans la nuit du douze.

# CHAPITRE III

Ils détruisent le pont des Alliés et s'installent sur l'autre rive de la Moselle. Il y eut deux mois de combats acharnés, obligeant les habitants à vivre dans des abris.

Je me souviens encore de ces cavalcades en direction de la cave, dès que la sirène hurlante de la ville annonçait l'arrivée imminente de bombardiers des forces alliées, qui venaient déloger les dernières poches de la résistance allemande encore présentes.

La propriété familiale *(16)*, avec ses caves importantes, assurait une certaine protection à la famille, mais aussi à de nombreux villageois dont le comportement n'était pas équivoque sur leur esprit de résistance, qu'il soit passif ou actif.

Ce n'est que le 11 novembre 1944 que l'armée de Patton libéra la ville et fixa pour quelque temps son Quartier Général au château voisin, situé en face du consulat de Norvège.

Après la guerre, le château devint la propriété des parents de ma première copine de jeux.

Jeux « non interdits » car des plus innocents !

Notre maison familiale était située à quelques centaines de mètres du quartier général et de nombreux officiers américains étaient accueillis en journée et en soirée par mes parents et par ma tante Catherine.

Ma mère, qui parlait assez bien l'anglais, faisait l'interprète au profit de tout le monde. Ma sœur, mon frère et moi-même faisions souvent l'objet des distractions de nombreux militaires américains.

Nous passions de l'un à l'autre, de bras en bras, de genoux en genoux, pour qu'ils y puisent un peu de leur bonheur perdu. Ils pensaient peut-être parfois à leurs femmes, à leurs enfants, qu'ils avaient dû abandonner pour venir défendre les valeurs de la liberté, mais aussi pour arrêter une guerre insensée.

Alors, nous étions leurs enfants de remplacement d'un jour, ou d'un soir, avant les combats qui allaient suivre !

J'avais presque quatre ans, quand un jeune capitaine de l'armée américaine évoqua à mon sujet, en s'adressant à ma mère lors d'une soirée amicale que nous avions avec un groupe de militaires et la famille : en parlant de moi, dans un français correct, mais avec cet accent particulier qui les rend plus sympathiques encore lorsqu'ils font l'effort de parler dans notre langue, le capitaine qui me tenait sur ses genoux dit soudain :

« Vous avez là un gentil garçon, madame ! Il est fier et a déjà du caractère ! Ce sera un bon soldat quand il sera grand ».

Ce jeune officier, qui avait épousé la carrière militaire, pensait certainement qu'un homme de caractère ne pouvait pas envisager d'autres métiers que le sien en pareil cas.

Accueillis comme des sauveurs ou des hommes venus d'une autre planète, la plupart des soldats distribuaient quantité de chocolats, chewing-gum et autres friandises !

Le rationnement qui sévissait depuis plusieurs années faisait que nous ne connaissions pas toutes ces douceurs sucrées, qui font le bonheur des enfants d'aujourd'hui.

C'était le principe des tickets de rationnement : ils restèrent en vigueur bien des années après la guerre puisqu'ils ne furent supprimés qu'en 1949.

## *L'attitude courageuse de ma tante Catherine : l'histoire du seul échec de son réseau de « passeurs-résistants » (17)*

Elle faisait partie d'un réseau animé par son ami Jean Denis, dont les missions étaient de faciliter l'évasion de prisonniers de guerre et de déserteurs lorrains enrôlés de force dans les armées allemandes, lors de la Deuxième Guerre mondiale *(18)*.

La maison familiale était devenue la tête de pont d'un axe de passage entre les villes de Luxembourg et de Thionville.

Afin de pouvoir parer à toute éventualité, ma tante évoqua un jour à son chef de réseau les risques qu'il y avait pour son neveu de recevoir un appel d'incorporation dans l'armée allemande.

Si cet appel se produisait, la réaction devait être rapide pour organiser son transfert en zone non occupée. L'acceptation de Jean Denis fut immédiate et totale. En attendant on pouvait toujours réfléchir à ce qu'il faudrait faire au moment opportun.

La fin de l'année approchait et l'ordre d'appel n'avait toujours pas été envoyé ! Mon cousin comme ma tante étaient guidés par l'espoir et l'inquiétude au fur et à mesure que les journées passaient et que rien ne venait troubler leur attente.

# CHAPITRE III

C'était le jour de l'anniversaire de Gilbert !

Il venait d'avoir seize ans et le premier cadeau qu'il reçut le matin après le réveil lui fut offert par l'armée allemande : on lui rappelait « son devoir » et la chance qu'il avait d'avoir été retenu et choisi pour servir le troisième Reich !

On allait lui confier l'honneur de l'Allemagne en le retrouvant dans son armée. Pour l'Allemagne, en qualité de jeune, il était son avenir !

Il ferait partie des pionniers qui construiraient le troisième Reich pour les mille ans à venir !

On pourrait prolonger indéfiniment les termes de la propagande nazie de l'époque et les contreparties réelles qu'elle offrait : avec ses millions de morts, ses camps de concentration, son antisémitisme, son nihilisme *(19)* destructeur des valeurs morales et de la vie.

En venant d'apprendre l'imminente incorporation de son neveu, ma tante, avec l'appui du réseau dirigé par Jean Denis, prépara la mission de sauvetage avec minutie.

L'engagement des deux principaux dirigeants du réseau devait donner à l'opération la garantie du succès.

La réussite n'était pas certaine et l'échec devenait possible en produisant à la dernière minute des modifications du plan prévu, alors qu'aucune raison impérieuse logique ne l'imposait.

De plus l'efficacité des méthodes utilisées jusqu'alors avait montré leur quasi-infaillibilité.

C'est une grande erreur que de se laisser aller à des considérations émotionnelles avant le départ de l'action !

Mais cela devient de la folie quand, au dernier moment, ce sont les considérations émotionnelles qui l'emportent et que l'on s'y tient pour agir !

À partir de cet instant, ce sont les lois du hasard, en espérant qu'il soit heureux, qui en déterminent le résultat.

Lorsque mon cousin me raconta son histoire, je lui dis sans autre arrière-pensée que ce jour-là il suffisait que les « Dieux maléfiques » ne soient pas endormis, pour que le pire se produisit et malheureusement c'est ce qui arriva !

Certaines fatalités peuvent être évitées, mais avec ma tante, malgré les grandes actions et le courage qu'elle a pu avoir durant la guerre, elle n'a jamais pu échapper à ses emprises émotionnelles, lesquelles, quand elles ne sont pas placées sous le contrôle de la raison pure aboutissent souvent aux catastrophes.

# CHAPITRE III

**L'histoire de mon cousin fut un échec sans pouvoir incriminer la fatalité !**
Il était le premier enfant de Marie, la sœur aînée de ma mère et devint, à l'âge où l'on nourrit ses rêves de jeune homme, la victime de la folie meurtrière du nazisme, au même titre que tous ceux qui ont été broyés par cette machine à faire mourir des Hommes ! Il a été aussi la victime de « l'échec du réseau de résistance » qui voulait le sauver.

La peur au moment décisif et les modifications du plan d'action prévu ont fini par anéantir les espoirs.

Né le 30 décembre 1927, il était incorporable selon la loi allemande et devenait ainsi la victime du destin ou du « Dieu du temps » *(20)*

L'histoire qu'il va me raconter n'aurait simplement pas eu lieu s'il était né deux jours plus tard !

Je n'avais pas eu beaucoup de conversations dans le passé avec mon cousin Gilbert du fait qu'il avait pratiquement le double de mon âge et que nous avions eu peu d'occasions d'avoir des pôles d'intérêts communs.

Je commençais à sortir de l'adolescence quand un jour il eut envie de me confier ses secrets passés :

« - Je voudrais un peu parler avec toi pour que tu me connaisses un peu plus. Qu'en penses-tu ?

- Je veux bien ! Où veux-tu que nous allions nous installer ?

- Allons si tu veux, sous la tonnelle au fond du jardin, car nous serons plus tranquilles et personne ne pourra nous entendre.

Ainsi, nous allâmes nous installer sous une tonnelle qui était entièrement recouverte d'une vigne vierge d'automne et qui avait déjà fortement commencé à virer vers des couleurs multiples, passant du jaune or au rouge sang, nous laissant dans un décor de carte postale.

Nous étions à peine installés qu'il m'indiqua ce dont il voulait me parler :

« Tu sais que j'ai été déporté ? Vois-tu, je suis revenu il y a bientôt dix ans et je n'ai pas pu jusqu'ici raconter toute l'histoire que j'ai vécue dans ces camps !

Le malaise a été si immense que je commence seulement maintenant à éprouver un besoin de la raconter afin que l'on n'oublie pas ce qui est arrivé.

Tu fais partie des enfants de la nouvelle génération qui doivent savoir pour empêcher que de telles horreurs puissent se reproduire un jour ! »

# CHAPITRE III

Laissons mon cousin délivrer son histoire qui fut une longue marche vers la mort.

« Vois-tu, l'homme a parfois une grande imagination ; eh bien dans les camps où je suis passé, les hommes qui dirigeaient le système dépassaient, et de loin, l'impensable jusqu'à en perdre le sens de l'humain, si pour nous il pouvait encore avoir du sens. »

Mon cousin devenait très grave. L'écouter allait lui faire le plus grand bien en déchargeant sa conscience de l'immense fardeau de silence qu'il s'était imposé depuis si longtemps.

Comme des milliers et des milliers d'autres déportés qui portaient en eux d'autres histoires plus horribles les unes que les autres, dans leur immense majorité ils n'étaient pas en état de raconter ce qu'ils avaient vécu.

La voix d'une conscience profondément humaine émergeait en eux lentement, comme une volonté de faire renaître les morts qui avaient été leurs compagnons, pour ne pas les oublier !

Son envie de me parler avait le ton de la confidence, pour ne pas choquer, pour ne pas trop m'émouvoir, en préservant ma fragilité et la candeur de ma jeunesse.

Mon émotion se mit en éveil en le regardant, afin que reste supportable ce que j'allais entendre.

Il me dit :

« Laisse-moi parler le plus possible sans m'interrompre, pour que je puisse, comme je le pourrai, replonger dans l'horreur que j'ai vécue. »

Et il se mit à parler lentement. Posément.

Il retenait parfois son souffle, lorsque certaines larmes, qu'il avait pu retenir depuis si longtemps, osaient venir le ralentir encore aujourd'hui, dans son monologue de délivrance !

Il racontait :

« J'avais quatorze ans en 1941, un an de moins que ton âge. Pour échapper au mouvement des jeunesses hitlériennes, je travaillais chez mon oncle. Les premiers Lorrains avaient été enrôlés dans l'armée allemande en août 1942.

Les jeunes gens comme moi, nés en 1927, reçurent leur convocation en janvier 1944 pour être enrôlés. Moi, j'étais né le 30 décembre 1927.

Je fis partie de ces nombreux « malgré nous ».

# CHAPITRE III

Si j'avais eu la chance de naître deux jours plus tard mon destin aurait été différent.

Je venais de recevoir parmi les derniers de l'année mon « ordre d'incorporation » et je venais d'avoir mes seize ans.

À peine reçu, pour moi, il n'y avait pas d'autre possibilité que de prendre toutes les dispositions pour fuir et me mettre à l'abri.

Je décidai alors de quitter le village au plus vite avec un copain du même âge et tentai de passer la frontière pour aller en France occupée.

Catherine, ma tante, s'était entretenue avec son chef de réseau Jean Denis, pour définir la stratégie à suivre et assurer l'opération dans les meilleures conditions de sécurité pour moi et pour mon copain !

Pour monter l'opération de franchissement clandestin de la frontière, Jean Denis décida d'utiliser un dispositif plus sûr qu'habituellement, en s'y impliquant personnellement, ce qui en qualité de responsable du réseau correspondait à diminuer un risque pour réaliser l'action tout en engendrant un autre risque sur sa propre personne.

Cette option qu'il prenait était envisagée pour rassurer Catherine et éviter qu'elle ne s'inquiétât inutilement. *(21)*

L'opération fut décidée pour le 20 janvier 1944, soit trois semaines après avoir reçu l'ordre d'incorporation. Il ne fallait plus attendre !

Les deux principaux responsables dans la hiérarchie de la résistance lorraine s'étaient unis pour sauver notre liberté.

Ils s'engageaient sans intermédiaires pour garantir le succès de la mission. Leur choix dans la décision avait été en partie dicté par la reconnaissance auprès de Catherine pour son efficacité en 1943, quand elle avait permis à son chef de réseau lui-même de passer en zone occupée après son évasion des geôles allemandes.

Le plan était au point, il ne restait plus qu'à attendre le jour « J ».

**Avec l'attente,** les esprits dans le milieu familial se brouillaient. Des sentiments de crainte ou d'incertitude naissaient un peu plus chaque jour ; d'autres idées de scénario apparaissaient à l'esprit de ma tante.

La peur d'un échec malgré la qualité exceptionnelle du plan devenait de plus en plus l'aiguillon de sa pensée.

Elle était influencée par son orgueil et désirait que le succès de l'opération lui soit principalement attribué.

# CHAPITRE III

Avec lui, son ascendant familial trouverait l'assise qu'elle recherchait.

Alors, **au dernier moment**, l'orgueil servi par sa peur, comme le trac de l'acteur avant d'entrer en scène, elle demanda à son chef de réseau une modification du plan initial, en évoquant ses doutes. *(22)*

En découvrant subitement la demande de Catherine, Jean Denis ne sut pas ce jour-là imposer sa décision de chef. »

Je livrais alors à mon cousin le résultat de mes supputations sur les raisons de cette acceptation étonnante face à son adjointe :

Jean Denis bénéficiait d'une grande considération de la part des membres du réseau et Catherine, en qualité d'adjointe, lui portait une très haute estime pour ce qu'il faisait.

De plus, cette estime était partagée et avait été renforcée par les circonstances.

Il n'avait pas pu s'opposer à la demande de Catherine comme il l'aurait fait dans toute autre circonstance.

La mission qu'ils allaient accomplir avait pris pour lui, en ne s'y opposant pas, une dimension morale et de respect pour la femme qu'il avait devant lui, en lui cédant ce jour là son autorité pour sauver son neveu.

**Le jour « J » :**

Gilbert poursuivit son monologue :

« Le plan modifié fut ainsi déclenché au soir du 20 janvier 1944 avec les participants : tout se déroula normalement jusqu'à l'arrivée à la gare de destination, où il fallait descendre pour aller récupérer les vélos et se diriger ensuite vers le lieu de rendez-vous, chacun de son côté, passeurs et fugitifs s'ignorant tactiquement.

Il y avait beaucoup de monde qui descendait du train. Rien ne semblait venir troubler l'agitation de la foule qui se précipitait vers le passage de sortie, devant le contrôleur.

Les *deux passeurs* avaient déjà franchi sans difficulté le point de contrôle et se dirigeaient vers le service des bagages pour récupérer leurs bicyclettes.

En regardant au loin, je sentis subitement que mon cœur battait plus vite. Il avait saisi, avant ma conscience, que l'arrivée des deux policiers allemands qui entouraient le contrôleur était de nature à inquiéter.

Ils se mirent à vérifier avec minutie les papiers de tous les passagers qui n'étaient pas encore sortis.

# CHAPITRE III

Il fallait immédiatement être concentrés sur les recommandations qui nous avaient été faites au cas où l'on nous poserait des questions : si on devait nous demander où nous allions, il fallait répondre : nous allons chez une tante à telle adresse et qu'elle était prévenue de notre heure probable d'arrivée !

Les passagers étaient contrôlés un à un, ce qui ralentissait leur écoulement vers la sortie et faisait grandir notre angoisse un peu plus à chaque seconde, jusqu'au moment où les deux policiers nous regardèrent à plusieurs reprises avec un regard triomphant, pour finir par nous mettre la main à l'épaule comme à un ami que l'on retrouve.

Ils nous poussèrent ensuite vers la sortie pour nous conduire sur le chemin qui nous conduira de façon progressive vers l'enfer des hommes.

**Les lieux de l'enfer** seront comme « le chemin du calvaire pour le Christ », où après chaque station un pas de plus pouvait être franchi et dont le dernier serait pour aller finir sur la croix !

Il y eut ainsi les stations suivantes :

- Le camp de **Woippy** où je restai quarante-cinq jours !
- Le camp de **Schirmeck** où je restai également quarante-cinq jours !
- Le camp du **Struthof** où je restai trente jours !
- Le camp de **Buchenwald** où je restai jusqu'au miracle de ma libération à la fin de la guerre. J'y ai passé onze mois !

Après notre arrestation, nous fûmes emmenés dans les locaux de la gare et ce fut d'abord mon copain qui fut interrogé dans une pièce voisine de la mienne, séparée par une cloison aux vitres opaques. J'entendis les premières questions qu'on lui posait, auxquelles il répondait à plusieurs reprises ce que nous avions convenu au départ. Puis, ce fut un grand silence !

J'avais de l'argent français bien caché dans mes vêtements et situé dans un petit morceau de tissu que je libérai pour le placer près des roues de mon vélo que je venais d'abandonner, en y mettant nonchalamment un mouchoir par-dessus, et avec l'espoir de pouvoir récupérer le tout après mon interrogatoire.

Je me séparai de cet argent dans la peur d'être fouillé, mais cette précaution fut bien inutile, car je ne revis ni mon vélo ni mon argent.

Mon tour de passer dans le bureau d'interrogatoire arriva.

Mon copain se trouvait dans un coin de la pièce, entièrement nu, face au mur.

Deux agents se placèrent devant moi pour m'interroger : « Où veux-tu aller ? »

Je répondis ce que mon ami et moi-même avions convenu de dire en cas d'arrestation : nous allons chez une tante près de Nancy.

Suite à ma réponse, je reçus un premier coup de poing sur le côté droit de ma tête, suivi d'un deuxième sur le côté gauche.

Ensuite la même question fut posée, et la même réponse de ma part, enclenchant une nouvelle série de coups de poing.

Ce manège infernal dura plus de deux heures d'après mon copain ; car pour moi, j'avais perdu la notion du temps !

Voyant que je ne cédais pas, je fus déshabillé et mes vêtements furent minutieusement fouillés.

L'inspection alla jusqu'à examiner l'anus où ils espéraient trouver de l'argent français.

Les résultats étant infructueux, l'ordre fut donné de nous rhabiller. Nous fûmes conduits chacun dans une cellule non loin de la gare.

Un des agents de sécurité entra avec moi dans la cellule, referma la porte et me parla en français :

« Dis-moi, mon petit, où veux-tu aller ? »

Je lui donnai toujours la même réponse ! Je reçus alors une nouvelle fois un violent coup de poing dans le bas ventre.

Voyant qu'il n'obtiendrait rien de moi, il quitta la cellule dans une rage à peine contenue en me traitant de salaud.

Il était une heure du matin.

Je m'allongeai sur le grabat sans dormir, en me demandant ce que j'allais faire si, le matin après la nuit, la même question allait être posée avec ses conséquences.

Au matin, lorsque le gardien vint m'apporter du café, mon copain réussit à me dire qu'ils avaient trouvé l'argent français sur lui et que nous étions pris !

Cela n'avait donc servi à rien de ne pas avouer !

En fin de journée nous fûmes transférés,

**Au camp de Woippy** : c'était un camp de passage avant un autre transfert.

En entrant dans le camp, on pouvait voir dans la cour, environ cent cinquante hommes qui « faisaient le canard », c'est-à-dire qui sautillaient en position accroupie.

# CHAPITRE III

Au milieu d'eux, un gardien maniait un nerf de bœuf et frappait au hasard, comme on pourrait le faire face à des animaux que l'on aurait décidé de dresser !

Les gardiens étaient pour la plupart de jeunes roumains plus ou moins abrutis.

Il fallait courir pour tout : pour se laver, pour aller chercher la soupe, sur le lieu de travail, pour regagner les chambres où nous étions de vingt à trente personnes.

Nous disposions d'un seau de quinze litres pour les besoins naturels de la nuit. Chaque matin, le même seau devait être vidé puis rempli pour être jeté dans la chambre en vue de la nettoyer le plus rapidement possible avec l'aide de chiffons et parfois avec nos mouchoirs.

La nuit, de façon inopinée, nous étions réveillés et il fallait immédiatement se placer devant les lits au « garde-à-vous ».

Tous les prétextes étaient bons pour recevoir des coups : il suffisait d'avoir les mains ou les pieds sales, bouger, ou simplement esquisser un clignement des yeux, pour subir un châtiment immédiat, qui était à la hauteur de l'imagination du tortionnaire.

Les repas se composaient de rutabagas *(23)* et d'une mixture de céréales de toutes sortes, appelées par nous « balayures de grenier ».

Il y avait aussi « le goulasch » et des pommes de terre en robe de chambre avec de grands germes ; je me souvenais que ma grand'mère disait toujours que les germes pouvaient faire crever les cochons.

Sur les lieux de travail, nous étions par groupes de huit à faire des travaux de terrassement : piocher, pelleter, décharger des briques, pousser des wagons, et toujours en faisant semblant d'être pressés. Les mains finissaient par être en sang, rendant les efforts un peu plus insoutenables chaque jour.

L'hiver 1944, les tempêtes de neige étaient fréquentes. Un certain jour, le temps fut si mauvais que les gardiens demandèrent au chef de camp la permission de rentrer. La réponse ne se fit pas attendre :

« Ils peuvent crever dehors ! »

Nous rentrions plus tard trempés, sans possibilité de nous sécher dans des chambres froides.

Ma première journée de travail à Woippy commença très mal.

Un gardien me frappa parce que je ne travaillais pas assez vite !

Pris de colère, je lui lançai la pelle que j'avais en main ; je fus alors roué de coups. Je gisais sur le sol plus ou moins inconscient, quand un détenu vint me tapoter les joues pour me réanimer ; se penchant sur moi, il me dit tout bas : « dis, petit, si tu tiens à ta peau, ne fais plus jamais cela ! »

J'étais le seul à avoir des cheveux blonds, ce qui me valut d'être une cible sur laquelle on frappait un peu plus que sur les autres, comme si cette singularité était criminelle ou coupable.

Le tyran du camp s'appelait « Bachmann » et son plaisir consistait à frapper pour n'importe quel motif, et davantage encore pendant les séances où nous faisions les canards.

Le 3 mars 1944, je quittai le camp de Woippy pour **le camp de Schirmeck** :

Le copain avec lequel j'avais été pris devait être libéré quinze jours plus tard ! Pour lui, il y avait eu erreur et oubli : il n'avait pas été recensé. Il n'était donc pas coupable.

À Woippy, j'ai connu cinq autres Lorrains nés en 1927 et arrêtés pour le même motif que moi : refus de servir dans l'armée allemande !

Par la suite, nous avons effectué à peu près le même parcours, avec quelques décalages dans les dates pour se retrouver le 19 mai au camp du Struthof puis à Buchenwald.

Le camp de Schirmeck, dans le Bas-Rhin, était classé comme camp de sûreté et de travail.

Les baraquements étaient chauffés avec un poêle à charbon et les lits avaient deux étages. À coté des dortoirs, un local, dans lequel se trouvaient une vingtaine de seaux pour les besoins de la nuit, était aménagé en WC de circonstance.

En général, vers le milieu de la nuit, les seaux étaient pleins et on marchait sur le sol mouillé par les urines jusqu'à l'aube.

Les mauvaises conditions de vie contribuaient à nous faire uriner cinq, six et même sept à huit fois par nuit dans les seaux ou sur le sol quand ils débordaient, et le matin il fallait aller les vider à l'autre bout du camp.

Celui qui assurait cette besogne avait été généralement puni pour une vétille ou un lit mal fait ; les sanctions étaient toujours la conséquence pour ces ridicules constats effectués lors des contrôles.

La nourriture comprenait du café le matin, midi et soir une soupe à l'eau, le pain était réservé à ceux qui travaillaient plus durement que les autres.

Mon copain Rémi, que j'avais retrouvé dans le fourgon cellulaire, n'avait que six mois de plus que moi lorsque je fis sa connaissance dans le camp de Woippy.

Il était dans le baraquement n°7 et ne travaillait pas, car ses pieds étaient gelés.

Moi j'étais au baraquement n°11, et j'étais astreint à un travail très dur à la carrière de pierres, où j'étais affecté durant les quinze premiers jours de notre arrivée dans ce nouveau camp.

Taper la pierre sous les traverses de chemin de fer avec un outil très lourd, sans jamais lever la tête, avec la faim au ventre, reste un de mes plus mauvais souvenirs !

J'étais moins battu qu'à Woippy, mais j'ai travaillé comme un forçat.

Je suis allé aussi dans des casernes à Strasbourg, où nous nous rendions par le train, pour transporter des meubles d'une pièce à l'autre. C'est là qu'un matin, ayant une forte diarrhée, je me présentai une première fois auprès du gardien pour demander la permission d'aller aux toilettes.

Il m'y autorisa.

Hélas! Je dus y retourner une deuxième fois avec son accord. À la troisième fois, le gardien se mit à hurler tout ce qu'il pouvait et me menaça en disant : « si tu reviens encore une fois je te bats à mort ! »

J'essayai de tenir le coup mais en vain.

Je me présentai alors de nouveau et lui dis en allemand :

« J'ai « chié » dans ma culotte ! »

Il se mit alors dans tous ses états : il hurla à nouveau, vociféra et m'injuria tout en me traînant dans la cour, jusqu'à un tonneau rempli d'eau gelée.

Avec la crosse de son fusil, il cassa la glace et m'ordonna d'y plonger mes fesses pour me laver.

C'est dans cette eau ensuite que je lavais mes vêtements et essayais de les tordre le plus possible, avant de les remettre pour retourner à mon poste de travail.

C'était terminé : je ne ressentais plus le besoin de retourner aux toilettes.

En dernier lieu, j'ai été affecté dans une filature où travaillaient des femmes. On me laissait aller aux WC comme je le voulais depuis ce fameux jour.

Les femmes me donnaient des casse-croûte supplémentaires que je rapportais à mes copains. Elles m'appelaient « le petit lorrain ».

Ma mère réussit un jour à s'introduire parmi ces femmes ! Quel calvaire pour elle ! Poussée par son amour maternel, elle s'ingéniait en cachette à soigner mes plaies qui couvraient mon corps et ma tête.

Le 17 avril, mon copain Rémi et moi fûmes transférés,

**Au camp du Struthof :**

Il était situé à une douzaine de kilomètres de celui de Schirmeck. Ce nouveau camp était un pas de plus vers l'horreur, car il était équipé d'une chambre à gaz et d'un four crématoire. Nous fûmes transférés en camion et, comme je descendis le dernier, je fus violemment frappé dès mon arrivée.

Devant nous se dressait l'enceinte du camp avec son mirador, ses fils électrifiés et ses quatorze baraquements.

C'est là que je vis les premiers costumes rayés ! Nous étions en enfer dans l'un des plus beaux sites des Vosges !

Un camp de la mort !

On nous emmena au bloc n°1, où un SS cravache en main vint nous passer en revue. C'est là qu'il désigna mon copain Rémi avec son instrument en hurlant :

« Toi ! Grand et gros, tu es bon pour la carrière »

Alors prenant mon courage à deux mains, je m'avançais vers ce SS en me mettant au garde-à-vous, puis lui disant en allemand :

« Cet homme a les pieds gelés »

Le SS fut alors saisi soudainement d'une colère inouïe, prêt à me battre car j'avais dit « cet homme », or je devais dire « le détenu ».

Rémi n'en fut pas moins dispensé de carrière ; quant à moi, grâce au chef de bloc n°1 qui était d'origine lorraine comme moi, je demeurai dans son bloc pour assurer le service de chambre.

Mon état de santé se dégradait de jour en jour avec des crises de colites, des pleurites, et mes copains me considéraient déjà comme pratiquement perdu.

En effet j'étais au bout du rouleau !

Le 19 mai 1944, nous sommes à nouveau partis pour un autre camp ; nous montions en grade dans le régime des horreurs. Après un premier parcours qui nous avait bien préparés, nous nous trouvions cette fois dans l'antichambre de la mort : là d'où on ne revient pas !

C'est là qu'avec l'expérience acquise on va pouvoir mieux faire durer la vie en retardant la mort !

Chaque jour gagné sur la mort sera pour la vie une souffrance nouvelle qu'il faudra vaincre, et chaque jour gagné sur la souffrance devenait une victoire sur nous-mêmes contre la barbarie ! Mon corps et mon esprit ne faisaient qu'un avec l'envie d'en finir.

Le nazisme, en érigeant en système la destruction humaine, a montré que l'Homme, lorsqu'il est confronté à ces horreurs peut encore trouver en lui-même les moyens de dépassement qui peuvent le rendre supérieur à la mort elle-même !

L'arrivée au camp de **Buchenwald** :

J'y suis resté onze mois avant d'être libéré. J'ai vécu dans ce camp toute l'horreur du régime concentrationnaire : la faim, le travail forcé douze heures par jour, les heures d'appel sur la place centrale dans le froid et la pluie, la vision des pendaisons disciplinaires.

La mort était présente à chaque instant. Un geste jugé anormal pouvait être fatal.

La peur du lendemain était permanente. La vision des cadavres nous hantait et le four crématoire fonctionnait nuit et jour. Nous étions dans l'antichambre de la mort, ce n'était qu'une affaire de temps et de capacité de résistance ou de chance pour ne pas être le prochain, mais c'était la conclusion inéluctable.

Ce matin du 24 décembre 1944, je faisais l'effort de garder une petite tranche de pain de ma ration du matin. L'effort était de taille, car levé à cinq heures, il fallait tenir toute la journée.

J'ai réussi à tenir, pour ne manger finalement cette tranche de pain que vers huit heures du soir en écoutant les cloches et les chants de Noël de la radio allemande.

Ce soir là, les SS avaient branché la radio sur les micros des blocs. C'était la trêve de Noël ! »

Mon cousin s'arrêta de parler.

Les larmes lui montaient aux yeux comme une fierté d'être toujours là parmi les vivants : j'étais celui qui venait d'entendre le message de son vécu, avec l'émotion du jeune garçon que j'étais.

J'avais presque le même âge que lui, quand il était parti sur le chemin de la mort.

Ma conscience poursuivit son histoire en pensée, sans avoir besoin d'entendre sa voix qui avait déjà tout raconté !

Les jours et les semaines apportaient leurs cortèges d'oripeaux effrayants comme des cataclysmes naturels dans le monde des morts-vivants !

Rien de nouveau à l'horreur d'aujourd'hui, si on la compare à celle d'hier, ou si on se met à imaginer celle que l'on verra demain !

Cessons donc de soliloquer le chant de la mort pour que la vie demeure encore un peu avant de mourir !

Sortant de sa torpeur après quelques moments de silence il dit, sans y croire encore aujourd'hui :

« Je fus libéré le 20 avril 1945 par les Américains.

Je ne pesais que trente-sept kilos. Mes muscles avaient fondu.

Mon corps ressemblait à mon squelette et ceux qui me voyaient dans cet état mi-vivant, mi-cadavre, laissaient apparaître leur compassion !

Mes cheveux blonds étaient devenus roux.

Je revenais de l'enfer pour essayer de vivre, mais pas pour oublier ce que je venais de vivre depuis quinze mois.

Oublier ! C'était impossible.

Je garderai toujours le souvenir de ceux qui ne sont pas revenus, qui ont souffert pour rien, et qui voulaient juste montrer à leurs tortionnaires qu'ils pouvaient vivre encore une journée de plus en les bravant, pour de toute façon finir en cendres et en fumée, quelques jours plus tard !

J'étais comme eux, et cette journée de plus que je portais en moi chaque jour pour résister m'a conduit vers une délivrance que je n'espérais plus. »

Une nouvelle fois, mon cousin se tut et je lisais sur ses lèvres marmotteuses la phrase qu'il ne pouvait plus prononcer de façon audible, et que mon esprit récupéra du bout de ses lèvres qui allaient devenir à nouveau silencieuses :

« Je revois encore le regard de ceux qui partaient vers la chambre à gaz et qui esquissaient parfois, dans un dernier adieu vers leur dernier ami d'infortune, ce sourire divin d'être resté « un Homme » jusqu'à la dernière extrémité ! » Il ne me fixait plus, moi je levais les yeux pour regarder de nouveau la couleur écarlate des feuilles de vigne vierge qui me révélaient que « l'orage du passé » ne gronderait plus, mais restait présent !

Gilbert poursuivit :

« J'avais 17 ans et demi, et je pense encore à ces quelques lignes écrites par le général Mac Arthur en 1945 en parlant de la jeunesse, alors que j'avais l'impression d'avoir perdu la mienne :

*La jeunesse n'est pas une période de la vie, elle est un état d'esprit, un effet de la volonté, une qualité de l'imagination, une intensité émotive, une victoire du courage sur la timidité, du goût de l'aventure sur l'amour du confort.*

*On ne devient pas vieux pour avoir vécu un certain nombre d'années, on devient vieux parce qu'on a déserté son idéal.*

*Les années rident la peau, renoncer à son idéal ride l'âme. Les préoccupations, les doutes, les désespoirs, sont les ennemis qui, lentement, nous font pencher vers la terre et devenir poussière avant la mort.*

*Jeune est celui qui s'étonne et s'émerveille. Il demande comme l'enfant insatiable : et après ?*

*Il défie les évènements et trouve de la joie au jeu de la vie.*

*Vous êtes aussi jeune que votre foi.*

*Aussi vieux que votre doute.*

*Aussi jeune que votre confiance en vous-même.*

*Aussi jeune que votre espoir.*

*Aussi vieux que votre abattement.*

*Vous resterez jeune tant que vous resterez réceptif. Réceptif aux messages de la nature, de l'homme et de l'infini.*

*Si, un jour, votre cœur allait être mordu par le pessimisme et rongé par le cynisme, puisse Dieu avoir pitié de votre âme de vieillard.* »

Le discours du général rappelait à mon cousin que les tortionnaires nazis n'avaient pas réussi à détruire sa jeunesse spirituelle et la force d'être un Homme parmi les humains, mais au contraire avaient, contre leur volonté maléfique, conforté les valeurs pour lesquelles il est extraordinaire de faire partie des êtres humains.

En relatant toute cette histoire, je me souviens de la joie, mais aussi de la tristesse qui régnait dans la famille en le voyant dans un état cadavérique, mais vivant, le jour où il est revenu !

Ma mère me donna tout au long de mon adolescence des bribes d'informations sur l'histoire que je venais d'entendre dans son intégralité directement par lui !

# CHAPITRE III

Il est revenu de la guerre, après avoir fait la sienne à 16 ans.

La sienne était la guerre d'un simple jeune homme encore innocent, face à un système génocidaire imaginé pour broyer. Il a su pourtant, sans armes mais avec la force de sa volonté, rester un être humain.

Son combat a été celui de la dignité, comme peu l'ont fait !

Il a su, en étant inconscient et conscient à la fois, conserver l'esprit de révolte au risque de disparaître à jamais.

Son arrogance devant ses tortionnaires mettait sa vie dans la balance à chaque fois. Il était jeune et incorruptible !

En ayant voulu échapper à l'incorporation dans une armée étrangère qui couvrait le plus grand génocide de l'histoire et que l'on espérait être le dernier. Il a su braver avec sa conscience et sa volonté la machine à détruire les hommes.

Ma mère, toujours humaine et moralisatrice, savait mieux que personne utiliser les informations que lui avait confiées ce cousin dont elle était aussi la marraine. Il venait très souvent chercher auprès d'elle du réconfort dans ses moments de découragement devant la vie qui lui restait à construire sur toutes ces ruines.

**Il y eut pourtant beaucoup d'autres génocides :**

Les soixante ans qui viennent de s'écouler nous ont montré qu'une vigilance collective et un effort de mémoire permanent doivent s'imposer à l'échelle de l'humanité pour conjurer ces horreurs. Les politiques n'ont d'ailleurs effectivement pas manqué de dire :

« Plus jamais ça » !

Mais nous constatons que, face à « la réalité des faits », à la frilosité des attitudes des gouvernements et des organismes internationaux comme l'ONU (Organisation des Nations Unies), l'humanité est encore loin de disposer des forces collectives et efficaces pour éradiquer de tels crimes.

Des progrès existent certes, mais bien souvent annihilés dans une autre partie du monde où une horreur plus insupportable et plus grande encore se produit, pour laquelle nous restons impuissants ou indifférents.

Comment comprendre l'ignorance des citoyens de certains pays qui poussent au pouvoir des individus qui n'ont rien d'humain et qu'il faudrait savoir éliminer dès qu'ils apparaissent, et avant qu'ils n'atteignent les responsabilités suprêmes.

# CHAPITRE III

Il est vrai que depuis une vingtaine d'années, des progrès réels existent et ouvrent peut-être la voie pour aller vers des solutions idéales.

Les hommes seront devenus alors, dans quelques siècles, des citoyens de la terre avec une charte mondiale, comme celle que nous avions établie il y a plus de deux siècles avec la Révolution française !

# CHAPITRE IV

## UNE FAMILLE ÉMERGEANT DE LA GUERRE AVEC DES BLESSURES ET DES RUPTURES

### *L'histoire des familles*

Mon père avait une sœur Cathy, plus jeune, qui lui survivra soixante ans, et un frère cadet, Paul, mort durant la guerre en laissant une veuve avec ses deux enfants : Pierre junior et Mireille, que je n'ai rencontrés qu'à de très rares occasions.

Sa famille était d'origine sarroise et malgré une naturalisation ancienne, sa mère ne parlait pas français, ce qui ne facilitait pas les contacts avec ses petits-enfants.

Elle compensait ce handicap linguistique en offrant quantité de bonbons, comme témoignage d'affection en se trouvant dans l'impossibilité de pouvoir nous parler.

Mon père, s'il avait été accueilli chaleureusement par ses beaux-parents et par les autres membres de la famille, provoquait auprès de Catherine, en tant que sœur de ma mère, une sorte de jalousie qui se manifestait dans les attitudes et comportements qu'elle avait en de multiples occasions.

Les perspectives de conflit mondial avec l'Allemagne allaient exacerber les divergences familiales.

Les deux familles allaient se diviser en deux camps, durablement.

Dans les départements d'Alsace et de Moselle, les populations étaient souvent partagées : il y avait les familles plutôt « pro germaniques » et celles qui étaient plutôt « profrançaises ». La guerre ne pouvait qu'exacerber les différences.

**Ma tante était envahie par sa jalousie chronique envers sa sœur.**
La cause principale était due à une absence d'amour dans sa vie. Une force incontrôlable la poussait alors à détruire l'amour des autres.

# CHAPITRE IV

Elle avait essayé d'épouser « Dieu » en entrant dans les ordres chez les sœurs Carmélites, mais n'avait pas osé prononcer ses vœux.

J'eus connaissance de cette tentative de façon fortuite quand j'étais déjà adolescent, et étonné que ma tante ne soit pas mariée !

Alors, ma mère pensa que le moment était venu de me raconter son histoire.

Elle m'indiqua que la jalousie maladive qui envahissait sa sœur avait pris naissance à l'époque de son mariage, un peu avant la guerre.

Pendant le conflit mondial, les consciences étaient centrées sur le devoir patriotique et l'esprit de résistance, oubliant les querelles personnelles qui étaient d'une autre nature, et pour l'heure étaient placées sous cloche.

Restée célibataire, elle compensa ses manques en faisant des actions sociales.

Son rôle patriotique et de « Résistante » a été un de ses grands moments de respectabilité, digne d'éloges et d'admiration. Durant très longtemps, elle refusa toutes décorations, car pour elle, un seul homme pouvait lui remettre la Légion d'honneur, qu'elle finit par recevoir de celui-ci :

Le général de Gaulle.

Lorsqu'il vint en visite officielle à Thionville, après être devenu président de la Cinquième République, ma tante reçut donc cette distinction avec d'autres anciens grands résistants lorrains.

L'année 1941 fut difficile et périlleuse pour nos familles, comme pour la population en général !

L'annexion en 1870 par l'Allemagne de l'Alsace et d'une partie de la Lorraine avait pris fin en 1918.

Une répétition du passé avec la défaite de juin 1940 ne faisait que raviver les plaies anciennes, mais donnait aussi de l'espoir aux germanophiles, d'autant plus actifs que le gouvernement de la France montrait tous les signes collaborationnistes avec le régime nazi.

La famille du côté paternel fut confrontée à des choix cornéliens entre l'appartenance à la nation allemande ou à la nation française, ce qui provoqua des déchirures douloureuses et durables.

La famille du côté maternel ne s'est jamais posé la question d'appartenance : les grands-parents de ma mère avaient subi la souffrance d'avoir été annexés par l'ennemi historique en 1870. Ils avaient tenu à maintenir les traditions françaises et lorraines par un attachement viscéral à la patrie française.

L'autorité parentale avait encore un sens dans la première moitié du vingtième siècle pour qu'une unité de pensée puisse se maintenir dans la famille. Mon enfance avait été fortement imprégnée par toutes ces traditions. De plus, j'avais été élevé avec l'idée d'indifférence et parfois de haine contre l'Allemagne et ce qu'elle représentait avec le nazisme. Il n'était pas question d'en apprendre la langue ni de nouer des relations avec des Allemands.

Cette règle de conduite persista jusqu'à la fin de mon adolescence.

Ce n'est que bien plus tard que mes jugements ont pu se modifier, à partir de l'évolution de l'histoire et de mes propres critères d'appréciation. Pour la famille du côté paternel, c'était plus compliqué, puisque mes grands parents ont été naturalisés français en 1918, faisant ainsi le choix de leur préférence à ce moment-là !

Ils étaient historiquement imprégnés par la culture allemande.

Ma tante Catherine et mon père furent les plus actifs des deux familles durant la guerre, comme dans une sorte de concurrence morale et patriotique où le vainqueur pourrait se prévaloir ensuite d'être la conscience morale familiale.

Mon père n'avait pas eu vraiment à éviter l'obstacle d'un enrôlement de force dans l'armée allemande, en raison de ses fonctions de lieutenant parmi les pompiers et de sa situation de fonctionnaire à la mairie de Thionville.

Il eut cependant à souffrir de l'orientation de son jeune frère Paul, qui faisait partie des lorrains enrôlés de gré ou de force parmi « les Malgré-nous » dans l'armée allemande.

Paul n'y pouvait rien, mais il eut envie de jouer la carte de l'Allemagne où il devint rapidement officier.

C'en était trop pour l'esprit patriotique de la famille maternelle, ce qui verrouilla définitivement le rejet de cette autre famille.

Blâmer ce frère pour son évolution à l'époque pouvait s'expliquer, mais des années après la guerre cela n'avait plus aucun sens. Ce pauvre jeune homme mourut sur le front Russe.

Il termina sa vie avec le grade de capitaine d'une armée indigne, portant alors avec lui son image !

C'était la destinée peu enviable d'un homme qui venait d'avoir trente ans à peine, et c'était le frère de mon père.

Mon cousin déporté a bien pardonné à ses tortionnaires, sans oublier les souffrances qu'il avait subies !

## *La résistance familiale*

Elle était au centre de tout ce qui pouvait se décider en matière de résistance, dans le village de deux mille habitants proche de la ville de Thionville que l'on a appelée « la ville des trois frontières ».

Après la défaite de 1940, faire de la résistance consistait, au début, à ne pas renier ses habitudes culturelles et ses modes de vie. Pour ma famille cela consistait, en premier, à ne jamais parler allemand malgré la connaissance qu'ils avaient de la langue.

Ma mère qui parlait l'allemand comme le français, ainsi que l'anglais et les patois lorrain et luxembourgeois, décida de ne plus parler que le français.

Elle respecta ce choix jusqu'à l'arrivée des Américains en août 1944, et ensuite jusqu'à la victoire finale des forces alliées. Elle me racontait que, lorsque nous allions nous promener dans le village ou dans la ville, je portais toujours un petit béret de feutre noir sur la tête, même quand c'était inutile.

Le port du béret était un signe caractéristique de notre appartenance française !

Mon père était l'exemple que je devais suivre à cet égard, ce qui faisait que porter un béret devenait naturel quand j'étais en promenade avec ma mère, ou que je sortais dans le village avec des garçons un peu plus âgés.

À force d'avoir un béret sur la tête, mon père avait fini par devenir chauve, ce qui le conduisit encore davantage à le conserver pour ne pas montrer sa calvitie, qui à la fin de la guerre était devenue importante.

## *Un peu d'histoire autour des années de naissance de ma sœur et de mon frère*

Je commençai à explorer pas à pas ce coin de « Terre » qui ressemblait au jardin d'Éden, où j'étais apparu quinze mois plus tôt après un fantastique voyage.

J'allais de découverte en découverte, d'émerveillement en émerveillement !

J'étais encore, à cet égard, comme un animal allant d'objet en objet, de personne en personne, avec le même bonheur et une surprise sans cesse renouvelée. Comme Bobby, un petit bichon tout blanc avec sa fourrure frisée, qui pesait le même poids que celui de ma naissance, ma curiosité était insatiable.

Je jouais souvent avec lui, mais il courait si vite que je ne pouvais le suivre ; il se retournait et me voyant chaque fois loin derrière lui, il hésitait un instant, puis revenait vers moi pour que je le suive.

Il sautait, courait partout, et me faisait découvrir des quantités de choses nouvelles !

Gai et enjoué, lorsqu'il me regardait avec ses yeux vifs, j'avais l'impression qu'il me racontait une histoire que je ne comprenais pas. Tout joyeux, il venait vers moi et n'arrêtait pas de m'embrasser avec sa langue râpeuse !

Avec sa petite truffe luisante et noire au bout de son museau, il aimait bien sentir mes odeurs et ça lui donnait une excitation silencieuse, accompagnée de petits aboiements comme un rire de bébé et puis il se calmait.

L'apparition un jour d'un gros bébé joufflu et tout rose qui avait pris ma place habituelle dans les bras de maman m'inquiétait un peu.

Je me demandais comment j'allais retrouver les arcs protecteurs de ses bras qui m'enlaçaient si souvent quand je me plaçais contre sa douce poitrine.

Les enfants étaient pour mes parents les seuls moments de lumière dans leur vie.

Les naissances se succédèrent comme des solutions magiques pour créer du bonheur dans un monde où tout n'était que destruction et infamie.

Quand ma sœur fut prise par le vertige du voyage qui devait la conduire vers un nouveau monde, elle devait avoir entendu les mêmes sirènes célestes qui la transportaient dans les bras de sa mère et elle avait perçu les mêmes sensations que j'avais eues en venant au monde !

**Le climat politique minait les vies et les consciences !**

L'année 1942 fut celle de la naissance de ma sœur Nicole. Elle naquit le treize mars !

On était au sommet de la collaboration.

Elle connaîtra bien plus tard les lâchetés que le gouvernement de son pays était en train d'accomplir.

Le gouvernement de Darlan prenait fin en avril 1942 et Laval revenait aux commandes.

# CHAPITRE IV

L'amiral Darlan conservait cependant les fonctions de chef des armées de terre, air et mer d'une puissance militaire anéantie ou désarmée.

Il se trouvait à Alger lors du débarquement allié le 8 novembre 1942, pour signer un armistice avec les Américains et se proclamer « haut commissaire » dépositaire de la souveraineté française en Afrique du Nord.

Le 24 décembre, il fut assassiné par un jeune français *(24)* résistant dont la folie n'avait d'égale que son courage.

Il avait été inspiré par son dégoût envers « l'élite dirigeante » du pays et un coup d'éclat lui paraissait nécessaire pour réveiller les consciences ! Après qu'on l'eut arrêté, on le cribla de balles par peur de la vérité et par lâcheté.

« La piscine de sang où se lavèrent les immoralités qui avaient souillé la France ». *(25)*

Chateaubriand, dans ses *Mémoires d'outre-tombe,* aurait su mieux que personne immortaliser la jeunesse et la pureté du sacrifice de ce résistant à la fleur de l'âge.

Darlan voulait préserver la flotte au milieu des péripéties de la guerre.

Cependant, l'aboutissement réel fut son sabordage en rade de Toulon, le 27 novembre 1942, selon les consignes reçues dès 1940, alors que d'Alger il lui avait donné l'ordre de rallier l'Afrique du Nord.

L'intelligence et le pouvoir étaient au service de la lâcheté.

Forts de leur impunité, les hommes pouvaient se livrer à tous les excès et à toutes les bassesses !

D'abord favorable aux Allemands, qu'il jouait gagnants au début de la guerre, mais qu'il pensait pouvoir tromper, il pencha ensuite pour les alliés auprès desquels, la bonne fortune ayant changé de camp, il souhaitait être investi des attributs de la légitimité française.

L'année 1942 reflète aussi le début des revers allemands, avec la bataille de BIR HAKEIM, qui fut remportée par le général Koenig. *(26)*

« Ce qui servait la politique du général de Gaulle auprès des Anglais en redorant le blason du soldat français ».

Le pillage *(27)* des richesses de la France par le pouvoir nazi appauvrissait le pays et sa population.

« Le système D » permettait en partie d'y faire face, mais favorisait les abus et les comportements équivoques, parfois jusqu'aux frontières de la malhonnêteté.

Au cours de l'année 1942, devant la crise financière du pays, le pouvoir en place décida de rationner la nourriture du peuple français en instaurant un système de suivi et de contrôle de leur alimentation : on affame un peuple pour mieux l'asservir et favoriser l'émergence des pires veuleries.

Le peuple de France, sous le joug de l'oppresseur et de l'esprit de collaboration, avançait lentement vers une société où l'homme perdait de plus en plus son identité.

Alors naquirent les cartes d'alimentation et les tickets de rationnement, comme une solution idéale pour écarter toute ambiguïté quant aux intentions réelles des tortionnaires des consciences.

Avant !

On pouvait être considéré comme un bourgeois, ou un prolétaire !

Ou encore, dans une autre classification, tenant compte du métier exercé avec ou sans talent, on était un artiste, un médecin, un curé, un ingénieur ou un ouvrier, ou encore un chercheur ou un paysan, etc.

Ou bien on pouvait dire que l'on était soit des femmes ou des hommes, ou encore des enfants, des adolescents des adultes et des personnes âgées !

Non !

Le gouvernement de la République française, qui avait fini d'exister depuis le 10 juillet 1940 pour être remplacé par le régime autoritaire de Vichy, avec la nomination de Pétain à la tête de l'État, venait d'inventer un nouveau système de classification des citoyens, en les répartissant en « catégories rationnaires de consommateurs ». *(28)*

Pour survivre, il fallait essayer de trouver la différence à des prix exorbitants, enrichissant les uns, en appauvrissant la majorité des autres. Ainsi se développa le marché noir, comme une traînée de poudre sur tout le territoire.

Pour mes parents, les difficultés alimentaires n'existaient pas, grâce aux produits de la propriété des grands-parents, qui permettaient de vivre en quasi-autarcie !

Très souvent, la surabondance permettait d'apporter de l'aide à quelques familles méritantes du village, qui éprouvaient des difficultés pour nourrir correctement leurs enfants. Cette mission incombait principalement à ma tante Catherine, soutenue en cette circonstance par toute la famille proche ou plus éloignée.

Les tickets de rationnement, moins qu'un besoin, permettaient d'obtenir à des prix plus raisonnables des quantités supplémentaires de produits qui amélioraient les possibilités de partage et de distribution aux uns et aux autres.

Pour donner des gages de bonne volonté collaborationniste aux Allemands, Laval, revenu aux affaires à partir d'avril 1942, décide que la police française participera en zone nord aux rafles des juifs étrangers promis par les nazis à la solution finale.

**La rafle du vélodrome d'hiver** s'inscrivait dans cette démarche : *(29)*

Elle fut cyniquement baptisée « Opération vent de printemps » par les autorités, malgré le fait que l'on était le 16 juillet quand l'opération policière démarra sa triste besogne.

Il fallait arrêter les parents et leurs enfants de moins de seize ans.

On osait en plus, sous le couvert d'un humour doucereux, attaquer les consciences pour les rendre crédules sur ce qui se passait.

Entre mai 1941 et le printemps 1944, cette rafle, si elle fut la plus importante, il y en eut cependant beaucoup d'autres. *(30)*

L'année de naissance de mon frère correspondait à un tournant important sur l'issue de la guerre, avec la victoire de Stalingrad par les Russes et la capitulation des troupes allemandes *(31)*.

Ce fut le basculement psychologique de la guerre, par l'ampleur de la défaite qui marquera le début de la retraite ininterrompue de l'armée allemande jusqu'à la victoire finale.

Le monde civilisé reprenait espoir !

Au cours de l'automne 1942, la guerre faisait rage sur tous les fronts.

Mes parents étaient animés par un certain trialisme dans leur vision et dans leurs croyances, en ce sens qu'ils restaient fidèles au symbolisme de la trinité de la religion catholique :

« Le Père, le Fils et le Saint-Esprit » qui veut dire en quelque sorte qu'ils étaient inspirés par le créateur, sa parole, et seraient ensuite sanctifiés et consolés.

Comme simples créatures terrestres, ils étaient « Un homme et une femme pour engendrer des enfants ».

L'histoire qu'ils vivaient avec la guerre les plaçait dans la nuit, alors qu'ils souhaitaient la lumière et qu'avant de la retrouver, il y a le passage par la pénombre !

Faire un nouvel enfant était un acte de foi dans l'avenir !

Ainsi naissait le 18 août 1943 mon frère Paul, comme pour compléter la triade familiale !

Mes parents avaient décidé d'appeler leur troisième enfant du nom prémonitoire de « Victoire » pour le cas où naîtrait une fille !

Dans le cas où ce serait un garçon, on lui donnerait le prénom de Paul, pour qu'il essaie de suivre dans sa vie « la bonne parole » de son illustre prédécesseur qui en fut le messager.

Il n'avait pas deux ans quand la guerre se termina. Son esprit encore sourd et aveugle aura traversé la lente marche vers la victoire sans état d'âme, puisqu'il était, au début de son existence, habité par l'innocence !

Les revers allemands s'amorçaient un peu partout, mais la guerre faisait rage. L'arbitraire de l'ennemi se manifestait un peu plus chaque jour.

Les déportations s'accentuaient dans une volonté d'apocalypse dont le peuple juif, mais pas seulement, subissait toute l'horreur !

« C'était l'échec qui confirmait la règle » ininterrompue des succès, où des hommes de toutes confessions avaient pu être sauvés.

Devant l'ampleur de l'océan macabre, c'était quelques gouttes d'humanité et d'espoir qui s'infiltraient !

Moi je commençais à prendre conscience sans comprendre que le spectacle de la vie que nous vivions n'était pas normal.

Peu de temps s'était écoulé depuis la dernière rencontre de Laval avec Hitler, où, sans aucune vergogne, il lui asséna cette phrase qui en disait long sur ses intentions :

« Vous êtes le dernier gouvernement de la France ! Après vous, ce sera un Gauleiter ». *(32)*

Ce propos fut confirmé début janvier 1943 dans un journal allemand qui écrivait un commentaire sans ambiguïté : « la France se trouve aujourd'hui à un carrefour. Elle doit choisir entre son adhésion sans réserve à l'Europe et sa disparition totale de la scène du monde ».

L'année 1943 commençait mal, quand fut décidée sur ordre du « Führer », la destruction pure et simple du Vieux-Port de Marseille, à la suite d'un attentat perpétré dans une maison close fréquentée par des soldats allemands.

Il y eut plusieurs morts et des blessés allemands et français.

# CHAPITRE IV

La destruction du Vieux-Port devait se produire pour le 24 janvier 1943.

En représailles, cinquante mille marseillais devaient être envoyés dans des camps, en réparation de l'attentat.

Le secrétaire général de la police française, Bousquet, et le préfet régional Lemoine conjuguent leurs efforts pour essayer de limiter les effets de la décision et réussissent à en limiter les victimes à vingt mille en envoyant une partie dans un camp situé à Fréjus et le reste à Compiègne sous surveillance allemande.

Ainsi, à partir de cette date, aucune ville française ne peut se dire à l'abri d'une destruction décidée sur ordre nazi en représailles de n'importe quel fait, même anodin.

Le 4 février 1943, fut instauré le Service de travail obligatoire (S.T.O) sous la pression des Allemands. Toute personne non pourvue d'un emploi utile au pays doit se faire connaître, les autres iront en Allemagne dans les usines allemandes.

La circulaire de Laval qui suivit précisera notamment que, d'ici le 15 mars, il fallait que le gouvernement de la France remette une liste aux autorités allemandes, comprenant deux cent cinquante mille personnes dont la qualification serait celle d'ouvriers spécialisés ou non spécialisés.

Ces personnes devraient rester à la disposition des usines allemandes.

De plus, le système des cartes d'alimentation permettait au moment de leur renouvellement de contrôler que les titulaires avaient bien fourni toutes les indications sur leur activité.

Alors seulement, le « cachet spécial » pouvait y être apposé. Un flot de circulaires administratives sera produit jusqu'en juillet pour l'exécution de cette volonté nazi.

Au total, le S.T.O affecta plus de 1,3 million de personnes dans la population française.

Ceux qui échappèrent allèrent gonfler les rangs de la Résistance ou se cachèrent.

À partir de septembre 1943, juste après la naissance de mon frère, toutes les conditions étaient réunies pour construire l'effondrement progressif du régime nazi.

Mes parents, parmi les précurseurs, avaient anticipé la victoire, en misant sur la vie plus que sur le risque de disparaître dans la tourmente.

# CHAPITRE IV

Ainsi, la justesse de leur vision sur l'avenir allait leur permettre à la fin de la guerre d'être à la tête d'une belle petite famille de cinq personnes dont j'étais l'aîné.

Les événements dont je n'étais pas vraiment conscient me faisaient cependant grandir plus vite. Ma mère, toujours attentive, me parlait avec des mots simples, pour m'expliquer parfois ce qui se passait quand des mouvements de panique se produisaient subitement, lorsqu'on entendait une sirène ou le grondement sourd d'escadrilles de bombardement qui passaient au dessus de nos têtes à très haute altitude.

Les forces alliées et la Résistance devenaient ensemble une force invincible malgré les victimes.

Plus de vingt-neuf mille otages furent fusillés en France durant la guerre, pour les motifs les plus divers et dans le cadre des actions de résistance.

Le 11 novembre 1943, à Alger, la lutte politique entre le général de Gaulle et le général Giraud se termine par la démission de ce dernier de la coprésidence du Comité Français de Libération Nationale.

À partir de cette fin d'année, les événements qui suivirent ressemblèrent enfin au soulèvement du glaive par les Alliés, pour aller anéantir « l'hydre » dont les tentacules couvraient l'Europe.

Il fallait couper les têtes une à une jusqu'à la victoire finale. La dernière tête qui paraissait indestructible finit par s'autodétruire en se suicidant *(33)*.Une semaine plus tard, la bête avait produit son dernier râle.

L'Allemagne capitulait sans conditions.

Lorsqu'Hitler lançait à la face du monde que l'ordre nazi pourrait survivre mille ans ! C'était ignorer le pouvoir des forces invincibles de la liberté.

Quand des hommes dont le courage peut les conduire jusqu'au sacrifice suprême, aucun régime n'est capable de contenir ces hommes là ! Dans cette circonstance c'était « le monde libre » qui, avec ses Hommes, leva son glaive pour aller jusqu'à l'anéantissement de la barbarie d'État !

Depuis la prise du pouvoir par Hitler en 1933, il aura fallu douze années, dont six de combat, pour placer au rang de l'Histoire cette illusion paranoïaque, mais avec un prix du sang *(34)* jamais atteint par l'humanité jusque-là.

Citons, pour la mémoire des héros et des victimes, quelques grands moments qui marqueront les mémoires pour les générations à venir :

- le débarquement du 6 juin 1944 en Normandie, où les forces alliées réunirent la plus formidable armada de tous les temps. *(35)*
- le massacre d'Oradour-sur-Glane. *(36)*
- le lancement au dessus d'Hiroshima d'une première bombe atomique, suivie d'une seconde à Nagasaki, produisant en un instant des dizaines de milliers de victimes. *(37)*

Citons d'autres moments historiques importants qui feront partie de l'histoire :
- la libération de Paris le 25 août 1944
- le débarquement en Provence le 15 août 1944
- la fin du conflit en Europe le 8 mai 1945
- la capitulation du Japon le 2 septembre 1945, après quatre années de guerre meurtrière démarrée par surprise par les Japonais en venant détruire à « Pearl Harbor » la flotte américaine du Pacifique en quelques heures le 7 décembre 1941.

Un autre moment historique fut pour la famille, la libération de Thionville.

La ville fut libérée par les Américains le 11 novembre 1944 après deux mois de combats acharnés.

Ainsi s'amorçait un ralentissement de l'activité de résistance pour ma tante et pour mon père ! C'était le prélude au retour vers un climat moins inquiet et pour moi je commençais à ressentir une atmosphère familiale plus souriante et moins tendue jusqu'à la fin de la guerre, sans vraiment en comprendre la vraie raison dans l'immédiat.

## Vers la fin de la guerre

Mes parents allaient enfin vivre normalement après huit années de mariage !

Pour la famille du côté de ma mère le bilan de cette fin d'année 1945 n'était finalement pas si catastrophique, puisqu'elle s'était agrandie de trois enfants :

moi, ma sœur et mon frère. Elle n'avait pas renoncé à ses idéaux et à ses valeurs.

Mon oncle Nicolas, qui avait été enrôlé de force dans l'armée allemande, était revenu sain et sauf du front russe, mais avec des pieds gelés.

Ma tante Marie avait perdu son époux, qui mourut bêtement d'une balle perdue en ouvrant la fenêtre de sa chambre au petit matin, laissant trois enfants à demi orphelins.

L'aîné, Gilbert, dont l'histoire a été contée dans les confessions qu'il me fit, restera marqué à vie par son effroyable expérience !

La famille de mon père était divisée et meurtrie dans sa chair et dans son âme. Mais la mort de son frère sur le front russe laissait encore une blessure à l'âme, que seul le temps finirait par effacer !

Ma tante Catherine avait accompli avec honneur et panache son rôle de résistante et devait en cette fin d'année 1945 penser à trouver des buts nouveaux à sa vie : après l'exaltation patriotique des années de guerre, les années de paix restaient à imaginer !

Elle parlerait encore longtemps de la trahison morale et patriotique du frère de mon père !

Il avait en réalité été plus victime de la situation que tortionnaire, comme on voulait le faire croire !

Son comportement fut certes opportuniste en devenant officier dans l'armée allemande ! Mais avait-il eu le choix ?

Ma mère n'hésitait pas à réagir auprès de sa sœur en lui rappelant les actes courageux réalisés par son époux dans son rôle de sapeur- pompier au cours des nombreux sauvetages qu'il avait accompli lors des bombardements en 1944 et 1945.

Les exploits quotidiens qu'il réalisa durant près de deux mois en traversant la Moselle à la nage de nuit pour accomplir ses missions de renseignement auprès des Américains ne furent pas moins héroïques.

Les informations qu'il apportait servaient principalement à préparer le pilonnage des positions allemandes situées de l'autre côté du fleuve.

Sa vie était chaque jour mise en jeu comme à la roulette russe.

On imagine l'inquiétude de ma mère quand il partait et la joie qu'elle avait quand il revenait sain et sauf !

À chaque traversée, la zone de passage était balayée par des projecteurs intermittents, l'obligeant à nager sous l'eau quelques instants avant chaque apparition du cône de lumière mortel.

Ma mère m'indiqua une fois, la grande fierté qu'elle éprouvait pour mon père, pour les actes qu'il avait accomplis durant la guerre par simple devoir.

Elle voulait aussi me transmettre les vertus qu'impliquaient les actions qu'il avait faites, afin que ma conscience d'enfant puisse s'en imprégner.

Catholique pratiquante, chaque nuit après son départ en mission, elle priait devant la flamme d'un cierge dédié « au Sacré-Cœur » qu'elle éteignait à son retour.

En accomplissant ce rituel, elle pensait retenir la lumière de sa vie auprès d'elle et pour lui, le guider sur son chemin dans la nuit.

Les missions devenaient chaque jour un peu plus risquées et leur répétition montrait le courage et la volonté qui animaient sa conscience d'Homme !

# CHAPITRE V

## L'APRÈS-GUERRE JUSQU'À LA DISPARITION DE MON PÈRE

### *Les tracas de la vie quotidienne reprennent le dessus après la guerre*

Les événements qui venaient de se passer avaient obligé mes parents à se concentrer sur l'essentiel : survivre et faire en sorte que leurs enfants ne manquent de rien. Ma mère disait très souvent que nous n'avions pas assez de lait et qu'ainsi elle se sacrifiait fréquemment pour que je puisse disposer d'une dose journalière suffisante.

D'autres produits étaient fortement rationnés, tels que la viande et le sucre, qui étaient le plus souvent remplacés par de la « saccharine ». Mais il y avait aussi le beurre, le pain !

Mes parents habitaient la maison familiale *(38)* avec leurs jeunes enfants, ainsi que Marie la sœur de ma mère, elle aussi avec ses trois enfants : le plus jeune Roger avait quatre années de plus que moi. L'aîné Gilbert avait treize ans de plus et sa sœur Marie-Louise avait trois ans de moins que son frère aîné.

Ma grand-mère, veuve depuis cinq ans, était normalement la maîtresse des lieux, mais c'était sans compter sur l'autorité de sa dernière fille Catherine qui, auréolée de ses faits de guerre, se donnait des airs de commandant en retraite, pour créer un climat qui allait devenir avec les années qui suivirent de plus en plus pénible pour tout le monde.

Le confort de la maison était relatif et inégalement réparti.

Les pièces les plus confortables avaient été réservées pour la grand-mère, veuve depuis cinq ans. Mais en réalité, c'était Catherine qui en jouissait principalement.

La gentillesse et la bonté légendaire de ma grand-mère maternelle ne pouvaient rien contre l'autorité et les décisions que prenait sa plus jeune fille à propos de tout, jusqu'au moindre détail de la vie quotidienne !

Mon père représentait souvent un obstacle en empêchant les agissements les plus extravagants.

Sa volonté de ne pas se laisser faire était souvent atténuée par celle de sa femme, qui voulait surtout éviter les conflits. En ce sens, elle ressemblait beaucoup à sa mère.

Mon père était le seul homme et le plus jeune *(39)* parmi les sœurs de ma mère, la matriarche et les six enfants.

On imagine aisément la difficulté qu'il pouvait avoir pour faire entendre sa voix ! Il ne pouvait exercer de l'autorité que par la négociation ou par une certaine révolte.

Et lorsque la situation évoquée ne méritait que dédain et indifférence, il se taisait sans tenir compte de ce qu'il venait d'entendre ! Il montrait ainsi que, malgré son rang de benjamin, il était avec son épouse le gardien de la sagesse !

La période de guerre avait tout naturellement occulté l'existence des petits tracas du quotidien.

Avec la paix, le réveil des jalousies de ma tante reprenait cours avec leurs cortèges de mesquineries !

De tout cela je prenais de plus en plus conscience, en voyant mes parents ronger leur frein ! Très souvent, les conflits avaient pour origine une bêtise faite par un enfant. Une règle ou une directive non appliquée devenait très vite un sujet de dispute où parfois tous les membres de la famille étaient mêlés.

Un désordre quelconque ou un objet qui n'était pas à sa place.

Le moindre détail avait pour coupable un enfant en général et pour finir, c'était forcément le plus jeune, donc moi.

Je faisais figure de coupable idéal presque toujours désigné comme tel ! J'avais presque toujours le soutien indéfectible de ma mère qui au départ feignait le doute et qui après, seule avec moi, ne faisait que découvrir une autre vérité, quand elle ne la connaissait pas déjà.

Mon cousin Roger était très souvent le principal artisan de nombreuses bêtises, avec ses quatre années de plus que moi ; mais il était le préféré de sa tante, alors il se laissait aller à des silences coupables parfaitement exploités par l'accusatrice.

Plus tard, ma sœur et mon frère, en grandissant, prenaient une part grandissante dans les accusations, ce qui ne me soulageait pas car je ressentais ces transferts comme autant d'injustices.

Pendant ce temps, ma conscience avait grandi et avait aussi acquis une certaine expérience. Si j'avais souvent été accusé, je n'avais pas été très souvent coupable pour mes parents, ce qui était l'essentiel.

Tout doucement, ma tante construisait en moi une image détestable qui, en se greffant sur celle plus ancienne que j'avais eue d'elle pendant la guerre, aboutissait à l'aimer par devoir ou par raison et non par affection !

C'était surtout moi que ma tante visait ! Car j'étais plutôt raisonnable.

Donc, si j'étais en mesure de faire « des bêtises », cela devait encore être bien pire pour les autres.

Elle avait certainement des intentions nuisibles que je ne connaissais pas.

**Un jour j'avais été accusé à tort par ma tante** de laisser toujours les toilettes dans un sale état après mon passage !

Elle vint faire un drame auprès de sa sœur en disant : « que nous n'étions pas propres et qu'il fallait nous surveiller ».

Je décidai alors un jour de tout mettre en œuvre pour la confondre dans son mensonge.

J'informai ma mère de mon intention.

Ainsi, j'allai aux toilettes en veillant bien à ce que ma tante puisse me voir.

Mon stratagème consistait à m'y rendre, attendre un peu sans rien faire, puis sortir en sifflotant, comme quelqu'un qui venait de mettre en place un piège.

Ensuite, discrètement, je m'éclipsai pour voir ce qui allait se passer. Je ne fus pas surpris d'observer, quelques minutes après ma sortie, ma tante se dirigeant vers les toilettes et en sortir rapidement après avoir pris la précaution de verser de l'eau au bord de la cuvette, cherchant ainsi à démontrer qu'elle m'avait pris sur le vif en m'ayant vu sortir.

Elle appela ma mère pour lui dire qu'elle venait de me voir à l'instant sortant des toilettes, et comme d'habitude, elles étaient sales !

Elle lui demanda de venir s'en rendre compte par elle-même.

Lorsque ma mère se rendit compte de l'indélicatesse de sa sœur, je bondis de ma cachette vers les deux sœurs pour raconter ce que j'avais fait avec la complicité de ma mère, sans le dire évidemment ; la surprise fut grande pour ma tante d'avoir été prise en quelque sorte la main dans le sac et d'être ainsi confondue dans son mensonge.

Je ne sais pas vraiment ce que les deux sœurs se sont dit ensuite, mais il est certain qu'à partir de ce jour-là ma tante fit beaucoup plus attention avant d'affirmer que j'avais encore fait une nouvelle bêtise ; elle découvrit aussi que j'étais loin d'être stupide, ce qui changea énormément son attitude vis-à-vis de moi, et de plus en plus elle me parla comme si j'étais un adulte.

Je sus plus tard que cela partait d'une stratégie à long terme, en vue de m'enfermer dans sa sphère d'influence, et pas à pas réussir à m'éloigner de ma mère.

La mort du père de mes cousins avait permis à ma tante Catherine de prendre un ascendant sans cesse grandissant sur eux, sauf sur celui qui était revenu des camps de la mort, et dont le caractère n'était plus influençable avec ce qu'il avait vécu.

Ce jeune homme-là était devenu « un roc » devant lequel les assauts de ma tante pour le séduire finirent malgré tout par payer une seule fois et durant une courte période où les intérêts des membres de la famille étaient devenus exacerbés individuellement, à l'occasion des préparatifs d'héritage qui eurent lieu après la mort de ma grand-mère !

La mère de mon cousin Gilbert avait un caractère fragile plutôt influençable.

Elle se laissa déposséder de sa responsabilité « de mère » pour ne plus exercer qu'un rôle de femme « à tout faire » au service de sa sœur, qui s'était octroyé la fonction d'éducatrice, et en fait de seconde mère sur deux de ses enfants.

Avec l'ancien déporté, hormis l'exception précédente, aucune domination n'avait été possible !

Ainsi, ma tante avait su trouver un sens à sa vie, comme toutes les mères du monde, tout en étant restée célibataire.

Elle s'octroyait le rôle le plus important dans l'éducation des deux enfants de sa sœur, Roger et Marie-Louise, en phagocytant leurs consciences d'enfants, puis d'adolescents et d'adultes.

En 1945, elle était dans sa trente-neuvième année et n'avait eu que deux amours dans sa vie : « Sa patrie et Dieu ».

# CHAPITRE V

## *Les inondations de décembre 1947*

Dans les mémoires de Thionvillois, pour ceux qui sont encore vivants aujourd'hui, les inondations de 1947 sont encore présentes.

La Moselle avait agrandi son lit de plus de deux kilomètres, pour l'étendre là où elle s'écoulait à l'époque des Romains, à la limite du village de Guentrange, jusqu'à la périphérie de l'école communale où je me rendais habituellement en classe jusqu'au certificat d'études.

Les pompiers étaient en première ligne, avec le soutien de la police, et mon père était sur la brèche nuit et jour, avec quelques heures de repos chaque jour, à la tête d'une escouade de collègues qui, comme lui, étaient sur tous les fronts, répondant aux appels incessants des demandes de secours, de toutes natures et de toute part.

Le ravitaillement de la population venait aggraver la situation, car la ville était devenue lacustre. On aurait pu se croire à Venise, avec le soleil en moins : des barques de fortune sillonnaient les rues en guise de moyen de déplacement.

La vie au quotidien était devenue très difficile pour de nombreux habitants qui étaient placés dans la zone inondée.

Avec les moyens dont disposaient les pompiers, les missions de sauvetage étaient trop nombreuses pour réussir à les satisfaire toutes. Il fallait alors faire des choix cornéliens, par l'attente qu'on imposait à tous ceux qui attendaient un secours !

La guerre dont on venait de sortir, en dehors des ravages psychologiques, n'avait pas produit plus de dégâts que ceux de ces quelques semaines de désastres naturels !

La région immédiate n'était que désolation, et le fleuve en crue charriait quantité d'objets en provenance des habitations et des magasins, dans un mélange de boue et parfois de cadavres d'animaux.

Les ponts de la région faillirent être emportés, après avoir résisté, pour certains, plus de cent cinquante ans.

Le pont de chemin de fer du quartier de Beauregard ne dut son salut qu'à la clairvoyance d'un cheminot, qui eut l'audace de le charger d'un train de marchandises pour le stabiliser, ce qui évita l'effondrement. Il fallait vraiment y penser !

Mais, dans des circonstances exceptionnelles, il y a toujours des hommes exceptionnels pour y faire face !

Le général de Gaulle comme Jean Moulin en resteront les illustres références pour la nation, avec tant d'autres, connus ou restés anonymes.

Les guerres, plus qu'en période de paix, font émerger des hommes dont la bravoure peut étonner à plus d'un titre !

Le pont des Alliés, reliant le centre-ville à Yutz, quant à lui, avait été détruit en 1944 pour être reconstruit et embelli, et les travaux furent terminés en 1954.

Ce pont a toujours eu un caractère stratégique important, et a de ce fait pâti d'une destruction totale à chacune des guerres précédentes, comme celles de 1870-1871, puis 1914-1918, et enfin lors du dernier conflit.

Les dernières inondations de ce type s'étaient produites en 1824 et 1910, et les ponts avaient toujours résisté.

**Lors de l'inauguration de la reconstruction « du pont des Alliés »**

Gaston Monnerville, président du Conseil de la République, indiquait dans le discours qu'il prononça dans la salle des capitulaires, devant les personnalités de la ville :

Je cite :

« Thionville, ville témoin, comme la Moselle est département témoin… !

Je vous envie en vous félicitant, car vous apparaissez comme un exemple qui doit être suivi… ! Sur plus de sept cents ponts détruits en Moselle pendant la guerre, quatre cent trente ont déjà été reconstruits… !

Pendant des siècles, vous avez connu les invasions et les destructions… on a essayé de vous germaniser…

L'unité de la France ne pouvait être complète, puisque deux provinces très chères avaient été arrachées à la patrie… »

Dans sa réponse au discours de Gaston Monnerville, Robert Schumann *(40)* fit la réponse dont voici quelques extraits :

« La destinée de la Lorraine, et de Thionville en particulier, a été marquée par sa situation géographique.

Sur ce territoire déchiré et morcelé par les seigneuries et les souverains étrangers qu'il fallut éliminer petit à petit, s'est joué depuis quatre siècles le destin de la France.

D'emblée, nous avions une vocation française… c'est notre rançon d'être victimes des invasions… Récapitulons les sièges de Thionville et les destructions qu'elle a dû subir : en 1443-1558-1639-1643-1792-1814-1815-1870-1940-1944!

Où sont les villes de France qui ont un tel tableau d'honneur, mais aussi un tel tableau de souffrances ?

Thionville a constamment vécu à cheval sur les frontières politiques, car en dehors de sa vocation française elle a une vocation internationale…!

Vivre à cheval sur une frontière, c'est subir des annexions.

En une seule génération, nos concitoyens viennent de changer trois fois de nationalité ; cela laisse des traces et des cicatrices… Nous voulons que la Moselle devienne ce canal qui relie les peuples et qui coordonne les activités économiques.

Charlemagne déjà, non seulement parce qu'il avait une résidence favorite à Thionville et que sa femme Hildegarde y est morte, sentait l'importance géographique de notre cité…»

**Ces inondations avaient été l'amorce des problèmes de santé dont fut victime mon père.**

Dans le courant de l'année 1948, sa santé fut affectée par des problèmes de douleurs aux oreilles, dont les diagnostics révélaient des possibilités d'otite ou de mastoïdite, sans que le médecin qui le soigna fût certain de ce qu'il avançait !

Cette situation n'était à priori pas très alarmante, puisque mes parents préparaient un projet de construction d'une villa dans un des plus beaux quartiers résidentiels de Thionville, où ils disposaient d'un terrain constructible de mille cinq cents mètres carrés, qu'ils avaient acheté à un prix de faveur auprès des parents de ma mère !

**Mes parents allaient enfin pouvoir envisager d'habiter dans un autre lieu** que la maison familiale, loin de l'ambiance provoquée par ces infinis tatillonnages qui finissaient par rendre la vie au quotidien plutôt pénible.

Pour moi, cette sorte de promiscuité avait des avantages, car je pouvais plus facilement m'introduire dans les jeux des plus grands, sous la houlette de mon cousin Roger et des nombreux copains que nous avions dans le village.

Souvent aux vacances, deux petits cousins, Bernard et Christian, venaient de Doullens, une petite ville du département de la Somme.

Ils ne manquaient pas de qualités organisatrices, en trouvant souvent un meilleur équilibre dans la répartition des rôles que nous pouvions avoir dans nos nombreux jeux de groupe.

Dans tous les jeux collectifs qui s'organisaient, j'étais presque toujours le plus jeune, ce qui me donnait le statut de celui qu'il fallait un peu protéger pour que je puisse essayer de rivaliser avec leurs pseudo exploits.

Bernard, en raison de son âge, était en concurrence avec Roger, et de ce fait, j'avais tendance à me rapprocher de lui que je trouvais direct, franc et loyal. Son frère Christian me remplaçait dans le rôle du plus petit parmi les grands, ce qui n'était pas pour me déplaire.

J'étais parfois la victime toute désignée quand une bêtise collective se produisait. La présence des cousins nordiques avait le pouvoir d'équilibrer, mais surtout d'avoir une vision plus juste sur les conséquences de certaines bêtises ou incidents qui pouvaient se produire.

Avec le temps les grands découvraient parfois à leur dépens qu'ils avaient sous-estimé mes possibilités de réaction, quand ils se mettaient ensemble pour édulcorer plus ou moins la vérité.

Ils étaient alors étonnés que, devant les adultes, je réussisse souvent à semer le doute lorsqu'ils avaient entendu plusieurs versions.

Un jour, alors que j'avais décidé de faire avec des brindilles de bois des « bûchettes » qui me serviraient auprès de ma sœur pour lui apprendre à compter, mon cousin Roger vint vers moi et me dit :

« - Veux-tu que je t'aide ?

- Oui je veux bien ! »

Se considérant plus adroit que moi du fait de son âge, il prit l'affaire en main et me transforma en assistant du grand artisan qu'il était devenu pour la circonstance.

Moi je devais tenir une tige de bois avec la main gauche, la main posée sur un tronçon de bois qui servait d'appui.

Lui, devait d'un coup de machette couper la tige de bois tous les dix centimètres.

# CHAPITRE V

Notre association se déroulait parfaitement bien.

Je disposais déjà d'une quantité largement suffisante de « bûchettes » pour ce que je voulais en faire !

Par perfectionnisme, mon cousin me dit :

« Tu ne crois pas qu'il vaut mieux finir le découpage de la tige ? Ensuite on pourra s'arrêter. »

J'acceptai sa proposition, et ainsi nous poursuivîmes notre travail.

Je ne sais pas ce qui se passa durant une demi-seconde !

Au moment de couper une des dernières bûchettes, le geste qui s'ensuivit était d'une telle maladresse qu'il me coupa en biseau un bon tiers de la partie supérieure de l'index de la main gauche.

Le sang coulait à flot rendant la blessure plus grave qu'elle n'était en réalité.

Nous étions tous les deux plutôt paniqués.

Je commençais à avoir du sang un peu partout, quand Roger revint avec le secours.

Ma tante était heureusement là pour me prodiguer les premiers soins et enrayer l'hémorragie.

Le morceau de doigt coupé avait disparu, ce qui régla la possibilité de recoudre la partie coupée.

Assis sur le vélo de ma tante, nous allâmes aux urgences de la clinique, qui n'était pas très loin.

Le médecin n'avait pas grand-chose à faire puisque la partie coupée avait disparu.

Un pansement adapté et des cachets pour la douleur me furent administrés et il n'y avait plus qu'à attendre la cicatrisation, qui devait naturellement se faire en quelques semaines.

Au retour de la clinique, ma tante, comme à son habitude, fit son enquête en interrogeant mon cousin. Je fus plutôt abasourdi de l'entendre raconter une version totalement fausse sur ce qui s'était passé.

Selon lui, la faute me revenait : j'avais, disait-il, bougé ma main sans le vouloir, au moment même où il effectuait le geste de découpe.

Malgré mon dépit, j'évoquai que je n'avais pas bougé la main, sans trop insister en raison de la tournure que prenait l'incident.

Lorsque je racontai à maman ce qui était arrivé, je savais déjà que je ne demanderais plus jamais de l'aide à mon cousin en quoi que ce soit dans l'avenir.

J'avais la triste impression, sans comprendre tout à fait, qu'il n'avait pas le sens de certaines vertus en lui, comme la droiture, la sincérité ou la tempérance.

Avoir l'amour de la vérité, comme me l'enseignait ma mère à chaque occasion, me faisait penser qu'elle est la plus grande des vertus. Ce ne sont pas les paroles qui comptent alors, mais l'action que l'on entreprend pour l'atteindre !

## *L'ultime leçon de vie que me donna mon père avant de disparaître !*

C'est en juillet 1948 que se forma dans ma mémoire une des rares images qui me reste encore de lui :

Ce jour-là, c'était la « sainte Madeleine » et donc le jour de la fête de maman.

Souvent en été, à l'époque des moissons, j'avais un certain plaisir en allant voir dans les champs de blé le travail qu'accomplissaient les moissonneurs, et le dur labeur des glaneuses qui finissaient le ramassage des précieux épis de blé parsemés.

Sous le soleil ardent de juillet, leurs visages fatigués étaient toujours tournés vers leur ombre pour éviter les brûlures des rayons !

Les moissons étaient en cours depuis quelques jours.

J'eus alors l'idée de rejoindre les glaneuses, encore là au moment où le soleil était presque à son zénith.

Lorsque j'arrivai à leur hauteur, les trois glaneuses que je vis s'arrêtèrent de travailler, comme si mon arrivée leur octroyait le droit de se reposer.

L'une d'entre elles me dit avec un ton de grande douceur :

« - Que viens-tu faire mon petit ? Viendrais-tu nous aider ?

- Non, madame, je voudrais faire un bouquet, si vous voulez bien, pour l'offrir à ma maman ! Aujourd'hui, c'est le jour de sa fête.

- Comment s'appelle ta maman ?

- Elle s'appelle Madeleine.

- Tu as l'air d'avoir une gentille maman ! Si tu veux, tu peux ramasser tous les épis de blé que tu voudras pour lui faire un gros bouquet. Il y a aussi de jolis coquelicots au bord de la route que tu peux prendre aussi pour faire ton bouquet. »

J'étais là, contemplatif !

Mes yeux étaient inondés par les couleurs dorées de la moisson et mes narines respiraient l'odeur âcre de paille sèche et de terre brûlante.

J'étais sur le point de finir mon bouquet quand je m'arrêtai subitement un petit moment en pensant à la bonne idée que j'avais eue.

Je voyais en effet subitement le tableau qu'avait peint mon père, et qui se trouvait dans la chambre de mes parents !

Il avait peint *Les Trois Glaneuses*, d'après l'œuvre du célèbre peintre Jean François Millet.

Je me disais à cet instant là que mon père se dirait certainement, quand il me verrait, que son fils avait une grande imagination pour avoir pensé imiter le geste des glaneuses pour maman. En ayant regardé son tableau.

J'étais doublement fier de moi, car j'allais faire plaisir à maman mais aussi à papa qui m'avait peut-être inspiré inconsciemment, grâce à ce tableau que j'aimais beaucoup : son caractère tranquille et éternel reflétait le dur labeur des hommes de toute éternité.

Je ne m'étais pas vraiment rendu compte de l'heure qui passait et, n'ayant pas prévenu quelqu'un de mon intention, on devait certainement s'inquiéter de mon absence prolongée.

Je quittai les glaneuses en leur disant merci.

Toutes ensemble me demandèrent de souhaiter une bonne fête à maman.

Sur le chemin du retour, les bras chargés de mon cadeau composé « de gerbes d'or parsemées de papillons rouge écarlate », *(41)* auraient mérité que le meilleur des peintres immortalise sur sa toile le spectacle que j'offrais le cœur joyeux et sifflotant. J'avais hâte d'être devant maman avec ma surprise ! Chaque pas se faisait plus pressant pour rapprocher l'instant du geste que j'allais faire pour elle.

J'avais fait plus de la moitié du chemin, quand je vis au loin mon père qui venait à ma rencontre sur sa bicyclette.

Sur le moment j'étais plutôt ravi de le voir arriver, j'allais pouvoir faire le reste du trajet sur son porte-bagage ! Pensais-je !

Lorsqu'il arriva à ma hauteur, tout se passa très vite.

Il coucha son vélo sur le bas côté de la route en criant :

« Pourquoi tu ne nous as pas dit où tu allais avant de partir ?

Cela fait près d'une heure que l'on te cherche un peu partout ! »

Se jetant sur moi, il arracha de mes bras le bouquet que j'avais glané et composé avec amour, et dans un geste de fureur, l'œuvre champêtre suivit une trajectoire qui ressemblait étrangement à la fin du vol d'un oiseau qui venait d'être abattu par un chasseur.

Le temps de réaliser ce qui m'arrivait, il se mit sur sa bicyclette en disant :

« Maintenant suis moi, on rentre à la maison ».

Je courus aussi vite que je pouvais pour rester à bonne distance de mon père. Heureusement, en dehors de l'indifférence apparente qu'il montrait, il ne roulait pas trop vite pour que je puisse le suivre.

Nous étions au début de la côte qui précède l'arrivée à la maison et mon père commençait à avoir quelques difficultés pour avancer et pour finir il descendit de son vélo, puis termina la dernière centaine de mètres qui restait à pied. Il m'ignorait royalement !

Il ne se retourna pas une seule fois pour vérifier que je le suivais comme s'il avait un œil dans le dos !

Il donnait l'impression qu'il avait la certitude que tout se passait normalement.

Arrivé à destination, il posa son vélo contre le mur et, dans un geste d'indifférence, il me jeta un regard furtif pour constater que je n'étais pas très loin.

Le trajet que je venais de faire en courant derrière mon père avait réussi à assécher mes larmes.

Cependant, ma sensibilité sur l'événement reprenait le dessus, quand dans un élan de tendresse mon père décida de ralentir l'allure pour que je puisse souffler un peu.

Mon esprit alors revoyait ce geste qui avait anéanti mon cadeau et quelques larmes venaient alors me surprendre.

Quand je retrouvai ma mère et qu'elle vit ma tristesse, je lui souhaitai une bonne fête en lui disant :

« Papa a jeté le bouquet de blé et de coquelicots que j'avais ramassé pour toi ! »

Elle me prit dans ses bras, me rassurant en me disant qu'elle imaginait très bien le bouquet magnifique que j'avais pu faire !

Qu'il était aussi beau que dans la réalité.

Elle me fit cette parabole que seule une mère peut raconter :

« Tu vois, quand tu n'étais pas encore venu au monde, souvent j'imaginais dans mes rêves le visage, les yeux, la bouche et les oreilles que tu pouvais avoir et que je ne voyais pas !

Et pourtant quand je t'ai vu pour la première fois, tu étais comme dans les rêves que j'avais faits.

Eh bien, vois-tu, pour ton bouquet perdu, c'est pareil pour moi aujourd'hui.

Ne sois donc plus triste maintenant ! »

En regardant son mari, maman lui dit avec une voix faite d'une tendre plénitude :

« Tu as été trop sévère ! Tu n'aurais pas dû lui jeter son bouquet comme tu l'as fait. »

Mon père resta silencieux. L'incident était clos pour lui.

Sa colère m'a beaucoup marqué. Elle m'a fait réfléchir longtemps après et encore aujourd'hui parfois, sur le sens de sa violente irritation. Il avait simplement eu peur.

L'expression de l'amour de ma mère pour contrebalancer cette mauvaise humeur, cherchant à me consoler et à me sécuriser, montrait qu'une autre alternative existait, et que l'attitude idéale se situait probablement entre les deux attitudes !

Le réconfort qu'elle me prodiguait, les remerciements qu'elle me fit pour ce cadeau devenu imaginaire et malgré tout réel, révélèrent les errements de mon père, qui donnait plus d'importance au risque qu'il avait imaginé pour moi qu'au sentiment qui m'avait animé.

Ma conscience fut troublée, atténuée ensuite dans une sorte d'évanescence.

Avec le temps, l'événement qui s'était produit en laissant une blessure à l'âme, s'était transformé en faveur de mon père, victime d'un sentiment naturel.

J'avais fini par considérer que, sur le fond, il avait eu en partie raison et qu'on pouvait le comprendre.

Sur la forme, il aurait peut-être pu s'y prendre autrement, me laissant offrir le bouquet que j'avais fait avec tous mes bons sentiments.

CHAPITRE V

L'aspect paradoxal que je découvrais était que pour apprendre et pour comprendre certaines valeurs, les situations vécues imprègnent plus notre conscience que les paroles ou les grands discours !

Longtemps après, je ne retenais plus qu'une chose : pour comprendre il faut savoir souffrir et se parler à soi-même.

Huit mois avant de disparaître à jamais, mon père m'avait laissé une douloureuse « leçon de vie », qui resta gravée dans ma mémoire, en contribuant à forger ma conscience.

La fin de l'année 1948 et le début de 1949, mes parents devaient quelque peu être préoccupés par leur projet de construction sur le terrain dont ils disposaient en périphérie du village.

Les plans avaient été réalisés par un ami architecte, et la banque avait donné son aval pour le financement du projet qui devait être signé dans la première quinzaine de mars 1949.

Les problèmes d'oreille dont souffrait mon père allaient grandissant et se combinaient à de violentes migraines qui inquiétaient son entourage et le médecin spécialiste qui le soignait. Son état ne s'améliorait pas et cela durait déjà depuis plusieurs mois.

Un jour, maman me dit :

« Papa va être opéré demain, il ne restera pas longtemps à l'hôpital, et ensuite, quand il reviendra, il n'aura plus mal aux oreilles et il ne sera plus de mauvaise humeur le soir ! »

Dans les semaines qui précédèrent son hospitalisation, il était souvent irrité par le bruit que l'on pouvait faire. Il dormait mal, et les douleurs étaient de plus en plus fréquentes.

Le 2 mars 1949 au matin, il partit en taxi à l'hôpital avec l'espoir de voir disparaître les douleurs insoutenables qu'il endurait depuis plusieurs semaines déjà.

J'ai encore en mémoire cette vision, quand il vint m'embrasser avec son éternel béret sur la tête en me disant :

« Ne t'en fais pas, mon garçon ! Papa sera là dans quelques jours. »

Ensuite, il alla embrasser mon frère et ma sœur.

Il avait un léger sourire, un peu triste, mais tout laissait présager un futur heureux.

Maman ne montrait pas sa relative inquiétude, lorsqu'elle embrassa son mari affectueusement et quand elle lui fit signe, alors que le taxi s'éloignait en l'emportant vers son destin. J'appris plus tard qu'il fut opéré d'une « mastoïdite » qu'il n'avait pas !

Il avait mis sa vie en jeu des quantités de fois durant la guerre et là, on allait lui faire une intervention sous la protection de toute une équipe médicale théoriquement compétente, réduisant le risque à presque rien.

Catherine, sa belle sœur, en sa qualité d'infirmière, avait été autorisée à assister à l'intervention au bloc opératoire le lendemain de son admission à la clinique.

On ne put le réanimer lors de l'opération, et jamais on ne m'autorisa à le voir une dernière fois malgré mon insistance.

Ma tante avait déjà imposé à ma mère affaiblie par la triste nouvelle sa vision morale devant la mort !

Elle me fit cette réflexion :

« - Pour préparer ton papa à son grand voyage, on a enveloppé sa tête dans un linge blanc afin de le protéger des rayons de lumière ! Il va bientôt partir au ciel et ne reviendra plus !

- Mais j'aimerais le voir quand même et l'embrasser avant qu'il ne parte au ciel ! » Je n'eus pas d'autre explication !

Ma déception fut grande de ne plus jamais pouvoir revoir mon père qu'en imagination !

Je devais désormais me contenter des informations qu'on m'avait données.

Il était impossible pour moi de réaliser ce que toutes les phrases voulaient vraiment dire et les conséquences qu'elles auraient sur ma vie.

Maman, quand elle fut en mesure de nous parler, nous rassembla le soir à l'heure de l'angélus.

Le son des cloches n'était pas le même que d'habitude.

Il annonçait qu'un vivant était mort dans la journée au village, et cet homme était mon père ! Il s'apprêtait à rejoindre Dieu le Père !

Paul était sur les genoux de maman, ma sœur et moi étions assis contre elle, enlacés et silencieux, attendant qu'elle nous parle et nous dise la vérité.

Drapée dans une dignité faite d'amour et empreinte d'une force qui avait le pouvoir de rassurer notre ignorance, elle retint une dernière fois son souffle avant de prononcer la terrible phrase :

« Papa est allé au Paradis, mais sera toujours là pour nous guider et nous apporter les soutiens dont nous pourrons avoir besoin.

Notre vie va changer ! Je sais que vous allez être raisonnables et que vous soutiendrez votre maman. Je sais que vous l'aiderez chacun à votre manière quand je vous le demanderai ! »

Maman ne pleurait pas.

Son regard était comme enveloppé dans une douce mélancolie qui, grâce à notre présence, interdisait le jaillissement des larmes. Mon état de torpeur me rendait plus mélancolique que triste, puisque « papa serait toujours là » et que c'était maman qui nous le disait !

Tout ce que j'avais entendu dans cette mémorable journée plaçait ma conscience dans un épais brouillard.

La phrase qui avait été prononcée par maman allait résonner dans ma conscience comme un espoir.

Cette pensée venant de ma mère avait la même valeur que tout ce que l'Évangile nous apprenait et qui relevait de la foi pour y croire !

Cette croyance m'accompagna jusqu'à la fin de mon adolescence et ensuite, pour ne pas décevoir maman, je la laissais faire ses monologues intarissables sur cette période qui avait transformé sa vie.

## *Le jour de l'enterrement de mon père*

Maman me prit à part un peu avant l'enterrement et me dit à peu près ceci :

« Maintenant que Papa va partir au ciel, c'est toi qui vas être l'homme de la famille et quand tu verras son cercueil, il ne faudra pas pleurer puisqu'il sera toujours là avec nous »,

**L'enterrement fut émouvant et grandiose.**

Les quelques souvenirs qui sont restés gravés dans ma mémoire finirent par se confondre avec ceux maintes et maintes fois racontés par ma mère.

La responsabilité dont maman m'avait investi juste avant de partir à l'église, je ne l'avais pas vraiment comprise sur le moment.

Cependant, elle avait induit en moi, sans comprendre, toute la dignité et l'attitude qu'un enfant de huit ans peut avoir en une telle circonstance.

# CHAPITRE V

Il y avait beaucoup de monde dans l'église et encore plus aux alentours et dans le village.

Mon père, par son dévouement durant la guerre et dans le cadre de ses activités de secours, avec les pompiers notamment durant la récente inondation de 1947, était connu par une grande partie de la population.

La plupart du personnel de mairie était là, accompagné par le maire de l'époque, ainsi que l'ensemble du corps des sapeurs-pompiers de la ville qui lui rendit les honneurs.

J'entends encore *le Chant des Adieux* que la chorale entonna au moment de partir vers sa dernière demeure dans un crescendo répétitif comme pour le tenir par la main et l'empêcher de partir : on singularisa la chanson pour mon père, ce qui rendait l'adieu plus émouvant encore !

*Ce n'est qu'un au revoir !*

*Faut-il nous quitter sans espoir*
*Sans espoir de retour*
*Faut-il nous quitter sans espoir*
*De nous revoir un jour*

*Le refrain :*
*Ce n'est qu'un au revoir mon (mes) frère (s)*
*Ce n'est qu'un au revoir*
*Oui nous nous reverrons, mon (mes) frère (s)*
*Ce n'est qu'un au revoir.*

*Formons de nos mains qui s'enlacent*
*Au déclin de ce jour*
*Formons de nos mains qui s'enlacent*
*Une chaîne d'amour*

*Le refrain :*
*Unis par cette douce chaîne*
*Tous, en ce même lieu*
*Unis par cette douce chaîne*

# CHAPITRE V

*Ne faisons point d'adieu*

*Le refrain :*
*Car Dieu qui nous voit tous ensemble*
*Et qui va nous bénir*
*Car Dieu qui nous voit tous ensemble*
*Saura nous réunir*

*Le refrain : À nouveau ! Etc.*

À l'église, maman n'avait pas quitté ses trois enfants qui l'entouraient, comme s'ils étaient devenus un rempart devant la peine immense qu'elle avait.

Nous allions devenir le sens, mais aussi le but unique de sa vie.
Sa volonté s'était grandie dans l'épreuve !
Elle savait qu'avec le bouclier de ses enfants, chaque année lui donnerait un peu plus de force encore pour affronter les difficultés de la vie. Nous étions sa richesse et son glaive.
Quelque temps après l'enterrement, le chirurgien qui avait opéré papa vint proposer à maman de nous offrir des vacances chaque année pour adoucir sa tristesse d'avoir échoué en voulant le sauver. C'était comme un aveu de son échec ou de son erreur !
La fierté de maman était trop grande pour accepter, malgré son insistance. Il lui demandait de prendre un temps de réflexion avant de donner une réponse.
Avec les années qui passèrent, j'avais compris que j'étais devenu le gardien des certitudes de ma mère. Ce rôle m'avait été assigné le jour de la mort de papa.
Je savais que je n'avais pas le droit de la décevoir et que je ferais de mon mieux !
J'étais au début de mon adolescence, et j'étais déjà investi de responsabilités dont je ne mesurais ni la portée ni l'influence sur l'évolution de ma jeune conscience.
L'année qui suivit le départ de mon père, nous sommes allés très souvent nous recueillir sur sa tombe avec maman, pour recevoir les recommandations

qu'il avait oublié de nous dire avant de partir. Maman avait une certaine obsession cette année-là, pour que sa demeure monumentale soit achevée et le protège tout au long de son grand voyage.

Durant de nombreuses années encore, j'allais lui parler seul, pour lui annoncer mes bons résultats scolaires ou mes peines, et pour entendre son avis. Après ces courts instants d'échanges, j'avais l'impression d'entendre et parfois de reconnaître le chemin qu'il m'indiquait. Quand je repartais, je me sentais plus fort et plus serein pour continuer ma route !

# CHAPITRE VI

## LES CONDITIONS ÉTAIENT REMPLIES POUR LE DÉPOUILLEMENT DE LA VEUVE

Le principal obstacle aux désirs hégémoniques de ma tante était levé.

Ma mère ne disposait désormais que de sa bonté et de sa volonté pour y faire face. Elle s'entendait bien avec sa mère qui se reconnaissait en elle et qui ne manquait pas de la soutenir à de nombreuses occasions.

*La cohabitation devenait plus difficile et plus sournoise :*

Un jour, la perfidie de ma tante fut une fois de plus confondue.

Le chagrin de ma mère avait du mal à s'estomper.

Son deuil s'achevait progressivement, et il fallait penser à l'avenir et surtout à celui des enfants !

Elle fut un peu abattue quand je lui fis part de ce que m'avait dit ma tante Catherine sur le ton de la confidence :

« Maintenant que tu as bientôt dix ans et que ton papa est parti au ciel, cela me ferait plaisir que je le remplace un peu pour soulager ta maman !

De plus, je suis ta marraine et c'est donc normal que je vienne vous aider ! Qu'en penses-tu ? »

Je ne sus que répondre devant tant de bonté !

J'avais intuitivement comme l'impression que ce n'était pas son cœur qui parlait, mais un autre sentiment que je ne percevais pas.

Me ressaisissant, je lui dis :

« J'en parlerai à maman. »

Elle me répondit curieusement :

« Ne dis rien à ta maman, car elle pourrait être triste. Il vaut mieux que cela reste un secret entre nous ! Tu veux bien ? »

Quand je racontai à maman ce que m'avait dit sa sœur, je me rendis compte que cette histoire l'avait fortement attristée, car elle m'indiqua que c'était gentil de sa part, mais qu'on n'avait pas besoin d'elle.

Puis sur un ton plus ferme, elle rajouta :

« Tu as une maman ! Tu n'as pas besoin d'en avoir une deuxième. »

Ce n'est que plus tard, en reparlant avec maman de cette histoire, que j'ai compris la dimension perfide de la proposition de ma tante, qui voulait répéter avec ma mère ce qu'elle avait réussi à faire avec sa sœur aînée !

Le même processus qui s'était engagé avec moi, n'était que la répétition de celui réussi cinq ans plus tôt avec mon cousin Roger et sa sœur Marie-Louise !

Cette tentative s'est poursuivie avec ma sœur et mon frère. J'appris plus tard que la même fin de non-recevoir s'était produite, d'autant plus fermement que maman était devenue plus attentive aux agissements de sa sœur depuis le jour où je lui avais raconté ce qui m'avait été proposé.

Ma mère avait trop d'amour pour ses enfants pour laisser s'immiscer entre elle et eux une autre personne qui aurait pu nous influencer en quoi que ce soit.

Notre éducation et la transmission de valeurs étaient de sa seule et unique responsabilité.

Elle avait un orgueil immense à travers ses enfants qu'elle protégeait au delà du nécessaire. Elle était une louve protégeant ses petits.

## Ma grand-mère s'en va pour l'éternité

C'était un matin calme. Nous étions à la fin du printemps de cette année 1951.

Le soleil commençait à monter dans le ciel, après avoir fait disparaître les derniers voiles de brume. Les roses venaient de s'ouvrir, éclatantes avec leurs pétales multicolores. Le jardin, sous l'ardeur des rayons du soleil, était en respiration pour favoriser le mûrissement des fruits et légumes disséminés un peu partout.

Les grappes de raisins encore vertes captaient l'énergie solaire, avant de commencer à prendre leur couleur définitive.

# CHAPITRE VI

J'étais allé, juste après avoir pris mon petit déjeuner, cueillir une rose jaune or pour l'offrir à maman, et une autre bien rouge que je voulais donner à ma grand-mère à son lever.

Quand je vis maman, en lui donnant ma rose, elle avait l'air triste.

En la regardant, je venais de voir une larme qui s'était figée sur sa joue, comme interdite par mon arrivée.

Je lui demandai où était grand-mère pour lui donner celle que j'avais spécialement cueillie pour elle !

Elle me dit :

« L'âme de ta grand-mère se prépare à partir rejoindre ton papa au ciel, mais pour l'instant elle dort encore et ne se réveillera plus.

Viens avec moi pour lui donner la rose que tu avais choisie pour elle ! »

Lorsque je la vis endormie dans son lit, elle paraissait moins vieille que d'habitude et elle eut l'air d'avoir un léger sourire quand je mis ma rose entre ses doigts déjà fermés. Elle avait l'air de prier avant de quitter la terre. Elle semblait presque ailleurs tout en étant encore là !

Autour du lit, les adultes de la famille étaient recueillis comme contrits de ne pas avoir montré tout l'amour qu'ils avaient eu pour elle.

Ils regrettaient peut-être aussi les peines qu'elle avait dû endurer par leur comportement, et certaines querelles dénuées de sens.

J'étais le dernier des enfants à être venu auprès d'elle avec mon cadeau. Les autres étaient dans la salle à manger, attendant qu'un adulte leur permette d'aller s'égayer dehors.

Quand, un peu plus tard, Catherine descendit, ce fut pour libérer tout le monde dans le cadre de ses instructions : vous pouvez sortir à condition de ne pas faire de bruit.

Entendre cette réflexion provoqua en moi le déclenchement d'un rire incontrôlable.

De l'étonnement que provoqua mon attitude, mais aussi la force communicative de mon incongruité, tous les enfants se mirent à rire à leur tour. N'ayant alors plus qu'un seul recours pour ne pas paraître insolents, ils quittèrent la pièce le plus rapidement possible. Ainsi ils pouvaient se laisser aller naturellement vers un retour d'attitude plus en symbiose avec la situation de tristesse qui devait prévaloir.

Je n'étais pas triste !

Quand je voyais les pleurs des adultes, j'aurais bien aimé me mettre à l'unisson avec eux, mais c'était impossible ! Aucune larme ne venait envahir mes yeux.

Je savais que grand-mère ne m'en voudrait pas si elle me voyait !

Pour elle, j'avais été son rayon de soleil dans les dernières années de sa vie. Il est vrai, largement entretenu par maman, dont j'étais la fierté la plus ancienne.

C'était le deuxième enterrement auquel j'assistais dans la famille alors que j'étais seulement dans ma onzième année.

L'après-guerre faisait dans la famille plus de victimes que n'avait faites la guerre !

Avec la mort de ma grand-mère, la famille porta le deuil durant de longs mois.

La tradition catholique fixait cette période à un an, afin que tous ceux qui avaient été proches du défunt puissent prendre leur temps pour maîtriser, puis évacuer, la forte charge d'émotivité qu'ils venaient de subir.

La symbolique du deuil est de nature à nous renvoyer au sens de la vie, et la mort n'est qu'un passage pour rejoindre Dieu dans une autre vie !

Les croyances surnaturelles qu'elle implique pourront alors, avec le temps, apporter apaisement et réconfort aux vivants pour poursuivre la vie par respect pour ceux qui sont partis.

Pour la société, la personne en deuil a le droit de rester triste pendant une période plus ou moins longue, par déférence pour le disparu et par décence ou par considération pour la personne qui en a été affectée.

Les valeurs qu'incarnait le disparu peuvent dans cette circonstance être plus vivantes et mieux écoutées en raison du climat plus attentionné et donc plus réceptif pour les entendre !

La peine de maman était certainement plus sincère, à défaut d'être plus grande, car elle perdait avec sa mère la meilleure confidente et sa meilleure alliée au sein de la famille.

Ma tante après quelques mois de deuil était devenue impatiente pour que les conditions de l'héritage puissent être définies.

Seules la décence et les émotions encore non éteintes imposaient la retenue, mais l'enjeu auquel elle était confrontée plus que ses sœurs se nommait :

« Préparer l'héritage au plus vite et dans les meilleures conditions possibles pour elle » !

Elle était la plus jeune, mais elle considérait qu'elle était la seule et la plus capable de mener à bien une telle tâche.

La voix d'aucun homme ne viendrait s'opposer à ses volontés quand elle aurait terminé ses réflexions et préparations.

Ceux qui restaient ne pouvaient guère faire entendre leurs volontés puisque :

- oncle Nicolas n'était qu'un demi-frère.

- oncle Louis n'était que l'époux de sa demi-sœur, et de plus il ne parlait qu'une langue inconnue dans la famille en dehors de sa femme et de ma mère. Sa langue était le patois lorrain *(42)*. Seule maman pouvait avoir des conversations avec lui, ce qui lui procurait toujours un énorme plaisir, lui qui n'avait que le droit de se taire ou d'écouter les directives de son épouse. Il avait l'impression, en parlant à ma mère, d'exister et d'avoir une pensée qui méritait pourtant d'être entendue. Sa vie était consacrée au travail. Il était contremaître dans la sidérurgie, et ses temps de loisirs, il les passait à assurer une petite activité fermière d'élevage de vaches laitières et de porcs avec la production des produits dérivés habituels. *(43)*

## Le dépouillement de la veuve !

L'anniversaire de la mort de mon père s'était passé comme l'avait prévu maman en ayant terminé son tombeau. Elle avait eu une certaine fierté d'y être parvenue malgré ses maigres ressources.

Elle pouvait essayer de rebâtir sa nouvelle vie et sortir tout doucement de son deuil.

La vie et ses enfants exigeaient d'avoir de nouvelles espérances et elle savait qu'il allait falloir relever courageusement la tête en ne comptant sur aucun soutien.

Ses forces, elle les puisait en regardant ses trois enfants. Les voir épanouis lui était suffisant pour faire son bonheur !

Son énergie allait s'en nourrir jusqu'au jour où ils pourraient se débrouiller dans la vie sans son aide.

Elle n'avait pas voulu jusque-là s'intéresser à l'héritage de ses parents par décence, mais elle n'avait surtout pas encore la force d'y réfléchir.

Il restait à secouer son spleen profond. Une lumière grandissante éclairait la nuit où elle avait sombré pour en sortir lentement.

Pendant que maman renaissait de sa douleur, que son énergie et son sourire revenaient, l'héritage se préparait derrière son dos sous l'impulsion de « la grande résistante » !

Une dure vie de labeur, avec un sens ancestral d'accumulation de terres, avait été la ligne de conduite de mon grand-père jusqu'à sa mort, l'année de ma naissance. Son propre héritage n'avait eu de sens que pour agrandir à son tour les richesses terriennes plutôt que de les dilapider.

À sa mort, son épouse était devenue dépositaire, non sans nostalgie, des biens familiaux, autant pour respecter la volonté de son époux que la sienne. Un patrimoine ne se divise pas, tant que l'on est là pour le garantir.

Il avait envisagé de faire un testament, mais sa disparition prématurée avait laissé les choses en l'état, et ma grand-mère était bien éloignée de ces contingences matérielles.

Le patrimoine allait donc se transmettre au libre arbitre des héritiers, qui devraient en faire leur affaire avec « le paquet-cadeau parental » !

Les valeurs qui avaient été celles de mes ancêtres faisaient aussi partie de leur héritage. Pour l'essentiel, ils avaient certainement fait de leur mieux avec une vision plus pratique qu'intellectuelle. Avant de mourir, leurs croyances et certaines de leurs vertus étaient bien vivantes dans la conscience de maman.

Au cours de mon adolescence, il lui arrivait souvent, lors de certains événements, de me transmettre des leçons de morale adaptées à chaque circonstance pour que j'en retienne l'essentiel.

Elle m'avait fait connaître de nombreuses fables chargées de bon sens et de valeurs morales de Jean de la Fontaine. *(44-45)*

Parmi elles, certaines résistèrent au temps et peuvent faire partie de concepts moraux à perpétuer et à adapter au temps présent ou à la circonstance.

Citons par exemple au hasard :

**Dans les relations avec autrui :**

« Tout flatteur vit aux dépens de celui qui l'écoute » morale du *Corbeau et du Renard*.

« Il faut autant qu'on peut, obliger tout le monde : on a souvent besoin d'un plus petit que soi » morale du *Lion et du Rat*.

« La méfiance est mère de sûreté » morale du *Chat et du vieux rat*.

CHAPITRE VI

« Que de tout inconnu le sage se méfie » morale du *Renard, du Loup et du Cheval.*»

**Ou dans certaines circonstances de la vie :**
« Plutôt souffrir que mourir, c'est la devise des hommes » morale de *La Mort et le Bûcheron.*
« Je plie mais ne romps pas » morale du *Chêne et du Roseau.*
« Rien ne sert de courir, il suffit de partir à point » morale du *Lièvre et de la Tortue.*
« Il ne faut jamais vendre la peau de l'ours qu'on ne l'ait mis par terre » morale de *l'Ours et des deux compagnons.*

Et bien d'autres morales que l'on peut tirer de ces fables, dont toutes n'ont pas forcément résisté au temps.

Si maman n'avait pas oublié la fable du *Chat et du vieux rat,* elle n'aurait pas été dépouillée par ses sœurs de cette façon éhontée ! Le patrimoine à répartir était parfaitement connu et avait fait l'objet de savantes estimations, selon le conseil du clerc de notaire qui avait été sollicité pour cela.

Il était aussi le cousin de Gilbert, le fils aîné de Marie.

Dans le milieu familial, la notoriété morale d'un notaire était considérée comme parole d'évangile quand il s'exprimait ; d'autant plus que personne n'avait vraiment de connaissances juridiques dans la famille.

Tout ce qui pouvait être proposé avec quelque insistance devenait une tentative de vouloir contourner la loi, alors que la constitution des lots des futurs héritiers n'était pas de la compétence du juriste, mais des seuls héritiers entre eux.

C'était un patrimoine respectable, à répartir entre deux enfants d'un premier lit *(46)* et les trois sœurs d'un second *(47).*

C'est alors qu'une belle duperie fut orchestrée par Catherine, avec la complicité du clerc de notaire.

Pour qu'elle réussît, il fallait que les valeurs d'équité, de justice, d'amour, de respect et d'honnêteté, soient absentes entre les membres héritiers et que les chances d'aboutir deviennent réelles !

Il aurait suffi qu'une des vertus soit présente comme le plus petit commun dénominateur entre ses membres, pour que la duperie ne se réalise pas.

# CHAPITRE VI

Je sais mieux que personne combien ma mère incarnait toutes ces valeurs, mais elle était la seule.

Sur ce plan, il est vrai qu'elle hérita de la plus grosse part du patrimoine culturel de ses parents. Sa sœur aînée et son demi-frère n'étaient pas totalement abandonnés par ces vertus, il leur manquait seulement la capacité de pouvoir les affirmer !

Maman m'avait bien raconté comment la répartition des lots s'était faite, et surtout comment se fit un tirage au sort entre sa sœur aînée et elle-même.

Le déroulement de ce tirage au sort, d'où ma mère sortit trahie et spoliée, ne fut connu que bien des années après !

Un jour, mon cousin Gilbert, que ma mère aimait bien, éprouva le besoin de libérer sa conscience.

Le fardeau qu'il portait était devenu trop lourd, après vingt-cinq ans de silence. L'absence de respect et d'honnêteté que cette trahison impliquait était devenue insupportable pour lui. Il admirait la force morale de sa tante qui était aussi sa marraine !

Il savait que cette force était devenue un exemple que l'on admirait dans le village où il connaissait tout le monde. Comme pour se laver de ses fautes qui n'étaient qu'un secret, lorsqu'il se trouva devant maman, il lui raconta ce qu'il savait :

« J'étais derrière le guichet passe-plats situé entre la cuisine et la salle à manger, quand eut lieu la réunion de partage avec mon cousin clerc de notaire. Deux lots avaient été établis en vue de déterminer qui de toi ma tante, ou de ma mère, allait recevoir la maison familiale. Il fallait absolument que tu ne puisses en hériter. Un tirage au sort fut alors organisé.

Le clerc devait détenir dans une main une allumette entière et dans l'autre une demi-allumette. Celle qui tirerait la grande allumette aurait la maison familiale, et celle qui tirerait la petite aurait la maison voisine. Autrement dit : soit on pouvait avoir « une bicoque » soit « une maison de maître ». *(48)*

J'avais été mis dans la confidence par mon cousin clerc de notaire qui me dit, quelques jours avant la réunion de signature des actes, de ne pas m'en faire, car ma mère aurait de toute façon la maison familiale quoiqu'il arrive, et il expliqua ce qui allait être fait.

Pour que le stratagème réussît, il fallait que tu sois la première à te prononcer pour tirer la petite allumette. Or le clerc, associant sa malhonnêteté à la duplicité de Catherine, avait pris la précaution de n'avoir dans chaque main que des moitiés d'allumettes et ainsi comme un tour de magie, la forfaiture pouvait s'accomplir !

Voilà comment on a abusé de ta crédulité devant l'homme de loi qui pour toi ne pouvait pas être malhonnête ! »

Quelques jours après l'incroyable aveu qu'il venait de faire à maman, il m'adressa une étude très complète pour me permettre d'entamer une procédure judiciaire en annulation des termes du partage de l'époque.

Mais, en accord avec ma sœur et mon frère, nous décidâmes de ne rien faire. Ma mère n'aurait pas supporté d'ouvrir des plaies refermées depuis si longtemps !

Je me contentais alors d'adresser à tous les acteurs et bénéficiaires de ce fameux partage une lettre étayée par l'étude du cousin pour montrer que nous n'avions jamais été dupes de la supercherie et les laissions dans l'inquiétude d'une éventuelle démarche judiciaire.

Il restait encore cinq années jusqu'à la date de prescription du partage effectué en 1951.

Ils allaient ainsi modestement souffrir un peu à leur tour, jusqu'à ce que la prescription soit consommée.

Agir contre la volonté de notre mère était moralement impensable pour deux raisons majeures :

- c'était d'abord ouvrir une plaie qui s'était refermée depuis longtemps.

- c'était aussi lui faire mener, avec nous certes, un combat dont sa droiture et sa volonté avaient déjà triomphé.

Agir contre ceux qui l'avaient trahie revenait pour elle à vivre jusqu'à la fin de sa vie au milieu d'une rue où les habitants seraient devenus ses ennemis, puisque la moitié de celle-ci était habitée par des membres de la famille.

Nous, ses enfants, n'avions pas le droit de lui infliger un tel sacrifice, fût-ce pour réparer une énorme injustice humainement et moralement parlant !

Ma tante avait réussi son exploit scélérat !

Je pensais qu'il était regrettable que cette tante pût avoir deux visages dont l'un avait porté haut l'honneur et l'autre animé des pires fourberies !

Il lui fallait des héritiers comme la célibataire qu'elle était.

Elle les avait trouvés avec son neveu Roger et sa nièce Marie-Louise, auxquels j'aurais été joint si j'avais trahi ma propre mère à l'époque où mon père avait disparu !

## *L'oncle Nicolas comme Ésope cherchait un Homme !*

Je ne peux laisser dans l'oubli cet oncle pour qui la vie a été injuste !

À la naissance, il avait déjà été victime de la vie qu'on lui avait donnée.

Ce pauvre oncle, gentil et sensible, n'avait jamais pu surmonter les nombreux malheurs qu'il avait dû subir tout au long de son existence.

On aurait dit que, pour lui, vivre devait obligatoirement être une suite de souffrances !

Au cours de son adolescence, il fut atteint par une maladie génétique incurable plus ou moins grave suivant les cas. Il eut droit au cas le plus déplaisant d'expression de cette maladie : il s'agissait d'un « psoriasis ». *(49)*

La maladie le touchait un peu partout sur le corps : le cuir chevelu d'abord, ce qui lui imposait de porter quasiment en permanence un chapeau de feutre noir !

Adolescent, je demandai à maman quelle était la raison qu'il avait pour ne jamais quitter son chapeau, même quand il n'était pas dehors.

Elle me répondit qu'il souffrait d'une grave maladie de la peau et que cela venait de sa naissance.

Les autres parties de son corps qui étaient atteintes ne se voyaient guère, car il était toujours habillé jusqu'au cou en toutes saisons pour que l'on ne se doutât de rien.

Lorsque je fus plus âgé et en âge de comprendre, maman compléta son information à l'occasion du retour de mon oncle après une de ses virées mémorables où il s'était laissé aller à boire jusqu'à en perdre connaissance. Son corps me dit-elle est envahi à de nombreux endroits par une peau « écaillée », squameuse et rougeâtre.

Ainsi, elle m'indiqua qu'il était atteint au niveau des bras et des jambes mais aussi aux pieds et à la taille, ce qui expliquait qu'il avait toujours une tenue de moine.

Elle poursuivit ce jour-là en me racontant un peu sa vie : il était resté célibataire par la force de son malheur. Bel homme, sa ressemblance avec son père était étonnante, si bien que ma mère me disait parfois que si je voulais imaginer comment était physiquement mon grand-père, il suffisait de regarder Nicolas, mon oncle !

Ses conquêtes féminines finissaient toujours comme une souffrance de plus, que seule une attitude platonique pouvait parfois faire durer un peu plus long-temps.

Avec les années il sombra dans l'alcoolisme.

L'estime qu'il avait de lui-même s'anéantissait en opposition à son anxiété et à l'idée qu'il se faisait de ne pas pouvoir vivre comme un homme à part entière.

Il avait dépassé les cinquante ans lorsqu'il me fit cette confidence philoso-phique :

« Vois-tu, un animal est plus heureux que moi ! Je suis un être avec une conscience qui lui interdit de vivre comme un homme et l'homme en moi, pour ne pas souffrir, lui obéit.

Dans la famille il n'y a que ta mère qui m'ait regardé comme une personne normale et digne d'intérêt. »

Je pensais que ma mère, qui était sur bien des plans une exception, l'était là aussi.

Elle contredisait un peu ce que le bavard *(50)* cria dans la foule en s'adressant à Ésope : « Ésope, que fais-tu donc de ta lampe éclairée en plein midi ? »

Et Ésope de répondre : « Je cherche un homme » et il s'en alla.

Si l'importun avait réfléchi à la réponse que lui fit le vieil Ésope, il aurait dû constater qu'il ne l'avait pas pris pour un homme ! Cette situation engendra chez ce pauvre oncle une déchéance profonde qui s'accentua lorsqu'il perdit son emploi de responsable de production dans une entreprise de produits laitiers de la région.

J'avais dépassé l'adolescence quand j'accordai à maman qu'elle avait raison de soutenir le pauvre hère qu'il était devenu, pour employer sa propre expres-sion, puisqu'il disait en parlant de lui-même :

« Je suis un pauvre diable ! J'ai hâte d'être dévoré par les vers ! »

Il se hissait à la hauteur de Victor Hugo quand il disait :

« Je veux que le ver qui rongea mes restes ait déjà dévoré des rois ».

Il aurait mérité de recevoir un peu d'amour, et pour le moins une certaine considération de la part de ses sœurs, non pas pour la pitié qu'il aurait pu inspirer, mais pour le courage dont il fit preuve pour supporter son calvaire jusqu'à la perte de son emploi à l'âge de quarante-cinq ans.

La Guerre ne l'avait pas épargné, puisqu'il fut enrôlé de force dans l'armée allemande parmi tous ces « Malgré-nous » pour aller se battre sur le front russe d'où il revint par miracle, comme seul rescapé de son régiment avec deux autres lorrains.

Il vécut dans le froid des steppes russes un véritable calvaire, accentué par la maladie de peau qui le tenaillait dans des conditions plus douloureuses encore. Il avait eu les pieds gelés par le froid au cours de l'hiver 1942-1943, après s'être battu pour le compte de son propre ennemi dans des conditions épouvantables dont seuls les héros peuvent s'enorgueillir quand ils sont revenus d'une guerre après avoir défendu leur patrie.

N'est-ce pas moralement la pire des situations pour un être humain ?

Il avait surmonté l'obstacle où son corps qui souffrait était une fois de plus en opposition avec son âme et sa conscience.

Ma mère qui l'avait soutenu et lui avait donné un peu d'humanité tout au long de sa vie, là où la société le regardait souvent avec condescendance, me peina tout en me surprenant, lorsqu'elle me fit part de son décès alors qu'il était déjà enseveli six pieds sous terre !

Il avait à peine plus de soixante ans quand sa malchance s'arrêta !

Je l'aimais bien en regrettant de ne pas avoir eu suffisamment l'occasion de prendre mon temps pour discuter avec lui.

Il est vrai que dans les années qui précédèrent sa mort, il était très souvent sous l'emprise de l'alcool.

Il montrait souvent un bon sens d'une « étonnante clarté » quand il était à jeun.

Il avait aussi acquis une philosophie de la vie où malgré une situation peu enviable, il montrait qu'en chaque homme il faut conserver l'espoir, même si les circonstances ont tendance à ce qu'on le perde !

# CHAPITRE VII

## LA CONSCIENCE SE DÉVELOPPE AUPRÈS DE CET ÊTRE QUI DEVIENDRA UN JOUR UN HOMME !

« Cet être » qui était né pendant la guerre et qui avait grandi à une époque faite de violences et de haines, de lâcheté et d'actes d'héroïsme, c'était moi et je ne le savais pas !

Dans la famille, j'avais ressenti la force de l'amour qui s'identifiait à la manière d'être de ma mère et je percevais combien ma tante aimait autrement : elle aimait pour elle quand maman aimait pour nous.

Je découvrais les facettes de la concupiscence et de la vénalité de certaines personnes.

J'avais observé les manifestations de l'envie ou de la jalousie, auprès de ceux qui se contentaient de prendre plutôt que de donner. Ils préféraient perdre leur âme ! Dans les jeux, ils se montraient souvent malhonnêtes.

J'avais souvent été confronté au mensonge des adultes et des enfants de mon âge, mais aussi des plus âgés que moi.

J'aimais bien rencontrer les vraies valeurs humaines de certaines personnes, avec lesquelles des enrichissements devenaient possibles.

J'étais affligé par le refus de raisonner ou le refus de comprendre de certains adultes, qui prenaient souvent des positions catégoriques et arbitraires sur beaucoup de choses, comme si c'était la vérité. Souvent, j'observais que plusieurs adultes avaient un avis différent sur un même sujet, ce qui finissait par me rendre perplexe.

J'avais remarqué que c'était important de se faire des amis pour se sentir plus fort, mais aussi pour mieux réfléchir sur beaucoup de choses.

Être entouré d'amis, c'est mieux que d'être entouré d'ennemis.

Ma mère me dit cependant un jour : « Méfie-toi de tes amis, tes ennemis tu t'en méfieras toujours ».

Je lui dis que si elle disait vrai, c'était que les amis dont on parlait ne l'étaient pas.

J'étais étonné des fausses sensibilités de certains et des hypocrisies qu'ils avaient souvent.

Beaucoup d'adultes donnent l'impression d'avoir de la peine pour telle ou telle personne, et ne font rien ensuite pour venir en aide ou chercher à atténuer la douleur de celle qui en est atteinte !

J'étais étonné de voir qu'il y avait des personnes pétries par l'ambition, et d'autres contaminées par la paresse ou l'absence d'envie de se surpasser.

Ils se laissaient aller au gré du hasard et du vent. J'observais que certains adultes travaillaient beaucoup et restaient pauvres, quand d'autres ne faisaient pas grand-chose et donnaient l'impression d'être riches.

Il y avait sûrement une part d'injustice dans cette constatation mais pas seulement. Il faudrait que je grandisse davantage pour comprendre cette réalité qui existe depuis des millénaires et qui s'apparente aussi au pouvoir.

Je commençais à découvrir qu'il existait une grande différence dans les comportements entre les filles et les garçons. Lorsque je posai la question à ma mère, elle me dit que déjà, dans l'éducation, les parents n'agissaient pas de la même manière avec les uns et les autres parce que plus tard dans la société, les filles et les garçons n'auraient pas des rôles identiques.

Je restai à nouveau très perplexe sans comprendre. Je verrai cela quand je serais grand.

À cette époque, les aspects sexuels ne m'effleuraient pas encore l'esprit.

J'avais vu ou entendu des comportements racistes, et je pensais que c'était faire preuve de faiblesse, d'ignorance et de bêtise.

J'avais parfois ressenti l'autorité dans ce qu'elle a d'utile, mais aussi dans ce qu'elle a de néfaste pour l'épanouissement de l'esprit.

J'avais rencontré les deux facettes de l'autorité :

- « **la bonne** » : quand elle accompagne l'éducation et qu'on ne fait pas bien certaines choses en se laissant aller à la paresse, ou lorsqu'on ne fait pas correctement un devoir ou un travail ; ou bien encore lorsqu'on ne respecte pas une règle importante quelconque !

L'adulte a raison d'intervenir avec autorité.

- « **la mauvaise** » : quand cela ne correspond qu'au bon plaisir décidé par l'adulte et qu'il n'explique pas le pourquoi de la décision qu'il vous fait subir.

L'autorité me révoltait quand je sentais qu'elle était injustement appliquée.

J'avais observé l'importance du dialogue pour trouver parfois des réponses aux conflits qui existent entre les personnes.

J'entendais souvent le mot « liberté » ou « être libre » durant la guerre, et je ne savais pas très bien ce que cela voulait dire.

Quand je posai la question à ma mère, elle me dit : « être libre c'est faire en sorte que personne ne décide à votre place et qu'on reste son seul arbitre. »

Je lui dis qu'il y avait une certaine contradiction avec l'autorité quand on est obligé d'obéir à quelqu'un.

Elle me dit que c'était vrai et qu'il valait mieux que l'on reprenne cette discussion quand je serai plus grand.

Il y avait beaucoup de choses que je devrai revoir, en étant plus grand, pensais-je !

- « **Le bien et le mal** » : au catéchisme, le prêtre parlait toujours de bien et de mal. Il s'inspirait pour cela de la Bible et des paraboles de Jésus.

Je me dis qu'il suffirait de lire la Bible pour savoir, et que cette question au moins aurait toute sa réponse.

Je verrai donc là aussi la question plus tard.

J'avais cependant déjà beaucoup de réponses sur la question du bien et du mal, car tout ce qui précède évoque très souvent ces notions et y apporte l'éclairage nécessaire.

Maman me disait qu'à l'étude de la pensée des philosophes, je me ferais une meilleure idée sur la question du bien et du mal : les religions répondent à cette question ainsi que la philosophie, mais surtout la vie en société.

Comment juger que celui-là a tort !

Ou celui-là a raison !

Il faudra bien souvent une vie entière pour comprendre. La justice est importante, mais savoir être juste est très difficile.

J'ai vu des enfants de mon âge mal élevés, et d'autres qui avaient le sens de la relation et de la politesse.

Ma conscience balbutiait et prenait peu à peu forme. Je n'avais pas encore la possibilité de m'exprimer et de défendre les idées que je ressentais en moi. Je savais qu'un jour j'y arriverais.

J'étais comme un jeune léopard qui n'avait pas encore quitté ses parents pour aller chercher par lui-même sa nourriture intellectuelle. Les études que je ferai agrandiront le périmètre de ma connaissance et de ma conscience, et c'était une des raisons qui me poussaient à lire énormément et à apprendre.

Les personnes qui me connaissaient, quand elles rencontraient ma mère, lui faisaient parfois la remarque :

« Ton fils aîné a toujours un livre à la main quand on le rencontre » !

Mon identité existait avant que je ne puisse la reconnaître par moi-même.

Ma conscience se forgeait lentement, construisant ce qui deviendra ma propre personnalité.

J'avais besoin d'exemples à admirer pour construire ma conscience. Il fallait surtout que je lise de plus en plus la pensée de ceux qui écrivent pour connaître d'autres façons de voir, de concevoir, et de conclure en toutes choses !

J'étais sorti de l'adolescence, et j'étais en face d'une multitude de chemins.

Il sera difficile d'atteindre un niveau de conscience digne d'un Homme, puisqu'elle se situe à l'infini du fini des hommes !

Ce qui est le plus important pour chaque Homme, c'est de pouvoir se dire un jour qu'on a parcouru le chemin choisi le mieux possible, sans avoir à rougir de ce que l'on a fait.

Que chaque personne que l'on aura connue puisse se dire à votre sujet : « c'était un homme respectable, de grande vertu et d'une sagesse pouvant servir d'exemple. Les vertus humaines qu'il avait correspondaient à des forces universelles, mais étaient aussi profondément justes et humaines ! »

Que ces vertus soient :

- **morales**, comme la prudence, la tempérance, le courage, ou la justice.

- **intellectuelles**, ce qui impose d'atteindre une certaine sagesse par la raison comme finitude : à partir de l'art, de la science, de la prudence.

- l'enseignement catholique qui était le mien rajouterait **les vertus théologales** venant de Dieu : la foi, l'espérance, et la charité.

Demain, je devrai choisir parmi mes croyances initiales celles qu'il faudra modifier ou supprimer pour en découvrir d'autres.

Je deviendrai un homme si, malgré les souffrances, je réussis à sortir de la gangue originelle d'où je viens.

Je devrai alors me donner d'autres protections identitaires que ma conscience en constante évolution pousserait à obtenir, à condition que je puisse considérer que je reste sur le chemin de la sagesse en respectant tous les hommes.

# CHAPITRE VII

Ce qui ne veut pas dire faire comme eux ! Mais en me confrontant à eux, trouver la meilleure voie possible !

# Deuxième partie

*Sur le chemin de l'esprit et de la conscience pour devenir un homme*

# CHAPITRE VIII

## L'IMAGE DE LA FEMME IDÉALE SE CONSTRUISAIT DANS MON IMAGINAIRE COMME UN PUZZLE

*Les années d'adolescence et de jeune homme auraient pu être celles de l'insouciance ! Elles furent studieuses et raisonnables !*

La disparition de mon père me fit rapidement basculer vers une prise de conscience que la seule chance de pouvoir conjurer le sort était d'apprendre, et donc de réussir des études qui pouvaient m'aider à sortir de la sphère où je me trouvais enfermé.

La vie de ma mère était faite d'espoir pour ses enfants.

Pour elle, les nombreux sacrifices qu'elle s'imposait afin que nous ne manquions de rien étaient devenus sa manière d'exister, et d'une certaine façon, l'expression de son orgueil.

Nos succès dans nos études et dans notre vie étaient la récompense qu'elle attendait pour justifier sa propre vie, en lui donnant un sens.

Mes vacances se passaient à travailler à la maison, en l'aidant à des tâches agricoles pour nos propres besoins, tels que la culture de la plupart des variétés de légumes et de fruits, ou d'autres récoltes saisonnières que nous vendions.

Lors de la saison des mirabelles au mois d'août, nous remplissions par centaines des cageots que venaient chercher des distributeurs sarrois ou luxembourgeois. La frontière n'était pas très loin, et pour les Sarrois en particulier, ennemis qu'ils avaient été, ils étaient devenus de sympathiques clients.

Les cicatrices de la guerre se refermaient peu à peu. La vie et la réalité reprenaient leurs droits.

Une production d'eau-de-vie de mirabelle et de liqueurs diverses permettait de compléter la gamme des produits du terroir familial où nous avions tous un rôle à jouer auprès de notre mère.

À partir de quatorze ans, j'accomplissais de nombreux stages rémunérés dans des entreprises de la région.

Souvent, j'allais chez un architecte qui avait été l'ami de mon père et qui m'initiait au métier de dessinateur en bâtiment, ce qui me permit de passer un brevet professionnel dans cette discipline sans avoir suivi de cours, et d'y réussir avec une mention vers mes dix-sept ans.

Mes professeurs furent un peu étonnés de mon exploit, et personnellement j'en fus le premier surpris !

Lorsque j'atteignis mes dix-huit ans, je disposais, grâce à ma formation mais aussi grâce aux stages divers que j'avais faits depuis la fin de mon adolescence, d'une capacité pour accomplir plusieurs métiers différents comme un professionnel.

Tous ces métiers étaient pour moi autant de sécurités en cas de besoin éventuel !

En effet, en cas d'arrêt de mes études pour une cause quelconque, je ne risquais pas de me retrouver sans travail, même dans une société comme celle d'aujourd'hui. J'ai découvert beaucoup plus tard que tous les stages que j'avais accomplis durant mes études m'avaient octroyé, avec le service militaire, un équivalent de près de sept années d'activité valant pour le calcul des trimestres nécessaires à l'obtention d'une retraite à taux plein. Cela montre ainsi que mes loisirs d'adolescent et de jeune adulte avaient été plutôt studieux et centrés sur le travail, pour soulager un peu les finances de ma pauvre mère.

Il fallait donc apprendre, et cela se voyait dans mes résultats qui furent la fierté de ma mère jusqu'à la fin de mes études.

Jusqu'à mon entrée dans une école d'ingénieurs, mon parcours scolaire fut totalement atypique.

C'est ainsi que je me préparai seul, durant un an après le lycée technique, pour me situer au niveau du bac technique de l'époque, lequel correspondait au bac math-élémentaires, complété des matières techniques. Cette année-là, j'assurais également un emploi à plein temps dans une usine sidérurgique de la région, dans un service d'entretien, puis au bureau d'études, ce qui me permit de constituer un pécule suffisant pour aborder ma prochaine année scolaire.

Pour avoir des chances de réussir le concours d'entrée à l'école des conducteurs de travaux de Grenoble, le bac était le minimum requis. *(52)*

Je devais en particulier, dans le cadre des programmes, m'initier à la philosophie et compléter mes connaissances en mathématiques, en recevant de temps en temps les conseils de mes anciens professeurs qui m'aimaient bien et avaient une certaine admiration pour ma volonté de réussir à m'en sortir.

Pour les mathématiques, j'avais un ami *(53)* avec lequel nous nous exercions à rivaliser de prouesses pour dominer le programme comme un jeu.

On avala le contenu du programme en six mois, juste à temps pour que je puisse me présenter au concours d'entrée.

Après les deux années d'études prévues à Grenoble, les trois premiers de la promotion pouvaient entrer sur titre en deuxième année à l'Institut Électrotechnique.

Cette disposition avait été rendue possible par le fait que nous avions le même professeur dans les matières essentielles à l'École et à l'Institut ! Je n'ai pas réussi à atteindre cet objectif, ce qui aurait pu me faire gagner deux ans pour devenir ingénieur. *(54)*

Les choix sécuritaires que je privilégiais souvent ne me permettaient pas toujours d'avancer aussi vite que je l'aurais voulu, mais je ne perdais pas mon temps pour autant.

Je me consacrais alors à des sujets moins essentiels mais intéressants comme la lecture, où je puisais de nombreux éléments portant à réfléchir.

Un professeur de français, que j'avais eu à Grenoble, me fit la remarque un jour qu'il avait amélioré ma note lors du concours pour être certain de m'avoir dans ses cours.

Le sujet avait porté cette année-là sur « l'existentialisme » dont je ne connaissais rien avant d'avoir pris le train pour me rendre à Grenoble. J'avais eu curieusement l'idée, juste avant de partir, d'aller flâner dans la petite librairie qui se trouvait dans le hall de la gare. Je tombai sur un *Que sais-je* qui traitait justement de cette question. Le trajet se déroula dans la pensée existentialiste jusqu'à mon arrivée.

Les deux années que je dus passer à Grenoble m'ouvrirent de nouvelles portes pour choisir une école d'ingénieurs.

Je commençais à pouvoir maîtriser mon avenir pour la première fois, alors que j'avais juste un peu plus de vingt ans.

**Ma vie de loisirs** avait été réduite à la portion congrue, et s'était limitée jusque-là à un voyage dans une famille anglaise pour apprendre la langue.

Je fis également un autre voyage à Taninges, en Savoie. J'avais gagné quinze jours dans une colonie de vacances pour jeunes de mon âge, pour avoir emporté un premier prix de peinture, lors d'un concours des écoles de Moselle, alors que j'étais en fin d'adolescence.

Mon voyage en Angleterre se réalisa à dix-huit ans, et je vis pour la première fois la mer du côté de Boulogne, et à Douvres.

Avec la famille qui m'avait accueilli, nous allâmes dans une station balnéaire du sud de l'Angleterre à Eastbourne dans le Sussex.

J'avais été ravi, d'autant plus que la journée était plutôt ensoleillée. J'eus à cette occasion la possibilité de prendre mon premier bain et mon premier bronzage au bord de la mer.

Allongé sur le sable face à l'océan, j'observais le va–et-vient incessant des vagues écumeuses qui venaient disparaître sur le sable. Je m'amusais aussi à compter le nombre de vagues légères qui préparaient l'arrivée de la septième, beaucoup plus forte, comme un sursaut d'énergie répétitive !

Je ne me lassais pas du spectacle, malgré sa monotonie. Je n'arrivais pas à me détacher de l'idée que le flux et le reflux incessant que je regardais, l'homme qui avait pu être allongé là avant moi, il y a mille, cinq mille ou cent mille ans, aurait vu exactement la même chose. Cette stabilité immuable et éternelle me faisait rêver et frissonner à la fois !

Les parents de la famille qui m'avaient accueilli tenaient à me faire visiter Londres. En passant à Trafalgar square avec mon anglais incertain, je m'exclamai d'admiration devant la statue gigantesque en bronze du fameux amiral Nelson. Mon imagination me fit penser à Napoléon avec son bicorne et la phrase instinctive qui me vint alors à l'esprit fut : « Il ressemble à Napoléon » ! Ce qui fut ressenti comme une erreur impardonnable, acceptée avec un sourire condescendant tout britannique par cette famille anglaise pleine d'humour.

Les soirées se passaient à m'apprendre la langue à partir d'histoires drôles ou humoristiques, pour lesquelles les gestes étaient aussi importants que les paroles pour comprendre.

Une histoire me revient à l'esprit : nous étions au salon, avec les parents et leurs deux filles de treize et quatorze ans, ainsi que deux allemandes de mon âge qui avaient été accueillies comme moi !

Le père se mit à raconter des histoires pour essayer de nous faire rire, quand soudainement il présenta une feuille de papier de couleur bleu ciel, sans que l'on puisse voir quoi que ce soit de dessiné ou d'écrit sur la feuille.

Il posa alors la question à tout le monde :

« Que voyez-vous en regardant la feuille ?»

Après quelques instants de réflexion, aucune réponse satisfaisante ne fut donnée par les personnes présentes. Alors le père, visiblement satisfait de l'effet produit, nous demanda si l'on voulait entendre la réponse.

Devant l'attente générale, il nous donna sa réponse :

« Ce que vous voyez est un ciel d'été sans nuages ».

Cet humour britannique fit rire tout le monde aux larmes.

Moi je restai figé dans un sourire distant qui pouvait faire croire, avec mon faible talent en anglais, que je n'avais pas compris !

Les filles se mirent à me regarder et partirent ensuite ensemble dans un rire inextinguible qui me donna l'impression qu'elles s'étonnaient de mon sérieux ou encore, elles devaient imaginer que je n'avais peut-être pas perçu la finesse d'une blague qui ne prêtait à rire que pour son insipidité !

Dans les deux cas, leur rire n'avait pas de sens, si ce n'est qu'elles se donnaient une attitude joyeuse qui était finalement préférable à toute autre pour rester dans les bonnes manières auprès de ce couple anglais, qui était plutôt sympathique et prévenant.

La famille anglaise était très soucieuse de me faire progresser dans la langue. Je passai de nombreuses heures avec le père de famille en conversation en dehors des soirées communes, et il est vrai que je faisais quelques progrès.

Les deux jeunes Allemandes de mon âge, qui passaient le même séjour, parlaient anglais bien mieux que moi, ce qui avait pour effet d'agir sur mon « ego » de séducteur potentiel de façon assez incroyable.

Je décidai, de ce fait de les snober pour qu'elles finissent par daigner s'intéresser à moi. La stratégie que j'adoptai produisit rapidement ses effets, car elles décidèrent de m'inviter pour aller jouer au tennis.

Je leur dis que je n'avais jamais joué au tennis !

Elles s'empressèrent de jouer les professeurs en herbe pour m'apprendre les rudiments et, pensais-je, pour avoir des raisons d'être seules avec moi !

La première partie de tennis fut pour moi une véritable humiliation !

Je ne « touchai pas une balle » comme on peut dire, ce qui chatouilla quelque peu mon orgueil de garçon face à ces deux jeunes filles plutôt appétissantes, mais qui me narguaient par leur supériorité tennistique !

Mon talent de séducteur n'était pas à son affaire.

De plus, la langue anglaise que je ne maîtrisais pas ne facilitait pas mes quelques velléités dans ce domaine.

Au cours de ce séjour linguistique, j'avais découvert que de nombreux progrès restaient à accomplir dans cette langue.

Je pensais aussi qu'il faudrait peut-être que j'apprenne à jouer au tennis, non par esprit sportif mais davantage dans un but utilitaire et de séduction !

Ce qui n'est évidemment pas la meilleure manière pour devenir un champion !

J'observais que les frivolités ou les distractions qui permettent d'être insouciant m'étaient souvent assez étrangères, et qu'il faudrait un jour là aussi que je m'y intéresse !

Je revenais finalement de mon voyage plutôt satisfait, avec une vision du monde un peu différente, qui restait à approfondir et très certainement à découvrir. J'étais à l'évidence trop plongé dans mes études et pas assez en contact avec les copains et copines du moment.

Mon retour en France fut comme un retour dans un monde connu et sécurisé, mais en réalité c'était un monde étroit et limité.

*Comment découvrir la sexualité et l'univers de l'amour au moment de l'adolescence et dans les années qui suivirent, quand le temps de loisir est presque inexistant et que l'on n'a pas le droit à l'échec ?*

J'avais environ neuf ans quand pour la première fois je faisais innocemment la différence entre les garçons et les filles, que je trouvais moins agressives, plus gentilles, mais aussi plus mystérieuses et souvent incohérentes dans leurs attitudes ou leurs comportements.

Elles étaient un peu comme des chattes jouant avec une souris, attendant le moment où elles allaient surprendre et user de leurs charmes pour étonner !

J'aimais me retrouver avec Annick, une fille de mon âge, que je trouvais très belle et qui habitait dans le château voisin.

# CHAPITRE VIII

Sa mère avait été en son temps « miss Lorraine ».

Son père avait acquis une « petite fortune » comme grossiste en bonbons.

L'amitié particulière avec cette fille dura plusieurs années, jusqu'à la fin de mon adolescence. Ensuite, je l'ai perdue de vue quand elle alla faire ses études au lycée de jeunes filles.

J'ai appris bien plus tard que sa beauté avait fait de nombreux ravages parmi les lycéens et ensuite parmi les étudiants strasbourgeois, lorsqu'elle était partie faire ses études de pharmacie, qu'elle réussit brillamment.

L'image symbolique qui me reste de cette amitié correspond à nos nombreux tête-à-tête, assis dans les vignes ou serpentant les chemins de la colline du village à nous raconter des histoires. En parlant de nos rêves d'enfants !

Parfois, je lui prenais le bras pour l'embrasser tendrement et…peut-être amoureusement en devenant adolescent.

Les garçons de mon âge étaient généralement bagarreurs et pensaient certainement que plus on est fort plus les autres vous respecteront !

Intuitivement, je trouvais cette croyance stupide, digne des âges préhistoriques, où l'homme adulte devait effectivement être le plus fort pour vaincre « la bête » pour se nourrir.

Le plus fort devenait le chef pour assurer la sécurité des plus faibles, face aux agressions de l'extérieur.

J'étais convaincu que l'influence sur les autres devait passer par l'intelligence du raisonnement et non par l'usage de la force ou du coup de poing ; il est vrai que c'est plus difficile de persuader les autres par le discours en faisant preuve de pédagogie et de patience.

Se servir de ses poings, c'est plus radical et plus rapide, mais on n'a convaincu personne dans ce cas.

Je devais à peine avoir une dizaine d'années quand un autre élève de ma classe, toujours bon dernier, décida de m'en vouloir chaque fois qu'il se sentait humilié par les notes qu'il avait reçues et qu'il se mettait à les comparer avec les miennes. Il décida alors de se venger en cherchant à me donner une raclée chaque fois qu'il aurait une mauvaise note, c'est à dire à peu près toujours ! La première fois qu'il se décida à agir contre moi, ce fut à une sortie de classe vers quatre heures de l'après-midi.

Lorsqu'il vint à ma hauteur, il me fit subitement un croc-en-jambe pour me faire tomber et me placer en situation de devoir réagir, ce qui ne manqua pas de se produire après plusieurs attitudes agressives du même genre.

Nous en vînmes aux mains très rapidement, car ces agressions étaient devenues insupportables.

Une bonne partie de la classe assistait au pugilat et les quelques filles qui regardaient la scène semblaient avoir des craintes pour moi, à juste titre !

Après quelques minutes d'un combat violent, d'où je sortis avec un visage visiblement marqué, les autres élèves vinrent nous séparer et tout rentra dans l'ordre.

Cette situation m'amena à m'organiser pour que cela ne se reproduise plus, en veillant à m'entourer de mes meilleurs copains pour faire front à ce genre de situation dans le futur.

À la première occasion, je fus à nouveau sollicité pour un nouvel affrontement qui n'eut pas lieu, car mes copains firent le nécessaire pour évincer les attaques de cet imbécile, qui n'avait que ses muscles pour se faire valoir.

De nombreuses années après, j'appris qu'il était devenu boxeur et qu'il obtenait de temps en temps de bons résultats cette fois !

Cette expérience m'apporta beaucoup par la suite, pour faire face à des situations difficiles devant certaines agressions dont je fus parfois l'objet sans véritables motifs si ce n'était mon humour arrogant devant la bêtise.

Plusieurs années après, alors que j'étais au lycée technique et que je devais avoir environ seize ans, un « pion » un peu stupide ne supporta pas les réparties que je lui assénais chaque fois qu'il avait envie de m'ennuyer.

Il prit la précaution de me prévenir qu'à la prochaine réflexion de ma part lors d'une de ses remarques, il m'attendrait à la sortie pour me donner une raclée dont je me souviendrais.

Mon expérience précédente m'amena tout naturellement à préparer la parade avec l'un de mes copains, un grand gaillard qui s'appelait Maurice et qui était probablement le plus costaud de la classe. Il devint avec un grand plaisir mon garde du corps en cas de problèmes.

Il m'aimait bien sans que je sache vraiment pourquoi ! Je pense que j'étais un peu pour lui un exemple pour mes résultats scolaires, mais aussi pour mon sens de la relation pour qu'une entente entre tous les copains de la classe existe, quand des injustices pouvaient se produire, décidées par tel ou tel professeur.

# CHAPITRE VIII

Un jour le professeur de mathématiques décida de mettre la note zéro à mon copain Maurice pour un devoir effectué à domicile, arguant qu'il ressemblait étrangement à celui que j'avais remis et où j'avais obtenu la note de vingt sur vingt.

Ce jour-là j'interpellai le professeur, en lui disant que cela n'avait pas été le cas, mais qu'avant de faire l'exercice nous avions réfléchi ensemble sur celui-ci et qu'ensuite nous l'avions réalisé séparément.

J'ajoutai que si l'on ne voulait pas me croire, que l'on change ma note en me mettant également la note de zéro.

Le professeur devenu perplexe finit par décider de ramener la note de mon copain à dix.

Depuis ce jour-là, Maurice était devenu un allié à toute épreuve. Jamais ce « pion », qui devait avoir plus de muscles que de cerveau, ne put mettre à exécution les menaces qu'il m'avait faites.

Je me tirais une fois de plus d'une situation qui n'aurait jamais dû se produire grâce au soutien indéfectible de mon copain.

Si les êtres humains pouvaient toujours se comporter avec intelligence et avec le sens du dialogue, le monde serait certainement différent et plus agréable.

C'est peut-être l'histoire de l'Homme depuis son origine dans des temps très anciens, qui a imprimé dans sa mémoire le besoin de se battre ou qui l'a doté de cette envie d'hégémonie sur autrui !

Les petits événements que je viens de ranimer ont eu des effets sur une certaine image me concernant, qui se colportait dans le microcosme local et dans le milieu féminin qui entourait ma sœur.

Je découvris que de nombreuses filles parmi ses copines souhaitaient entrer en contact avec moi, et parfois étaient peut-être un peu amoureuses.

À vrai dire je n'ai pas su profiter de cette perspective privilégiée, car mon éducation puritaine ne laissait pas de place pour que j'abuse de la situation. En fait, j'étais surtout concentré sur mes études.

La sexualité n'était pas ma préoccupation à cette époque de ma vie, contrairement à la plupart de mes copains qui me parlaient de leurs aventures avec force de détails plus ou moins croustillants.

Un de mes meilleurs copains, François, en revenant d'un séjour de vacances passé chez une de ses tantes, me raconta sa première expérience sexuelle qui avait été fantastique selon lui.

Il me raconta qu'il y avait chez cette tante une jeune fille qui y logeait pour faire ses études et qui était là durant tout son séjour.

Naturellement, une aventure démarra entre eux, provoquée par la jeune fille qui semblait déjà avoir eu quelques expériences. La tante étant souvent absente durant la journée, les rencontres en étaient facilitées.

Quelques jours après son arrivée mon ami François fut ainsi initié aux plaisirs charnels avec son étudiante de passage.

Il ne manquait pas de se pavaner auprès de ses copains. Il me dit qu'il n'aurait jamais imaginé que faire l'amour avec une femme était aussi agréable et que depuis il se sentait davantage un « homme » !

Je n'imaginais pas pour autant, quant à moi, que le moyen d'y parvenir passait par l'alcôve d'une femme !

Faire l'amour avec une femme que l'on aime, lui dis-je !

C'est un peu comme une envie de respirer à deux !

Mais quand on ne l'aime pas, c'est comme un coït animal qui ne peut constituer qu'un éternel recommencement pour recevoir des secondes de plaisir !

**La jeune fille idéale se construisait lentement dans mon imaginaire comme un puzzle.**

Je n'étais pas pressé. Il n'y avait pour moi qu'à laisser faire le temps, un peu le hasard, laisser mon âme en éveil et ma raison attentive.

Cette féminité en devenir devrait avoir du charme, une innocence intelligente et une façon d'être dont la beauté pouvait séduire mes visions imaginaires !

Lorsque mon esprit serait un jour en coïncidence avec la réalité, je n'aurais aucun doute pour que ma conscience me réveille afin de ne pas laisser l'oiseau de rêve s'en aller. La qualité humaine de la jeune fille que je rencontrerais serait également très importante, pour que je puisse envisager de poursuivre une relation sur une longue durée. Telle une vestale *(55)*, elle serait avec un esprit et une beauté ressemblant à une sorte de perfection.

Aimer serait pour moi avoir des raisons de me battre dans la vie, en conservant un esprit chevaleresque investi de ses codes et de ses vertus tels que :

- être fidèle à sa parole.

- être le défenseur du bien et le combattant du mal là où je serai.

- assurer protection jusqu'à la bravoure pour les êtres que j'aimerais et pour lesquels j'aurais de l'affection
- loyauté, sagesse, justice, courage, franchise et foi en ses croyances, pour mieux reconnaître celles de l'autre !

Valeurs qui me détermineront dans mes amitiés et mes relations.

L'esprit de chevalerie qui m'animait répondait à un besoin constant de dépassement spirituel, dans une recherche d'unité dans la diversité autant que l'inverse : une diversité dans l'unité.

Accomplir la meilleure synthèse entre le savoir, l'amour et la volonté comme moyen d'y parvenir, dans un élan intuitif pour unir le réel avec ma pensée.

Les ébats amoureux avec une femme ne pouvaient être pour moi qu'un aboutissement intellectuel et naturel.

Il fallait d'abord avoir rencontré la possibilité d'effectuer une symbiose entre mon imaginaire et le réel pour que la chose puisse se produire.

La femme idéale est celle qui rendra l'acte lui-même sublimé et exceptionnel, dans une confusion charnelle et spirituelle aboutie, comme au début de la création d'un homme et d'une femme selon « le principe intelligent » de l'apparition de l'Homme.

Les jeunes filles qui possédaient intellectuellement les qualités humaines que je recherchais n'avaient pas toujours la beauté fatale qui m'aurait mis à terre et sans recours.

J'étais fier, mais aussi ému devant la tendresse amoureuse de plusieurs copines de ma sœur : l'une s'appelait **Madeleine** et respirait la bonté féminine, mais elle ne m'inspirait pas aux transbordements qui peuvent pousser à l'envie de conquête. Aucun dépassement n'était nécessaire pour recevoir son amour qui me tendait les bras.

Je ne croyais pas en moi pour cet amour là, qui dura quelques mois et qui ne dépassa guère le stade de tendres baisers et de quelques élans de tendresse, toujours maîtrisés d'un commun accord.

Un peu avant de partir poursuivre mes études à Grenoble, une autre jeune fille, **Christiane**, tomba éperdument amoureuse sans que je puisse éprouver davantage que l'envie de flirter gentiment.

Mon départ loin d'elle, je me plaçai dans une atmosphère d'amour imaginaire en répondant régulièrement à ses lettres de plus en plus enflammées, et dont les conséquences se manifestaient lors de mes retours pour les vacances.

Cette situation dura plus d'un an, et lorsque je décidai d'y mettre fin, je fus profondément chagriné de voir qu'elle m'aimait au point d'imaginer un avenir commun.

La tristesse insondable qui l'habitait finirait avec le temps par disparaître. J'ai appris cependant un peu plus tard par ma sœur qu'elle était entrée dans un ordre religieux pour oublier. Quelque temps après, elle mit fin à l'expérience pour faire des études d'infirmière.

Le temps ensuite effaça son image de ma mémoire.

À Grenoble, je fus pour la première fois totalement indépendant.

Je logeais en cité universitaire dans des conditions satisfaisantes et particulièrement économiques par rapport aux tarifs pratiqués chez l'habitant *(56)*.

L'école était cependant assez éloignée de mon lieu de résidence, ce qui m'imposait pour m'y rendre de prendre fréquemment les moyens de transport en commun.

Le fait d'être logé en cité universitaire facilitait le contact avec des étudiants issus de toutes les écoles et facultés, ce qui me permit de découvrir avec intérêt la diversité des formations.

Je fis aussi la connaissance de nombreux étudiants d'origines étrangères : d'Afrique du Nord et d'Afrique Noire principalement.

« Les étudiants noirs » avaient souvent un tempérament exubérant et loquace, qui me plaisait beaucoup.

Ils pouvaient se laisser emporter par des discussions durant des heures et des heures, que je finissais par interrompre par manque de temps ou par lassitude.

Bon nombre étaient étudiants en droit, ce qui les portait plus facilement vers des sujets politiques ou des questions sociétales.

« Les étudiants d'origine algérienne » étaient plus renfermés, non par nature, mais en raison du conflit qui n'était pas terminé avec la France. J'avais toujours l'impression avec eux de devoir « marcher sur des œufs » pour ne pas les vexer.

Les sujets politiques devaient de préférence être évités en dehors de banalités sur lesquelles il valait mieux se cantonner.

Une ancienne amie d'enfance, Raymonde, présente à Grenoble deux ans avant moi, m'avait accueilli et m'avait facilité également des rencontres avec des étudiants qu'elle connaissait.

Elle n'était pas très belle, mais elle avait une intelligence et une capacité de raisonnement qui me plaisait. Après avoir parlé avec elle, je n'avais jamais l'impression d'avoir perdu mon temps !

Elle suivait des cours d'expertise comptable, et son naturel extraverti faisait que de nombreux étudiants se retrouvaient régulièrement dans son petit appartement, à quelques centaines de mètres du restaurant universitaire, situé rue de la Poste, en plein centre de Grenoble.

J'étais étonné de la voir très souvent avec des étudiants algériens. Ce n'est que bien des années après que mon étonnement d'alors eut son explication, quand j'appris qu'elle avait épousé un officier du FLN (Forces de Libération Nationales Algériennes) devenu préfet de police de la willaya d'Alger, après la prise de pouvoir par le colonel Boumediene *(57)* qui élimina son prédécesseur le président Ali Ben Bella.

Mon orgueil personnel m'avait induit une philosophie personnelle « de seigneur » face à l'argent que je n'avais pas. Parfois en effet, je me payais le luxe d'aider certains de mes copains moins bons gestionnaires pour qu'ils puissent finir des fins de mois difficiles.

Je leur prêtais de l'argent pour me forcer à ne pas le dépenser moi-même, et m'imposais des restrictions pour mieux me consacrer aux études.

Ainsi, mon image de personnage aisé m'a suivi un peu partout par la suite jusqu'à la fin de mes études.

**Ma première rencontre féminine à Grenoble** se produisit un soir en allant dîner au restaurant universitaire situé rue de la Poste. C'était quelques jours avant Noël, et juste avant de revenir pour les vacances dans ma famille.

À quelques pas de l'entrée du restaurant universitaire, une jeune femme aux cheveux longs et noirs, mignonne à en rêver dans son manteau rouge vif, semblait attendre quelqu'un.

Je fis plusieurs allers et retours d'un air pensif et feignant la décontraction, en me demandant ce que j'allais lui dire pour ne pas être évincé avant d'avoir pu terminer ma phrase !

Finalement décidé à lui parler avec l'intention de l'emmener dans un café proche pour que nous fassions connaissance, je m'approchai d'elle d'un air nonchalant en lui demandant :

« Vous comptez les étoiles ? »

Alors que la nuit venait de tomber !

Elle me répondit :

« J'observe les passants et j'ai remarqué que vous aviez l'air de flâner sans savoir où aller ! »

« Vous ressemblez au mystère d'une étoile, j'aimerais bien vous inviter au café qui se trouve un peu plus loin pour faire votre connaissance… Voulez-vous ? »

« D'accord, allons-y ! »

En marchant, je lui dis :

« Je suis étudiant et j'allais dîner au restau U, qui est à deux pas, au moment où je vous ai rencontrée. On pourrait y aller ensemble après, si vous voulez ! »

Elle ne me répondit pas. Nous allâmes vers le bout de la rue dans le premier café que nous rencontrâmes.

Nous étions à peine assis et nos cafés servis qu'elle me dit en me jetant un regard malicieux :

« Si vous voulez, on peut aller faire l'amour, ce serait mieux que d'aller dîner ! »

Cette sortie surprenante eut l'effet d'une électrocution, suivie d'un étonnement, qui me laissa sans voix un court instant.

Comment une étudiante pouvait-elle, après quelques minutes de connaissance s'offrir à moi « corps et… sans âme » ?

La réponse suivit son interjection, lorsqu'en poursuivant elle me dit :

« Si vous êtes d'accord, j'aimerais bien que vous me fassiez un petit cadeau ! »

Puis elle poursuivit :

« Pour payer mes études, je suis obligée d'avoir recours à cette activité pour m'en sortir ! »

Observant que je ne décidais rien, elle continua sa phrase en disant :

« Si vous voulez que l'on continue de parler, il faudra me payer comme si nous allions faire l'amour ensemble ! »

Surpris par la situation, je ne sus que dire en restant un moment silencieux. Puis dans l'expectative et ne voulant rien décider, je finis par dire :

« Je préfère vous revoir demain si vous voulez bien ! »

« Je serai au même endroit et à la même heure, je vous attendrai » fut sa réponse.

Elle me lança lorsque je la quittai : « Je m'appelle Natacha. »

J'étais un peu sonné, déçu et à la recherche de ce que je déciderai pour le lendemain.

En allant dîner ensuite, je me mis à réfléchir durant tout le repas pour finir par décider que je mettrai toute ma conviction demain pour tenter de modifier le cours de son existence.

Cette fille-là était en perdition en ruinant son âme et son existence alors qu'elle semblait avoir d'autres atouts pour s'en sortir !

J'étais « comme Jésus devant Marie Madeleine », déterminé à la sortir de cette situation en espérant que mes capacités de persuasion seraient suffisantes.

J'avais une journée pour réussir dans mon entreprise.

Le lendemain soir arriva sans que j'eusse eu besoin d'y penser au cours de la journée.

Cependant, environ une heure avant de me rendre rue de la Poste où elle devait se trouver, j'entrai dans un nuage de concentration d'énergie, pour réussir à la convaincre.

Le fait de lui avoir déjà parlé et qu'elle n'était plus tout à fait une inconnue me donnait une certaine sérénité. Je contrôlai mon souffle et les battements de mon cœur au fur et à mesure que je m'approchais de l'instant de la revoir.

Elle était là, dans cette embrasure de porte, à dix mètres de moi.

Elle n'avait pas encore dû me voir.

L'éblouissement, puis la surprise de la veille, se confondaient aujourd'hui avec le combat et le discours que j'allais devoir effectuer pour la faire changer d'avis.

Elle eut un sourire en me voyant arriver, ce qui me sembla plutôt bon signe. Lorsque je me trouvai à sa hauteur, elle me lança comme une flèche que je reçus en plein cœur :

« Si vous voulez me parler, il faudra me suivre dans une chambre d'hôtel et me verser un petit cadeau. »

En appréciant le chiffre qu'elle m'annonçait, je me dis que cela représentait environ une quinzaine de repas au « restau U ».

Puis, comme un automate, je me laissai aller à la suivre vers l'hôtel où elle se dirigeait en ne pensant à rien. J'étais dans la peau d'un joueur qui allait miser une grosse somme et qui était atteint par le vertige de perdre ou de gagner après avoir placé ses jetons !

Une seule réalité se dessinait pour moi : je ferai ce qu'il faudra mais une fois dans la chambre, seul le discours que j'allais tenir aurait de l'importance !

Nous entrâmes dans une chambre plutôt sombre, dans laquelle un lit occupait presque toute la surface.

Elle me dit :

« Je vais te faire l'amour » mon petit chéri comme tu ne l'as jamais fait ! Mais avant tu vas me faire ton petit cadeau ! »

Je versai mon cadeau, puis j'allais m'asseoir dans le fauteuil qui se trouvait à côté du lit, prêt à prononcer mon discours.

Elle commença à dégrafer son corsage quand je l'interrompis pour lui dire :

« Je ne suis pas là pour « faire l'amour », mais pour essayer de vous convaincre d'arrêter de vous prostituer. »

« Vous avez une demi-heure », me dit-elle !

Puis se jetant sur le lit, les jambes en l'air comme un démon, le corsage en partie dégrafé, laissant deviner un sein arrogant, elle apparaissait telle une proie offerte prête au coït infâme.

J'étais tremblant du désir qui m'enveloppait. Mon souffle m'étouffait et commençait à annihiler mes résolutions quand elle-même, dans un dernier sursaut, devinant que j'étais sur le point de céder, se trouva presque nue, le ventre offert pour m'anéantir complètement.

Elle était là, devant sa proie, jetant sa crinière de femelle comme un filet, les cuisses ouvertes à tous les abandons !

Dans un dernier sursaut devant ce corps à ma merci, la voix sèche et presque éteinte, je lui demandai de remettre ses vêtements parce qu'il fallait que l'on parle !

Je ne sais pas où j'ai pu puiser ma force pour ne pas sombrer et elle se rhabilla lentement pendant que je parlais !

Après une demi-heure de monologue, elle me dit que si je voulais poursuivre il fallait à nouveau lui faire un « petit cadeau », sinon il valait mieux que l'on quitte la chambre.

J'étais allé trop loin pour abandonner. Rester sur un échec n'était pas envisageable : je fis ainsi un nouveau cadeau afin de pouvoir poursuivre mon discours pour la convaincre. J'eus l'impression d'obtenir un résultat, car avant de la quitter elle me promit de s'arrêter jusqu'à mon retour de vacances.

Elle me fit la promesse d'une rencontre pour la mi-janvier au café où nous avions été la veille, afin de pouvoir m'annoncer qu'elle aurait abandonné la prostitution.

Puis l'on se quitta, en me laissant rempli d'espoir jusqu'au prochain rendez-vous.

J'étais content de moi, malgré le trou que j'avais provoqué dans ma trésorerie. Le lendemain, je partis en vacances dans la famille, content de ce que je venais de faire.

Elle était belle et désemparée moralement, mais je le découvris plus tard seulement : elle était plus perverse qu'ingénue !

À la mi-janvier, j'aurais la réponse sur les effets de mon action. À mon retour de vacances je fus heureux de constater qu'elle n'était pas là et que j'avais peut-être réussi.

Un ou deux jours avant notre rendez-vous, j'eus la désagréable surprise de la voir au loin alors que j'allais dîner ; la distance qui me séparait d'elle n'était plus que de quelques mètres quand je m'arrêtai net en voyant un visage blafard et légèrement défiguré par une multitude de boutons rougeâtres qui pouvaient être les effets d'une maladie, ou d'un traitement pour la soigner : maladie qu'elle aurait pu contracter dans les semaines précédentes ! Je n'eus pas le courage de lui parler et je passai mon chemin comme si je ne l'avais jamais vue.

Je restai mélancolique et triste toute la soirée, et mis autant d'énergie à l'oublier que j'en avais mis à vouloir l'aider.

Cette histoire n'avait pas été inutile pour moi, car je découvris que j'avais su ne pas faire l'amour avec une fille que j'avais pu désirer, alors que j'étais encore puceau et que cela aurait pu être l'occasion de découvrir une femme sur un terrain mystérieux et inconnu.

Mes convictions morales étaient plus fortes encore.

D'autre part, la beauté de cette fille, que j'avais cru celle d'une ingénue lors de la première rencontre, me donna comme un marquage indélébile dans ma mémoire émotionnelle sur le profil physique du genre de femme que je retrouverais peut-être un jour quand je serais devenu plus adulte et plus libre de ma vie.

L'un de mes meilleurs amis, Étienne, d'origine camerounaise, me fit entrer dans un milieu d'étudiants africains fortement politisé, dont la plupart se préparaient à évoluer dans les cercles du pouvoir de leur pays d'origine.

Il y avait des étudiants en droit pour la plupart, mais aussi, comme mon ami, des étudiants en sciences et en médecine que j'ai fait connaître à ma sœur, lors d'un de ses rares passages à Grenoble.

Elle fît parmi eux quelques ravages qui restèrent platoniques et très innocents.

Une étudiante en lettres d'origine sénégalaise me fut présentée par mon copain Étienne, lors d'une soirée de discussions dans ma chambre.

Elle s'appelait Nina, bien qu'elle n'eût pas les canons de la beauté que je pouvais rechercher, elle avait une grande intelligence et une douceur naturelle qui m'étonnaient au point qu'il était impossible de rester indifférent devant cette fille.

Mon aventure avec elle dura une année scolaire, mais je ne la voyais guère plus d'une fois par semaine, pour ne pas me déconcentrer de mes études, et à chaque fois on parlait beaucoup en se promenant, sans que jamais je ne me laisse aller au delà d'innocents baisers.

Observer ce jeune homme de l'époque pouvait surprendre !

Les conquêtes que je faisais et l'attrait que certaines filles pouvaient avoir parfois sur moi sans provoquer l'envie d'en profiter immédiatement étaient paradoxaux. Mes copains estimaient que je perdais mon temps à prendre en considération des critères qu'ils considéraient eux comme secondaires. Moi, j'attachais de l'importance à d'autres considérations.

Lorsque j'entendais les prouesses de mes amis, il m'arrivait parfois de me dire que j'avais peut-être tort de ne pas faire comme eux, et puis de la réflexion je ne passais malgré tout pas à l'acte, par fidélité à mon éthique.

J'étais à cet égard un jeune homme atypique.

J'avais profondément ancré en moi que la priorité dans la relation avec une femme était qu'elle me séduise par son charme et sa beauté, par sa façon d'être, par son potentiel intellectuel et enjoué, avant de pouvoir m'unir à elle dans une osmose absolue dans la chair et l'esprit en formant un tout unique indissociable.

# CHAPITRE VIII

## *Un rêve éveillé*

Afin de gagner un peu d'argent, je m'inscrivis sur une liste qui circulait à l'association des étudiants pour être « figurant » dans des spectacles du théâtre municipal de Grenoble, et une fois par mois je pus recueillir quelques indemnités qui permettaient d'améliorer un peu l'ordinaire.

Lors d'un spectacle d'opéra intitulé *Samson et Dalila (58)* j'étais parmi les figurants chargés d'abreuver les jeunes femmes philistines couronnées de fleurs, avec leur coupe à la main, lors de la fête qui avait lieu au temple de Dagon où serait ramené Samson.

« Malgré l'aurore qui se levait après une nuit si belle, aimons-nous encore » disait Dalila à ses philistines.

Le figurant que j'étais, passant d'une jeune fille à l'autre avec « son outre de vin », avait peine à jouer l'indifférence en allant vers les bras à demi tendus des philistines alanguies et aimantes, nues sous leur voile transparent.

La scène orgiaque était d'une pureté artistique enflammante ! J'étais à la hauteur d'une amante de la fête que j'abreuvais du nectar sans alcool, quand elle me lança un regard foudroyant et j'eus du mal à faire la différence entre ce qui était son jeu d'actrice et la réalité.

J'eus la réponse à la fin du spectacle, quand elle vint vers moi dans un tourbillon suave, se jetant à mon cou comme si elle poursuivait la représentation et m'embrassant dans un baiser brûlant d'où je ne revins pas, comme si j'étais en train de rêver tout éveillé !

Je sentis monter en moi comme les effets d'une fiole de poison qu'elle m'aurait administré pour m'anéantir un instant en me possédant.

Un désir puissant s'empara de mon être puis s'apaisa quand elle me proposa de l'accompagner avec la troupe pour finir avec eux la soirée au restaurant.

J'étais tellement étonné et désireux d'être avec elle que je ne me fis pas prier deux fois et me voilà parti pour une aventure incertaine, qui risquait d'anéantir toutes mes résolutions passées.

Sans crainte et sans remords, je me laissais aspirer par la force de son corps et de son esprit.

Le ténor m'impressionnait par sa faconde et son « aura » sur la troupe, et finissait par anesthésier mon esprit.

Je découvrais un monde où l'entente et la convivialité contrastaient avec la rigueur qu'imposait le spectacle quand chacun était dans son rôle d'acteur.

La jeune actrice s'appelait **Émilie**, avec son visage étincelant se mouvant dans l'espace, comme si elle était en état d'apesanteur, légère et transparente, elle était devenue ce soir-là un rêve et une folie non maîtrisable qui m'inspirait autant qu'elle m'inquiétait dans le sens où je n'allais peut-être pas pouvoir en contrôler l'évolution.

Assise à côté de moi, elle me prenait une main en me jetant des regards complices, avec une gaieté naturelle, en me regardant d'un air de conquête acquise qui me rendait totalement vulnérable et sans force pour essayer de résister.

Je savais que je ne ferais rien pour arrêter l'ivresse qui me rendait vulnérable sans autre recours. Je me laissais guider vers le lieu où s'accomplirait l'extase !

J'étais dans une bulle comme si le temps s'était arrêté.

Ma seule réflexion sensée sur le moment était que nous étions au restaurant et que rien ne pouvait se produire dans cette situation.

Mon esprit fonctionnait au ralenti, m'empêchant de participer aux discussions.

Sa main était dans la mienne, montrant par ses pressions que je ne rêvais pas !

À la fin du repas, le groupe dans son ensemble décida qu'il était temps d'aller rejoindre les bras de Morphée *(59)* dans la douceur de la déesse de la nuit.

Émilie souhaitait venir avec moi dans ma chambre située à la cité du Rabot, à deux kilomètres de l'endroit où nous étions. J'avais imaginé qu'elle avait une chambre pour elle seule à l'hôtel et que nous allions pouvoir nous y rendre ensemble. J'étais vaincu par l'opéra.

Elle me dit :

« Je ne suis pas seule dans ma chambre ! Je la partage avec une amie. »

J'avais tellement imaginé la suite de la soirée autrement que sa réponse me désarçonna peut-être une seconde de trop, car je la laissai s'en aller vers un autre destin !

Cette seconde d'hésitation correspondait au premier véritable regret de ma vie amoureuse.

Jamais je ne la revis, car le lendemain je me rendis compte que je ne connaissais que son prénom et qu'elle ne m'avait pas donné son adresse. Je n'avais pas de numéro de téléphone pour la joindre, ne connaissant pas davantage le nom de l'hôtel où elle était descendue.

La semaine qui suivit, je fus un peu mélancolique en pensant que j'avais peut-être raté quelque chose.

À mon manque de décision, j'y ai pensé et rêvé durant les jours qui suivirent comme un cadeau que je n'avais pas su prendre !

Très vite, je trouvai ensuite de nombreux arguments pour ne pas trop regretter finalement cette rencontre avortée qui m'avait plongé dans l'abîme de mon indécision subite.

Je pensais notamment que l'aventure serait sûrement restée sans lendemain. Cette fille se jetait dans mes bras avec une telle facilité !

La circonstance théâtrale pouvait alors me refaire vivre dans la réalité la fête biblique de l'Ancien Testament pour le reste de la nuit. La fête se serait alors prolongée jusqu'à l'aube.

Je courais peut-être aussi un grand risque, si après une telle nuit passée avec Émilie, j'étais resté dans un état amoureux.

Je n'étais de toute façon pas encore prêt pour passer trop de temps avec une femme, ou pour le moins devoir y penser, alors que je devais me concentrer sur la suite de mes études.

J'envisageais d'entrer dans une autre école d'ingénieurs si je n'étais pas retenu sur dossier à l'Institut d'Électrotechnique de Grenoble. Il fallait que je prévoie la parade pour ne pas risquer de perdre du temps.

Un copain de promotion me posa une fois la question suivante :

« Pourquoi as-tu eu envie de faire des études ? »

Sur le coup, je lui répondis qu'apprendre me paraissait inévitable si l'on ne voulait pas se laisser entraîner ou manipuler par les idées des autres et pouvoir rester libre de ses choix.

Il me rétorqua :

« Je me demande si en apprenant on ne devient pas plus malheureux, car on appréhende davantage notre pauvre condition d'humain et l'aspect dérisoire de la vie. »

« Ce n'est pas toi, lui dis-je, avec ton nom d'évangélisateur *(il s'appelait Simon)* et avec la faconde que tu as, qui peut regretter d'apprendre puisque, dans le cas contraire, tu serais là devant moi, muet par ton ignorance et tu ne ferais qu'écouter la parole de ceux qui en savent un peu plus que toi ! »

Avec son humour légendaire, il me lança, le sourire aux lèvres, que finalement en y réfléchissant bien, s'il avait le désir d'étudier, c'était surtout pour réussir à conquérir les femmes !

Une telle idée, pensais-je, ne me serait pas venue à l'esprit, mais en le regardant bien je compris mieux sa boutade, car il était petit et assez laid.

Apprendre était au fond de sa conscience un moyen de devenir beau. La beauté de l'intelligence est éternelle alors que celle du corps se flétrit avec les années !

Les rencontres mentionnées précédemment étaient de nature à m'avoir sensibilisé sur les charmes divers des jeunes femmes et de ce qui pouvait correspondre à mes attirances spirituelles et physiques.

Je commençais à connaître ce qui pouvait m'émouvoir et me séduire avec certitude et si chaque fois il n'a pas été possible d'aller plus loin dans ces rencontres, c'est que leurs atouts étaient encore insuffisants pour terminer le tableau que peignait ma conscience !

La dernière rencontre de rêve restera une énigme, telle la beauté d'une comète qui ne fait que traverser le ciel pour mourir à l'horizon.

## *La rencontre qui chamboula toute ma vie*

L'année scolaire 1961 venait de se terminer avec le succès de mes études à Grenoble.

Certes, je n'avais pas réussi à me placer parmi les trois meilleurs de la promotion et ne pouvais entrer sur dossier en deuxième année de l'Institut d'Électrotechnique.

En compensation, j'avais réussi le concours d'entrée à l'École Nationale d'Ingénieurs de Brest, ce qui répondit parfaitement à ma stratégie d'obtenir dans tous les cas un diplôme d'ingénieur et d'échapper à la condition financière où la mort de mon père nous avait laissés, ma sœur, mon frère et moi, lorsque je venais d'avoir mes huit ans.

Le niveau d'études acquis à Grenoble correspondait en cas d'arrêt à celui de cadre moyen dans une entreprise, ou à une deuxième année d'une école d'ingénieurs.

En entrant à l'École d'Ingénieurs, j'allais accomplir la dernière étape de mes études. À la sortie, j'avais la certitude d'être en concurrence avec la plupart des ingénieurs sortis d'autres écoles parfois plus prestigieuses.

Une fois dans la vie active et sur le terrain de l'entreprise, c'est le talent, la volonté, le caractère, le charisme et la capacité à entraîner les autres vers des objectifs individuels et collectifs de progrès qui prévaudront.

La capacité humaine, le sens de la vision à long terme, et savoir définir les actions à court terme pour atteindre ces horizons lointains, seront des potentialités importantes pour se différencier de la majorité.

Autant de critères que l'école n'enseignait pas à l'époque et encore très peu aujourd'hui.

Mais cela, c'est autant du bon sens que de l'intelligence.

Mon expérience de vie s'était déjà en partie préparée à cette approche générale qui permet de passer du concept à l'action pour aller vers le résultat recherché.

Le service militaire me fera découvrir plus tard que les militaires ont acquis une maîtrise des méthodes pédagogiques d'enseignement assez remarquable.

Ils ont mis au point des méthodes pratiques très efficaces. Avec des concepts parfois très évolués, ils savent faire comprendre l'essentiel pour acquérir un savoir-faire suffisant.

J'ai été assez impressionné par l'efficacité de leurs méthodes de formation à cet égard.

La vie m'avait initié au sens des responsabilités de façon concrète et pratique. C'est l'ensemble de ces aspects qui me permettait d'être confiant dans l'avenir. J'entrevoyais la fin de la phase la plus difficile de ma vie, en raison de l'incertitude qui planait constamment au dessus de moi pour des motifs financiers.

J'étais en vacances dans la famille.

Les vacances s'écoulaient avec lenteur comme un fleuve tranquille, jusqu'au samedi 20 août 1961.

Comme tous les ans, ma mère avait organisé une petite fête familiale pour la « récolte des mirabelles » ; cette prune or, douce et parfumée, étincelante dans les arbres sous le soleil rasant du soir, était à son apogée de mûrissement comme l'était la lune au début de cette soirée chaude d'été.

La fête arriva à sa fin quand je décidai à tout hasard d'aller retrouver quelques copains dans une guinguette toute proche, où tous les week-ends en été, il y avait des fêtes dansantes.

Je n'aimais pas vraiment danser, plus par manque d'entraînement que par rejet de ce divertissement.

C'était aussi un excellent moyen d'aborder une inconnue à vous accompagner sur la piste de danse pour être en position de pouvoir parler et séduire.

Alors, je faisais à chaque occasion quelques efforts pour ne pas être trop ridicule.

Lorsque je me trouvais dans ces endroits, mon but était avant tout de faire des connaissances, comme la plupart de mes copains.

J'avais trop d'orgueil pour aller de table en table en risquant d'essuyer le refus d'une jeune fille en allant l'inviter à danser avec moi.

Ma tactique consistait à observer les jeunes filles qui correspondaient le mieux à mes critères rationnels ou irrationnels de beauté et de charme, qu'elles soient accompagnées ou non, et de choisir le moment où je pourrais aller les inviter pour une danse qui faciliterait en premier le dialogue plus que la prouesse du danseur !

Il était très rare que, dans un lieu ou une soirée, plus d'une ou deux jeunes filles puissent répondre à cette première série de critères de sélection !

L'invitation faite, si je devais essuyer un refus, je ne restais jamais très longtemps, car ensuite j'avais l'impression de perdre mon temps.

Ce soir-là, lorsque j'étais entré dans la salle de danse, je n'avais pas remarqué de filles que je puisse avoir envie d'inviter à danser. Ma soirée se profilait pour être courte. Le temps de discuter avec quelques copains au bar et terminer la consommation que j'avais prise, j'avais décidé de m'en aller.

J'étais à peine sorti de la salle que je vis au loin deux jeunes filles.

Mon regard fut attiré par une des deux silhouettes dont la grâce et la beauté enveloppée d'une chevelure ondulante et frissonnante couvrait et découvrait les nudités bronzées que laissaient entrevoir une robe et un corsage blancs.

Chaque mouvement du corps révélait une perfection grandissante, comme l'écrin que l'on ouvre pour découvrir le joyau !

La nuit, les lumières environnantes ne faisaient qu'accentuer le phénomène d'apparition qui se déclinait devant moi.

Cette vision ne me fit pas réfléchir plus d'un instant.

Il fallait que je sois le premier à inviter cette jeune fille dès qu'elle serait installée à une table.

Je m'imposai un air nonchalant et décontracté frisant l'indifférence, mais en réalité j'étais attentif et concentré en étant revenu vers le bar pour attendre le moment où j'allais décider de me diriger vers elle !

Je ne savais pas qu'en me dirigeant vers cette inconnue, ma vie allait être scellée sur le plan sentimental pour ma vie entière.

J'étais à deux mètres de sa table quand elle me vit et devina certainement que je venais l'inviter à danser.

En se levant, elle révéla pour la première fois son insouciante maladresse, quand venant vers moi, elle bouscula la table avec les boissons qui venaient d'y être posées et comme ce fait lui semblait négligeable, dans la seconde qui suivit, nous étions sur la piste, dansant sur un air de :

*Verte campagne. (60)*

*Verte campagne*
*Où je suis né*
*Verte campagne*
*De mes jeunes années*
*La ville pleure*
*Et ses larmes de pluie*
*Dansent et meurent*
*Sur mon cœur qui s'ennuie*
*Et moi, je rêve de toi, oh mon amie*

*Verte campagne*
*Que tu es loin*
*Douce campagne*
*De mon premier chagrin*
*Le temps s'efface*
*Pour moi, rien n'a changé*
*Deux bras s'enlacent*
*Parmi les champs de blé*
*Et moi, je rêve de toi, mon amour*

*Là, dans la ville toutes ces mains tendues*
*M'offrent des fleurs et des fruits inconnus*
*Et moi, je vais le long des rues perdues*
*Un air de guitare me parle de toi.*
*Verte campagne*
*Où je suis né*
*Douce campagne*

*De mes jeunes années*
*La ville chante*
*Éparpille sa joie*
*La ville chante*
*Mais je ne l'entends pas*
*Et moi, je rêve de toi, mon amour*

Jamais je n'avais dansé aussi longtemps, accaparant l'ingénue toute la soirée jusqu'à son envie de partir, ne laissant aucune chance au moindre soupirant qui aurait pu venir se présenter.

Nous nous quittâmes dans l'intention de nous revoir quelques jours plus tard au café « le crocodile », fréquenté par les étudiants et jeunes bourgeois de l'époque.

L'ingénue avait un prénom dont le timbre phonétique correspondait à son allure : elle s'appelait **Mireille.** *(61)*

Elle m'est apparue ce soir-là comme ce qu'il y avait de plus délicat et d'angélique dans une féminité naturelle et instinctive à faire pâlir tous les garçons du moment.

Avec mes quelques années de plus et ma « maturité naissante », je devais rester à son niveau de sensibilité et pour cela le meilleur moyen était de chercher à être simplement naturel.

C'était une jeune fille qui allait vers ses dix-sept ans.

Elle me donnait l'impression de faire ses études avec sérieux malgré une apparente insouciance naturelle et juvénile.

Ses parents avaient l'air d'être très présents en contrôlant ses libertés qui ne devaient être concentrées que sur les études. Mireille avait une sœur Nicole, un peu plus jeune.

La mère couvait ses enfants indépendamment de leur âge comme s'ils étaient encore des poussins incapables de faire face aux dangers du monde et de la vie. Il fallait qu'elle ait une vision et un regard en toutes choses !

Le jour que nous avions fixé pour notre rendez-vous n'a pas été ce que j'attendais : ce fut son amie Simone, qui l'avait accompagnée à la soirée de notre rencontre, qui vint au rendez-vous.

Elle était intimidée lorsqu'elle me vît pour m'annoncer que son amie n'avait pas pu venir !

Lorsqu'elle me parla, c'était pour m'annoncer que Mireille avait été obligée de partir inopinément avec ses parents dans sa famille ardennaise. Elle était là pour me proposer un autre rendez-vous après son retour, ce que j'acceptai évidemment, sans montrer le plaisir que m'inspirait la proposition malgré l'absence de son amie !

Sans le lien qui venait de se produire avec son amie Simone, je risquais la même déconvenue qui s'était produite quelques mois plus tôt à Grenoble avec cette jeune actrice où aucune indication ne me permettait de la retrouver un jour.

Son retour de vacances fut comme prévu, couronné du plaisir de nous revoir pour la première fois après la soirée que nous avions passée à danser.

Nous passâmes l'après-midi à discuter, bien que ce fût surtout moi qui parlais. Elle écoutait silencieuse, en me regardant avec cet air d'intelligence sensible qui parle à l'âme, et semblait un peu intimidée par ma faconde en esquissant souvent un sourire d'approbation sur les idées et sujets que nous avions abordés.

Mais l'heure tournait, et sa mère lui avait dit qu'il fallait qu'elle fût rentrée pour sept heures du soir !

Avant mon départ pour Brest, nous nous vîmes fréquemment, appréciant mutuellement un peu plus chaque fois nos rencontres et les sujets que nous abordions, révélant pas à pas nos personnalités respectives, nos convergences et nos rêves.

Notre premier baiser très tendre se produisit un jour en nous promenant sur « le chemin des amoureux » menant vers le sommet de la colline du village et qui portait bien son nom de « crève cœur ».

La veille de mon départ, notre séparation fut très tendre et de nombreux courriers furent échangés jusqu'à mon retour prévu pour les vacances de Noël.

À partir de cet instant, mes pensées et ma façon d'envisager ma vie changeaient de nature et de perspective pour deux raisons :

- la première était provoquée par une situation nouvelle où je maîtrisais financièrement ma vie et mon devenir en partant à Brest faire mes études d'ingénieur.

- la seconde m'indiquait que la rencontre que je venais de faire me plaçait dans une situation où toutes nouvelles rencontres se heurteraient désormais à une comparaison avec la « perfection » que je m'étais imaginée et que je venais peut-être de découvrir à la fin de cet été en allant tout doucement vers ma majorité légale.

Il fallait laisser le peintre de l'amour construire l'œuvre lentement pour ne pas la perdre. Je devinais l'aube qui se levait au fond des brumes !

La séparation et l'éloignement pouvaient soit détruire ou au contraire consolider cette idylle naissante, autant pour moi que pour la jeune fille qui venait d'accaparer mes pensées intimes.

Sa jeunesse et son inexpérience représentaient des risques qu'il fallait prendre en compte. Il était donc essentiel que ma maturité physique et intellectuelle ne cherche pas à accélérer le temps, ni à brusquer sa conscience de jeune fille pure et fragile. Le destin se chargerait d'accompagner notre histoire ou bien la détruirait malgré nous !

# CHAPITRE IX

## LA VIE D'UN HOMME DÉPEND DE SA VOLONTÉ MAIS AUSSI DU HASARD

Cette fin d'été 1961, j'allai m'installer à Brest pour faire ma première année à l'École d'Ingénieurs avec un état d'esprit composé de confiance en moi, de rêves et d'espoirs multiples, que les années qui s'ouvraient confirmeraient peut-être, enrichies des événements maîtrisés ou insolites qui ne manqueraient certainement pas de se produire.

*Les événements qui se produisent ont des causes que l'on considère comme du hasard quand on ne les connaît pas !*

Dans des conversations avec des copains, j'évoquais que la vie dépendait moins du hasard que de la capacité de décision et d'initiative que l'on pouvait avoir !

J'étais jeune, volontaire, et un peu présomptueux en faisant cette affirmation. Mais je suis convaincu qu'il faut croire à des concepts supérieurs à *soi* pour les atteindre un jour à force d'effort personnel et de volonté.

Je pensais également que tout événement qui se réalise est lié à une arborescence de causes et ce sont elles qui en sont à l'origine.

« Les mêmes causes produisent toujours les mêmes effets » : ne pas intégrer cette évidence scientifique, toujours démontrée par l'expérience, ne permet pas à celui qui n'en tient pas compte de pouvoir progresser sur les chemins de la vérité.

Prenons l'exemple d'un événement possible que l'on voudrait éviter : en recherchant toutes les causes susceptibles de le produire et en agissant sur elles, on peut avec de bonnes chances de réussite empêcher sa réalisation.

Le raisonnement se tient également pour l'inverse : c'est-à-dire *produire l'événement* en favorisant l'émergence des causes qui en sont à l'origine.

Ainsi, la connaissance permet d'influer sur les événements de façon importante.

Dans cet esprit, j'étais déjà du genre déterministe, en recherchant les moyens qui peuvent permettre de mieux maîtriser l'avenir.

D'une manière générale, le déterministe considère que dans l'univers tous les événements sont engendrés par une chaîne continue qui court successivement vers une nouvelle création !

Cette vision peut aussi donner un caractère cyclique à la répétition de certaines situations.

Je suis aussi convaincu que le seul déterminisme n'est pas en mesure d'exclure totalement le hasard !

A contrario, on peut dire que le hasard existe parce que l'on n'a pas encore acquis suffisamment de connaissance pour réussir à l'éviter.

« Le terme de hasard est le nom que Dieu prend parfois quand il ne veut pas qu'on le reconnaisse » *(62)*

« Le hasard, ce Dieu inconnu qui joue un si grand rôle dans ma vie » *(63)*

Le hasard montre mon ignorance et me pousse à apprendre et à connaître !

Il m'impose de me situer sur les chemins les plus inconnus. C'est lui qui ne laissera jamais ma conscience en paix !

Je crois qu'il faut distinguer le temps immédiat du temps futur !

Plus on se place dans une perspective d'avenir proche, plus le hasard s'amenuise sur beaucoup de sujets.

Inversement, plus on se place dans un avenir éloigné, le hasard produit davantage de situations insolites non prévisibles.

La raison en est simple : avec le temps, de nombreux éléments changent d'importance ou disparaissent quand d'autres apparaissent !

« La vie d'un homme dépend de sa volonté ; sans volonté elle serait abandonnée au hasard ». *(64)*

Cette pensée confucianiste épouse une autre vérité qui a traversé vingt-cinq siècles d'histoire de la culture chinoise lorsqu'il dit « ne pas pouvoir vivre avec les oiseaux et les bêtes sauvages » et que « c'est mieux de vivre avec ses semblables ».

Il semblerait cependant qu'une telle vision ne peut être tenue pour universelle et n'a de valeur que sur un plan doctrinal et social : seule la Chine a pu en être particulièrement marquée avec autant de fixité dans le temps.

Dans le passé, on attribuait beaucoup d'événements au seul hasard ou à la « providence » ou encore à la « fatalité ».

Les découvertes scientifiques et médicales ainsi que celles qui relèvent de la psychologie, des neurosciences, de l'astronomie, ont réduit considérablement l'imprévisible dans de nombreux domaines. On peut mieux prévoir le futur et lorsqu'on ne le peut pas encore, on peut mieux comprendre l'arrivée subite d'un phénomène.

Il suffit d'être un « imbécile » pour croire que tout est lié au hasard !

Comme il faut être présomptueux pour croire que le hasard n'existe pas ou peut être totalement prévu.

Il y va de la connaissance universelle, qui ne finira qu'avec la disparition de l'espèce humaine.

Nous avons encore beaucoup d'ignorances à combler ou de certitudes à essayer d'acquérir !

Par ailleurs, le calcul des probabilités permettra comme dans les jeux, de calculer les chances qu'un événement se produise ! C'est pour cela que le meilleur conseil à donner à un joueur du « loto » sera de lui dire de ne pas jouer compte tenu des possibilités infimes qu'il a de gagner.

Mais ici le joueur, en investissant des sommes peu importantes, espère y trouver le Graal de sa future richesse !

La réalité est souvent plus complexe, plus sournoise et plus étonnante. La chance et son inverse la malchance jouent un rôle déterminant dans la vie d'un Homme.

Il est possible de dire que la « *tuile* » bien réelle qui vient de tomber sur la tête du « *passant* » en provenance du toit de la maison, alors qu'il passe dans la rue juste à cet instant là, qu'il est évident qu'on ne pouvait pas prévoir l'incident !

Sauf que l'on oublie de penser qu'un autre que soi aurait pu éviter l'accident s'il avait agi comme il aurait dû en temps opportun pour éviter que la tuile ne tombe !

Lorsque la chance vient nous surprendre, avons-nous toujours les yeux bien ouverts pour la saisir ?

Lorsqu'elle survient, nous sommes souvent occupés à des tâches qu'on ne veut pas abandonner, et comme la chance est une fée toujours pressée, elle s'en va ailleurs tenter le bonheur de quelqu'un d'autre !

Quand la malchance nous a pris pour proie, c'est un peu comme une chute dans un ravin dont il va falloir sortir.

Ma vie sentimentale me fit découvrir que dans ce domaine le hasard est partout présent.

Cependant, le fait d'avoir réfléchi à l'image de ce que l'on voudrait permet mieux d'éviter de laisser passer « la chance » de la rencontre attendue ou espérée lorsqu'elle apparaît.

## *Le hasard me fit sortir de l'anonymat*

Je venais de retrouver les élus du concours d'entrée et en particulier l'un d'entre eux, Philippe, brestois d'origine, que j'avais vu à Saint- Etienne, lorsque j'avais passé les épreuves du concours.

C'était un garçon plutôt sympathique, toujours prêt à débattre sur tous les sujets.

Il est devenu et resté par la suite un ami, bien après la fin de nos études. Les échanges étaient nombreux, provoqués par le désir que les uns et les autres avaient de se connaître.

Les premiers jours sont souvent importants à cet égard, car c'est à ce moment-là ou au cours des premières semaines que se nouent des relations qui pourront devenir durables.

J'ai toujours été étonné du caractère superficiel des choix que l'on peut faire dans ces circonstances, où la relation se noue plus par intuition pour une apparence, un style, ou un visage plaisant qui révèle un peu son âme ! Ou encore le comportement dans une situation ou lors d'une discussion :

L'autre se sent reconnu pour ce qu'il est ou ce qu'il montre. Le regard que l'on porte alors et le jugement que l'on se fait deviennent très vite déterminants pour la suite de la relation.

Un certain attachement se produit comme un effet catalytique. Cette alchimie amicale a toujours été pour moi de nature à m'étonner, sans que j'y trouve une explication logique.

Très vite, des groupes de quatre, cinq ou six, s'étaient formés et se retrouvaient régulièrement dans nos lieux de vie universitaire ou de détente dans les cafés ou crêperies de Brest, rue de Siam ou à proximité.

# CHAPITRE IX

L'assemblée générale des étudiants brestois se réunissait quelques semaines après la rentrée, et mes copains de promotion me poussèrent à aller faire un discours impromptu devant les « huit cents à mille » étudiants des diverses disciplines existantes : il y avait les étudiants des facultés de lettres, de médecine et de sciences, des écoles telles que Navale et la nôtre, et bien d'autres étudiants de diverses disciplines universitaires. Mon discours dura probablement quelques minutes au cours desquelles, sans que je sache vraiment pourquoi, on m'applaudissait à tout rompre alors que je ne devais sûrement pas dire grand-chose d'extraordinaire. Je découvrais pour la première fois le caractère étonnant du comportement de la foule.

Freud avait dit à peu près ceci :

« Parlez à une personne et vous y découvrirez peut-être de l'intelligence. Parlez à une foule et vous y découvrirez un énorme imbécile ».

Ainsi, parler face à une foule, on ne peut être compris qu'en employant des mots simples, avec des phrases courtes, chargées d'axiomes et en s'adressant aux tripes plus qu'à l'esprit !

Ou dit autrement en parlant au niveau émotionnel de la pensée.

Une foule d'étudiants naturellement portée à la contestation n'est d'évidence pas facile à manipuler et si on veut le faire, il vaut mieux être en coïncidence avec son attente pour l'orienter ensuite.

Lors du vote, j'obtins le plus grand nombre de voix, mais je ne pus être nommé président, car je n'étais pas majeur. Je devais avoir mes vingt et un ans seulement deux mois plus tard !

Le comité d'administration me nomma alors à l'unanimité, vice-président des étudiants de Brest.

Mes camarades de promotion me désignèrent ensuite tout naturellement comme président de notre corporation, en vue de les représenter dans les instances étudiantes.

Cet événement fit que très rapidement je ne fus plus un anonyme dans le milieu étudiant.

Mes fonctions estudiantines m'amenèrent à m'occuper de tous les aspects sociaux et relationnels, avec les organismes universitaires correspondants (65).

De nombreuses filles se rapprochaient de nos cercles « Enibiens » et le groupe de copains dont je faisais partie n'était pas en reste dans ce domaine, depuis mon intervention à l'assemblée des étudiants.

Lorsque je suis arrivé à Brest, il fallait très vite trouver une chambre ou un studio pour loger. C'était d'une urgence vitale, facilement résolue dans les jours qui suivirent après avoir fait un passage à l'Hôtel de la Marine situé non loin de la gare.

J'avais trouvé un studio, square monseigneur Roull, au deuxième étage d'un immeuble qui donnait sur la place. La chambre studio était correcte, avec un petit cabinet de toilette et une kitchenette permettant d'éviter l'utilisation systématique du restaurant universitaire, même si je le préférais pour le coût et la convivialité avec les étudiants de ma promotion et des autres disciplines, en raison de mes fonctions récentes.

*Des rencontres qui favorisèrent l'esprit et finirent par fixer dans mon imaginaire l'image féminine idéale.*

Je fus marqué par tout un ensemble de faits et situations qui allaient me solliciter et m'aider à faire les choix qui influenceront de nombreux aspects de ma vie future.

Les études se déroulaient sans aucune difficulté particulière.

Le niveau acquis à Grenoble aurait dû me faire entrer directement en deuxième année, comme ce fut le cas dans les années qui suivirent, mais c'était la première année d'ouverture de l'École !

Cet avantage fut utilisé pour consacrer un peu de temps à mes activités de vice-président à l'Association des Étudiants. *(66)*

Nos cercles d'amis bien que récents se plaisaient à se retrouver après les cours avec les étudiantes de la « fac » qui appréciaient la compagnie de ces futurs ingénieurs en herbe qui pouvaient représenter quelques futurs partis à conquérir.

Venaient fréquemment se joindre à nous deux étudiantes en lettres qui étaient très amies, Ève et Yvonne, avec lesquelles nous avions de nombreux échanges intellectuels.

J'aimais notamment les discussions passionnées avec Ève, alors que son amie Yvonne, moins extravertie, me lançait très souvent de ces sourires attendris, en étant presque toujours d'accord avec mes propos, bien que ce ne fût sûrement pas l'essentiel pour elle. Moi, je ne m'apercevais de rien.

Il faut dire que généralement je préfère que l'on argumente des points de vue différents des miens comme le faisait très souvent Ève, car ils permettent quand c'est réfléchi avec intelligence de faire progresser le débat qui devient alors plus intéressant.

Jean-Claude, un copain d'une intelligence réactive certaine, avait un sens de l'écoute assez remarquable, mais il préférait l'humour ou la dérision sur tous propos.

Moi, je parlais beaucoup en « me prenant au sérieux » ; lui, parlait peu mais quand il parlait il ne se prenait que « rarement au sérieux » !

Il cherchait de préférence à séduire mon interlocutrice privilégiée en la faisant rire, ce qui parfois constitue une arme redoutable en séduction !

Il sut parfaitement mettre en pratique son talent de « Casanova »*(67)* puisque quelque temps plus tard, je découvris lors d'une de nos rencontres habituelles qu'Ève et Jean-Claude s'étaient laissés séduire mutuellement et vivaient le parfait amour !

Bien entendu, je n'irai pas comparer mon ami à ce Casanova sur un autre plan que celui de sa capacité de séduction, car pour le reste, ses écrits présentent un certain intérêt.

Il n'eut pas de chance avec cette fille dont il avait été profondément amoureux, lorsqu'il apprit quelques mois plus tard lors d'un retour de vacances que sa « Dulcinée » *(68)* était enceinte, mais que cette conception s'était faite avec un autre étudiant, qu'elle connaissait certainement depuis longtemps, mais qui faisait ses études dans une autre ville universitaire !

### Yvonne

Attendait avec impatience que je la séduise à mon tour, depuis que sa meilleure copine avait fait son choix et n'était plus une concurrente pour elle, du moins, c'est très certainement ce qu'elle pouvait imaginer alors que moi je n'imaginais rien !

À partir de cette découverte, notre groupe perdait progressivement de sa tonicité intellectuelle et nos discussions évoluèrent davantage vers des comportements plus orientés vers la badinerie, laissant ainsi une certaine place au flirt que je ne désirais pas et que toutes ces discussions avaient naturellement en ce qui me concerne mis sous cloche.

La rencontre que j'avais faite à la fin de l'été idéalisait mes pensées avec une acuité que les correspondances régulières ne faisaient qu'accroître. J'étais peu attentif au regard des filles mignonnes ou intelligentes qui m'entouraient et que je rencontrais.

La plus proche d'entre elles, Yvonne, était toujours là où j'étais, provoquant des rencontres plus individuelles, en captant mon intérêt hors du groupe et nous nous laissâmes aller progressivement vers une plus grande attention l'un vers l'autre, qui devait aboutir naturellement à ma première expérience sexuelle !

Je me laissais aller dans cette aventure non par amour, mais par nécessité pratique de me faire une idée sur la question et aussi accélérer ce que j'aurais déjà dû faire depuis longtemps en tant que garçon.

L'amour platonique que je vivais de plus en plus en silence et dans l'absence avait l'effet de me laisser aller vers des expériences où mon état n'était pas celui d'un amoureux en perte d'équilibre, mais plutôt d'un jeune homme qui devait se laisser aller pour se convaincre davantage que la jeune fille absente qu'il était en train d'aimer représentait un peu plus à chaque échange de lettres celle qui serait certainement le choix inéluctable de sa vie future, quoi qu'il advienne.

Il y avait du vertige dans cette dualité.

Mais intuitivement, il fallait que j'agisse de cette manière car je pensais que bientôt, il serait peut-être trop tard ! Je devais agir avec raison à Brest et me laisser guider par l'amour avec cette jeune fille que je venais de découvrir en Lorraine.

Mon aventure avec Yvonne ne dura pas très longtemps après m'être laissé aller, par pure raison.

Un jour, elle me parla de ses affinités avec le parti communiste brestois, dans lequel elle était une jeune militante. Cette découverte nous entraîna dans des discussions difficiles, au cours desquelles je déployais tout mon savoir politique et livresque du moment, pour qu'elle quitte ce parti que je qualifiais de totalitaire. Il était opposé aux principes de liberté.

Staline avait produit plus de morts qu'au cours de la Seconde Guerre mondiale, du moins pour l'U.R.S.S.

J'avais lu des articles de presse décrivant le régime totalitaire qui s'était installé en Russie après la Première Guerre mondiale et jusqu'à la mort du tyran en 1953. La suite fut certes moins meurtrière, mais n'était pas meilleure sur le plan des libertés et du respect des valeurs humaines !

La terreur planait sur le peuple affamé au profit des politiques de grandeur et de la puissance d'État.

« Le malheur est si terrible qu'il n'entre pas dans le champ de la conscience et demeure comme une abstraction » disait Boris Pasternak.

Des procès « kafkaïens » fleurissaient comme un mal permanent, pour éliminer tout porteur d'une pensée différente de celle du Parti.

Les informations étaient parcellaires sur ce régime et, quand elles existaient, peu de personnes voulaient voir objectivement même parmi les intellectuels les plus en vue, la situation réelle en U.R.S.S., ce qui me fendait l'âme. J'avais honte qu'un écrivain français, philosophe de surcroît, comme Sartre, que j'appréciais intellectuellement pour ses théories sur l'existentialisme, puisse cautionner un tel régime.

Lorsqu'en 1964 il reçut le prix Nobel de littérature qu'il refusa d'ailleurs, je fus perplexe sur l'absence de retenue de l'Académie, qui décernait un tel prix à un philosophe d'un tel talent, qui avait si bien aliéné toute une génération en cautionnant les perspectives du parti communiste.

Libre penseur, il faisait le lit d'un régime et d'une pensée qui la supprimait.

Plus tard je découvris, avec l'archipel du Goulag d'Alexandre Soljenitsyne, un témoignage éclatant sur les institutions concentrationnaires.

Quand le monde en prit connaissance, je regrettai de n'avoir pas eu cette source d'informations pour convaincre ma jeune amie Yvonne.

Cette divergence de vision sur le monde et son application politique accéléra mon éloignement de cette fille, jusqu'au jour où mon ami Philippe me fit découvrir,

### *Une jeune étudiante en lettres et en philosophie !*

Son esprit eut la capacité de m'émouvoir et de m'ébranler avant que je n'ouvre les yeux sur son charme.

La forme de son intelligence imposait au surpassement de soi, lorsqu'on abordait des débats autour des questions philosophiques ou sociétales les plus variées.

À cette époque, la réflexion philosophique était une de mes passions intellectuelles équilibrantes de mon énergie, avec celle focalisée sur les matières scientifiques et accessoirement sur mes responsabilités étudiantes.

Pour elle, c'était l'objet même de ses études. Elle m'apportait des connaissances qui venaient compléter les miennes avec un plaisir intellectuel profond !

**Régine,**
Était du genre mystique et réfléchie.

Elle avait fréquemment de grands moments de mélancolie, sans raison apparente, ce qui m'entraînait quand la personne est intéressante, vers une écoute active.

Comme le bon samaritain, j'essayais de lui prodiguer de la joie de vivre à partir des nombreuses discussions que nous avions sur la vie et la pensée de certains philosophes. *(69)*

À l'époque, je m'interrogeais sur Dieu, mais là il n'y avait rien d'original, puisque je n'ai jamais cessé d'y penser.

J'essayais de connaître leur pensée sur le mal, la mort, le bonheur, le progrès, la liberté, l'amour, l'existentialisme et que sais-je encore !

Je n'étais pas indifférent à cette jeune fille de mon âge pour qui j'avais un sentiment certain et une très forte sympathie, mais à partir de laquelle j'ai constamment comparé le sentiment que j'avais pour elle à celui qui grandissait dans mon imaginaire pour cette autre jeune fille en fin d'adolescence, que j'avais rencontrée le jour de la fête des mirabelles, vers la fin des vacances de l'été précédent.

Je me sentais prisonnier de la force qui m'attirait inexorablement et qui captait toutes mes libertés de séduction en les canalisant dans une autre direction.

Pourtant ce hasard parfait, que j'avais parfois espéré et qui s'était évanoui dans mon passé, ma conscience me disait qu'il fallait que je sois attentif, patient et sincère pour le laisser s'épanouir.

Je devais rester aussi totalement moi-même, si je voulais réussir à conserver ce papillon lointain qui m'inspirait tant, et ne pas me leurrer moi-même.

Cet amour qui grandissait platoniquement était en dualité avec un besoin de vivre de façon plus réelle.

Je devais rester patient devant mes impatiences et contre ma nature, qui naturellement me portait au mouvement.

J'entendais la voix irrésistible d'une sirène, qui m'incitait à conserver, protéger et préserver ce commencement qui annonçait la naissance de l'amour où je l'avais depuis longtemps placé.

J'étais prêt à tout entreprendre tant que je pourrais sentir le parfum enivrant de la réciprocité qui envahissait mon univers sensible.

D'un autre coté, une jeune étudiante amoureuse et séduisante, qui était là, sans freins familiaux, intelligente et dont la compagnie comblait ma solitude affective chaque fois que j'avais du temps disponible.

J'avais en effet des emplois du temps particulièrement chargés avec mes activités étudiantes et à l'école d'ingénieurs, sans compter les préparations et travaux à effectuer hors des cours.

Régine était une fille réfléchie qui voyait en moi le jeune homme qu'elle attendait après une déception qu'elle avait subie dans sa courte vie amoureuse.

Je représentais le dynamisme et la solidité apparente du futur ingénieur qui aurait pu donner un sens à sa vie.

Elle était sensible à l'honnêteté, ou plutôt au langage de la vérité sur tous les sujets qu'elle abordait avec un sérieux qui avait tendance à laisser planer en elle une mélancolie continuelle.

Elle ne laissait apparaître que rarement un sourire de quiétude, en raison de ses questionnements permanents sur la vie, la sienne, sur la durée de toutes choses et de l'amour en particulier.

J'aimais les qualités humaines de cette fille qui avait bousculé ma conscience, mais je n'arrivais pas à me dire que mes aventures féminines devaient s'arrêter définitivement avec elle !

M'engager me faisait entrevoir un certain risque indéfinissable que j'avais toujours su éviter jusqu'ici.

Tout cela n'était pas forcément réel, mais présent dans mon imaginaire.

Son manque de gaieté intérieure et son absence d'insouciance freinaient mes ardeurs.

J'en étais peut-être la cause et pourtant c'est une question que j'évitais de lui poser : quelles craintes pouvais-je avoir si je lui avais posé franchement la question ? Découvrir l'amour infini qui était le sien et que je ne pouvais pas encore comparer au mien ? Où bien je ne voulais pas voir la tristesse de son regard en lui disant qu'une autre jeune fille envahissait mon esprit comme une force incontrôlable.

Le temps passait et je n'arrivais pas à me détacher de l'emprise qu'elle avait sur moi, car j'avais envie de la rendre joyeuse à mon contact sans vraiment y parvenir durablement.

Elle avait des vertus qui correspondaient à mes sensibilités, dégageant une sorte de parfum spirituel enveloppant qui inspirait au désir de conquête.

Son maquillage lui donnait parfois un visage lisse, presque psychédélique, enfermant son âme dans une armure protectrice inutile.

Elle était jolie avec ses cheveux noirs mis en chignon, ou tombant au ras du cou, suivant son humeur et son désir de changement.

Sa silhouette fine dans une allure d'indifférence naturelle la rendait presque inaccessible pour le passant du genre masculin qui pouvait la croiser sur le chemin, lorsqu'elle revenait de ses cours de la fac.

Elle donnait l'impression d'être dans ses rêves ou ses espérances, comme ailleurs, attendant d'avoir des raisons dignes d'intérêt pour revenir dans la réalité et dans le présent et là, elle souriait parfois à la suite d'une réflexion amusante, comme une capture qu'elle faisait sur le réel.

Les vacances n'étaient pas loin et allaient m'imposer une vision inversée de mes relations sentimentales. Un violon allait frémir doucement jusqu'à mon retour comme une mélancolie infinie !

Les trois mois d'éloignement de Brest, après mon retour à Thionville, et le plaisir de vivre moins platoniquement l'amour qui s'était installé avec la jeune fille qui allait vers ses dix-huit ans, m'enchantaient.

Il me faisait craindre de faire des erreurs ou des faux pas qui auraient pu la décevoir.

Dans le même temps allait pouvoir se confirmer que les nombreuses pensées écrites n'étaient pas différentes de la réalité, telle que nous allions la vivre.

Nos sentiments et les attentes que chacun avait de l'autre atteignaient les sommets de l'escalade amoureuse, pour elle comme pour moi.

Je m'identifiais parfois à ce héros Stendhalien dans *Le Rouge et le Noir*, tel Julien Sorel et sa passion pour madame de Rénal, en supposant évidemment que je n'allais pas subir le même sort tragique. (Voir *Histoires et Pensées d'un homme-Nouvelles*)

J'étais en tout cas atteint par le phénomène de cristallisation en amour dont l'auteur parle si bien.

Je me rassurais en pensant que la fille que j'aimais n'avait pas l'expérience de madame de Rénal. Par contre, j'avais plus d'expérience que Julien et de ce fait, j'avais toutes les chances de réussir à poursuivre la construction de notre amour naissant pour qu'il puisse s'épanouir de la façon la plus merveilleuse qui soit.

À Brest, je vivais continuellement avec la pensée de cet amour qui grandissait de jour en jour, nourri par une absence et par un échange épistolaire régulier important.

Le besoin de plus en plus fort de se retrouver était permanent.

Lorsque j'étais avec mes meilleures amies brestoises, cet amour qui s'exprimait sous une forme platonique était devenu le guide permanent de mes attitudes et comportements, pour le préserver en évitant toute action séductrice.

Seule Régine avait naturellement le don de m'inspirer tendrement.

Je pensais qu'à mon retour après les vacances des réponses à mes doutes apparaîtraient clairement. Le Dieu du temps m'étant toujours apparu d'une sagesse exemplaire.

Les choix qu'il faudrait bien prendre un jour torturaient mon âme. Il fallait que je puisse m'élever à un niveau surnaturel pour me permettre et vouloir modifier fondamentalement la relation sentimentale avec Régine !

Je fis alors confiance aux dieux de l'Olympe !

Lorsque je retrouvais Mireille qui m'inspirait l'amour pur et platonique, un monde nouveau m'apparaissait, mais cela n'était pas une découverte car tout au long de l'année scolaire qui venait de s'écouler, notre correspondance abondante avait forgé un amour qui semblait devenir indestructible.

Je savais que la déesse du temps et celle de l'amour viendraient m'avertir que l'histoire de ma vie avait commencé. Nos consciences seraient alors au diapason avec nos désirs et nos volontés.

## *Une décision insolite qui marqua ma conscience !*

Ma responsabilité au sein de l'association étudiante et ma capacité de persuasion aboutirent au déclenchement d'une grève à durée illimitée, en vue d'obtenir le paiement des bourses d'études au profit des étudiants bénéficiaires.

Cette action fut déclenchée en février.

La grève fut largement suivie. Nous nous installions dans une perspective d'attente, pour qu'au niveau du rectorat cela bouge.

Nous pensions que la pression provoquée par cette grève n'allait pas pouvoir aboutir avant au moins une semaine. Ce constat eut un effet immédiat sur moi grâce à cette liberté de temps qui se présentait pour les quelques jours à venir.

Je pris la décision de partir pour Thionville, dans le seul but d'être près de la jeune fille qui avait séduit mes pensées imaginaires et ainsi remplacer par ma présence effective les nombreux courriers que nous avions pris l'habitude de nous envoyer depuis des mois.

Je voulus aussi lui montrer que mes sentiments n'étaient pas que des mots ou des phrases, mais que je pouvais aussi agir à la première occasion qui se présenterait, en faisant un aller et retour rapide pour que l'on se vît.

J'étais à peine arrivé depuis deux jours qu'il fallait que je reparte, car la grève prenait fin avec l'obtention d'un accord sur nos revendications.

**L'annonce de mon départ imminent,**

Provoqua auprès de la jeune fille un tel stress anesthésiant que nous nous mîmes à courir pour fuir un monde hostile à l'épanouissement de nos sentiments, oubliant tout pour échapper à la certitude du départ qui s'annonçait.

Après cette course folle, je décidai de rester encore un jour de plus pour faire un pied de nez aux forces qui s'unissaient pour nous séparer sans cesse.

Ce court séjour eut certainement un effet accélérateur sur nos sentiments, en confirmant que notre amour n'était pas une simple aventure passagère.

Nous vîmes que nous nous aimions avec toutes les fibres de notre corps et de notre esprit.

Nous étions en fusion intellectuelle totale. Cette fille me donnait l'envie de bouleverser des montagnes.

Mon tempérament de passionné pouvait être dangereux pour moi, comme pour cette jeune fille dont c'était le premier amour.

D'une certaine façon, j'aimais et avais envie d'aimer corps et âme, moi aussi.

Il était donc indispensable que je m'élève vers une réflexion maîtrisée pour que nous soyons assurés l'un comme l'autre d'avoir envie de vivre ensemble plus tard.

Sa beauté animale et délicate avait séduit l'artiste et sa sensibilité amoureuse et spirituelle avait conquis mon esprit.

Je devinais que notre relation allait devenir inéluctable, mais qu'il faudrait encore attendre de nombreuses années.

Je devrais d'abord terminer mes études et accomplir mes obligations militaires ! Mireille devrait faire les siennes, pour qu'enfin on puisse espérer être réunis pour la vie !

C'était une vision difficile à imaginer, mais surtout plus difficile encore à devoir supporter.

Tous ces freins étaient autant d'obstacles réalistes, qui nous plaçaient d'évidence dans une perspective de longue attente et d'incertitudes, qu'il faudrait savoir dominer.

# CHAPITRE X

## TUER DIEU POUR DEVENIR UN SURHOMME, AVEC LA PASSION DU JOUEUR QUI ÉTAIT MA PENSÉE DU MOMENT PENDANT QUE LA GUERRE D'ALGÉRIE S'ÉTAIT TERMINÉE EN RÉVÉLANT SON ABSURDITÉ !

Cette première année à Brest à l'École d'Ingénieurs fut passionnelle à bien des égards. Je restais sous le contrôle de ma réflexion, tout en me libérant de contraintes qui avaient été miennes dans les années précédentes.

J'avais un capital de connaissances déjà acquises, qui me donnait beaucoup de possibilités pour me laisser aller à mes passions ou envies les plus diverses d'un point de vue intellectuel et relationnel.

Mon penchant pour la philosophie fut accentué grâce à mon prof de philo que j'aimais bien et je crois pouvoir dire : « lui aussi » !

« L'association des étudiants » me prenait beaucoup de temps, notamment le soir, mais en même temps me mettait en relation avec beaucoup d'étudiants et étudiantes de toutes disciplines, ce qui n'était pas pour me déplaire, surtout au début.

La position que j'occupais me donnait l'impression d'avoir un peu d'importance en jouant un certain rôle pour résoudre nos problèmes estudiantins du moment et en me rendant modestement utile pour le plus grand nombre.

J'ai continué d'assurer cette activité durant les deux premières années. Ensuite, j'avais d'autres attirances pour occuper mes pensées.

## *Un professeur de philosophie de talent !*

En dehors des cours qu'il donnait à la faculté et à l'école d'ingénieurs, il m'a apporté un potentiel de réflexions et de connaissances qui m'ont permis de découvrir plus qu'auparavant le sens du doute et l'aspect positif de l'incertitude.

Il m'a aussi permis de mieux m'imprégner de pensées parfois contradictoires, pour faire progresser les miennes.

Nous discutions souvent sur le bonheur, le mal, la liberté, la raison, la morale à partir de la pensée d'Aristote, d'Épicure et de Kant.

Je venais de lire *l'Être et le Temps* de Martin Heidegger, et *les Chemins qui ne mènent nulle part*, pour alimenter les discussions que m'imposait parfois mon amie Régine quand elle avait décidé de me montrer sa plus grande connaissance sur les questions de l'existence même.

Mes deux partenaires de circonstance m'imposaient par orgueil personnel de ne pas être tout à fait nul lorsque je les rencontrais, et me contenter de les écouter.

Il fallait ainsi que je m'impose une discipline de lectures abondantes pour y faire face.

Avec mon prof, les discussions pouvaient se poursuivre tard le soir dans un café proche de mon domicile, oubliant parfois de dîner.

Ce qui ne me dérangeait guère, car cette nourriture philosophique valait bien l'autre !

Je ne compte pas le nombre de trajets que j'ai pu faire avec ce prof, depuis l'école jusqu'à la rue de Siam à Brest, avant que nous nous séparions en ayant essayé de retenir à chaque fois, avant de nous quitter, ce qui était une pensée juste sur une question ou une problématique quelconque, que nous avions pu aborder sur le parcours de trois kilomètres que nous faisions à pied, lorsqu'il ne pleuvait pas.

Il m'a fait découvrir Nietzsche, fils d'un pasteur devenu athée, qui a marqué mes réflexions d'alors ! Il eut l'idée de me demander de faire un exposé de deux heures sur « sa pensée philosophique ».

Je venais de découvrir la pensée d'un des plus grands philosophes de la deuxième moitié du XIXe siècle, qui, récusant la possibilité d'une vérité, libère l'homme de la répression morale, sociale, religieuse et politique.

La pensée en action permanente sans aucune finitude.

## « *L'homme supérieur* »

Que l'on retrouve dans son *Ainsi parlait Zarathoustra*, vient solliciter les hommes pour les éclairer et les sauver, car il pense qu'ils craignent les grandes aventures de l'esprit.

Lorsque Zarathoustra descend de la montagne tel un prophète, c'est pour annoncer le résultat de dix années passées à réfléchir.

On retrouve la même symbolique que dans la Bible : *Moïse avec les tables de la loi.*

« La mort de Dieu et la naissance du Surhomme ».

« Il entend le chant des fontaines, c'est le chant du désir et le désir en lui-même est bon, parce que sans lui, rien ne peut se faire et qu'avec lui tout peut se réaliser : il est primordial ».

« Faites ce que vous voudrez, mais soyez d'abord de ceux qui peuvent vouloir ».

« Aimez toujours votre prochain comme vous-même, mais soyez d'abord de ceux qui s'aiment eux-mêmes ».

Ce n'est pas l'apologie de l'égoïsme, mais le rappel que « pour vouloir il faut d'abord pouvoir ». Que « la vertu », n'est ni faiblesse, ni lâcheté, mais « force et virilité ».

C'est une vision de vertu qu'il donne, où il condamne ceux qui ont souffert, qui veulent ensuite faire souffrir les autres, ou ceux qui ne voient dans ce qu'ils disent aimer qu'une source de sacrifice.

Il est dommage que le nazisme et le fascisme se soient appuyés sur certaines pensées puisées dans le *Zarathoustra* en les dévoyant, notamment à partir de « la volonté de puissance » qui y est étudiée.

La polémique qu'il y eut sur les visées du philosophe était abusive et abandonnée aujourd'hui.

Il n'était ni raciste, ni fasciste, et n'avait rien contre les juifs si ce n'est la religion ; mais à cet égard, il était contre toutes les religions, qui pour clore le débat donnent une réponse de *fin*, là où il faut au contraire le commencer ou le poursuivre.

Sa maxime fut de « faire avec le désespoir le plus profond l'espoir le plus invincible ». N'est-ce pas l'attitude que chaque humain doit avoir devant la vie ?

## *La passion du jeu !*

Une autre fois, mon professeur me demanda de faire un exposé sur la passion du jeu à partir de l'œuvre de Dostoïevski, *Le Joueur.*

En dehors d'un grand mal de tête que j'avais le jour de l'exposé, et des appréciations que j'ai pu recueillir, je trouvais que je n'avais pas été excellent, notamment dans la pertinence des réponses aux questions qui m'étaient posées.

Dostoïevski se ruina au jeu et ainsi, mieux que personne, sut à travers son récit du joueur montrer les jouissances et les affres provoquées par la passion du jeu. La descente aux enfers inéluctable en risquant tout.

Toucher le fond pour connaître la compassion est une sorte de grâce sublime.

Le jeu, c'est comme un incendie dont il ne restera que des cendres et des rêves perdus, si c'est avec démesure qu'on l'exerce.

Ce sont aussi les conséquences de la vie avec ses intrigues, ses hypothèques, ses asservissements ou les problèmes existentiels que le jeu avec ses gains pourra peut-être résoudre. C'est un espoir sans cesse anéanti, emportant tout sur son passage telle une tempête.

Lire *Le Joueur* de cet écrivain talentueux, c'est comme une thérapie pour ne jamais se laisser prendre à l'addiction du jeu. Il vaut mieux jouer avec l'esprit ce qui permet d'en avoir !

C'est un jeu de hasard où l'on espère gagner en se fiant au destin. Alors que le simple raisonnement conduit à la certitude quasi absolue de perdre.

Il y a de la folie, mais aussi de la bêtise à se laisser prendre à cette passion !

## *La fin de la guerre d'Algérie*

Fut prononcée le 8 mars 1962, après avoir commencé le jour de la Toussaint de l'année 1954.

Au début, ce fut une opération de pacification, qui dégénéra en une guerre qui ne voulut jamais porter son nom.

Cette guerre absurde fut meurtrière *(70)*.

Cependant, les blessures de l'âme des populations quelles qu'elles soient : françaises, « pieds-noirs » ou algériennes furent plus grandes encore !

Ce fut un échec de l'histoire des hommes qui y ont été impliqués et concernés.

Le père de Mireille faisait partie du dispositif initial chargé de la pacification en qualité de membre de la gendarmerie mobile.

Il fut à rude épreuve dans cette mission impossible et jamais il n'évoqua les contraintes hiérarchiques douloureuses auxquelles il a pu être confronté.

Il était placé sous les ordres de la République et de la politique de l'État.

Il ne pouvait pas cette fois, comme seize ans auparavant, devenir réfractaire comme il l'avait été en n'acceptant pas de se faire enrôler dans le S.T.O. au profit de l'Allemagne nazie.

Un gâchis immense dont Albert Camus dans ses *actuelles 1-2-3* fait la démonstration, avec les accords et les décisions manquées de nos gouvernements d'avant et après la guerre.

La loi Blum-Violette en 1936 fut l'avant-dernier rendez-vous manqué avec l'Histoire : un début de processus aurait donné les mêmes droits à vingt ou vingt-cinq mille musulmans à défaut de tous les autres.

Le général de Gaulle reprendra les dispositions de ce projet de loi par une ordonnance du sept mars 1944, en attribuant d'office la nationalité française à environ soixante-cinq mille personnes, sans modification de leur statut religieux, à tous musulmans ayant certains diplômes, tels que le certificat d'études ou d'autres diplômes et décorations militaires.

Ainsi, quelques mois plus tard, environ soixante-deux mille anciens combattants en bénéficient, ce qui suscitera diverses oppositions dans certains milieux européens en Algérie.

L'histoire évoluera ensuite vers le dernier rendez-vous manqué, qui débouchera sur les massacres de Sétif et Guelma.

Le 8 mai 1945, pour fêter la fin de la guerre avec l'Allemagne, un défilé fut organisé.

Les partis nationalistes algériens, voulant utiliser l'événement, décident des manifestations pacifiques pour rappeler leurs revendications.

Après des heurts entre les forces de l'ordre et les nationalistes, les manifestations dégénèrent en émeutes dans le département de Constantine et en particulier à Sétif et Guelma.

L'armée française exerce alors une répression qui prendra des proportions considérables jusqu'au 22 mai, faisant entre huit et vingt mille victimes.

L'événement est considéré aujourd'hui comme le prélude à l'insurrection du 1er novembre 1954.

Ma classe d'âge entrait en novembre 1960 à l'armée.

Ma position de sursitaire m'évitait de participer à cette guerre et ainsi d'avoir à faire ce que ma conscience réprouvait au plus haut point. Je ne crois pas que j'aurais eu le courage de certains « jeunes hommes » que j'ai connus à Grenoble, et qui ont quitté le territoire en devenant « objecteurs de conscience » !

L'Histoire, disait Albert Camus : « n'est que l'effort désespéré des hommes pour donner corps aux plus clairvoyants de leurs rêves » !

Je n'ai pas connu de copains dont le raisonnement était en accord avec ce que le gouvernement imposait qu'ils fassent et ils sont ainsi partis en Algérie malgré eux, pour pacifier soi-disant un territoire, et un peuple qui ne demandait que liberté et considération, face au gouvernement de la France qui les avait pris pour des « sous-hommes » durant toute la période coloniale.

Guérin, mon meilleur ami de l'époque, m'a écrit régulièrement son aventure algérienne et les souffrances qu'il a dû endurer du jour où il a fait savoir qu'il refuserait de tirer sur un algérien.

Il fut muté dans le Djebel, dans les missions les plus périlleuses, très souvent placé en sentinelle de garde le soir ou la nuit, pour sécuriser le campement du moment.

Il m'a fait découvrir mieux que personne la peur réelle, que le raisonnement ne peut endiguer que dans l'oubli de l'action !

Nos derniers contacts étaient ces lettres, car son service militaire n'était pas terminé quand ma vie se déroulait de plus en plus à Brest.

J'appris cependant plus tard qu'il était revenu sain et sauf et qu'il devint professeur de mathématiques, matière pour laquelle nous rivalisions de prouesses ensemble lorsque nous étions au lycée technique de Thionville.

L'arrivée du général de Gaulle au pouvoir en 1958 augurait d'un dénouement rapide du conflit.

Il fallut cependant quatre années supplémentaires pour mettre fin aux hostilités, malgré les pressions et une population métropolitaine qui vivait dans l'espoir que cette absurdité se termine.

La manière de montrer ma désapprobation de citoyen à cette guerre s'exprimait en participant aux nombreuses manifestations d'étudiants, sous l'égide de l'U.N.E.F lorsque j'étais à Grenoble, puis avec les étudiants brestois à partir d'octobre 1961.

Toute cette histoire fut un gâchis moral pour les peuples. Elle fut aussi une meurtrissure dans les chairs des populations concernées et, comme disait Albert Camus en parlant de la société politique contemporaine : « une machine à désespérer des hommes ».

# CHAPITRE X

Quarante-cinq ans plus tard, ici ou là, on observe que les blessures sont encore ouvertes entre ces deux peuples, pour ne citer que l'ignominie que durent subir les « Harkis » abandonnés à leur triste sort sur leurs terres d'Algérie et sur la nôtre en métropole.

# CHAPITRE XI

## LA BEAUTÉ DE CETTE FILLE D'UN PEU PLUS DE DIX- SEPT ANS M'INSPIRAIT À EN DEVENIR POÈTE

Baudelaire dans *Les Fleurs du mal (71)* me laissa saisi par sa poésie et son effet sur l'esprit. Son intuition poétique était confondante à la réalité naturelle par le raisonnement et le ressenti conjugués, comme un art de la pensée.

Il se dégage une vérité poétique qui percute l'intimité et la spiritualité dans une aspiration vers l'infini.

La flamme intellectuelle qui l'animait lui fit répondre aux « imposteurs de l'ordre » après son procès : « à un blasphème j'opposerai des élancements vers le ciel, à une obscénité des fleurs platoniques » !

Un autre poète tel que Rimbaud dans ses poésies me marqua en entrant dans un univers d'esprit, de vie et de mouvement fantasmagorique.

Il disait lui-même :

« Ma poésie est essentiellement une expérience qu'elle raconte, une exploration de l'inconnu pour entretenir en soi un état d'exaltation spirituelle qui est au vrai un état d'halluciné » !

Citons en exemples :

Voyant « une mosquée » à la place « d'une usine » ou encore « un salon au fond d'un lac ».

L'induction provoquée par mon émerveillement amoureux et par le génie des poètes me conduisit à m'essayer à l'exercice de cet art !

## Quelques poèmes de l'apprenti poète avant de partir

### Prémices (72)

Toi, conscience qui me regarde, que dis-tu ?
Dis moi et évite cet état saugrenu ;

Tel un caillou lancé dans l'eau, tu la troubles,
Je ne sais plus où je suis et me vois double.

Détruirait-elle mon jugement et mon équilibre ?
Comme une tornade, elle entre dans ma vie !
Déraison ou crainte, sensibilité infinie,
Autant de maux montrant que je ne suis plus libre.

Cette aurore qui naît avec le soleil,
Créant le suc des fleurs, pour satisfaire l'abeille ;
Le miel qui apparaît, satisfait l'apiculteur.
Mais l'honnête homme doit remercier le Créateur.

Cette suite d'événements possède une faille,
Car elle se traduit souvent en feu de paille,
L'homme dupé si fréquemment avec plaisir,
L'œuvre ne sera jamais alors qu'un souvenir.

### Pensée d'après-midi (72)

Je t'aime, ô mon idole
Toi qui transformes ma vie ;
Je te crains, j'ai peur et en ris,
Car mon présent est si frivole.

*Tes cheveux de ce bois brûlé*
*Ont l'aspect de tresses rudes ;*
*Ta tête a les attitudes*
*Du mystère et du secret.*

*La vue de tes sourcils d'enfant*
*Donne des idées étranges*
*Où mon âme voit un ange,*
*Déesse aux yeux si alléchants.*

*Tu m'anéantis petite brune,*
*Avec ce sourire pudique et moqueur ;*
*Ton regard pur crée la douceur,*
*Reflet d'un beau clair de lune.*

*Si tu m'embrasses sur le front*
*Je défaille débordant de joie,*
*Ivre pour la prochaine fois.*
*Pourquoi, tout de toi est si bon ?*

*Et si mon âme vient s'ouvrir,*
*Accueille son mal avec raison ;*
*Pour éviter fiel et poison,*
*Pour nous éviter de souffrir.*

**Premier baiser** *(72)*

*C'était au crépuscule d'un soir,*
*Que plein de joie,*
*Je désirais avec tant d'espoir,*
*Être ton roi.*

Sous un ciel d'automne clair et rose,
Reine tu serais.
Dans une nature d'octobre morose,
Fou je t'aimais.

Et, plongeant dans des yeux de feu,
Créant la flamme,
Ému, j'ai vu comblé mon vœu,
Telle l'oriflamme !

Nous avons respiré au calice de l'amour,
Tout cet encens,
Et me suis trouvé changé pour toujours,
De toi, rêvant.

Devant l'autel fleuri de la vierge,
Toujours sincère,
J'allumerai pour elle le cierge,
Que je préfère.

L'étoile souriante me fait signe,
Et pour elle,
J'aurai la majesté du cygne.
Ange, je l'appelle.


*Le rêve fou* (72)

T'aimer c'est peu,
T'adorer, je veux ;
Idole, tu luis,
Pour toi je suis.

*Mots si faibles*
*Pour l'âme si loin,*
*Qui dans son coin,*
*Rêvant ! Faible.*

*D'un bonheur durable,*
*Es-tu capable ?*
*D'aimer, le pourras-tu ?*
*Belle inconnue !*

*Oh !mon amour,*
*Trop d'incertitudes,*
*Ou au contraire trop de certitudes,*
*Pour toi, je cours.*

Un poème de Baudelaire vint à mon secours le jour de mon départ pour Brest avant de me séparer de cette jeune lycéenne qui remplissait déjà autant mon esprit depuis que je l'avais rencontrée, il y avait deux mois à peine… Je récitai pour évoquer ma pensée du moment :

*Le chat* de Baudelaire qui m'adopta :

« Viens mon beau chat, sur mon cœur amoureux ;
Retiens les griffes de ta patte,
Et laisse-moi plonger dans tes beaux yeux,
Mêlés de métal et d'agate.

Lorsque mes doigts caressent à loisir
Ta tête et ton dos élastique,
Et que ma main s'enivre du plaisir
De palper ton corps électrique,

Je vois ma femme en esprit. Son regard,
Comme le tien, aimable bête
Profond et froid, coupe et fend comme un dard,

Et, des pieds jusques à la tête,
Un air subtil, un dangereux parfum
Nagent autour de son corps brun ».

*Elle n'osait pas dire qu'elle m'aimait par peur que je me moque d'elle !*

En dehors du plaisir de recevoir des nouvelles de Mireille, les premières lettres que je recevais d'elle montraient à quel point il faudrait que je tienne compte de l'autorité et de l'influence de sa mère, qui exerçait un contrôle permanent sur la jeune fille.

Il faudrait faire attention pour ne pas la mettre en difficulté à cause de moi, ou mal à l'aise en étant obligée de mentir trop souvent si c'était nécessaire, quand certaines règles d'horaires arbitraires étaient transgressées par mon influence.

Je lui avais fait connaître Dostoïevski et remis le livre *Humiliés et Offensés* qui sembla la passionner.

C'était pratiquement le premier grand roman de cet écrivain et probablement l'un des plus destructeurs.

Il jaillit de cette histoire un profond malaise avec l'amour entre un romancier phtisique et solitaire et une jeune fille qui succombe à son charme.

L'histoire met en scène les malédictions paternelles à l'encontre de deux femmes qui ont fauté, alors que les monstres seront récompensés. Indépendamment des personnages peu reluisants, l'auteur réussit à montrer, avec l'ironie la plus subtile, les intrigues sentimentales.

La lecture était d'un grand soutien en plus des études pour faire passer le temps plus vite.

Très souvent elle comptait les jours qui nous séparaient de Noël, alors que nous voir serait sûrement difficile : nous ne voulions pas montrer à sa mère l'amour qui se construisait entre nous. Pour elle, je devais rester un copain.

Elle n'osait pas dire qu'elle m'aimait par peur que je me moque d'elle, croyait-elle !

Mais avant de partir, elle oublia ses hésitations et laissa parler son cœur qui battait à l'unisson avec le mien.

Je lui disais dans mes premières lettres :
« Il m'arrive souvent de me remémorer notre dernière soirée où je puise une nouvelle énergie inconnue jusqu'alors ! »
« Peu souvent le temps présent atteint des sommets dans une vie. Mais quand ces moments se produisent, ce sont autant de pierres précieuses qui en jalonnent le parcours. »

Sans vouloir paraphraser Dostoïevski qui disait : « La vie mérite d'être vécue pour une seule seconde de bonheur » !

Il faut être un peu fou pour le penser.

Il faut plutôt y voir une fantastique envie de vivre pour rencontrer cette seconde un autre jour et que l'événement puisse se reproduire dans une suite indéfinie, comme depuis le premier instant.

J'espérais que nous n'aurions pas des secondes de bonheur, mais que, chaque fois que nous serions ensemble, puisse planer sur nos sentiments un climat permanent de douceur.

Pour que mes lettres n'éveillent pas de soupçons inutiles auprès de ses parents, je lui avais proposé de rencontrer ma sœur Nicole, qui pourrait assurer le rôle d'intermédiaire pour la transmission de mes courriers.

Ainsi par exemple, tous les mercredis, en allant au laboratoire médical où elle travaillait, les lettres de la semaine pourraient être récupérées.

Cette façon de faire a fonctionné durant de longs mois. Ce qui a permis d'avoir une certaine tranquillité psychologique pour la liberté de nos échanges.

Pour éviter des questionnements incessants sur notre liaison, Mireille ne voulait pas dévoiler ses sentiments à ses parents.

Elle avait à peine dix-sept ans ; la majorité était à vingt et un ans, ce qui pour les parents conférait un droit légal, conforté par la tradition, incompatible avec la notion de liberté.

Je m'adaptais sans exiger : nous avions suffisamment d'imagination pour trouver les solutions adaptées devant chaque obstacle que nous pouvions rencontrer, mais dans certains cas il n'existait aucune parade ! Nous faisions alors contre mauvaise fortune bon cœur.

« Tous les hommes recherchent le bonheur, mais comment faut-il faire pour l'atteindre » *? s interrogeait Platon !*

L'éloignement avait cette magie de renforcer les sentiments mais aussi de mieux se concentrer sur les études que chacun poursuivait de son côté.

Nos lettres étaient comme des chants lointains, que seules nos âmes entendaient comme un hymne à l'amour et à son futur espéré.

Nous étions dans l'attente du retour pour les vacances de Noël et espérions avoir de nombreux moments d'échanges et d'intimité.

Les vacances de Noël tant attendues furent composées de déception et d'amour.

Les parents de Mireille ne permettaient pas à leur fille de pouvoir disposer de son emploi du temps à sa guise, et nos retrouvailles ne purent se produire que le lendemain de Noël avec une joie immense, mais nous avions perdu plusieurs précieux jours avant de nous revoir.

On essayait de rattraper le temps perdu, oubliant la mélancolie qui nous avait habités dans les jours précédents.

Je lui avais demandé ce qu'elle pensait de moi et elle me dit : « Il n'y a qu'une seule réponse : je t'aime »… « Quand je marche près de toi, silencieuse, toutes mes pensées vont vers toi, je ne pense qu'à toi et c'est ma manière de te dire que je t'aime ».

Aussi bien que les grands philosophes et de la façon la plus immanente *(73)*, elle transférait son esprit, sans avoir besoin d'utiliser l'éloquence des mots, comme l'émanation d'un fluide parfumé de réponses !

Je pensais sans mots à mon tour que cette fille-là était apparue pour bâtir le bonheur.

J'avais découvert l'évidence, là où les philosophes de l'antiquité n'évoquaient que leurs incertitudes et parfois péremptoirement parlant, certaines petites certitudes.

En parlant du bonheur, je me laissais aller à évoquer ces philosophes, comme Platon qui disait :

« Vivre sans désirer, c'est vivre comme une pierre », quand Socrate oppose une analyse du désir comme un manque, donc comme une souffrance.

Aristote, disciple de Platon considère que :

« Le bonheur constitue le souverain Bien, c'est-à-dire la fin la plus digne d'être poursuivie, celle qui est désirable pour elle-même ; le souverain Bien est dans l'accomplissement de ce qu'il y a de plus excellent dans la nature de l'homme, à savoir dans une vie active consacrée à l'exercice de la raison et en accord avec la vertu ».

L'homme toujours selon Aristote « a besoin d'amis et l'amitié fait partie intégrante du bonheur ».

En parlant d'amour, Socrate proclamait que « l'amour est avant la mort, comme la philosophie le libérateur de l'âme ».

Ainsi se rajoutait à la pensée des grands philosophes de l'Antiquité le moyen d'atteindre le bonheur à partir du caractère transcendantal *(74)* et immatériel de « ce fluide parfumé immanent », dont je venais de faire la découverte en écoutant la réponse que me fit Mireille !

Malgré leurs courtes durées, ces vacances nous firent franchir un cap important vers un amour qui pouvait ressembler à une fusion quand nous étions ensemble mais qui était en réalité plus fort et plus durable.

Nous pensions possible parfois une séparation impossible !

Alors, nous mettions nos forces en commun pour respecter les contraintes de l'autre, avec une abnégation qui venait encore davantage enrichir le sentiment que nous avions l'un pour l'autre et l'un envers l'autre !

Pour rendre le futur dans l'absence plus supportable, nous vivions le passé au présent.

« L'amour est un enfantement dans la beauté, et selon le corps et selon l'âme … c'est prenant son point de départ dans les beautés d'ici-bas avec, pour but, cette beauté surnaturelle, de s'élever sans arrêt, comme au moyen d'échelons :

« Partant d'un seul beau corps, de s'élever aux belles occupations ; et partant des belles occupations, de s'élever aux belles sciences jusqu'à ce que, partant des sciences, on parvienne pour finir à cette science sublime, qui n'est science de rien d'autre que de ce beau surnaturel tout seul, et qu'ainsi, à la fin, on connaisse, isolément, l'essence même du beau ».

C'était ma philosophie enseignée par Platon et que la beauté de cette fille d'un peu plus de dix-sept ans m'inspirait chaque jour un peu plus, en sublimant tout ce que je faisais, tout ce que je pensais, et tout ce qui venait d'elle.

*« Ô temps suspends ton vol, et vous heures propices suspendez votre cours ».*

« Laissez-nous savourer les rapides délices des plus beaux de nos jours... Un seul être vous manque et tout est dépeuplé. »

Mireille, en s'appuyant sur cette pensée de Lamartine, me rappelait son état d'âme du moment, en rajoutant ce qu'elle deviendrait sans moi, en ne pouvant plus dissocier sa vie de la mienne.

C'était le rythme de notre vie, les mois qui suivirent.

Notre nourriture spirituelle était composée de lettres qui n'étaient que la copie du livre ouvert de notre âme que pas à pas nous laissions se dérouler pour l'autre jusqu'à la prochaine rencontre réelle.

L'esprit avait déjà fait un long parcours quand nos regards à nouveau se confondaient dans le réel et que nous nous étions retrouvés à la fin de l'année.

La même évolution ne manquerait certainement pas de se reproduire à la prochaine occasion avec une acuité plus forte encore !

Chaque jour, tel un buisson ardent, grandissait le sentiment que nous avions l'un pour l'autre.

Je venais de voir un film suédois d'Arn Matt Son, *Elle n'a dansé qu'un seul été*, qui m'avait ému.

Le film racontait une histoire d'amour entre deux jeunes suédois : une jeune fille de dix-sept ans et un étudiant de vingt ans.

À la fin de l'été, la jeune fille mourut et cet amour plein de promesses disparaissait à jamais. Dans la salle, beaucoup de personnes étaient émues jusqu'aux larmes. Dans une de mes lettres, je proposai à Mireille d'aller voir le film qui pouvait permettre d'avoir la même émotion sur le même sujet.

## Un festival étudiant qui fut un mirage

J'avais été désigné dans le cadre de mes fonctions estudiantines pour représenter les étudiants de Brest au festival qui allait se dérouler en Suède au courant des vacances d'été.

Mon idée première fut de proposer à Mireille sans trop y croire de bien vouloir y réfléchir et d'essayer de convaincre ses parents pour m'accompagner.

Le festival était prévu entre le 24 juillet et le 8 août.

Si un tel rêve pouvait se réaliser, ce serait tout simplement formidable.

Ces festivals étudiants sont toujours assez exceptionnels, alliant la représentation internationale des danses folkloriques des différents pays, de leurs théâtres, de leurs sports, de leurs coutumes, de leurs spécificités nationales.

Autour de ces spectacles multiples, sont également organisées des conférences sur tous les sujets, animées par des étudiants de tous pays, mais aussi de disciplines universitaires variées. Je rêvais déjà à certains discours que j'aurais pu prononcer en y allant !

Certains étudiants de condition de vie modeste, comme d'autres issus des catégories les plus aisées devaient participer à ce festival : ce qui confère à ce genre de manifestation une dimension humaine et sociale des plus intéressantes.

Malgré un coût élevé pour mon budget, j'avais quelques mois pour réunir les fonds nécessaires *(75)*

Le principal obstacle était représenté par « le dictat » des parents de Mireille qui ne manqua pas de se faire connaître.

La principale raison non évoquée était à comprendre dans le cadre de la responsabilité et de la conception éducative dont ils s'estimaient encore investis pour une fille qui n'avait pas encore 18 ans.

Mireille n'avait encore jamais été autorisée à quitter seule ses parents, en dehors d'avoir été dans la famille de son père durant des périodes de vacances.

Pouvaient-ils envisager de laisser partir leur fille avec un petit-ami qu'ils ne connaissaient guère ?

Donc, officiellement deux raisons furent mises en avant pour justifier le refus : la première était que la période de vacances habituelle de sa famille correspondait aux mêmes dates que le festival étudiant et la seconde s'appuyait sur le fait qu'elle n'était pas majeure et qu'une autorisation parentale devenait nécessaire.

L'impossibilité de me rendre à ce festival accompagné de Mireille me démotiva complètement : je décidai alors de céder ma place à un autre membre du bureau des étudiants qui fut ravi de cette aubaine.

Le but que je m'étais fixé représentait une montagne à franchir dans le cadre des mentalités de la société de 1962.

# CHAPITRE XII

## AVANT D'ABORDER MA VIE D'HOMME, LA CONSTRUCTION D'UN AUTRE ESPACE DE MA CONSCIENCE DEVAIT S'ACCOMPLIR SUR DE NOUVEAUX FONDEMENTS.

*Les traditions du passé devaient être remises à plat.*

Après avoir lu *Le Deuxième Sexe* de Simone de Beauvoir *(76)* en 1961, j'avais découvert à quel point j'étais d'accord sur son analyse des comportements traditionnels des hommes et des femmes dans la société et la pertinence philosophique et sociale de ses raisonnements et propositions de changements !

Cela m'avait fortement conforté pour ne plus reproduire certains schémas ou attitudes que traditionnellement mes parents, ou plutôt ma mère m'avaient laissé entrevoir ou induire dans ma pensée.

De plus, elle ne pouvait pas en être tenue pour responsable, puisque c'était la tradition ambiante dans notre société depuis des siècles, dans pratiquement tous les milieux sociaux.

Ce qui était vrai pour elle l'était donc tout autant pour les parents de Mireille. Ils ne faisaient que transmettre les mêmes comportements, qu'ils partageaient avec beaucoup d'autres.

Alors que se nouait une relation dont les perspectives s'inscrivaient dans la durée, je considérais que ma propre attitude devait alors se construire pas à pas sur une base nouvelle.

Les traditions du passé devaient se confronter avec mes convictions personnelles, qui devraient elles-mêmes se transcender ou pour le moins se dépasser pour vivre ma vie « d'Homme » avec les « Femmes » » en général et avec celle qui deviendrait ma compagne de vie en particulier !

Les essais philosophiques du *Deuxième Sexe* me donnaient un moyen exceptionnel pour me diriger vers d'autres convictions, qui pourraient devenir d'autres traditions, s'exprimant sous une forme plus ouverte et donc par définition évolutive.

Cet autre espace de ma conscience devait jeter les bases et les principes de la relation que je construisais avec Mireille, mais qui aurait aussi des incidences d'une manière générale avec toutes les femmes que je pourrais rencontrer dans ma vie intellectuelle et professionnelle.

J'étais certain que *Le Deuxième sexe* ne manquerait pas de faire des émules dans la société. La pensée qu'il véhiculait ne pouvait qu'amorcer de façon irréversible le futur des femmes dans la vie de famille et dans le monde du travail, en veillant à ce que « hommes ou femmes » soient rigoureusement sur le même pied d'égalité en toutes choses, là où les hommes et la société les cantonnent dans un rôle de mère élevant les enfants, ou sacrifiant leur propre carrière à celle de leur mari.

Les années qui suivirent et aujourd'hui encore, un demi-siècle plus tard, le génie visionnaire de la grande philosophe féminine qui m'inspira m'a montré la justesse de mon raisonnement et de ma décision d'alors !

Ce qui fut bien pour moi, le serait aussi pour la femme qui partagerait l'essentiel de ma vie.

Les autres femmes que je rencontrerai ne découvriront jamais en moi autre chose qu'une envie à priori d'égalité dans la recherche de connaissance de l'esprit de l'autre : il faut aussi pour cela que l'autre soit dans un état de disponibilité intellectuelle approprié pour que l'émulation de la réflexion des deux consciences puisse se produire.

Ainsi, je suis heureux par l'esprit quand les inégalités entre les hommes et les femmes peuvent être annihilées ou fortement se réduire :

- par le raisonnement ou la réflexion,

-avec le respect des vertus et des valeurs, qu'elles soient universelles ou spécifiques à chaque être humain en fonction de sa culture, de son éducation ou de sa religion.

Si elles favorisent l'épanouissement des hommes et des femmes sans aucune discrimination d'où qu'elles viennent, elles sont respectables. Mais il faut que la société soit en phase avec elles, en inspirant l'esprit de liberté des consciences !

Une société où les deux sexes sont égaux dans l'indépendance de leur propre choix sera mon credo !

Si une influence doit exister, c'est pour orienter « la Femme » à prendre conscience de son devoir humain d'exister pour elle-même.

Un homme doit savoir encourager l'accession à l'égalité entre les deux sexes en perdant la position supérieure que l'histoire lui avait conservée jusqu'ici.

Pour enrichir l'autre et le couple qu'ils pourront former un jour, c'est du droit à l'égalité « d'exister partout » que les deux sexes pourront s'épanouir en se dépassant.

Du respect de l'intelligence, à condition qu'elle soit tolérante de la pensée de l'autre.

Dans ce cas seulement, la différence des pensées peut enrichir l'esprit.

C'est ensuite la famille, puis le groupe, puis la société, qui peuvent alors en profiter ; pour du mieux « *être* » et du mieux « *vivre* ».

L' « homme supérieur » de Nietzsche ne peut pas être atteint sans l'échange avec les autres, et chaque « homme » doit avoir pour vocation constante le surpassement de soi !

Avoir un échange avec un partenaire féminin ou masculin lorsqu'il s'agit de la pensée, n'a jamais fait l'objet d'une différence pour moi depuis le jour où ma conscience d'Homme était arrivée à l'aube de sa vie.

« Le sentiment de l'aventure serait tout simplement celui de l'irréversibilité du temps » *(77)* comme le disait son compagnon Sartre.

Mais ce qui est extraordinaire, c'est que cette vision a embrasé la communauté des femmes non seulement en France mais sur l'ensemble de la planète.

De cette pensée, sont partis la plupart des mouvements féministes au cours des décennies qui ont suivi !

Je considérais aussi que cette évolution, en devenant comme je le pensais irréversible, les hommes qui ne changeront pas les traditions passées perdront leur épouse un jour ou l'autre dans leur vie.

Surtout si leurs femmes éduquées et intellectuelles, éprises de liberté face à une société qui évolue, finissent par constater que leur propre couple est resté dans la tradition aliénante des « femmes d'autrefois », en ayant perdu les rêves de leur existence propre.

Pour ma future vie d'homme, face aux femmes en général, cette exigence faisait apparaître un caractère de plus grande urgence encore pour restructurer ma pensée et ma conscience, face à la jeune fille que j'aimais et que je devais aussi regarder comme « une femme en général » !

Cette évolution difficile était cependant pour moi d'autant plus aisée à faire que Mireille m'inspirait une motivation intellectuelle et une force capable d'étouffer les résurgences traditionnelles du passé quand elles apparaissaient.

Elle-même était imprégnée de la tradition et n'avait pas forcément réfléchi à ces considérations qu'elle subissait de la part de ses parents comme des fatalités de la condition féminine.

Elle imaginait sûrement que contre « la mauvaise fortune » de sa condition de femme, elle devrait plus tard obéir à un mari selon la tradition en espérant que « cet homme-là » l'aimerait suffisamment pour adoucir les contraintes et espérances de liberté qu'elle avait déjà, ou qui apparaîtraient dans sa vie de femme, dans un lointain indéterminé.

Elle ne pouvait pas savoir qu'une révolution était en cours dans mon esprit, dont l'application concrète se dessinait avec elle et pour elle !

*Le Deuxième sexe* de Simone de Beauvoir avait en 1962 commencé à produire ses effets depuis treize ans.

Il alimentait la critique, tout en faisant grandir la conscience des femmes.

Les milieux féminins intellectuels d'avant-garde, puis le monde étudiant et politique, et enfin les milieux populaires, furent phagocytés par cette pensée, avant l'émergence du mouvement de mai 1968 quelques années plus tard !

Un fossé existait pour l'indépendance d'une pensée féminine. Par la suite, cette évolution finit par devenir irréversible.

### *« Pour créer de nouvelles valeurs, il faut redevenir enfant ».*

Et pour cela il faut subir les effets des trois métamorphoses :
« Comment l'esprit devient chameau ;
Comment le chameau devient lion ;
Comment le lion devient enfant »

Cette pensée nietzschéenne accompagnait parfois mes réflexions.
Lorsque j'écrivais à l'unique personne à qui j'osais me montrer au naturel

avec mon esprit dénudé, sans amour propre, mais simplement de façon sincère, je montrais mes sentiments en imaginant la silhouette et le regard d'une infinie tendresse qu'elle dégageait !

Elle seule me connaissait comme j'étais : parfois atteint par le doute, parfois sûr de moi, voulant effacer les obstacles inutiles, parfois adulte, entièrement sincère, profondément amoureux et parfois enfant.

*Pensée d'un soir :*

« Celui qui t'aime court le monde,
Et ta forme immortelle
Veille près de lui quand il dort ;
Autant que toi, sans doute, il te sera fidèle
Et constant jusques à la mort ».

Ces quelques vers de Baudelaire sont en symbiose avec l'histoire de ces deux jeunes gens qui n'ont que l'écrit, ou presque, pour vivre leur amour.

Le romantisme qui accompagne cette histoire est exacerbé par l'absence, faisant continuellement du passé un présent et du futur un espoir de créer un autre présent.

## *L'amour est cette chose dont tout le monde parle et que tout le monde ignore.*

C'est ce chemin que Mireille et moi prenions depuis bientôt six mois et dont nous savions qu'il serait encore très long avant de pouvoir regarder l'avenir sans contrainte.

Ce chemin, nous l'éclairerons sans relâche, avec patience, avec force et parfois avec abnégation et quelques mélancolies.

Je penserai encore souvent au poème de Baudelaire intitulé *Le chat* et qui commence par ce vers : « Viens, mon beau chat, sur mon cœur amoureux... » Seuls les évènements insolites et les circonstances pourront peut-être accélérer notre marche lente vers le bonheur.

La décision que j'avais prise en revenant de façon impromptue lors de la grève des étudiants de février fut le premier exemple du genre qui montrait que mon tempérament était toujours prêt à bousculer le mouvement lent imposé par les circonstances.

## L'absence peut-elle générer de la jalousie entre deux personnes qui s'aiment ?

Lorsque Mireille me posa cette question naturelle entre toutes et pour pouvoir y donner une réponse qui soit fidèle à ma pensée du moment, il me fallut aller chercher au fond de ma mémoire ma vérité à ce sujet :

Mireille éprouva ce besoin après avoir lu la pièce de Shakespeare intitulée *Othello*.

**Mireille** : « es-tu jaloux ?

Je viens de lire *Othello*, dont je te résume l'histoire : l'histoire d'Othello, général maure au service de la république de Venise, tua sa jeune épouse Desdémone qu'il croyait infidèle.

Si Othello soupçonne sa femme, c'est parce qu'il est manipulé par son assistant Yago, lui-même jaloux des faveurs que le général accorde au valeureux Cassio. Peu à peu Yago convainc Othello, par des propos calomnieux, que Desdémone le trahit avec Cassio.

Il lui présente même un mouchoir qui serait le gage de leur amour. Rongé par le poison injecté dans son cœur, Othello accuse son épouse qui répond par l'affirmation de son innocence et l'assurance en la justice divine. Sourd à ses paroles, son mari la condamne et l'étouffe dans son lit. Son geste accompli, il découvre la machination qu'il vient de subir et se donne la mort, tandis que Yago meurt à son tour ».

- **Moi** : « La jalousie ne peut exister que s'il existe un manque de confiance en l'autre.

Dans ce cas, il n'y a pas vraiment d'amour.

Tous les amants du monde se sont posé un jour cette question, et fort heureusement la plupart d'entre eux n'ont pas eu à subir cette aliénation qui peut aller jusqu'à la destruction de l'amour.

Mon seul désir est d'être là où tu es ! Notre confiance en l'autre étant réciproque, il n'y a pas de place pour la jalousie. Notre séparation qui alimente en même temps nos sentiments d'amour grandissants est bien la preuve que nous ne pouvons pas éprouver de dépit ni d'envie envers l'autre, puisque nous sommes placés dans la même attente.

Le sentiment de jalousie nous est étranger parce que nous sommes jaloux de notre besoin commun d'aimer l'autre.

En complétant ce qui précède sur la jalousie, on peut dire qu'elle correspond à la manifestation d'une sorte d'exclusivité par une personne sur une autre, par crainte qu'elle soit infidèle. On pourrait dire aussi que la jalousie amoureuse correspond à la peur de voir sa place ravie par un autre auprès de l'être aimé :

C'est un grand mal quand elle atteint un niveau obsessionnel, qui peut alors devenir malsain et dangereux.

Cela peut être naturel quand elle est maîtrisée, car elle correspond à une émotion comme toutes les autres, soit ni malsaine, ni saine en soi.

Comme les autres émotions, elle nous renseigne sur nos besoins et nos désirs.

Les problèmes qu'elle pose existent quand se développent des comportements morbides, dangereux, de nature à détruire la liberté de l'autre.

Être jaloux et être pour la liberté, c'est se mentir à soi-même et c'est en quelque sorte contradictoire. »

**On entend souvent :**

« Je ne sais plus quoi faire devant la jalousie de mon mari... Je vis un enfer depuis que nous sommes mariés... il faudrait qu'il se soigne »

« Je ne puis supporter qu'un autre homme regarde ma femme »

« Je suis jalouse si mon amoureux trouve une autre femme attrayante »

« Je suis jaloux quand un plaisir quelconque existe pour ma compagne alors que je ne le partage pas avec elle »

« Ma jalousie me porte à surveiller ma compagne (ou mon compagnon)... à fouiller dans son sac... à questionner sans cesse au lieu d'attendre que le moment soit choisi par elle (ou lui) pour en parler, et si on ne parle de rien c'est qu'il n'y a rien à dire : la confiance devient alors le contre poids pour ne pas aller trop loin.

## Le lac des cygnes de Tchaïkovski

Le ballet qu'elle venait de voir avec ses copines l'avait profondément émue et, me disait-elle, jusqu'aux larmes ! Or, ce n'était pas dans ses habitudes de ressentir la musique de cette façon, mais plutôt de l'éprouver dans sa dimension sensuelle, apaisante, entraînante, esthétique, sacrée, légère, bruyante, belle ou romantique.

Cette musique-là était suggestive et émouvante.

Notre éloignement forcé à tous les deux pesait différemment d'un jour à l'autre, en fonction de nos moments de solitude propices à la réflexion.

La mélancolie qui la gagnait était provoquée par l'absence et je la comprenais si bien.

Il m'arrivait également en voyant un film attendrissant d'avoir envie de partager l'instant avec celle que j'aimais ; alors on se racontait ces instants dans nos courriers successifs.

Avec un certain décalage, la réflexion s'accompagnait par un léger spleen et une émotion, lorsqu'on se trouvait tour à tour devant le contenu du dernier message. Nous découvrions pas à pas nos sensibilités amoureuses et spirituelles.

Un jour, les rêves deviendraient réalité et mécaniquement s'amenuiseraient au fur et à mesure que nos certitudes s'accroîtraient sur notre futur commun.

## Un recyclage philosophique et littéraire pour être à l'unisson.

Lorsque Mireille m'évoqua qu'elle devait faire un commentaire sur *Candide* de Voltaire et son œuvre en général et qu'elle m'enverrait son travail quand il serait terminé, il fallut que je relise les *Romans et contes philosophiques,* qui m'avaient été offerts par ma sœur en cadeau de Noël, vers mes 19 ans.

L'œuvre de Voltaire est riche en enseignements sur la vie. Il déblaie nos illusions, dégonfle nos vanités, renverse nos systèmes, comme il nous délivre de l'égocentrisme et de l'utopie.

On ne peut pas oublier dans son œuvre *Zadig ou la Destinée, Le monde comme il va, Candide ou l'Optimisme, L'Ingénue* et bien d'autres comme *L'Homme aux quarante écus,* etc.

Un plaisir renouvelé me gagnait si je réfléchissais un peu plus aux composantes émotionnelles et à celles pour lesquelles Mireille et moi pourrions être à l'unisson au travers de la pensée philosophique de cet « artiste penseur » de la vie des hommes.

Le *Candide ou l'Optimisme* mettait en lumière quelques leçons de vie à travers ce jeune garçon aux mœurs les plus douces et à la naïveté la plus touchante. Sa physionomie annonçait son âme :

Cunégonde, la fille du baron, avec ses 17 ans, était haute en couleurs, fraîche, grasse comme sa mère, et appétissante. Candide la trouvait extrêmement belle, mais n'eut jamais la hardiesse de le lui dire.

Le précepteur Pangloss était l'oracle du château et le petit Candide écoutait les leçons avec toute la bonne foi de son âge et de son caractère.

Il prouvait admirablement qu'il n'y a pas d'effet sans cause, ce qui est vrai ; mais il enseignait aussi par ses exemples la crédulité en disant : « Les pierres sont faites pour être taillées et en faire des châteaux...

Les cochons sont faits pour être mangés et ainsi nous mangeons du porc toute l'année... Les nez ont été faits pour porter des lunettes, aussi avons-nous des lunettes... »

Lorsque, chassé du château, il s'en alla à ses aventures, la vie lui montra souvent que les vérités de Pangloss n'étaient pas celles de beaucoup de gens et que les hommes ne montraient pas toujours un visage de justice, de bonté ou de respect des valeurs humaines.

Une certaine naïveté relève parfois d'un manque de maturité liée à la jeunesse.

Mais quand ce n'est plus la jeunesse qui peut être incriminée, ce ne peut être qu'un manque de réflexion qui l'alimente, ou une spontanéité mal maîtrisée qui la fera apparaître.

Jouer au naïf est parfois aussi un moyen de déjouer la duperie de l'autre. La fourberie de ce naïf-là ne le rend pas plus sympathique, mais lui confère un esprit dangereux dont il faut se méfier.

« Dans la bouche d'un homme d'esprit, une grande naïveté pourra être considérée comme une vérité, alors que prononcée par un idiot, on aura tendance à la considérer pour une sottise », en s'inspirant de la pensée de La Bruyère !

## *Je n'attendrai pas qu'une révolution se produise dans la société pour changer les traditions !*

Des parents dans l'ombre représentaient un frein puissant à nos élans et à nos transbordements, en nous ramenant sans cesse à la réalité. La fille que j'aimais était sous le contrôle étroit de sa mère.

J'avais assez mesuré l'importance de la tradition avec son cortège de conservatisme et de puritanisme dans les familles et dans la société pour ne pas m'en émouvoir. Ce qui ne m'empêchait pas de réfléchir aux possibilités de contourner les obstacles chaque fois que mon imagination laissait entrevoir une solution applicable.

Lorsqu'il fallait obtenir des passe-droits raisonnables, nous obtenions de temps en temps satisfaction après avoir plaidé la cause auprès de sa mère, malgré tout influençable devant des arguments convaincants.

Ce n'était pas la raison pure, mais une peur instinctive qui la faisait penser qu'elle allait perdre sa fille en lui donnant plus de liberté.

Or, la raison démontre souvent que c'est l'inverse de ce que l'on désire qui se produit en général dans ces cas là !

Je venais de subir à mes dépens, après avoir été élu Président des étudiants brestois, le conservatisme de règles étriquées qui, pour deux mois d'écart avec ma majorité légale, m'interdisaient d'officialiser le résultat.

Je n'en voulais pas vraiment à ses parents qui n'accomplissaient que le rôle qu'ils estimaient devoir assurer pour leur fille.

Il fallait ainsi en tenir compte pour pouvoir disposer à chaque fois par notre réflexion préalable, d'un meilleur usage des effets du temps et des exemplarités que nous pouvions produire !

Rien ne pouvait valablement changer dans la société sans une explosion sociale, qui aurait la capacité de balayer de nombreuses coutumes et traditions ringardes, devenues, après la guerre, totalement obsolètes.

Le seul danger, en passant par cette nécessité brutale de changement serait de risquer d'aller trop loin, comme c'est souvent ce qui se passe en pareil cas, le changement devenant alors pire que ce que l'on condamne !

J'avais décidé d'user ma patience jusqu'à ses limites à partir de l'accumulation des situations réelles et vécues, en produisant pas à pas de petites évolutions qui finiraient par en devenir une grande !

Les jeunes, sous l'impulsion du milieu étudiant, allaient entreprendre en 1968 le mouvement nécessaire pour aller dans la bonne direction.

À partir de cette date, le rythme d'évolution allait s'amplifier pour ne plus s'arrêter.

Nous laissions apparaître que nous n'étions que d'excellents amis et qu'il ne s'agissait à la limite que d'un simple « flirt » bien innocent, ou d'une grande amitié.

Cette position ne permettait pas de dépasser certaines limites par souci de cohérence et ainsi ne pouvait être qu'un pis aller qui ne pouvait pas durer éternellement !

Quelquefois, je restais au domicile des parents pour lui donner des cours de mathématiques dont elle ne pouvait qu'avoir le plus grand besoin. Cela nous permettait de ne pas être trop dérangés et d'être ensemble de nombreuses heures à mélanger l'utile à l'agréable, la tendresse et les mathématiques. J'étais pour ses parents une sorte de folie passagère, que leur fille et moi-même finirions avec le temps par faire disparaître progressivement.

Non pas par manque d'appréciation positive sur ma personne, bien au contraire, mais simplement pouvoir retarder vers des échéances plus lointaines la perte de contrôle sur leur fille bien-aimée !

C'était si vrai qu'un soir, lors de mon dernier retour alors que nous étions allés danser, les parents de leur fille se sentirent obligés de l'accompagner et de lui dire après la soirée qu'il était étonnant qu'elle n'ait dansé qu'avec un seul garçon !

Sa mère lui fit après cette soirée cette remarque dénuée du sens des réalités :

« On ne danse avec le même garçon toute une soirée que lorsqu'on est fiancé ou marié ».

Une telle observation s'apparentait à une réaction plus émotionnelle que raisonnée pour éviter une accélération du temps, mais intuitivement, elle pensait sûrement que quelque chose se passait entre ces deux jeunes gens.

Elle trouvait que nos regards ne ressemblaient pas à ceux de copains et ne fut d'ailleurs guère surprise lorsque sa fille le lui confirma.

Le sens aigu du respect parental et la bonne éducation reçue m'imposaient un frein puissant auprès de cette jeune fille, pour ne pas aller trop loin dans la transgression des règles parentales parfois arbitraires et ridicules. Mireille avait cette ingénuité et cette jeunesse invitant à apprivoiser le temps et ma patience !

Envisager d'aller jusqu'au risque de conflit ou de rébellion avec mon appui contre ses parents, elle ne le souhaitait pas et moi non plus.

Notre amour ne devait pas se construire sur des ruines dont nous aurions été des participants éventuels.

Avec le temps, des regrets pouvaient se produire.

L'expression qu'elle réussissait à s'imposer consistait à ne rien dire, afin de conserver une certaine tranquillité pour ne pas rendre les futures rencontres plus difficiles encore.

Comme le disait Stendhal, nous découvrions que « la vie est une comédie », mais celle-là, nous la jouions uniquement avec les parents et en particulier la mère de la jeune fille.

L'auteur disait ensuite « que la vie était un bonheur cherché par des fous ».

Nous n'étions pas fous, mais simplement durablement amoureux et probablement jusqu'à la folie. Ma raison se chargerait si c'était nécessaire de me faire signe, comme cela avait toujours été le cas dans le passé !

Toutes les lectures que nous faisions enrichissaient notre vision du monde et de l'amour, tel *Le Blé en herbe*, de Colette, que Mireille venait de lire en s'identifiant à la jeune fille de quinze ans qui aimait un jeune homme de dix-sept ans.

Ou encore les lettres de *Julie ou la nouvelle Héloïse* de Jean Jacques Rousseau, qu'elle relut plusieurs fois en s'imprégnant d'une autre façon de la musique amoureuse qui complétait la mienne.

Citons quelques passages au hasard parmi ces lettres qui ne sont que des hymnes à l'amour :

Des *Lettres à Julie* :

« Non, belle Julie, vos attraits avaient ébloui mes yeux… C'est cette sensibilité si vive et d'une inaltérable douceur, c'est cette pitié si tendre à tous les maux d'autrui… je consens qu'on puisse vous imaginer plus belle encore… »

Ou :

Des *Lettres d'Héloïse* :

« Ce que tu me fais éprouver approche d'un vrai délire et je crains enfin d'en perdre la raison…

… Il y a quelques jours surtout que ton image plus belle que jamais, me poursuit et me tourmente avec une activité à laquelle ni lieu, ni temps, ne me dérobe...

...Je trouve la campagne plus riante, la verdure plus fraîche et plus vive, l'air plus pur, le ciel plus serein ; le chant des oiseaux semble avoir plus de tendresse et de volupté ; le murmure des eaux inspire une langueur plus amoureuse, la vigne en fleurs exhale au loin le plus doux des parfums. Un charme secret embellit tous les objets ou fascine mes sens... »

Ou bien encore cette pièce de Molière :

*Les Femmes savantes* :

Que je venais de voir au théâtre à Brest où :

« Henriette et Clitandre sont amants, mais pour se marier, ils vont devoir obtenir le soutien de la famille de la jeune fille.

Le père et l'oncle sont favorables, mais la mère, Philaminte aidée par la tante et la sœur d'Henriette veut lui faire épouser un savant de pacotille aux dents longues, Trissotin, qui mène ces femmes savantes par le bout du nez »

Nous comparions souvent notre vie à celle de nos héros littéraires. On y puisait parfois du plaisir à comparer leurs émotions aux nôtres et y découvrir une sensibilité identique ou différente, ce qui contribuait aussi à accroître une convergence d'esprit sur beaucoup de choses !

## Une amie de ma sœur lui dit une fois :

« Le jour où ton frère aimera une fille, il l'aimera beaucoup ».

Cette amie avait été amoureuse et n'avait pas réussi à déclencher en moi cette envie de surpassement.

J'étais ainsi pour la première fois, et durablement, subjugué par un être féminin qui occupait constamment mes pensées.

Il y avait de l'enchantement dans mon cœur et de l'ivresse dans mon esprit, à en perdre la raison tout en raisonnant.

Elle m'ouvrait les horizons de toutes les audaces pour lui plaire et conserver la flamme d'amour qu'elle avait allumée.

Elle était comme ces synthèses réussies de la création, où le charme juvénile, la beauté naturelle et animale font rêver.

Son regard, avec des yeux d'un vert émeraude, faisait jaillir un amour infini et inaccessible, comme une cascade déversant un flot ininterrompu allant s'évanouir dans les ressacs de la nature.

Pourtant, grand était mon étonnement en me disant que je ne rêvais pas et que la pièce qui se jouait était bien réelle !

Elle émergeait du brouillard de ma vie sentimentale, au moment même où je décidais de me libérer de mes chaînes et des freins qui avaient accompagné les années qui suivirent la fin de mon adolescence.

Le rideau du théâtre de ma vie s'ouvrait lentement pour que le premier acte puisse être joué.

# CHAPITRE XIII

## LE JOUR OÙ J'AI ÉTÉ ENVAHI PAR L'IDÉE QUE J'AVAIS POUR UNE JEUNE FILLE UNE ATTIRANCE QUI DÉPASSAIT TOUTES LES PRÉSENCES.

*J'ouvrais le bal de la nuit des étudiants ce samedi dix mars de l'année 1962.*

Le bal était organisé par « l'association des étudiants » et mon rôle dans celle-ci a voulu que l'on me désigne pour ouvrir le bal.

Au départ, l'ouverture devait se faire sous le patronage du Sous-Préfet qui s'excusa au dernier moment.

Il ne pouvait pas venir pour des raisons personnelles.

Les merveilleux tangos joués par l'orchestre « Teddy Rock » étaient accompagnés par la voix douce et charmeuse de Pascale Audry, invitant ceux qui l'écoutaient à une langoureuse rêverie : une rivière de mélancolie me gagnait plus que d'autres soirs en pensant à Mireille, si loin et si présente.

Ma position « phare » de cette soirée me poussait facilement dans les bras des « jeunes filles en fleurs » qu'un Marcel Proust imagina *À la recherche du temps perdu*.

Je ne pouvais pas les éviter, avec leurs regards enjôleurs, pour ne pas paraître ronchonneur et discourtois.

De nombreuses cavalières purent ainsi découvrir qu'il y avait sûrement de meilleurs danseurs que moi et que parler en dansant n'était pas la meilleure manière de se concentrer pour montrer mes faibles talents pour l'art de la danse. Mes pensées caracolaient comme le vol des oiseaux entre la terre et le ciel, ou entre le réel et l'imaginaire.

## CHAPITRE XIII

*Les caprices et les tyrannies du monde se dissipèrent juste le temps de nous laisser couler dans l'incendie de nos passions.*

Les vacances de Pâques seront l'un des sommets d'un espoir de rencontre sans cesse reporté. Le sommet de l'inassouvissement, dans l'attente que la circonstance du hasard espéré nous réunisse.

Un colloque étudiant à Reims mobilisa mon emploi du temps plusieurs jours et les parents de Mireille réussirent, volontairement ou non, à organiser son absence pour une grande partie des vacances non loin de là, ce qui ouvrait une infime possibilité de rencontre durant quelques heures entre deux trains.

Notre organisation de rencontre fut un échec, car de difficulté en difficulté, le train de l'espoir dans lequel devait se trouver Mireille arriva plus de deux heures en retard au lieu de rendez-vous.

Moi, dans le désespoir d'attendre, j'étais reparti depuis quelques minutes quand elle arriva !

Notre imagination pourtant fertile se heurtait sans cesse à des contre-temps successifs : ainsi, sur quinze jours de vacances, nous pûmes nous voir deux petites journées seulement, en essayant de les vivre avec le plus d'intensité possible.

Notre rencontre, pour ces vacances, fut un projet surhumain en faveur de nos âmes et de la vision de nos corps.

Ceux qui pouvaient avoir un regard sur nous ignoraient que notre amour se fortifiait encore davantage dans l'absence.

Car, lors de nos rencontres, l'horloge du temps s'arrêtait totalement.

Je venais de m'intéresser aux lois sur la relativité générale du grand savant du vingtième siècle Albert Einstein, qui, mieux qu'un philosophe, me fit observer que la présence de cet être adoré me faisait voyager à la vitesse de la lumière.

Deux jours étaient devenus des éternités pour rattraper le temps perdu.

Ce grand savant a sûrement ignoré que l'amour est comme « un photon de lumière » lui aussi : la science n'a pas encore cherché à le découvrir en vue de pouvoir le maîtriser et déchiffrer les lois mathématiques qui régissent ces grains d'énergie lumineuse qui se propagent à travers les âmes de l'humanité.

Combien d'applications réussies si l'on pouvait mettre l'amour en équation !

On pourrait ainsi observer objectivement ses capacités d'évolution à partir des inconnues qui y jouent un rôle, après identification, et en calculer le devenir !

Mon observation farfelue me permet de m'appuyer sur cette pensée de Malraux, en parlant des musées comme des idées :

« Je les aime parce qu'elles jouent avec l'éternité ».

Chaque homme sur terre pourrait devenir un soleil pour tous les autres, si chacun était possédé par l'humanisme et l'amour d'autrui.

La terre des hommes serait comme une voie lactée de bonheur !

Ces raisonnements fous ou ridicules le deviennent justement parce que nous avons le pouvoir de naviguer avec notre esprit aux confins des infinis non atteignables. (Voir *Histoires et pensées d'un homme. Nouvelles II-IV-V*)

## Il suffit d'exister pour commencer à concevoir et créer !

À l'aube de la vie, l'homme était seul et Dieu créa la femme pour qu'il soit moins seul. La suite construira l'humanité !

Une mer de brume s'étendait au loin avant que le soleil ne la dissipe, laissant là, en pleine lumière, les deux amants sortis de nulle part.

Notre vie était une alternance entre la nuit et le jour, la lumière et l'ombre, la présence et l'absence, l'attente et le retour puis le départ.

« Les silences ayant cheminé parallèlement dans l'ombre, soudain les deux esprits reparaissent côte à côte, avec la même phrase » :

je venais de découvrir en lisant une œuvre d'André Maurois qu'il avait écrit à peu près la même phrase que j'imaginais dans mon humble message d'amour que j'adressais à Mireille ce jour là !

Je me suis dit alors, de façon fort présomptueuse, qu'il suffisait d'exister pour commencer à concevoir et créer !

Mais en réalité, il faut surtout vouloir exister avec une volonté farouche, pour qu'avec l'aide de la pensée des autres on puisse construire sa pensée propre et originale si elle ne peut être originelle !

Les pensées des hommes circulent depuis bien avant l'Antiquité, grâce à nos plus anciens philosophes, écrivains, penseurs et scientifiques.

Les suivants ont enrichi à leur tour la pensée précédente, ou parfois en inventant une nouvelle pensée ou une nouvelle connaissance qu'ils n'auraient pas eue sans leurs illustres prédécesseurs.

Certains ont été de véritables précurseurs et sont partis d'une absence totale ou partielle de connaissances pour imaginer d'autres futurs, ou d'autres perspectives, et édifier les premières pierres d'une connaissance nouvelle à l'échelle de l'humanité.

Ils sont si rares que cela mériterait en soi d'effectuer une étude spécifique sur ces génies qui disposaient d'une clé d'entrée pour lire la connaissance de « Dieu » !

« Le malin génie » dont parle **Descartes** ne fait que me conforter sur ma réflexion et m'associe à sa pensée :

« Je supposerai donc qu'il y a, non point un vrai Dieu, qui est la souveraine source de vérité, mais un certain mauvais génie, non moins rusé et trompeur que puissant qui a employé toute son industrie à me tromper. Je penserai que le ciel, l'air et la terre, les couleurs, les figures, les sons et toutes les choses extérieures que nous voyons, ne sont que des illusions et des tromperies, dont il se sert pour surprendre ma crédulité ».

Aurait-on parlé d'**Heidegger** ?

S'il n'avait pu aiguiser sa pensée avec celle de ses précurseurs comme : Aristote, Goethe, Kant, Shakespeare ?

Ou s'il ne s'était pas intéressé à la poésie ou à Rousseau ?

Ou encore s'il n'avait pas pu bénéficier des questionnements de Jean Beaufret *(78)* dont Heidegger dira lui-même qu'avec lui, il découvre la notion : « de changement de lieu de la pensée » ?

Le vrai philosophe : « est celui qui regarde et donne à voir »…« Telle est la philosophie en personne » !

Aurait-on connu **Nietzsche** ?

Sans la philosophie de l'Antiquité et les pensées d'autres penseurs comme Spinoza, Montaigne, Baudelaire, Dostoïevski, ou sans la Bible ?

Le génie d'**Einstein** aurait-il été suffisant ?

Pour inventer la loi sur la relativité sans une initiation par ses illustres prédécesseurs comme le furent : Newton, Galilée, Maxwell, Poincaré, Planck, Bohr ou encore Lorentz ?

# CHAPITRE XIII

Et si l'on veut voir encore plus loin, sans Aristote et sans Copernic ?

On pourrait étendre par milliers et dans tous les domaines le même raisonnement pour appuyer la démonstration précédente, si cela pouvait rajouter une évidence de plus !

En lisant *Climats* d'André Maurois, un roman d'une grande finesse psychologique dans une écriture rare très représentative du talent de l'auteur, je découvris certaines similitudes aux réflexions que je transmettais à Mireille de temps en temps, lors de nos moments passés en commun.

Je lui conseillai de lire ce livre, afin que nous en parlions plus tard comme nous le faisions si fréquemment sur de nombreux sujets.

« C'est l'histoire d'un double échec conjugal : le fils d'un grand bourgeois conventionnel et rigide s'éprend d'une ravissante jeune fille et l'épouse malgré l'hostilité de ses parents. Le mariage sera un échec. Il se remariera avec une femme qui sera le contraire absolu de la première et bien que l'aimant passionnément, c'est lui qui fera subir à sa deuxième épouse les tourments qu'il avait éprouvés avec la première ».

Nous cherchions sans cesse des moments d'existences réels ou des instants de pensée sur les mêmes sujets : pour exister il faut s'ingénier à attraper les minutes au passage, pendant qu'une foule d'autres nous échappent complètement ; c'est pourquoi le temps nous paraît passer si vite.

Nous étions plongés comme avant et après la création du monde, bercés par le vent qui portait la douceur de la musique de l'amour.

Voltaire disait : « l'homme à la création était seul et Dieu lui donna une femme pour mieux lui faire sentir sa solitude ».Voltaire avait juste oublié de prendre en compte « la musique de l'amour » qui a le pouvoir de détruire la solitude et occuper l'absence !

## Un « rêve de valse » éblouissant et répétitif, révélateur d'une attirance incontournable !

Mes activités estudiantines occupaient en cette fin d'année scolaire beaucoup de temps, d'autant plus que nous arrivions vers la fin des partiels qui clôturaient cette première année à l'école d'ingénieurs.

Les activités obligatoires à l'école étaient prenantes.

Les moments de loisir existaient en soirée où je prenais souvent le temps d'aller au cinéma et au théâtre avec Régine, et parfois quelques copains se joignaient à nos divertissements culturels.

La fin du spectacle donnait lieu ensuite à des discussions autour de celui-ci jusqu'à des heures indues de la nuit.

Je venais de voir au théâtre municipal une opérette en trois actes avec mon amie Régine.

Après le spectacle, nous sommes allés dans un café proche pour discuter un peu sur cette opérette.

Elle était atteinte par une douce mélancolie et moi aussi, mais pas pour les mêmes raisons.

C'est ce jour-là que j'ai été envahi par l'idée que j'avais pour Mireille une attirance qui dépassait toutes les présences, même les plus dignes de mes attentions !

Dans le message que j'écrivis le soir même, je disais en m'adressant à Mireille :

« Rêve de valse, rêve d'un jour ». *(79)*

C'était récréatif et agréable, dans un style de musique d'ambiance feutrée, invitant à laisser l'esprit naviguer dans l'espace : valse de Vienne au rythme berceur et pénétrant par sa douceur. C'est la valse toujours pareille et toujours différente, comme l'amour qui apparaît toujours semblable et en même temps différent.

Le refrain :
*Rêve de valse, rêve d'un jour !*
*Valse de rêve, valse d'amour !*

*Le vent la mêle*
*Au soir exquis*
*Son rythme m'appelle*
*Et j'obéis !*

*Elle dit garde ta liberté,*
*Là-bas regarde,*
*C'est la gaîté !*
*Crois-moi résiste*
*Au doux printemps.*
*L'hymen est triste,*
*Et j'ai vingt ans !*
*Valse divine,*
*Ton titre est court,*
*Il se devine,*
*Et c'est l'amour.*

Ce ballet avait quelque chose qui inspirait une certaine langueur magique et peut-être divinatoire, à l'approche ardente et peut-être capricieuse des trois prochains mois de relative liberté qui s'annonçaient.

Mes talents d'organisateur poussaient mes camarades à me faire prendre des rôles que je ne cherchais pas particulièrement, telle la préparation du « bal du bac ».

C'était l'association étudiante qui devait organiser cet événement et donc tout naturellement, on me désigna pour le préparer. Des réunions devaient également être faites en guise d'information sur les prestations que nous pouvions assurer pour les futurs étudiants.

Le troisième tiers de l'année invitait aussi à préparer les thèmes principaux de nos revendications les plus diverses pour la prochaine année universitaire, telles que les conditions de logements des étudiants, les bourses d'études, les animations à prévoir, les contacts avec les professeurs en vue de favoriser les échanges et les dialogues.

Pour notre école, la fin du trimestre s'accompagna par une visite guidée à l'arsenal de Brest.

La visite fut assez fatigante à défaut d'être intéressante, mais d'une manière ou d'une autre, c'était un peu de temps qui passait sans avoir à réfléchir et sans rêver à autre chose.

## Les nouveaux « Cro-Magnon » !

Afin de clore notre année scolaire, nous décidâmes avec trois autres copains Philippe, Patrice et Jean Claude d'aller passer deux jours à Morgat, Crozon et Roscanvel, pour nous détendre et souffler un peu.

Il faisait un temps magnifique, et le soir de notre arrivée nous avions prévu de vivre comme notre ancêtre préhistorique d'il y a trente mille ans que l'on appela « Cro-Magnon » (80).

Le repas du soir devait se préparer à la Pointe des Espagnols. Lorsqu'on orientait le regard vers l'ouest et qu'on le laissait se fondre dans les tourbillons de lumière du coucher de soleil donnant sur la mer d'Iroise, on avait l'impression de regarder une succession de tableaux géants des peintres Turner ou Zao Wou-Ki ! (81a-81b)

La rade de Brest à nos pieds, l'une des plus belles rades du monde, nous narguait de sa suffisance non usurpée en nous invitant à nous taire pour mieux la contempler !

Notre ami Philippe, breton bon teint, toujours très enthousiaste, voulait nous réserver une surprise pour nous faire découvrir le « fameux rayon vert » (82) qui apparaît parfois au coucher du soleil en contemplant la rade de Brest depuis le rocher de la pointe des Espagnols : nous voulions imiter nos illustres ancêtres en faisant un grand feu pour nous réchauffer des tiédeurs de la nuit tombante et pour griller les énormes morceaux de bœuf que nous avions achetés, à défaut d'avoir pu chasser l'animal, dans le village voisin.

Nous poussâmes avec le langage de nos célèbres anciens, cris et fous- rires non feints, avant et pendant nos agapes, comme un retour à nos sources historiques !

Le plus authentique dans ce jeu d'acteurs était Patrice avec sa barbe et son collier légendaires.

C'est lui qui avait d'ailleurs eu l'idée de cette escapade rupestre.

Après le dîner « de carnassier » et l'attente du « rayon vert » qui ne fut pas au rendez-vous, nous allâmes flâner en quête d'une grotte pour y passer la nuit.

Nos recherches restèrent infructueuses après quelques tentatives. Il faut avouer que notre conviction n'était pas très grande !

Nous aurions pu loger dans la résidence secondaire des parents de cet ami breton à Roscanvel, mais nous avions envisagé de ne l'utiliser qu'en cas de tempête ou de mauvais temps.

Nous finîmes par décider de dormir sur la plage de Morgat, située à proximité du Grand Hôtel de la mer dans les conditions les plus primitives.

Il y avait avec cet hôtel proche et notre relatif dénuement non forcé, un contraste étonnant, inclinant à une sorte de jouissance intellectuelle, comme un pied de nez à la civilisation.

Notre nuit fut courte et, grâce à notre fatigue de la journée, elle fut bonne. Le réveil, dans la fraîcheur et la rosée du matin, se fit quelque peu sentir au niveau de nos articulations, un peu comme les personnes âgées quand elles parlent de leurs rhumatismes.

Après quelques minutes d'exercices de désengourdissement, les petites douleurs de la nuit finirent par disparaître comme par enchantement !

**C'était la fin de l'année universitaire !**

Les épreuves du premier baccalauréat se déroulaient pour Mireille comme prévu, et les impressions primesautières de la candidate étaient particulièrement pessimistes.

Sa dernière lettre avant mon retour indiquait, avec un profond fatalisme, qu'elle n'avait même pas envie de pleurer pour des résultats prévisionnels qui allaient s'avérer de toute façon catastrophiques !

Je n'arrivais pas à croire que les nouvelles que je recevais puissent être crédibles, tant était forte ma confiance dans son futur succès.

Je pensais que son angoisse était d'autant plus grande que la réussite à l'examen devait refléter pour elle à la fois la récompense d'une année d'effort et de volonté, mais elle voulait aussi pouvoir m'offrir en cadeau ce résultat, comme un acte d'amour et d'orgueil !

Pour moi, cette première année se termina avec un certain succès, tant sur le plan des études où j'étais parmi le quatuor de tête, malgré mes faiblesses en anglais dont j'avais appris les rudiments durant un an par correspondance lorsque j'avais eu mes dix-huit ans.

Je devais ainsi pour cette discipline essayer de faire bonne figure face à tous ceux qui avaient derrière eux un cursus d'anglais de plus de huit ans.

Je n'avais évidemment aucune chance de pouvoir être à leur niveau. De plus, je n'avais pas l'intention de consacrer plus de temps à l'anglais qu'en faisant simplement le nécessaire.

Je ne cherchais qu'à limiter les dégâts pour éviter une trop grande influence sur ma moyenne générale !

Ce que j'obtins relativement facilement.

Mon ami Philippe, passionné par l'Anglais, me permit avec un moindre effort de faire quelques progrès significatifs, en contrepartie d'autres matières où je lui apportais à mon tour quelque assistance.

L'année d'étudiant, avec mes responsabilités à l'association, avait été enthousiasmante mais fatigante.

Elle m'avait permis de nouer de nombreuses relations et fait quelques bons copains.

## *Le soleil dardait ses rayons d'aplomb sur la colline en nous berçant avec les pensées de « Nina »*

Revoir Mireille était devenu encore davantage le point central de toutes les pensées, des siennes comme des miennes.

Elle avait été reçue sans histoire à son premier bac, et nous n'y pensions déjà plus.

Lorsque nous nous vîmes à la hauteur de la pancarte qui indiquait que nous étions « sur le chemin des amoureux » menant vers le lieu dit « du Crève cœur », nos cœurs s'emballèrent et nos corps se mirent à frissonner comme si nous allions assister à un événement grandiose, la gorge serrée et les yeux emplis de gouttes étincelantes !

Quelques vers me venaient à l'esprit, extraits d'un poème de Rimbaud :

*Les réparties de Nina*

« Ta poitrine sur ma poitrine…
On sent dans les choses ouvertes,
Frémir des chairs :
Tu plongerais dans la luzerne

Ton blanc peignoir,
Rosant à l'air ce bleu qui cerne
Ton grand œil noir…

Amoureuse de la campagne,
Semant partout,
Comme une mousse de champagne,
Ton rire fou…
Qui te prendrait.
Comme cela, la belle tresse,

Dix-sept ans ! Tu seras heureuse !
Oh ! Les grands prés !
La grande campagne amoureuse !
Dis viens plus près ! …
Puis, comme une petite morte,
Le cœur pâmé,
Tu me dirais que je te porte,
L'œil mi-fermé…

Je te porterais palpitante,
Dans le sentier :
L'oiseau filerait son andante :
Au noisetier… etc. »

### *Une expérience professionnelle où mon sens de l'équité eut l'occasion de se manifester.*

Mes vacances furent fortement orientées vers le travail : sur ce plan-là, il n'y avait rien d'original car c'était le scénario de la plupart de mes vacances depuis que j'avais eu mes quatorze ans.

Une entreprise locale *(83)*, spécialisée dans des chantiers d'installations électriques, m'engagea pour un mois.

Pour la première fois de ma vie, on me confia la responsabilité d'un chantier avec une équipe d'une dizaine de personnes, composée d'ouvriers et d'un chef d'équipe.

Il s'agissait de réaliser une installation électrique de moyenne importance dans une usine de la région, durant mon temps de présence.

Je devais diriger, animer, assister ou conseiller des hommes dont certains avaient le double de mon âge.

Ils avaient tous une expérience qui n'était pas à démontrer face à la mienne qui était inexistante et dont les capacités n'étaient que théoriques.

J'avais plus d'appréhension au niveau des relations humaines que sur le plan de mes capacités techniques.

Je savais que mes formations m'avaient donné un savoir suffisant pour faire face à des situations difficiles.

J'imaginais, à tort ou à raison, que plus un problème serait ardu techniquement, plus je serais en mesure d'y faire face et probablement mieux que les professionnels que je devais diriger !

Cette confiance en moi existait certainement plus pour me rassurer bien qu'elle ne fût réelle, mais il fallait d'une manière ou d'une autre aborder la situation avec sérénité.

Il y avait des initiatives et des décisions à prendre pour respecter les délais, ce qui pour la direction était essentiel, puisque la facturation en dépendait.

Les vieux « briscards » qui composaient l'équipe m'attendaient à la moindre défaillance.

En final, tout se passa très bien. Je fus heureux de voir que l'on avait eu un certain respect pour ma jeune compétence et à la fin du chantier, j'eus droit aux félicitations, avec toute l'équipe, de la part du directeur de l'époque.

En dehors de ma rémunération prévue, on m'octroya une prime conséquente liée au résultat.

J'eus immédiatement après, une explication avec le directeur en lui demandant si l'équipe que j'avais animée avait également reçu une prime complémentaire à leur rémunération habituelle.

Je fus déçu de sa réponse, car il me répondit que non !

Comme un réflexe incontrôlé, je lui rétorquai que dans ce cas je souhaitais que ma prime soit partagée et divisée avec toute l'équipe !

La somme aurait été ridicule pour chacun, mais au moins il y avait le geste et la manière, et cela me réconfortait moralement au niveau d'une certaine vision éthique et de justice.

Surpris par ma réaction, mon interlocuteur se trouva subitement décontenancé et prit quelques secondes avant de me répondre.

Ce dirigeant était intelligent et humain, il me dit :

« J'apprécie votre intervention, car je n'y avais pas pensé !

Je donnerai donc à chacun une prime équivalente à la vôtre » !

J'eus quelque fierté personnelle à avoir agi ainsi auprès du directeur et le succès de mon intervention ne manqua pas de se savoir.

Avant mon départ, l'équipe que j'avais dirigée m'offrit un pot d'adieu en présence du directeur, espérant que je revienne l'année prochaine !

C'était le meilleur cadeau que l'on pouvait me faire !

*Mireille fut très occupée également durant ces vacances et pour nous voir c'était toujours aussi difficile.*

Un mois de juillet fort occupé par un stage de monitrice de colonie de vacances : il fallait sans cesse inventer, mentir, pour grappiller des petites heures de rencontres avec l'aide et la complicité de ses deux meilleures amies, Marie-José et Christine.

**Un départ en vacances sur la côte vermeille à Argelès-sur-Mer.**

Une station balnéaire proche de Perpignan, où elle était partie avec ses parents pour une quinzaine de jours, complétait le tableau de séparation et réussissait à nouveau à nous placer sur le registre des conversations épistolaires habituelles jusqu'à la fin de la première semaine d'août, date du retour de ses vacances estivales.

Ses lettres racontaient le déroulement des journées : bains de soleil, promenades diverses, ou excursions avec ses parents dans la région ou en Espagne, cinéma, etc.

Elle me décrivait la diversité remarquable du site, avec des vues sur les falaises du littoral, avec les multiples sous-bois où elle se laissait aller à flâner avec son amie Marie-José, invitant à la promenade et à la rêverie, tout en se protégeant des brûlures du soleil !

Mais en la circonstance, elle se laissait plutôt aller à la douce mélancolie en imaginant les ballades d'amoureux que nous aurions pu faire, si nous avions été ensemble !

Dans une de mes lettres, je lui rappelai que la mythologie grecque à travers la poésie d'Ovide nous faisait croire que la ville avait été fondée par Hercule *(84)*, lorsqu'il revint de l'enfer pour accomplir les travaux définis par la légende !

Le territoire environnant avait été aussi fortement investi par les hommes préhistoriques, puisque l'on pouvait y trouver encore deux dolmens comme ceux de Carnac en Bretagne.

Un ossuaire pouvait l'attester !

Elle vivait comme moi de plus en plus péniblement ces séparations imposées par d'autres que nous-mêmes.

Il me paraissait impensable d'imaginer qu'il faudrait attendre une prochaine majorité, qui n'aurait lieu qu'environ trois ans plus tard, en vivant comme nous venions de le faire depuis un an !

Notre attitude était composée de patience et d'impatience, de révolte mesurée et d'abnégation, d'espoir et de lassitude, de bonheur infini et de mélancolie, lorsque nous étions à nouveau séparés par les lieux où nous vivions et par les règles parentales, ou du moins par celles qu'imposait principalement la mère de Mireille.

Ce qui m'étonnait souvent chez elle, c'était le degré d'obéissance acceptée, sans révolte, et de plus accompagné d'un respect immense pour ses parents.

Cette observation m'indiquait que de grandes valeurs avaient réussi à être imprimées dans sa mémoire, et qu'il aurait été absurde de la convaincre de passer outre une réalité qui était finalement plus que respectable !

Pour la transgresser, il fallait donc développer un dialogue avec sa mère chaque fois que c'était possible ou souhaitable, et avec le temps, nous réussirions à contourner l'obstacle qui empêchait nos libertés de pouvoir s'épanouir naturellement.

J'étais convaincu que le hasard, la patience que je m'infligeais, le mûrissement de Mireille pour décider de couper avec douceur mais fermeté les liens de contraintes qu'elle subissait, finiraient par tordre le serpent.

Que tout cela méritait attention, doigté et finesse, pour anéantir ces règles arbitraires, en provoquant le minimum de souffrances inutiles !

Les événements que l'on ne peut pas prévoir ont fréquemment un pouvoir d'accélération sur le temps quand ils se produisent.

Ils sont souvent plus efficaces que les décisions que l'on prend en faisant fi de toutes contraintes ou de toutes contingences.

Ces séparations permanentes me poussaient plus que de coutume à lire.

J'entrepris l'œuvre de Marcel Proust *À la recherche du temps perdu* avec *Du coté de chez Swann* et *À l'ombre des jeunes filles en fleurs*. Ce qui me plaçait dans un autre imaginaire pour apprivoiser le temps !

**Les quelques copains,** qui me restaient à Thionville me poussaient à aller les rejoindre dans nos lieux habituels de distractions, comme le fameux bar « Windsor » fréquenté par les lycéens de terminale et les étudiants du moment, qui retrouvaient ainsi, dans leur ville natale, les copains oubliés au cours des mois d'études passés dans l'une ou l'autre ville universitaire, tout au long de l'année.

Je me sentais de plus en plus étranger dans la ville, et de moins en moins enclin à perdre mon temps inutilement.

Les anciens amis qui n'avaient pas poursuivi leurs études me donnaient l'impression qu'un monde nous séparait et que les conversations tournant en rond, je me surprenais à soliloquer avec eux de plus en plus souvent !

Le stage de formation de juillet qu'avait préparé Mireille, le rôle de monitrice qu'elle devait assurer en août, puis son départ programmé et imposé dans sa famille ardennaise où elle devait retrouver grand- mère, tante et oncle, tout cela était de nature à devenir de plus en plus affligeant.

Ce n'était pas une perspective réjouissante pour ces deux jeunes gens qui s'aimaient depuis un an d'un amour tendre et sincère.

# CHAPITRE XIV

## CE JOUR-LÀ, LES OISEAUX ÉTAIENT
## AU REPOS ET LA NATURE EN ÉVEIL !

*C'était un après midi d'été ensoleillé.*

Il faisait chaud.

C'était la saison des foins, et des mirabelles qui arrivaient à maturité pour la cueillette.

Les champs de mirabelliers qui couvraient la colline renvoyaient des myriades d'éclats étincelants jaunes et or, en réponse aux rayons du soleil.

Mireille était resplendissante avec sa jupe et son corsage blancs qui intensifiaient les couleurs de son bronzage récent, obtenu sur les plages de la côte vermeille.

Sa magnifique chevelure de bois brûlé frisottant caressait ses épaules et étendait son abondance jusqu'à la taille, comme une protection avant d'atteindre les lisières du bonheur !

Ses yeux bleu-vert émeraude faisaient étinceler son regard dans une douceur amoureuse infinie.

Parmi les rares moments que nous avions pu voler au destin, cette journée à elle seule représentait comme un cadeau pris sur lui.

Nous étions cantonnés le plus souvent à nous écrire pour entendre nos âmes se parler.

Seuls les mots faisaient chanter notre amour vibrant et envahissant !

Ce jour-là les oiseaux étaient au repos, et de temps en temps une symphonie naturelle et divine qui nous était réservée remplissait l'endroit où nous étions.

Les conversations amoureuses et nos élans de tendresse s'identifiaient progressivement à certains vers de Baudelaire :

« Viens mon beau chat sur mon cœur amoureux, retiens les griffes de ta patte, et laisse moi plonger dans tes beaux yeux, un air subtil, un dangereux parfum, nagent autour de ton corps brun… »

Nos esprits anesthésiés laissaient nos âmes et nos corps se confondre jusqu'à l'extase d'un moment qui ne cessa jamais d'exister, en ouvrant à ces deux êtres le chemin de la vie et de la liberté !

### *Je voulais voir les paysages que je n'avais pas partagés avec Mireille pour nourrir mon imagination !*

Le séjour de vacances que venait de passer Mireille avec ses parents me donna envie de convaincre mon frère et ma sœur d'aller dans la même région au Cannet, une station balnéaire proche de Perpignan et du lieu de villégiature d'où elle était revenue.

C'était la première fois que nous prenions ensemble une telle décision qui devint un peu comme « un mythe » de notre jeunesse, puisque jamais plus les circonstances ne permirent de nous retrouver en vacances ensemble tous les trois en frères et sœur, loin de chez nous !

J'avais décidé de faire le trajet seul et en stop, un dimanche vers minuit de cette fin août.

En arrivant à Avignon vers sept heures du matin, je poirotai plus de deux heures, sans qu'une seule voiture s'arrête.

Je décidai alors de poursuivre le chemin en train, en me disant que j'abandonnerais à tout jamais de faire du stop dans l'avenir !

J'étais parti en précurseur pour m'installer dans une maison, « la villa NINI » que nous avions louée tous les trois.

La semaine que nous allions passer ensemble devait être agréable et sur ce plan, la réalité confirma notre espérance.

Notre sœur, qui était déjà habituellement d'une grande gentillesse pour ses frères, se surpassa dans son rôle du moment, en favorisant un climat de sérénité et de calme dans lequel je me laissais entraîner.

Lorsque, deux jours après mon arrivée, ils me rejoignirent, j'étais déjà bronzé et n'eus pas d'hésitation à leur prodiguer mes conseils un peu pervers, pour qu'ils obtiennent le meilleur bronzage possible et dans le délai le plus court !

Les bains de soleil que nous allions prendre au bord de la mer sur cette immense plage de sable fin étaient placés sous mon contrôle amusant, pour éviter le plus possible les coups de soleil, tout en garantissant un bronzage rapide et harmonieux !

J'avais pour eux de « l'expérience », puisque le résultat que j'offrais déjà n'avait été obtenu qu'en deux jours seulement.

Mes recommandations avaient été si efficaces que mon frère était à peu près aussi blanc que le premier jour, trois jours plus tard. Ma sœur en était à peu près au même point, en dehors de quelques coups de soleil mal placés au visage et sur les jambes.

De plus les rougeurs qu'elle avait étaient d'une grande irrégularité.

Ce résultat la rendait un peu de mauvaise humeur, sans que cela ait de répercussion sur l'harmonie et le climat général.

Paul, mon frère, inquiet de revenir de son séjour de vacances avec le teint qu'il avait au départ, décida de ne plus m'écouter et passa le lendemain toute la journée sur la plage.

Il ne put pratiquement pas dormir la nuit qui suivit, avec tous les coups de soleil qui avaient littéralement brûlé son épiderme partout où le soleil avait eu le loisir de venir le caresser.

C'était « Hercule » revenant de l'enfer !

Au petit déjeuner il souffrait encore, mais il était malgré tout content.

Enfin, le soleil avait pu enclencher la métamorphose tant attendue qu'il désirait obtenir sur son corps !

Il avait en réalité l'allure de l'écrevisse que l'on vient de plonger dans une eau bouillante.

Dès son arrivée, mon frère sut attirer l'attention d'un groupe de jeunes filles enjouées qui n'avaient pas d'autres objectifs que de s'amuser plus ou moins innocemment.

Il avait envie de m'épater sur son talent de séducteur, ce qui me semblait tout à fait normal et un peu amusant à observer.

Il réussit en partie à capter l'attention d'une jeune fille un peu rousse qui venait du nord de la France, pas vilaine, plutôt un peu boulotte et avec de nombreuses taches de rousseur.

Personnellement, j'essayais de me livrer à des discussions variées sur des sujets plutôt intellectuels. Ces jeunes filles n'étaient visiblement pas très intéressées par mes discussions, soit qu'elles n'étaient pas à leur portée ou bien leurs intérêts étaient plus enclins au flirt et à la gentille gaudriole. Je laissais avec plaisir mon frère s'occuper et s'amuser avec ce petit monde !

Je m'orientais ainsi vers le « farniente » sur la plage de sable fin, avec un bouquin que je laissais de temps en temps pour parler avec ma sœur.

Cette attitude de ma part fut interprétée comme de la froideur ou de la distance de la part des jeunes filles, qui finirent par n'être amusées que par Paul et je ne pouvais que les comprendre !

En réalité, mon esprit était ailleurs et rien au monde n'aurait pu remplacer l'absence de ma chère Mireille qui continuait à me manquer, comme la réalité derrière un mirage sans cesse renouvelé !

J'étais parti en vacances d'autant plus facilement que, durant la même période, elle faisait un stage de monitrice de vacances pour jeunes adolescents, non loin de son domicile.

Ensuite, elle devait partir dans la famille de ses parents, située à plus de deux cents kilomètres de là !

### Un éclair s'abat sur moi, suivi d'un coup de tonnerre annonciateur
### que ma vie va basculer vers un amour infini et moins platonique.

Seraient-ce les dieux de l'Olympe, ou Zeus en personne, qui soufflèrent à l'oreille de sa fille Aphrodite, représentant l'amour spirituel pur et chaste dans sa beauté, d'oublier un instant qu'elle était faite aussi de chair et que le plaisir pouvait la surprendre ?

Je m'arrête de penser un instant pour me laisser glisser vers de nouvelles responsabilités et vers cet être divin qui m'attend !

J'étais allongé sur la plage quand je décidai d'ouvrir la dernière lettre que je venais de recevoir de ma chère et tendre Mireille.

Les vagues douces et calmes venaient caresser le rivage, au rythme régulier et ininterrompu depuis des millions d'années. Je me disais que dans un milliard d'années la terre serait dans un tel état qu'il n'y aurait plus d'hommes pour voir ce spectacle, qui aurait cessé depuis longtemps !

Le soleil voilait ma vue et, comme un artiste, colorait ma peau en me changeant au fil des heures, produisant une métamorphose qui me rendait plus félin et plus serein !

Mon esprit plongeait dans un nuage, en se laissant aller au gré du vent de la vie et du hasard.

Il était nécessaire que je laisse mon esprit voyager et glisser peu à peu sans contrainte vers un nouvel imaginaire, qui paraissait hier encore si lointain et qui aujourd'hui était là ! Devant moi !

J'étais saisi par la surprise !

Je devais me préparer à parcourir la route qui s'ouvrait devant moi subitement, en pensant à mille ivresses et à une avalanche de questions ou d'interrogations qui pointaient leurs dards comme une armée en formation pour anéantir l'ennemi encore invisible.

Je sentais que rien ne m'arrêterait et que ma volonté et mon énergie effaceraient tous les obstacles : ce n'était pas le sens de l'action qui me préoccupait, mais la manière et les mots qu'il faudrait prononcer pour qu'autour de nous « l'amour soit le maître du jeu ».

Mireille venait de m'annoncer qu'un enfant avait peut-être commencé à se développer dans son ventre.

Elle n'avait pas peur, elle savait que je la protègerais et qu'elle pouvait avoir confiance en moi.

Elle se faisait plus de soucis pour moi, en imaginant les difficultés que je devrais affronter et les nouvelles responsabilités qu'il faudrait que j'assume pour nous deux.

Elle s'appuyait avec force sur notre amour qui s'était affirmé avec tant de passion durant cette année.

Elle disait :

« Je serai toujours heureuse tant que tu m'aimeras »

Et elle pensait déjà à la joie de la future naissance qui n'était pas encore tout à fait certaine !

Elle réfléchissait aussi à de futurs prénoms comme Éric ou Isabelle, alors que nous n'étions encore certains de rien.

Moi, j'étais au pied du mur pour détruire les chaînes de la tradition avec ses parents et avec ma mère. Ce qui était encore théorique jusque-là allait être confronté à la réalité, face à des forces imprévues qui ne manqueraient pas comme des chacals aux abois de venir détruire nos rêves !

# CHAPITRE XIV

Je savais que les oppositions que je rencontrerais, je les vaincrais et qu'aucune force ne pourrait résister à mes propres volontés.

Pour Mireille, son esprit ne vivait que dans l'impatience de me revoir et d'être libre enfin de vivre notre amour sans contrainte.

La situation aurait pu être grave, mais elle était vécue comme une porte que l'on ouvrait vers un Éden, lieu de tous les délices !

Mes vacances prenaient un air différent : la métamorphose qui venait de s'amorcer en moi se poursuivit encore toute la journée et le lendemain.

Je devais définir les actions à réaliser, mais aussi dans quel ordre il faudrait que je les entreprenne !

Ma sœur, lors du dîner, me dit :

« C'est bizarre, tu ne parles pas beaucoup aujourd'hui et tu as l'air de rêver » !

Je lui répondis : « Je réfléchis sur le sens de la vie ! »

En me penchant vers elle je lui glissai au coin de l'oreille que Mireille et moi étions toujours à contretemps de lieu pour nous aimer.

Trois semaines auparavant elle était proche de l'endroit où nous étions actuellement et moi il y avait une semaine à peine, j'étais là où elle était en ce moment.

Je dis à ma sœur que, depuis un an, cela avait presque toujours été le même scénario, mais qu'en période de vacances, c'était plus difficile à accepter et à supporter.

Après ces quelques paroles, je préférai me placer en position d'écoute, pour ensuite m'isoler avec quelques livres que j'avais emportés avec moi.

Les jours qui suivirent, je ne fis qu'attendre la fin du séjour tranquillement. J'étais devenu très concentré autour de mes actions futures.

Il n'y avait plus que Mireille et moi qui comptions, et tous ceux qui nous entouraient et qui pouvaient penser nous aimer devraient désormais épouser les orientations que nous prendrions !

Il était certain que nous aurions besoin de convaincre les parents de Mireille, et moi de rassurer ma mère !

Pour tous les autres, il s'agirait de les informer uniquement et de leur parler de notre amour.

Rien n'avait d'importance en dehors de cette attitude que nous aurions, et de ma certitude pour la conduire.

Le futur enfant qui avait déclenché « ce coup de tonnerre » n'était pas à mettre dans la balance ; il était déjà devenu une réalité incontournable, comme un espoir sur lequel il n'y avait pour l'immédiat rien à rajouter.

« Le grand ordonnateur du temps avait permis par son écume d' émouvoir la déesse fécondée par la mer » !

Il était simplement un accélérateur de notre vie future pour qu'elle se déroule au grand jour et sans contraintes.

Le retour de vacances me permettait d'être proche des moments où il faudrait agir.

Mon intention était de convaincre mon frère que l'on rejoigne Mireille dans son lieu de villégiature situé dans les Ardennes, dans une petite ville du nom symbolique de « Givet » *(85)*, où elle était née.

Cette ville allait devenir le lieu à partir duquel nos vies finiraient de se croiser pour entreprendre un chemin commun.

À peine de retour, je décidai mon frère à m'emmener le lendemain dans les Ardennes, avec la ferme intention d'écourter son séjour et de ramener Mireille.

À partir de cet instant, les sentiments passionnés que nous avions l'un pour l'autre apparaîtraient en pleine lumière et rien ne pourrait ternir ni empêcher cette réalité.

Toutes les entraves que nous avions vécues allaient appartenir au passé, c'était un miracle dans nos vies !

Lorsqu'arrivé sur place, je retrouvai Mireille, elle comprit très vite que je venais la chercher et que l'heure n'était plus à tenir compte d'autres considérations que les nôtres.

De son côté, elle avait également réfléchi et sa confiance en moi et dans nos sentiments lui donnait la capacité d'agir avec moi.

Désormais, toutes les décisions que nous aurions à prendre émaneraient de nos seuls choix.

Certes, nous entendrons les avis de nos parents qui, avec leur expérience et leur amour, pourront nous prodiguer des conseils utiles, mais ils ne décideront plus jamais à notre place.

Sa famille givetoise ne fut pas informée de ce qui se passait ; elle découvrit simplement que nous nous aimions et que l'on avait envie d'être ensemble pour poursuivre nos vacances jusqu'à mon départ pour Brest, prévu d'ici quelques semaines !

La situation qu'ils venaient d'observer ne pouvait que les étonner fortement.

En effet, chaque fois qu'un événement se passait dans la vie de leurs nièces, la mère de Mireille divulguait l'information à toute la famille et davantage encore !

Or là, il y eut pour eux une surprise certaine d'observer ce qui se passait sous leurs yeux.

Lorsque nous fûmes revenus à Thionville vers la fin de l'après-midi, mon frère nous déposa dans un café-restaurant situé non loin du domicile des parents de Mireille et s'en alla, nous laissant seuls, enfin !

## *La préparation du futur immédiat !*

Enfin seuls tous les deux !

Cette idole, yeux verts, tresses calcinées, corps de biche, m'inspire à réciter Rimbaud lorsqu'il parle de l'enfance :

« À la lisière de la forêt, les fleurs de rêve tintent, éclatent, éclairent, la fille à lèvre d'orange, les genoux croisés dans le clair déluge qui sourd des prés, nudité qu'ombrent, traversent et habillent les arcs-en-ciel, la flore, la mer ».

*La future maman,*

*Avant-hier, fille insouciante qui souriait à la vie,*
*Hier, jeune fille remplie d'espoir qui souriait à la vie,*
*Demain mère, qui regarde la vie avec sourire,*
*Après demain épouse, qui va vivre sa vie et en rire,*

*Et m'entraîne sur les sentiers bordés de rosiers,*
*Il y aura des épines qui marqueront nos chairs liées,*
*Et nos cœurs s'enrichiront du sang de ces plaies,*
*L'horloge du temps sera déboussolée !*

*Et je sais déjà que lorsqu'elle sera vieille,*
*Toujours jeune, je la verrai pour moi,*
*Comme ce jour où elle est là devant moi,*
*Échouera le temps dans son œuvre universelle.*

CHAPITRE XIV

Ce poème que je composai pour elle après mon départ pour Brest résume mon état d'esprit et le bonheur presque irréel et pourtant présent qui m'habitait dans ces instants où nous venions de décider de faire ensemble les mêmes pas, sur le même chemin, aidés par le destin !

Il fallait préparer l'information qu'elle allait devoir faire le soir même à ses parents, qui ignoraient sa venue et qui ne pouvaient pas supposer le contenu de l'annonce qu'ils allaient entendre.

On ne parlerait que d'amour pour annoncer « la nouvelle » :
- qui aurait pu être ni bonne, ni mauvaise !
- qui pouvait être mauvaise !
- qui pour nous était un cadeau merveilleux et un signe du destin !

« La nouvelle » faisait déjà partie intégrante de nous, comme une situation devenue intangible et incontournable.

En réalité, nous étions dans un autre espace qui ne pouvait qu'enfanter du bonheur :
- hier encore platonique !
- devenant demain plus vivant et plus symbiotique.

Nos deux vies en étaient déjà imprégnées, et notre sens de la responsabilité largement acquis.

Ses parents furent profondément peinés et démunis face à la situation, et son père versa quelques larmes de déception sur ce qu'il venait d'entendre : il pensait sûrement que l'histoire se répétait en pensant à sa mère puis à lui-même !

Il constatait qu'il n'avait rien pu empêcher. Ce qu'il voulait éviter depuis toujours n'était que chimère !

Un certain monde devait forcément s'effondrer pour ces parents-là, qui aimaient leur fille aînée comme la « prunelle de leurs yeux », au même titre que sa sœur qui était un peu plus jeune de deux ans.

Le lendemain, je venais demander la main de leur fille en débordant d'imagination et de certitudes pour les rassurer et atténuer le choc qu'ils venaient de recevoir.

Les jours qui suivirent après la déception montrèrent, mais surtout révélèrent que les parents de Mireille avaient une dimension humaine digne à donner en exemple à beaucoup d'autres, et que le temps ne ferait que confirmer plus tard !

# CHAPITRE XV

## ON QUITTAIT LE MONDE PLATONIQUE DE DON QUICHOTTE POUR CELUI DE CYTHÈRE !

*Le « grand amour » ne souffre pas de compromis au risque de tout perdre !*

Il fallait que j'informe ma propre mère de ce qui se passait et qui allait changer ma vie et mes visions personnelles !

Ma sœur et mon frère, qui avaient été mis au courant lors de nos vacances, devaient garder le secret jusqu'à ce que maman fût informée par moi !

Elle avait toujours eu une haute idée de son fils aîné, en imaginant que les seules préoccupations qu'il avait n'étaient centrées que sur les études.

Elle ne pensait même pas qu'il pût avoir une vie différente de celle qu'elle entrevoyait pour lui !

Les composantes qui étaient les siennes et conformes à la tradition n'étaient plus les miennes, qui étaient en pleine refondation.

Pour elle, ma vie était toute simple : son fils allait terminer ses études et devenir ingénieur. Il ferait son service militaire et entrerait dans une grande entreprise, puis il rencontrerait une jeune femme qu'il épouserait, avec laquelle il ferait plusieurs enfants et réussirait dans la vie !

Son idée secrète était que j'épouse un jour une riche héritière, que ma vie assez trépidante depuis un an ne manquerait pas de me faire rencontrer !

Elle se souvenait parfois d'une jeune adolescente avec laquelle j'étais très souvent, qu'elle aimait bien et qui était devenue pharmacienne.

Parfois, lorsque les deux mères se rencontraient, on demandait de mes nouvelles et les deux femmes devenues seules après avoir perdu leurs maris parlaient de longues heures sur leurs « enfants prodiges » !

Lorsqu'il fallut se résoudre de parler à maman de Mireille et de mes intentions à son égard, le propos ne fut pas facile à tenir.

Je voulais surtout réussir à lui montrer qu'elle n'avait aucune inquiétude à avoir pour moi, car c'était cette jeune fille que j'avais choisie pour faire ma vie d'homme.

Bien que lui parlant souvent de cette fille, je n'avais jamais eu l'occasion de la lui présenter.

D'ailleurs comment aurais-je pu le faire, compte-tenu du secret relatif que Mireille elle-même entretenait avec ses parents depuis un an ?

Je devais essentiellement faire apparaître les aspects positifs, en minimisant au mieux les aspects difficiles ou délicats qui ne pouvaient que la heurter en raison de sa vision du monde fortement influencée par la culture catholique et par son éducation, mais aussi par une vie de sacrifices immenses, qu'elle avait eue pour protéger ses enfants.

Ce qui la marqua le plus ne fut pas de connaître les circonstances qui contribuaient à accélérer notre décision de nous marier, mais plus un certain effondrement d'espoirs enfouis en elle, qui venait de surgir subitement.

Il ne lui restait alors sur l'instant que le seul choix de me demander de faire ce que toute sa vie elle avait condamné avec force.

C'est-à-dire, fuir l'amour qui m'animait, et rester libre.

Elle savait que je n'étais pas un « écervelé » et donc elle pouvait me faire une totale confiance !

Elle ne voulait pas faire l'effort de constater que Mireille représentait « la femme idéale » que je m'étais forgée dans mon imaginaire.

Il est vrai qu'elle ne pouvait pas deviner.

Les événements m'avaient surpris moi-même, m'empêchant de disposer des instants nécessaires pour apprendre à ma mère à mieux connaître la jeune fille que j'aimais, et qu'elle puisse avoir du temps pour l'apprécier.

Il y eut des larmes et de la tristesse auprès de ma mère que je pris dans mes bras, en lui disant de ne pas s'en faire.

Je disais et répétais :

- que ma vie serait formidable avec cette fille.

- qu'elle était certes, très jeune, mais qu'elle avait toutes les qualités humaines que j'attendais chez une femme.

- que sa beauté correspondait à ce dont j'avais toujours rêvé.

Elle venait de passer son premier baccalauréat et n'avait pas l'intention pour autant d'arrêter ses études.

Elle finit par être un peu rassurée mais malgré tout, visiblement déçue !

Je pensais après cet entretien que ma mère finirait par mieux connaître la merveille que le hasard m'avait fait découvrir, et dont le temps se chargerait, mieux que des discours, de montrer toutes ses qualités petit à petit.

Un peu avant de savoir avec certitude que Mireille était enceinte, lorsqu'elle l'apprit elle me fit la réflexion que je partageais avec elle :

« Tu ne peux t'imaginer comme j'aurais été déçue d'apprendre que je n'étais pas enceinte » !

Cette réalité nous avait finalement donné la clé magique que nous n'avions pas trouvée jusqu'alors afin d'être libérés des chaînes qu'on nous avait imposées !

*Le bonheur d'un couple ne se construit pas en un ou deux jours, mais jour après jour, par des plaisirs réciproques !*

Le peu de temps qui restait avant mon départ pour Brest fut en partie consacré aux préparatifs du prochain mariage.

Nous ne voulions pas que nos familles aient à supporter les frais d'un grand mariage.

Ma mère n'aurait pas eu les moyens de suivre et les parents de Mireille probablement pas non plus. Quant à ma situation d'étudiant, elle excluait forcément toutes possibilités dans ce domaine !

Une seule personne aurait pu m'assister financièrement pour couvrir l'essentiel des frais dans le cadre d'un grand mariage, c'était le meilleur ami de mon père, qui pour l'occasion l'aurait remplacé.

Il était mon parrain et avait montré à diverses occasions que je pouvais compter sur lui.

Mon orgueil m'empêcha de le solliciter, et je laissai pour l'essentiel les préparatifs aux parents de ma future femme.

Il me dit un jour qu'il attendait une telle demande et qu'il regrettait que je ne l'eusse pas faite !

Mon frère et ma sœur contribuèrent à leur manière aux préparatifs, sans avoir vraiment à intervenir.

Nous laissions peu de temps à nos parents pour reprendre leurs esprits.

Mon départ imminent pour Brest rendait impossible de se lancer dans des préparations classiques et trop réfléchies, et je tenais à ce que les grandes orientations soient arrêtées et définies avant !

Les familles avaient été prises au dépourvu et devaient s'adapter à la nouvelle situation.

Ma préoccupation principale était d'éviter de voir apparaître une quelconque tristesse ou mélancolie dans le regard de Mireille, qui pouvait tout comme moi avoir rêvé du plus beau et du plus grand des mariages possible dans son imaginaire de jeune fille !

Les familles avaient été placées devant un fait accompli et devaient faire face à la situation avec plus ou moins de compréhension !

Les tourtereaux, eux, nageaient dans un monde nouveau, libres de leurs destins et de leurs choix.

Après avoir chassé les nuages, le ciel avait la couleur bleu limpide et le soleil allait éclairer leur chemin.

Pour atteindre le bonheur, il faut savoir donner, et parfois abandonner certaines convictions afin de permettre à « l'être » qu'on aime l'épanouissement qui le rend possible ! Cette vérité doit s'inscrire dans la réciprocité pour s'accomplir.

Cette règle accompagna ma vie jusqu'aujourd'hui et restera évidemment « ma philosophie » jusqu'à l'instant où je ne serai plus que quelques grammes de poussières dans l'univers, vaquant ici et là, pour en laisser tomber une de temps en temps sur un être humain en devenir qui lira ces lignes!

**Le mariage fut décidé pour les vacances de Toussaint**, à l'occasion de mon prochain retour, aux vacances de mi-trimestre.

Pour le mariage religieux, il fallait recevoir les conseils d'un prêtre pour envisager qu'il puisse se dérouler selon la tradition catholique.

Ma sœur experte dans ce domaine me fit rencontrer un jeune prêtre, l'abbé Tillier, d'une nouvelle génération, pour qui l'amour et la tolérance représentaient plus que dans le passé une expression nouvelle, plus réaliste et plus moderne.

Plusieurs entretiens furent organisés avec lui, et il nous rappela un certain nombre de valeurs chrétiennes qui avaient aussi une dimension universelle.

Il était plutôt du genre de prêtre favorable à une plus grande ouverture de l'Église. Il aurait préféré qu'elle soit moins dogmatique et plus ouverte sur la vie des gens et sur les réalités d'aujourd'hui.

Les conceptions vaticanes de la foi étaient trop intangibles. Il pensait que le temps, beaucoup de temps, ferait changer l'Église qui était trop traditionaliste et dont les croyances qu'elle imposait méritaient d'être reconsidérées.

Il me fit découvrir *Les confessions* de Saint Augustin, et surtout il était un grand admirateur de cet abbé qui venait de mourir en 1955 et dont l'œuvre ne faisait que commencer à être publiée : le grand Teilhard de Chardin. Un peu plus tard, en lisant *Le Phénomène humain*, je révisai complètement ma conception et ma vision de Dieu !

**Pour l'église catholique, le mariage** est évidemment d'abord « un sacrement » donc indissoluble, sauf par la mort.

Pour éviter les enfants illégitimes, il est interdit de cohabiter avant le mariage. En 1965, le concile de Vatican II rappelle aux catholiques que « le mariage est une communauté profonde de vie et d'amour entre deux personnes et doit être vécu dans la fidélité, en restant indissoluble ».

Cet amour mutuel doit rester intangible malgré les bons et les mauvais moments, dans le respect de l'autre et dans la liberté de chacun.

Un accord spirituel et physique, qui doit favoriser la fécondité des époux et leur faire découvrir ce qu'est l'amour de Dieu pour l'humanité : c'est-à-dire « le don de soi sans réserve ».

Rien dans les propos échangés avec ce prêtre n'était de nature à être en opposition ou en désaccord avec mes convictions profondes.

Mireille était encore en situation de mûrissement de sa pensée !

Elle laissait son esprit respirer la connaissance qui lui parvenait par tout son être !

Nous étions libres dans l'absolu et prêts à nous battre pour cela devant les hostilités externes, mais aussi devant l'éventualité de nos propres attitudes l'un envers l'autre !

Nous nous aimions et nous nous engagions dans une fidélité intellectuelle réciproque dans la confiance et le respect de chacun de façon absolue !

En réalité, nous n'étions pas sûrs de l'indissolubilité du mariage.

Cependant, nous voulions y croire en sachant que ce n'est pas une décision à prendre, mais plutôt une construction à réaliser avec un amour partagé.

Nous n'avions pas de doute sur la volonté de « fécondité » qui avait été l'élément accélérateur de notre engagement mutuel.

Dans ces conditions, quel abbé respectueux de Dieu et des hommes pouvait s'opposer raisonnablement à la célébration de notre mariage ?

## Rêve d'amour de Liszt (86) ne correspondra jamais à notre futur !

Mireille me souffla près de l'oreille :

« J'espère que cette belle interprétation au piano de Liszt ne correspondra jamais à notre futur, car jusqu'ici la vie ne nous a pas épargnés en séparations » !

Une fois de plus, je quittais Mireille !

« Un seul être vous manque et tout est dépeuplé ».

Cette pensée lamartinienne reflétait sans cesse notre état d'esprit. Le courage qu'il fallait pour compenser et affronter le temps nous conduisait naturellement vers un engagement dans le travail avec les études.

Pour moi, c'était plus facile, car ma vie avait toujours été maîtrisée dans ce sens.

Pour Mireille, elle accomplissait ce qu'elle devait faire ou qu'elle s'imposait par amour et par orgueil pour elle-même.

Cette nouvelle séparation n'était plus comme les précédentes.

Elle prenait une odeur florale et des couleurs d'arc-en-ciel !

Elle était à la fois plus légère et se plaçait dans une douce attente. Mais elle restait aussi dans la continuité d'une souffrance engendrée par l'absence trop importante qui usait et lassait nos énergies.

Cette deuxième année de séparation qui démarrait allait bientôt être couronnée par un mariage, comme elle l'évoquait si bien après mon départ dans sa première lettre quand elle disait :

« Je n'aurai plus besoin de me cacher pour correspondre avec toi, c'est une chose naturelle maintenant » !

Cette simple phrase résumait mieux que toute autre réflexion les difficultés que nous avions dû surmonter pour vivre pleinement les sentiments que nous avions l'un envers l'autre.

Les lettres que nous échangions étaient comme la braise que nous jetions sur le feu, l'alimentant sans cesse pour réchauffer notre amour.

Maintenant que notre engagement était devenu une certitude, Mireille faisait apparaître plus qu'auparavant ses doutes plus que ses inquiétudes sur elle-même et sur l'avenir !

« J'ai peur que ton amour soit basé sur l'attrait physique que tu éprouves pour moi. Cet amour-là peut durer quelques années, mais il finira par s'estomper peu à peu.

Il faut alors que je devienne la femme parfaite que tu désires et qui soit capable de discuter avec toi.

La beauté ne dure pas éternellement. Ma sensibilité me pousse à me taire et à souffrir en silence par pudeur lorsque l'on me fait de la peine. J'ai besoin de ton esprit et de ton corps pour vivre normalement !

Je bénis ce petit être qui nous a rapprochés plus vite. J'ai pour toi une admiration et une adoration sans limites.

Je t'aime et cela me semble si faible par rapport à ce que je ressens… bientôt je serai à toi pour toujours, pour toute la vie, pour le meilleur et le pire !

Je suis heureuse… trop heureuse… !

Je consacre mes journées à apprendre et à travailler les mathématiques, la géographie, l'histoire, le français, la philosophie, en même temps, j'ai des exercices à faire !

Je résiste, mais je tiens par amour pour toi et cela me plaît… »

*Comme les marins arrivant au port après avoir bravé les écueils et les dangers, je m'installais dans cette nouvelle année, serein et confiant dans l'avenir.*

J'avais des dispositions à prendre à Brest pour informer mes nombreuses connaissances.

Il fallait que je leur dise que j'allais bientôt me marier.

Certaines de mes meilleures amies qui pouvaient encore avoir quelques espoirs furent parfois attristées que je ne fusse plus un prétendant potentiel, et que toutes les illusions qu'elles pouvaient encore avoir fussent désormais perdues à tout jamais !

Avec Régine c'était différent, car ma relation avec elle était douce et adulée par nos réflexions constantes. J'allais devoir lui détruire son attente confiante et cela m'attristait infiniment !

Je m'en remis à ce rêve prémonitoire quand elle m'écrivait : « quel que soit l'avenir que tu me réserveras, je resterai heureuse de t'avoir rencontré car la pureté de notre relation m'imposera de te pardonner ».

Il fallait désormais que je laisse mon âme se reposer dans le jardin d'Éden, éclairé par les nombreuses étoiles qui brillaient dans mon imaginaire et qui portaient les noms merveilleux des qualificatifs que je pouvais utiliser lorsque je pensais à cette Mireille qui allait devenir ma femme pour la vie : ingénue, sensible, tendre, amoureuse, mignonne et désirable, pétrie de valeurs humaines et une volonté décuplée par l'amour.

Je la conseillais sur ses cours de philo pour préparer le bac ainsi qu'en mathématiques : ces deux matières n'avaient pas ses préférences, mais elle les travaillait plus que les autres par souci de bien faire.

Elle découvrait les raisonnements qu'imposait la philosophie en s'y prêtant de bonne grâce, puisque c'était nécessaire !

Elle s'était inscrite dans une école de formation par correspondance *(87)* qui lui avait été recommandée par la directrice de son ancien lycée et qui préparait au niveau du Baccalauréat à partir de l'âge de 16 ans.

J'étais émerveillé de voir avec quelle énergie tranquille Mireille avait décidé d'apprendre toutes les matières qui conduisaient à l'examen par ses propres moyens, comme pour s'épater elle-même, tout en m'offrant son travail comme un acte d'amour !

Elle avait deux très bonnes amies : Anne-Marie qui allait passer le même bac et Christine, qui lui apportaient un soutien constant pour bénéficier de leurs cours du lycée.

Elle pouvait ainsi mieux se comparer à elles au niveau des acquis et des méthodes de raisonnements.

Je devinais qu'elle réussirait à m'émouvoir et à m'épater plus d'une fois dans notre vie future !

Elle était fille et femme à la fois, j'oubliais qu'elle était aussi en train de devenir mère.

En attendant le mariage prochain et pour sortir de sa mélancolie, la future épouse se mit à danser jusqu'à l'étourdissement sur un « air de twist » qui la rendait si sensuelle quand je l'imaginais ou la regardais.

Elle avait trouvé très bien le ballet qu'elle venait de voir *Les Filles du feu* d'après le roman qu'avait écrit Gérard de Nerval un an avant son suicide. Elle me demandait si j'avais lu le livre ! Je l'avais en fait trouvé peu enthousiasmant, hormis le tableau du peintre Watteau qui s'en inspira dans l'*Embarquement de Cythère*. *(88)*

Les amours malheureuses d'Angélique, Sylvie, Adrienne et Octavie n'inspirent pas à suivre leur exemple où la débauche, la méprise et une fuite dans les ordres finissent pour Adrienne par être le refuge.

De ces nouvelles et récits, ressort une certaine étude de mœurs peu enviable.

C'était ma réponse à son interrogation et je ne la poussais donc pas à aller plus loin.

Elle me parlait aussi du livre *Les Raisins de la colère* de Steinbeck qu'elle était en train de lire et qui relate la vie difficile du peuple américain et des fermiers en particulier, lors de la grande dépression de 1929.

Les fermiers sont chassés de leur terre et fuient vers la Californie en découvrant un pays magnifique.

Les vignobles, les vergers d'arbres fruitiers et leurs fermes montrent une certaine abondance.

Ils déchanteront rapidement en découvrant qu'il y avait peu de travail, en tout cas pas pour ceux qui touchent des salaires de misère quand ils dénichent des emplois de saisonniers.

La nourriture était hors de prix, et leurs réserves emportées de l'Oklahoma s'épuisaient vite, parqués qu'ils étaient dans des camps administrés sans grande humanité.

Ce livre décrit le voyage, les rencontres, la misère humaine et l'humiliation.

C'est une belle fresque sociologique, qui pourrait ressembler à l'exode dans la Bible, version trois millénaires plus tard !

*Je fis la découverte que la religion catholique n'était pas si différente de celle de l'islam en faisant un exposé sur la question, quelques jours avant mon mariage.*

La date du mariage approchait à grands pas et tout se déroulait normalement.

Il restait une semaine avant mon retour et nos préoccupations intellectuelles restaient dans la continuité de la période d'avant les vacances. Nos sentiments cimentaient notre vie.

Les études meublaient le temps et nos lettres plaçaient notre pensée sur la même scène, comme deux acteurs qui s'exercent avant de faire la représentation de leur existence future.

Le mariage ne serait que le coup d'envoi officiel, comme le rideau qui se lève pour la représentation de la pièce.

De certaines conversations récentes qu'avait eues Mireille avec des copines au sujet du mariage, on lui disait qu'il était un aboutissement et que généralement les garçons pensaient tous de la même façon !

Elle n'était pas d'accord avec ce point de vue et me dit dans une lettre :

« J'espère que notre mariage ne sera qu'une étape dans notre vie pour aller vers le vrai bonheur » !

Comme souvent, nous avions la même vision des choses !

Mes activités étudiantes avaient repris et pour l'école nous organisions le « bizutage » des nouveaux arrivants de première année. Il devait durer trois semaines et finir le 10 novembre, jour « du baptême » prévu à cet effet.

Cette année-là, il ne fut pas des plus méchants, mais il y eut parfois des exercices imposés par certains anciens qui n'étaient pas des plus réjouissants pour les nouveaux arrivants.

Personnellement, j'avais joué de mon influence pour éviter d'infliger des exercices trop périlleux, risqués ou dégradants, car il faut bien le dire, j'avais toujours été hostile à ce genre de pratique.

J'avais été interviewé comme représentant de l'école par un journaliste du *Télégramme de Brest* sur ce que nous faisions et le déroulement qui avait été prévu.

L'article fut diffusé quelques jours plus tard dans la région.

J'évoquai à titre d'exemple que j'avais demandé à un « jeune bizut » de mesurer la longueur de la rue de Siam, entre la mairie et l'entrée du pont de Recouvrance, à l'aide d'une boite d'allumettes.

La longueur à mesurer était d'environ sept cent cinquante mètres.

Il fallut au pauvre bizut environ huit heures pour réussir à donner la bonne réponse.

Afin de ne pas avoir à surveiller l'exercice et que tout se déroule sérieusement, je donnai à un autre bizut le rôle de contrôler le premier en lui indiquant qu'en cas d'erreur c'était lui qui serait astreint à un autre exercice plus difficile.

Dans sa dernière lettre avant le mariage, Mireille m'adressait une pensée philosophique en disant :

« L'absence est à l'amour ce qu'est le vent au feu. Il éteint le petit et rallume le grand ! … Notre amour est si grand qu'il ne peut se mesurer, car l'absence est pour nous quelque chose qui fait partie intégrante de notre amour ».

Lors d'un cours précédent, le professeur de philosophie me demanda si je voulais bien faire le lundi suivant, **un exposé sur l'Islam** !

Ce jour là j'étais à quelques jours de mon départ de Brest pour rejoindre ma future épouse.

Je ne pus ou ne voulus me dédire, ce qui m'obligea à passer mon dernier week-end avant le mariage à préparer cet exposé, au lieu de me laisser aller à rêver à ma future vie qui allait démarrer dans moins d'une semaine.

Parfois je me demandais si ce professeur avec lequel j'avais un si grand plaisir à discuter n'avait pas trouvé en moi un garçon suffisamment passionné pour la philosophie afin de se décharger de temps en temps sur moi et se reposer un peu !

Ou alors avait-il un autre secret, plus subtil, en cherchant à m'utiliser pour réussir à accroître la motivation de mes copains de promotion sur cette matière ?

Le sujet devait porter sur la religion, son impact dans le monde et son caractère de religion « révélée » parmi les religions « monothéistes ». En préparant mon exposé, je découvris que la religion catholique, ou les chrétiens d'une façon générale, avaient beaucoup de ressemblance dans la doctrine, avec « *l'islam* (avec un « *i* » minuscule) qui désigne la religion révélée par Mahomet.

Tandis que l'Islam *(avec un « I » majuscule)* désigne plutôt l'ensemble des peuples musulmans et leur civilisation islamique en général en renvoyant à l'islam, en tant que religion et en tant que civilisation.

La religion de « *l'islam* » révèle une vérité spirituelle de lumière intérieure, d'amour et de fraternité humaine, de justice sociale, ouverte à toutes les races et à tous les peuples, quel que soit le degré de leur savoir et de leur fortune.

C'est un message universel de liberté, d'égalité, de fraternité, de charité et de paix.

Souvent répétés dans le Coran, les théologiens ont coutume de citer les attributs des Dieux principaux au nombre de douze à treize :

- *l'existence :* « Dieu existe sans endroit et sans comment ; il ne dépend pas du temps ».

- *l'unicité :* « Dieu est unique ; unique de par lui-même, de par ses attributs et par ses actes ».

- *l'exemption de début :* « Dieu est éternel exempt de début. Il existe avant les créatures ».

- *l'exemption de fin :* « Dieu est éternel et exempt de fin. La fin ne peut exister pour lui. Il ne s'anéantit pas ».

- *le non besoin :* « Dieu n'a besoin d'aucune de ses créatures mais toutes les créatures ont besoin de lui ».

- *la volonté :* « Tout ce qui se passe dans l'univers le devient par le vouloir de Dieu et toute chose est caractérisée par lui ».

- *La science :* « Dieu sait toutes les choses avant qu'elles n'aient lieu ».

- *l'ouïe :* « Dieu entend tout ce qui est audible, sans oreille ni aucun autre organe ».

- *la vue :* « Dieu voit tout ce qui est visible, sans pupille et sans autre organe ».

- *la vie :* « Dieu est vivant sans âme, ni chair, ni cœur. Sa vie n'a pas de ressemblance avec la nôtre. Il est vivant et ne meurt pas ».

- *la parole :* « Dieu parle sans langue, ni lèvres. Sa langue n'est pas une langue arabe ou une autre et sa parole n'a pas de ressemblance avec le langage des hommes ».

- *la différence absolue avec ce qui est créé :* « Dieu n'a pas de ressemblance avec les créatures. Il n'a pas d'imperfection, ni fatigue, ni changement, ni besoin ».

- *Dieu a créé la lumière :* « les musulmans croyants croient aux anges » !

Sans développer le contenu global de l'exposé que je fis, il montra cependant de grandes similitudes avec la religion catholique.

Mon professeur souligna, quant à lui, que j'avais eu une approche intellectuelle d'une tolérance exemplaire, quand très souvent dans la vie politique ou quotidienne des populations, l'on peut observer les contradictions, les déchirures engendrées par une lecture erronée du « Coran et de la Bible conduisant souvent à une intolérance absurde et parfois meurtrière ».

Ma préparation au mariage avec le prêtre qui allait nous donner le sacrement dans une bénédiction nuptiale m'avait à nouveau fait réfléchir sur ma religion, et comme par hasard mon professeur de philosophie venait compléter le bien-fondé de mes réflexions en les comparant à d'autres religions monothéistes.

Ma connaissance était ainsi philosophiquement devenue plus objective et donc intellectuellement plus complète.

Je me rappelai cette phrase de l'évangile de saint Luc qui se trouve au centre de la pensée chrétienne et qu'enfant déjà nous apprenions par cœur lors des cours de catéchisme : « Tu aimeras le seigneur ton Dieu de tout ton cœur, de toute ton âme, de toutes tes forces et de tout ton esprit. Et tu aimeras ton prochain comme toi-même ».

## *J'allais emprunter le pont qui allait séparer ma vie d'hier et celle de demain !*

J'étais ce jeudi matin de Toussaint 1962, prêt à prendre le train.

J'avais en mémoire le poème que j'avais écrit à Mireille juste un an auparavant, un certain 31 octobre 1961, en la quittant pour Brest la première fois !

*Premier baiser*

Les vers me revenaient comme le chant d'un oiseau dans un rêve !

*« C'était au crépuscule d'un soir,*
*Que plein de joie,*
*Je désirais avec tant d'espoir,*
*Être ton roi,*

*Sous un ciel d'automne clair et rose,*
*Reine tu serais,*
*Dans une nature d'octobre morose,*
*Fou je t'aimais.*

*Et, plongeant dans tes yeux de feu,*
*Créant la flamme,*
*Ému, j'ai vu combler mon vœu,*

*Telle l'oriflamme !*
*Nous avons bu au calice de l'amour*
*Tout cet encens,*
*Et me suis trouvé changé pour toujours,*
*De toi, rêvant,*

*Devant l'hôtel fleuri de la Vierge,*
*Toujours sincère,*
*J'allumais pour elle le cierge*
*Que je préfère.*

*L'étoile souriante me fait signe*
*Et pour elle,*
*J'aurai la majesté du cygne,*
*Ange, je l'appelle...»*

Le poème intitulé *Le chat* de Baudelaire que je lui récitai le soir du « premier baiser », me berçait également continuellement en regardant les paysages défiler au travers de la vitre du train.

**Le voyage ne dura qu'un instant** car je voyageais sur un photon de lumière pour aller vers une étoile !

« Viens mon beau chat sur mon cœur amoureux ;
Retiens les griffes de ta patte,
Et laisse-moi regarder dans tes beaux yeux,
Mêlés de métal et d'agate.

Lorsque mes doigts caressent à loisir,
Ta tête et ton dos élastique,
Et que ma main s'enivre du plaisir
De palper ton corps électrique,

Je vois ma femme en esprit... »

La dernière phrase que j'écrivis dans ma dernière lettre avant le mariage résumait les deux poèmes du talentueux Baudelaire et de l'amoureux en transit :

« Tu sais combien mon amour est sans limites, ainsi que mon espoir d'être heureux avec toi toute la vie!… Unis pour toujours ».

*Je descendais du train et j'eus subitement la révélation que mon regard sur les choses était devenu différent !*

Tout était plus beau, même le laid changeait d'apparence.

Les choses et les objets révélaient-ils leurs âmes et se confondaient-ils avec la jeune fille qui était là devant moi, comme l'incarnation de la vertu et de la beauté ?

De sa jeunesse se dégageait une ingénuité originelle d'une grande pureté.

J'allais épouser tout cela et plus encore.

Un tourbillon de plaisir et de fête allait durant une semaine nous emporter vers ce que nous imaginions réalisable seulement dans plusieurs années.

Le destin et l'amour réussissaient dans une complicité extraordinaire à placer le futur au présent et à se jouer du temps comme seul le créateur avait su le faire au début du monde.

Le mariage civil eut lieu le lendemain de mon arrivée, en fin d'après-midi. La tradition imposait que nous soyons séparés le soir, tant que le mariage religieux n'était pas célébré.

Le lendemain, le mariage religieux se déroula à l'église saint Maximin de Thionville, selon les rites ancestraux de l'église catholique depuis le treizième siècle.

Nous allions recevoir la bénédiction du prêtre, représentant de Dieu, qui promettait le bonheur de notre couple comme dans l'altérité : c'est à dire dans un état d'altruisme absolu.

Autrement dit, l'Église considère que chacun dans le couple se place en altération du moi, au profit de l'autre.

Le mariage idéal pour l'Église se fait dans l'amour, la fidélité, et en donnant vie à des enfants.

Il ne doit dépendre que de l'unique volonté des futurs conjoints.

# CHAPITRE XV

Le prêtre qui nous avait préparés durant les deux petites semaines dont nous avions pu disposer en septembre s'apprêtait à nous donner « le sacrement de mariage » : après avoir béni les alliances qui lui avaient été remises par mon frère, il me donna en premier celle que je glissai délicatement à l'annulaire gauche de la jeune fille qui allait devenir mon épouse et je prononçai cette phrase canonique :

« Je te remets cet anneau en témoignage de mon amour et m'engage à te rester fidèle et te soutenir dans les moments difficiles jusqu'à ce que la mort nous sépare ».

En prononçant cette phrase, je vis le regard d'une infinie douceur de celle qui allait partager ma vie.

Après moi, j'entendis le contenu de la même phrase canonique avec une émotion à peine contenue, et qui avait le pouvoir en cet instant de transformer le passé, le présent et le futur en une unité de temps unique !

La liberté que nous avions conquise en septembre n'était désormais réduite que par les obligations imposées par nos vies d'étudiants et les conditions financières qu'elles supposaient.

Comme « les fidèles » de l'Église primitive, les agapes qui suivirent la cérémonie se déroulèrent au restaurant « du Crocodile », là où, il y avait à peine plus d'un an, nous avions fixé notre premier rendez-vous.

Une trentaine de parents et amis avaient tenu à festoyer chaleureusement avec nous, et commençaient à se faire une raison sur l'événement auquel ils assistaient en voyant ce jeune couple qui irradiait de force, d'espoir, mais aussi de conviction et d'amour !

La mariée, dans sa candeur naturelle, dégageait cette luminosité féminine qui ne laissait pas ceux qui la voyaient pour la première fois indifférents devant tant de grâce !

Certains me dirent sur l'instant, ou plus tard en me félicitant, qu'ils me comprenaient d'être tombé amoureux d'une telle jeune fille !

D'autres invités n'avaient pas voulu se joindre à nous et voulaient montrer par cette attitude, preuve de leur manque de tolérance et peut-être d'intelligence, une trivialité qui plaçait leur relation à notre égard sans intérêts.

C'était regrettable, mais que pouvions-nous y faire ?

Un moment, je m'assis à côté de ma mère pour lui montrer qu'elle ne perdait rien dans ce mariage et que sa tristesse originelle ne pouvait que se comprendre.

Je découvris qu'elle avait dépassé ses illusions personnelles et qu'elle faisait contre mauvaise fortune bon cœur, en découvrant qu'il y avait dans cet amour là quelque chose de commun avec celui qu'elle avait eu vingt-cinq ans plus tôt !

C'est à dire : « de l'amour ».

Finalement, elle pouvait ne pas être très heureuse en observant ce qui se passait aujourd'hui sous ses yeux !

Son approbation de cœur et de raison était acquise là où des espoirs quelque peu égoïstes et personnels n'auraient pas lieu d'être, pour ce fils aîné sur qui elle fondait tant d'espoirs !

Lorsque le repas évolua vers une ambiance dansante après « la pièce montée », on nous offrit « un slow » de circonstance, que mon frère avec son sens affectueux souvent présent dans certaines occasions, eut le plaisir de nous dédier : *Verte campagne,* qui était la première danse sur laquelle nous avions dansé lors de notre rencontre du 20 août 1961.

Lorsqu'en début de soirée, nous décidâmes de quitter le lieu des festivités, nous partîmes vers « l'hôtel du parc » situé à quelques centaines de mètres de là !

Il nous avait été réservé par mon frère et ma sœur jusqu'à mon départ pour Brest.

Lorsque la porte de notre chambre s'ouvrit, nous eûmes l'impression d'entrer dans une roseraie de fleurs blanches et roses et nous pûmes passer notre première soirée et notre première nuit ensemble, dans une ambiance paradisiaque.

Notre joie, mais surtout notre émotion, étaient incommensurables !

Les jours qui suivirent, nous les avons partagés avec nos parents respectifs à tour de rôle, mais nous disposions pour la première fois d'un lieu commun pour être ensemble, seul à seul, et réfléchir à notre avenir immédiat.

# CHAPITRE XVI

## JE NE SERAI PLUS SEUL AVEC LES AUTRES, JE SERAI « DEUX » PARMI LES AUTRES !

*Avant la moisson, le couple nouveau s'envoyait des gerbes de baisers !*

Nous avons beaucoup réfléchi sur l'opportunité de vivre immédiatement ensemble ou, au contraire, continuer à rester séparés jusqu'à l'obtention du bac de Mireille.

La naissance de l'enfant, prévue en principe vers le mois de mai de l'année suivante, devait également être prise en compte pour qu'un équilibre harmonieux soit constamment présent.

La future naissance devait rester une addition à nos espérances les plus sérieuses et les plus folles et non un amoindrissement de leur périmètre.

Le choix de nos cœurs était de partir ensemble dans mon petit studio à Brest.

C'était de loin le plus merveilleux, mais aussi le plus déraisonnable.

Nous choisîmes alors de poursuivre la vie que nous avions eue l'année précédente, mais cette fois nous pouvions vivre nos sentiments en pleine lumière et c'était déjà beaucoup ; ne plus avoir à subir constamment les effets des freins parentaux de Mireille.

Ils avaient disposé à leur guise de son emploi du temps depuis que nous nous étions connus.

Dans ce choix, elle pouvait continuer à bénéficier de leur soutien sans avoir à précipiter la mise en œuvre de son indépendance.

Son émancipation, obtenue avec l'accord de ses parents, avait été nécessaire pour que le mariage ait lieu et c'était déjà un acquis important.

Nous pouvions au moins leur en être reconnaissants pour qu'ils n'aient pas l'impression d'avoir perdu leur fille.

Ses études et les miennes gagneraient à ne pas être trop perturbées durant cette année où elle était enceinte.

Mireille avait désormais deux objectifs à réussir et sur lesquels il fallait qu'elle puisse se concentrer :

- avoir une grossesse tranquille dans le confort familial pour faire naître un mignon bébé et subir le minimum de perturbations « pour réussir son bac philosophie » qui était d'autant plus difficile à acquérir qu'elle s'y préparait seule et par correspondance.

Pour moi je pouvais consacrer l'année à préparer notre « nid futur » dans les meilleures conditions possibles.

- avec le bac « espéré » elle deviendrait étudiante et pourrait peut-être obtenir une bourse d'études.

Notre vie de couple pourrait ensuite démarrer sous les meilleurs auspices et surtout nous serions réunis.

C'est sur cette réflexion que nous prîmes la décision qui devait donc orchestrer l'année qui allait suivre, ce qui nous obligeait à poursuivre notre dialogue épistolaire encore huit mois en dehors des périodes de vacances scolaires.

L'escale de changement de train depuis la gare de l'Est jusqu'à celle du Maine Montparnasse à Paris était suffisamment longue pour que je puisse m'installer dans un restaurant juste en face de la gare, « chez Guy », pour écrire ce qui sera mon premier message d'homme marié et de mari.

Il pleuvait pour souligner le « cafard » de la séparation.

Aussi le contraste était encore plus significatif, et je le comparais avec la semaine doublement ensoleillée que je venais de partager avec ma jeune épousée.

Rien que d'y penser, je me sentais devenir un autre homme !

Pour faire le trajet jusqu'à Brest, je m'installai dans un wagon couchette afin d'être en forme pour redémarrer mes cours au pied levé, dès mon arrivée sur le sol brestois.

Je m'endormis comme un enfant dans le cliquetis du train avec une dernière pensée consciente sur la silhouette que j'avais laissée dans l'après-midi sur le quai de la gare et qui m'envoyait des gerbes de baisers, en imitant le geste « du semeur » du peintre Jean François Millet.

Je savais que ce geste était comme une dernière tentative pour garder un contact physique qui allait être remplacé ensuite par nos lettres, comme autant d'autres gerbes spirituelles, dans un flux ininterrompu.

Les étudiants brestois étaient une fois de plus en effervescence et s'apprêtaient à faire grève.

Mes discours furent plutôt appréciés.

Je feignis l'indifférence quand de nombreux copains ou étudiants vinrent vers moi pour me congratuler, alors que je n'avais que traduit leurs propres souhaits. Ils ne savaient pas encore que l'étudiant qui était devant eux réussissait à se dépasser parfois parce qu'il était devenu « deux » : son « *moi* » parlait à son « *toi* ».

La sphère de mes ambitions, ou plutôt celle de mes intérêts, avait pris une autre dimension.

Elle s'était agrandie de l'envie de placer Mireille dans un monde qui serait pour elle sans contrainte, sans souci, afin que « sa candeur », allant parfois jusqu'à « l'insouciance », ne puisse jamais s'altérer.

Lorsqu'elle était elle-même et donc « dans l'insouciance de sa jeunesse » que j'espérais lui conserver dans sa vie de femme, elle irradiait autour d'elle un tel climat de bonheur que « l'air devenait musical ».

## *Hier vestale énamourée. Aujourd'hui, une future mère !*

Le troisième mois de grossesse venait de se terminer, sans aucune difficulté.

Une mère s'éveillait progressivement, en même temps que la vie « du petit être » qui se nourrissait de son amour.

Elle préférait avoir un garçon pour qu'il me ressemble, mais se rangeait aussi à ma préférence, lorsque je montrais un certain penchant pour une fille.

Elle me dit :

« Si ton désir d'avoir une fille est plus grand, c'est qu'inconsciemment tu penses qu'elle s'attachera davantage à toi plus tard que ne le ferait un garçon » !

Elle n'avait peut-être pas tort, j'imaginais en effet qu'une fille était plus naturellement disposée à montrer ses sentiments qu'un garçon.

Son père serait le premier « homme » qu'elle aimerait et connaîtrait.

J'aurais alors une énorme responsabilité envers elle, mais là, je n'avais pas d'inquiétude particulière.

Le père que j'allais devenir pourrait représenter un exemple qu'elle cherche-rait plus tard dans sa vie amoureuse.

Dans ce cas pour ne pas faire de faux pas, elle n'aurait qu'à transposer avec son style une nouvelle version d'un amour idéal en le comparant à celui qu'elle aurait pu observer auprès de ses parents.

On n'était pas encore à ce stade.

On verrait plus tard ! Car, dans ce domaine, prévoir c'est à coup sûr se tromper.

*Je pris subitement conscience que, marié,
je ne pouvais plus paraître de façon identique tout en restant
moi-même !*

Je devais montrer le sérieux d'un homme en toutes choses.

On ne doit pas se laisser aller vers la légèreté ou à des comportements ir-responsables.

Autant estimais-je alors qu'un jeune homme célibataire pouvait faire des erreurs sur certains sujets, mais un homme marié n'avait pas le droit d'ac-complir des impairs, sous peine de ternir son image, en la rendant incohérente « avec son statut ».

Ma condition nouvelle imposait naturellement ses règles de façon intuitive sans que mon raisonnement ait à intervenir.

J'estimais que je devais perdre le droit de faire n'importe quoi, de prendre des attitudes que ma morale, ou l'idée d'exemplarité qui m'habitait, aurait pu critiquer à tort ou à raison.

Je ne pouvais pas davantage m'exposer à entreprendre des actions que je ne pourrais pas partager avec ma femme et qui éventuellement auraient eu la capacité de la déstabiliser, la faire souffrir, l'inquiéter, ou la décevoir.

Je me promenais rue de Siam un soir, après avoir été dîner avec deux bons copains, Patrice et Philippe, et avant d'aller prendre une collation avec eux dans un café où nous allions souvent, « Les Arcades », ils décidèrent tour à tour de faire un geste stupide de gamin : passant devant une poubelle, ils s'y placèrent en position debout, telles « des statues vivantes », cherchant ainsi à montrer aux nombreux passants qu'ils pouvaient faire n'importe quoi au nom de leur liberté.

Je les aurais sûrement suivis quelques mois plus tôt !

Mais ce jour-là, je restai figé dans une attitude souriante à leur égard, d'autant plus différente de la leur que mon intention était de leur parler de mon mariage et de leur faire découvrir en « photo » l'inconnue qui avait réussi à capter mon esprit et mon cœur.

Je n'évoquerai pas les commentaires qu'ils me firent devant une telle grâce !

Eux qui étaient des experts sur un tel sujet, comme bien des célibataires intelligents, rieurs, aimant les femmes, et prêts à s'éprendre pour l'une d'entre elles si le hasard pouvait en placer une sur leur route « de prédateurs en éveil ».

Souvent, je rencontrais cette excellente amie qu'était Régine ! Elle aurait pu rester une intellectuelle avec qui j'aurais pu poursuivre des réflexions sur les nombreux sujets littéraires, ou philosophiques, que nous avions eus si fréquemment dans les mois précédents.

Elle avait un don particulier à me pousser jusqu'à l'extrême limite de mes connaissances et raisonnements, en cultivant un doute constant sur presque tout.

J'aimais beaucoup ce genre de jeu intellectuel, érigé en méthode, selon la philosophie de Descartes, pour connaître le vrai, en le soumettant aux questionnements du doute.

Un léger sourire de victoire pointait sur ses lèvres et dans son regard quand, après discussion, une « vérité » avait fini par perdre beaucoup de son contenu.

Un soir, comme à l'accoutumée, je me dirigeais avec mon copain Patrice au café « des Arcades ».

Régine était assise seule à une table, affairée à je ne sais quelles réflexions, encadrée de feuilles éparses et de livres divers, concentrée sur une dissertation qu'elle semblait préparer quand nous arrivâmes.

Nous prîmes place à côté d'elle, ce qui lui permit de sortir de sa profonde concentration en esquissant un léger sourire.

Ce genre de sourire énigmatique qu'elle avait souvent comme un étonnement sur les choses qui allaient de soi !

C'était le premier instant où je la revis après l'événement du mariage.

J'étais serein, mais profondément mélancolique en imaginant les mots que j'allais prononcer et ceux que j'allais entendre.

Nous bavardâmes de choses et d'autres plus ou moins insignifiantes, le temps de prendre un café, puis mon ami me laissa seul avec Régine après avoir pris congé et aller finir sa soirée en allant travailler chez lui.

Une interrogation profonde me semblait accompagner toute sa gestuelle, en attendant que je reprenne la parole après une petite minute de silence qui venait de se produire après le départ de Patrice.

Je n'ignorais pas ce qu'elle pouvait penser à ce moment précis où je la regardais et, comme si elle m'avait posé clairement la question, je lui dis : « je suis marié depuis le trois novembre ».

Son visage resta impénétrable !

Je voyais bien qu'en lui assénant cette courte phrase, criante d'une autre vérité que la sienne, se déclenchait simultanément en elle comme un anéantissement du dernier espoir qu'elle pouvait avoir encore.

Je coupai le dernier fil de ses espérances.

Je mentirais en disant que j'étais froidement indifférent à ce qui se jouait à cet instant ! Cependant c'était l'apparence que je devais donner par éthique personnelle.

La cruauté de la vie, c'est qu'elle impose ses choix pour éviter de sombrer dans le vulgaire.

Je me remémorai à cet instant ces deux vers de Baudelaire, extraits du poème *Harmonie du soir* que Régine me fit connaître dans un des nombreux moments de douceur spirituelle que nous avions :

« Le ciel est triste et beau comme un grand reposoir.

Le soleil s'est noyé dans son sang qui se fige… ».

(Voir *Histoires et pensées d'un homme-Nouvelle X*)

Il était le reflet fidèle de nos pensées à cet instant et pas un mot n'aurait pu exprimer avec plus de vérité ce que nous ressentions.

Platon m'interpella sur ma situation métaphysique, en m'apportant le soutien dont j'avais besoin devant cette fille que j'attristais sans le vouloir et qui avait ébranlé mes certitudes avec son charme et ses valeurs.

« Chez tous les hommes il y a une fécondité et selon le corps et selon l'âme ; de plus, une fois que nous avons atteint un certain âge, notre nature a le désir d'enfanter… C'est dans le vivant mortel, la présence de ce qui est immortel : la fécondité et la procréation ».

Et il faut choisir ! J'avais rencontré deux nymphes dont la beauté du corps et de l'âme pouvait faire rêver.

L'union de l'homme et de la femme est en effet un enfantement physique, intellectuel et moral, et c'est une affaire de sens.

Je venais d'épouser « l'amour platonique » qui m'avait surpris et regardais « l'amour goût » s'envoler pour d'autres enfantements afin de rester éternel.

Lorsque l'on a commencé d'apercevoir cette sublime beauté, alors on a presque atteint le terme de l'ascension !

Le mariage que je venais de faire avait été l'ultime choix et l'ultime décision parmi les autres possibles et rien ne pouvait empêcher l'accomplissement du destin que je venais de choisir.

### *Je venais d'anéantir un passé pour me consacrer à un avenir nouveau.*

J'étais confiant et finalement satisfait que mes émotions puissent se trouver maîtrisées totalement.

J'avais eu une vie trépidante depuis plus d'un an.

Cette vie était faite de relations nombreuses, d'endroits que je fréquentais souvent où, sans rendez-vous, je rencontrais amis, copains, amies, que j'aimais bien pour ce qu'ils étaient.

Ils m'aidaient à me détendre et à oublier un peu l'absence qui m'habitait.

On commençait à savoir que j'étais marié et cette nouvelle situation modifiait ma relation avec les autres.

On s'interrogeait sur « le pourquoi » de l'absence de ma nouvelle épouse !

Je préférais rester mystérieux plutôt que de raconter n'importe quoi à ceux qui me posaient la question.

De plus, rien ne devait égratigner le couple imaginaire que je pouvais représenter pour certains ; j'attendrais que l'année se passe pour le mettre en pleine lumière et je savais que les questions et les curiosités cesseraient naturellement.

Lorsque la prochaine année universitaire démarrera et que « main dans la main » Mireille sera à côté de moi en flânant dans les rues de Brest et que nous fréquenterons les endroits que je connaissais bien, on ne verra plus qu'un couple d'étudiants amoureux l'un de l'autre, comme beaucoup d'autres.

Régine ne pouvait pas disparaître de ma vie relationnelle car elle était presque partout où j'allais.

Elle fréquentait les mêmes lieux et avait de nombreuses habitudes qui correspondaient aux miennes.

J'avais du vague à l'âme en pensant qu'elle pouvait m'en vouloir mais c'était le destin qui s'était exprimé auprès de tous les acteurs de l'événement qui s'était produit.

Je n'accomplissais aucune trahison. Je n'avais été qu'un certain espoir qui disparaissait, comme un instrument de musique qui avait fini de jouer.

Il aurait fallu que je change mes habitudes tout en créant une autre ambiance et en modifiant mes loisirs. J'étais aspiré par l'envie de me consacrer davantage à mes études et aux échanges avec Mireille.

Car les messages que nous nous adressions étaient déjà depuis longtemps réguliers, abondants et permanents.

En un mot, je voulais changer le « climat de ma vie ».

Un jour, je fis ces confidences à ma chère épouse dans un moment de spleen passager.

Sa réponse me réconforta, car je la découvris subitement énergique et forte, guidée et inspirée par la confiance qu'elle mettait en moi :

« Non ! Ce n'est pas vrai ? Tu dois vivre en fonction de notre amour et ce n'est pas pareil. Un homme marié est un homme fidèle à sa femme, mais c'est d'abord un désir et une manière d'aimer… ne change rien à tes habitudes… Ne pas rencontrer Régine, en évitant les endroits habituels où tu risques de la rencontrer, est inutile.

Fuir ne détruit pas le passé. C'est une amie pour toi comme les autres !

Je sais que notre amour triomphera toujours de toutes les situations ; nous nous aimons, donc aucun problème n'existe.

L'année prochaine, nous aurons les mêmes distractions et nous vivrons dans les mêmes lieux, nous devons encore faire preuve de patience, car le bonheur est au bout du chemin ».

## *Préparer le futur imposait d'agir au présent pour qu'il ait des chances de se produire !*

Cette attitude avait toujours été ma règle de conduite depuis longtemps !

Il fallait que j'améliore mes finances pour préparer la future demeure qui abriterait notre vie plus tard.

Aussi, j'entrepris de rechercher des élèves pour y donner des cours de mathématiques, de français, et de physique.

J'eus quatre à cinq élèves très rapidement, que j'ai suivis toute l'année à raison de une à deux heures par semaine.

Je ne sais comment, mais « le bouche à oreille » faisait qu'il y avait plus de monde que je n'imaginais qui avait entendu parler de moi ces derniers temps !

Il y avait eu le bizutage à l'école et les mouvements de grèves étudiantes.

La presse couvrait les sujets et j'étais parfois interviewé, ce qui pouvait participer de cette situation.

J'étais à ma table de travail quand ma logeuse vint frapper à la porte.

Elle était accompagnée d'une jeune fille et de sa grand-mère, qui venait me solliciter pour que je donne des cours de mathématiques et de physique à sa petite Sandrine qui était en seconde.

La jeune fille avait une timidité contenue, avec un regard qui me paraissait intelligent.

J'observai qu'après quelques échanges avec la grand-mère, celle-ci regardait de temps en temps sa petite-fille d'un air complice, montrant ainsi qu'elle était séduite par mes arguties.

J'acceptai finalement de lui donner une heure de cours par semaine, en lui proposant que chaque fois qu'elle serait là, on choisisse ensemble la matière sur laquelle on allait travailler.

Cette idée lui convenait parfaitement et elle acquiesça en faisant un petit mouvement de la tête, accompagné d'un léger sourire de satisfaction.

Je découvris que cette fille avait de réelles qualités intellectuelles, car il fut rare qu'elle ne comprenne pas rapidement mes explications lors des séances de travail.

Vers la fin mai, j'estimai que j'avais rempli ma mission, car elle se débrouillait très bien toute seule.

J'avais vu juste le jour où sa grand-mère me sollicita. Son regard m'avait transmis en silence ce qu'elle pensait.

C'était une fille qui avait besoin d'encouragement pour s'affirmer. Elle avait aussi besoin qu'on lui donne confiance en elle, ce que je m'étais employé à faire avec une certaine réussite.

Le temps consacré à donner les cours se limitait pratiquement aux heures que je facturais.

Après quelques mois, j'étais certain que je disposerais des moyens financiers pour notre future installation, d'autant plus que durant les grandes vacances, j'effectuerais des stages ou plutôt des missions de courtes durées dans des entreprises proches de Thionville, comme les années précédentes.

**Le médecin de l'université** et des étudiants brestois (le docteur Bon), que j'avais souvent eu l'occasion de voir pour des questions étudiantes, m'avait pris en sympathie et dans une conversation informelle me parla de son fils Jérôme, un garçon de dix-huit ans qui n'était qu'en seconde malgré son âge.

Il me fit part de ses inquiétudes et me demanda si je voulais bien m'occuper de lui en essayant de le mettre à niveau !

Il était dans un état de vive inquiétude sur le devenir de son rejeton. Je semblais être une des dernières chances après toutes celles qu'il avait déjà tentées pour essayer de redresser la situation. En cas d'échec, me dit-il, je ne pourrai pas vous en tenir rigueur, car votre tâche sera très difficile !

Il est certain que les études n'étaient pas son fort, et il savait le montrer avec une décontraction désespérante.

Il avait déjà dépassé l'adolescence et s'intéressait surtout aux filles et, me disait-il, elles lui apprenaient bien plus qu'à l'école et au moins c'était agréable !

On imaginera aisément les possibilités éducatives d'un professeur ou d'un « répétiteur » devant une telle conception des études !

Je fis cependant de mon mieux pour le français et les maths, tout au long de l'année, en pensant qu'il avait peut-être fait quelques progrès.

En fin d'année, son père me remercia pour les progrès qu'il avait pu faire, puisqu'il passait finalement en première et que ses professeurs étaient étonnés eux-mêmes de ses résultats en nette amélioration. Je pensais cependant que s'il allait se retrouver dans la classe supérieure, c'était certainement autant d'après le critère de l'âge que de ses notes, si bien qu'il me demanda de renouveler l'expérience l'année suivante.

J'acceptai, plus pour lui faire plaisir que par espoir de transformer ce garçon en élève qui puisse devenir un jour un « fort en thème ».

Vers le milieu de l'année, en allant chercher du pain, j'eus l'idée de demander à tout hasard à la boulangère si elle connaissait quelqu'un qui avait un petit appartement à louer pour la rentrée prochaine ?

**Ce jour-là, je fus véritablement inspiré par les « oracles »**
Je passai plus d'une demi-heure avec la boulangère.

Notre conversation entrecoupée par quelques clients me permit de réunir toutes les chances de trouver le prochain logement que j'occuperais avec Mireille à la rentrée.

Constatant mon intérêt, la boulangère demanda à son employée de me faire visiter l'endroit, qui m'enchanta immédiatement !

Le logement se trouvait au quatrième étage de l'immeuble où se trouvait la boulangerie-pâtisserie. Il se situait directement sous les combles.

Il comprenait une grande pièce d'environ vingt mètres carrés, avec probablement une des plus belles vues de la ville.

Depuis la fenêtre, on avait l'impression de regarder un décor de carte postale, avec la rade de Brest qui s'y profilait au loin.

Il y avait aussi une cuisine indépendante et un réduit suffisamment grand pour y installer une petite salle de bain.

En revenant de ma visite j'indiquai sans attendre que je n'hésitais pas à retenir le logement pour la rentrée prochaine, mais que j'aimerais bien qu'on y installe une salle de bain et que s'il le fallait je financerai l'opération en contrepartie d'une petite réduction du loyer.

La boulangère n'hésita pas plus de quelques secondes pour me dire qu'elle était d'accord.

Ainsi, par hasard, je venais de résoudre la question du cadre de vie que Mireille et moi allions avoir pour les deux années que nous allions passer ensemble à Brest.

**La fille de la boulangère**, avec ses seize ou dix-sept ans, avait déjà essayé d'entrer dans une école d'infirmière sans y parvenir.

La boulangère me demanda, au cours de la conversation, en venant d'apprendre que j'étais en deuxième année à l'École Nationale d'Ingénieurs, si je voulais bien intervenir auprès de sa fille sur toutes les matières où elle n'était visiblement pas très douée, c'est-à-dire à peu près toutes !

Je lui dis qu'avant d'accéder à sa demande il faudrait au préalable que je puisse avoir un entretien avec sa fille, pour mieux appréhender ce qu'il fallait envisager en matière de formation.

Cette approche lui parut responsable.

Elle constata que j'avais une attitude plutôt sérieuse et qu'elle pouvait sûrement avoir confiance en mon jugement.

Un rendez-vous dans l'appartement de la boulangère fut organisé une semaine plus tard pour faire cette évaluation : les parents m'avaient laissé seul avec leur fille pour que je puisse me rendre compte par moi-même plus facilement de ses capacités et de ses motivations.

Mais aussi en espérant qu'elle se livrerait plus facilement devant un étranger.

Je fis donc sa connaissance : en l'interrogeant sur ses professeurs, sur les matières qu'elle préférait, sur les difficultés qu'elle avait, je finis par me faire une idée des matières où elle avait quelques potentiels ou quelque intérêt.

Je lui demandai si elle savait pourquoi elle avait plus de difficultés avec certains professeurs qu'avec d'autres.

Il se dégageait de ses réponses plusieurs éléments qui me donnèrent à réfléchir : les études ne l'intéressaient pas outre mesure !

Elle avait envie d'apprendre pour réussir à devenir infirmière, métier qui dans son imaginaire pouvait donner un sens à sa vie.

C'était une grande rêveuse, plus encline à cueillir la vie en toute simplicité et sans avoir à franchir trop d'obstacles ou de difficultés pour la vivre.

C'était un canon de beauté dans « une cervelle d'oiseau » et je m'interrogeais sur ce que j'allais dire à ses parents, qui avaient prévu que je leur fasse part de mon jugement en m'invitant le soir même à dîner et réfléchir sur le cas de leur fille.

À la fin de notre entretien, la jeune fille qui s'appelait Sophie (89) me fit penser qu'elle ne devait sûrement pas porter son prénom à la perfection !

Sur le pas de la porte, avec une petite voix de gamine appuyée par un sourire enjôleur, elle me dit qu'elle aimerait bien que je sois son professeur dans toutes les matières et qu'elle espérait que je le dise le soir même à ses parents.

J'imaginais, à tort ou à raison, que si cette fille devenait infirmière un jour, elle réussirait parfaitement à faire des ravages sentimentaux dans le milieu médical.

Mais là, c'était plutôt mes propres fantasmes qui se laissaient aller quelque peu à la dérision en me faisant un sourire intime !

Elle était visiblement plus attirée par les relations avec les garçons qu'aux études, mais sur ce sujet ce n'était pas mon rôle d'en parler.

Ses parents avaient réussi à l'intéresser à un métier et c'était déjà un résultat, à condition qu'il soit à la portée de leur fille.

C'était une grande réussite si la motivation de la jeune fille était réelle !

Lors du dîner, quand je dus apporter ma réponse, je fus un peu étonné de l'accueil des parents. Ils s'ingéniaient à me faire plaisir par de nombreuses attentions délicates et j'en fus un peu touché.

Visiblement, ils tenaient à me confier la formation de leur fille, avant même que je m'exprime sur le sujet.

Je leur fis part de mes réflexions en disant que je ferais de mon mieux pour que Sophie ait toutes les chances de pouvoir entrer dans une école d'infirmière, mais qu'il fallait me donner la liste des matières qui étaient essentielles pour le concours d'entrée.

Or, il fallait simplement avoir un niveau normal de seconde pour cela.

À la fin du dîner, je donnai mon accord en disant que je ferais de mon mieux pour leur fille ; puis l'on décida d'assurer jusqu'à la fin juin trois heures par semaine.

Il ne restait que quelques mois pour faire progresser Sophie et pour cette année là, ce fut insuffisant pour qu'elle fût retenue à l'école d'infirmière.

Sophie tomba amoureuse de son professeur et lui demanda s'il voulait bien sortir avec elle en devenant son petit ami.

La surprise passée, je restai quelques instants avec elle pour lui faire comprendre que c'était impossible.

J'avais bien remarqué que de nombreuses attitudes de sa part pouvaient être équivoques, mais je n'y prêtais pas plus attention et je veillais surtout à l'ignorer.

Au moment de cette révélation, je me sentis obligé de lui faire un brin de moralité et lui dis que j'étais marié.

L'appartement que j'allais louer à ses parents pour la prochaine rentrée avait pour but justement, lui dis-je, de pouvoir m'y installer avec ma femme qui était étudiante elle aussi ! Son regard devint subitement mélancolique et je m'en allai !

Les parents me demandèrent de poursuivre l'année suivante avec deux heures par semaine, et enfin la jeune fille finit par atteindre son objectif. J'étais content pour elle et ses parents. La petite amoureuse éconduite avait gagné en confiance sur mon rôle et sur l'effort qu'elle devait accomplir pour que je sois content d'elle et que ses parents puissent en être fiers.

**Hervé, un jeune garçon** de quatrième moyennement doué, avait besoin pour progresser, selon ses parents, qu'on lui donne des cours, autant que l'exemple à suivre ! Alors, ils me confièrent leur fils unique pour l'année.

Tous les vendredis soirs, ils m'invitaient à dîner après le cours, pour mieux me connaître, mais peut-être aussi parce qu'ils avaient besoin de me confier leurs interrogations au sujet de leur fils.

Ma volonté et mon sens de l'effort les intriguaient. Ils estimaient peut-être que je pourrais progressivement influencer leur fils ou leur apporter des idées utiles !

Agent d'assurances, le père rêvait que son fils puisse un jour prendre la suite du cabinet paternel.

Il fallait donc qu'il devînt meilleur élève et acquît davantage le sens du travail.

Un jour, l'épouse qui avait l'air d'une « mère poule », me confia en aparté qu'elle espérait beaucoup que je devienne un exemple pour son fils.

Je lui répondis : « Je ferai de mon mieux sans être certain d'y réussir ! »

Elle me lança : « Ce que vous obtiendrez, même si c'est peu, ce sera déjà beaucoup ! »

### *J'observais souvent que Mireille était du genre réaliste, fataliste, et très imprégnée par des valeurs morales et chrétiennes !*

Toute l'année qui avait précédé le mariage, elle avait été très respectueuse du pouvoir que ses parents pouvaient exercer sur elle, par respect de leur rôle, par éducation, plus que par conviction.

J'avais été le révélateur des points incontournables et de ceux qui méritaient d'être progressivement abandonnés.

L'amour « unique » qu'elle découvrait en même temps que moi la surprenait et l'enthousiasmait, comme une richesse à faire fructifier durant la vie entière.

Elle découvrait que l'amour n'était pas « sagesse » et que les surpassements de la passion devaient sans cesse être maîtrisés pour que l'amour dure longtemps et que nous réussissions à rester ensemble pour la vie.

Maintenant qu'elle était mariée, elle s'accaparait le mari que j'étais devenu, avec la délicatesse de l'amour, l'intelligence du cœur et la force de l'idée de liberté qu'elle considérait dans les relations comme essentielles !

La référence de l'amour que je représentais s'apparentait à « la possession perpétuelle de ce qui est bon » et selon Platon « un enfantement permanent ».

Ses parents devenaient peu à peu un poids qui n'était atténué sur place que par une grand-mère attentive.

Certaines discussions avec eux l'attristaient, car elles devenaient représentatives des souffrances qu'elle avait vécues en silence l'année précédente.

Aujourd'hui, elle avait le pouvoir de dire « non ».

Mais elle se refusait à leur faire de la peine, alors elle prenait son mal en patience, car bientôt ces réalités disparaîtraient d'elles-mêmes !

### *Le pardon !*

Mireille venait de passer un après-midi au milieu des deux familles. Malgré mon absence, j'étais très présent.

Elle découvrait, ce jour-là, la gentillesse et le grand amour qu'avait ma mère pour ses enfants.

Elle en fut particulièrement émue par la dimension irradiante de celui-ci et de son expression. La déception qu'elle avait eue quelques mois plus tôt s'était éteinte naturellement par continuité du sentiment qu'elle avait toujours eu pour son (ses) enfant(s).

Elle avait dans sa vie toujours eu « le sens du pardon ».

Mireille m'écrivit : « Avec l'amour que ta mère a pour ses enfants, elle a su te pardonner ».

Je me suis interrogé sur le sens d'une telle observation, qui me semblait inadéquate en la circonstance : en décidant d'épouser la jeune fille que j'aimais, je n'avais pas cherché à offenser ma mère le moins du monde et ainsi elle n'avait pas à me pardonner !

Je n'avais commis aucune faute ; je n'avais pas davantage cherché à blesser ma mère !

Je n'avais accompli que ma volonté, dans la liberté la plus totale en communion avec celle de Mireille.

On aurait plutôt pu imaginer que c'était ma mère qui m'avait peut-être offensé, lorsqu'elle me dit sur l'instant de fuir l'amour qui m'animait en restant libre !

Dans ce cas, c'était à moi de pardonner à ma mère en lui disant que je m'étais senti offensé. Je n'avais en réalité rien à lui pardonner, car je comprenais son désarroi passager lié à ses pensées psychique et philosophique réunies en la circonstance.

Soucieuse de me questionner sur le pardon, suite aux réflexions que j'avais pu lui faire, Mireille me demanda si je serais capable de lui pardonner quelque chose un jour.

Elle fit elle-même la réponse avant de connaître la mienne en disant :

« Je pense que ce serait très difficile pour toi ; et si tu étais amené à me pardonner, cela n'aurait que plus de valeur pour moi, si je te demandais un tel sacrifice moral ! »

Dans le cas contraire, dit-elle :

« Si j'étais amenée à devoir te pardonner quelque chose, je pense que je le ferais trop facilement, mais ce ne serait pas aussi salutaire que l'on pourrait le croire ! »

Dans ces réflexions, elle montrait qu'une blessure même légère ne s'efface pas tout à fait, et qu'il faut beaucoup d'amour pour en réduire les effets.

Elle montrait aussi qu'il ne faut pas rester sur le registre du non-dit et qu'il y a nécessité de s'expliquer pour en atténuer la souffrance.

L'inhibition de la douleur serait chez elle la solution salutaire pour faire « son pardon » si elle était offensée un jour par moi !

À la question précise que venait de me poser Mireille, je lui dévoilai le fond de ma pensée en disant :

« Lorsque l'amour existe vraiment, et qu'il est partagé, il reste le pilier autour duquel tout s'agrège ou se défait comme un accroissement ou un décroissement.

Le pardon ou les excuses n'ont plus d'effet sur rien, car ils sont en dessous de l'amour. »

**L'analyse philosophique du pardon** que j'entrepris un peu plus tard compléta ma vision sur la question.

Dans cette situation, il y a un « offensé » et un « offenseur », et celui qui doit pardonner est l'offensé.

L'offenseur ne peut que s'excuser ou demander « à l'offensé » qu'il lui accorde son pardon.

Le pardon est un don ; il est en creux là où le don est en relief et non un droit. Sa matière est la faute inexpiée ou la partie inexpiée de la faute, et c'est donc forcément à l'offensé de pardonner.

La faute peut être morale ou psychologique quand il s'agit de paroles blessantes ou d'offenses sur la personne visée.

Elle peut être un péché : faute contre la loi divine pour un croyant, ou contre la loi des hommes pour un athée ou un agnostique, que l'on dit ignorant parce qu'inaccessible à l'esprit humain, quand il s'agit de valeurs qui sont visées.

« Le pardon aide le devenir à devenir ».

Mais le devenir aide le pardon à pardonner.

Le pardon ne va pas de soi, il n'est pas naturel et change de sens suivant qu'il s'agit de devoir ou de faute.

Pour pardonner, il faut savoir dialoguer, sinon on tombe dans le soliloque du remords ou du regret, en restant planté dans sa douleur morale, avec l'absence du pardon que l'on aurait pu faire !

Je me souviens de ma grande franchise envers la sœur de ma mère : Catherine !

Un jour, j'ai eu l'idée de lui écrire avec une totale franchise à la suite d'un de ses propres courriers qu'elle m'avait adressé au sujet des intentions de mariage de mon cousin Roger. Je devais avoir environ dix-neuf ans.

Il était amoureux d'une jeune fille de son âge qui semblait n'avoir qu'un défaut pour elle : elle était d'origine italienne.

Elle me demandait d'intervenir auprès de lui pour le dissuader de continuer à fréquenter cette fille !

Honoré par tant de confiance, je lui répondis que si mon cousin aimait cette fille, il fallait le laisser décider par lui-même.

Je profitai de cette occasion qu'elle me donnait pour lui écrire bien davantage que la réponse qu'elle attendait de moi.

J'eus alors envie de lui écrire tout ce que je pensais d'elle, en essayant d'être fidèle à ma pensée, sans chercher à lui être désagréable.

Je voulais simplement éviter d'être hypocrite.

Personne dans la famille n'avait osé s'opposer à certains de ses comportements dans le passé, comme dans le présent.

Au contraire, la plupart lui obéissaient, ou se taisaient quand ses manipulations rencontraient de la résistance et que le dialogue était impossible.

Ma conscience était mûre et prête pour l'argumentation objective, alors je voulus lui montrer que désormais ma mère n'était plus seule pour se défendre devant certains de ses agissements.

Ce jour-là, dans mon subconscient, je prenais le relais de mon père !

Je fis son éloge sur de nombreux points et notamment sur son comportement durant la guerre, que j'admirais.

Sur d'autres points, je lui évoquai les souffrances qu'elle avait engendrées volontairement ou non auprès de sa sœur à certaines occasions, après la disparition de mon père, ainsi que les inégalités qui s'étaient produites lors du partage du patrimoine de ses parents.

Jamais elle ne pardonna l'audace d'un tel courrier.

Plusieurs mois plus tard, après avoir édulcoré les faits, j'eus une réponse écrite de mon cousin qui m'indiquait que ma tante était malade depuis le jour où elle avait reçu ma lettre.

Sa maladie était imaginaire ; ma lettre avait réveillé la dualité qu'il y avait en elle, entre la notion de pouvoir au sein de la famille et l'amour qu'elle espérait atteindre en l'exerçant.

J'avais provoqué une maladie de l'âme, que le temps et mon absence effaceraient.

À partir de cet instant, mon cousin devint ainsi son chevalier servile, envers et contre tout.

Elle avait toujours été le contraire de ma mère. Elle était jalouse des bonheurs qui ne venaient pas d'elle et que ma mère incarnait à partir de ses enfants !

Elle avait de l'orgueil pour les succès de mon cousin, alors que son statut aurait dû lui conférer les mêmes satisfactions pour moi, comme pour lui.

Ses jalousies instinctives manquaient de raison !

Elles lui permettaient de donner un sens à sa vie depuis la fin de la guerre, en plaçant son potentiel d'amour sur les deux derniers enfants de sa sœur aînée.

# CHAPITRE XVII

## NOUS PRODUISIONS « DU TEMPS » À PARTIR DE NOMBREUX SUJETS PHILOSOPHIQUES EN COMBINANT L'IMAGINATION ET LE RÉEL

*Cette année d'études « en solo » allait être difficile pour Mireille !*

Il fallait qu'elle s'organisât pour répartir le temps d'étude un peu comme au lycée, afin de consacrer aussi plus d'efforts sur les matières à fort coefficient, comme la philosophie ou l'histoire.

Le découragement la gagnait souvent et le risque de ne pas obtenir son baccalauréat l'angoissait davantage encore, quand la mélancolie l'envahissait, provoquée par mon absence qui était aussi une force qui permettait de mieux focaliser ses sentiments.

Sa volonté de bien faire restait intacte et c'était en elle que je puisais la certitude qu'elle réussirait !

Je la guidais comme je pouvais et sa réceptivité à mes conseils et assistances fortuites me touchait comme un vertige, qui se conjuguait avec l'amour qui l'animait en transcendant sa volonté.

Je n'arrêtais pas de lui dire de ne pas penser une seconde au bac, mais de travailler toutes les matières au maximum de ses possibilités.

Si elle ne devait pas être prête pour le jour fatidique, il fallait principalement que sa conscience puisse lui indiquer qu'elle avait tout fait pour atteindre un bon résultat.

Alors, les chances de réussir étaient réunies.

La chance ou la malchance jouent également un rôle significatif sur le résultat, alors pourquoi s'inquiéter inutilement ?

Plus tard lui disais-je, tu réussiras parfois là où tu pensais échouer et inversement !

La chose principale dans les études, ce n'est pas la note que l'on reçoit mais l'apport de connaissance que l'on acquiert et ce que l'on fera ensuite !

Être raisonnablement optimiste est le meilleur moyen pour adapter ses efforts au résultat que l'on veut obtenir et c'est la seule attitude intelligente qu'il faut avoir !

La venue prochaine d'un enfant l'envahissait d'un plaisir immense.

Elle était confiante dans nos forces, et la sérénité qui m'habitait constamment la rassurait totalement.

Dans les moments de spleen, elle se disait qu'il se pourrait que le bébé n'allât pas à terme et bien d'autres inquiétudes intuitives autant qu'irraisonnées la saisissaient dans ses instants de réflexions.

Alors, elle s'empressait de transférer dans ses nombreuses lettres, devenues quasi quotidiennes, ses interrogations, ses doutes, comme un exutoire que le « médecin amour » allait guérir et qu'il guérissait à chaque fois !

Une lettre suffisait à réduire à néant ses angoisses et l'attente de notre réunion prochaine remettait sans cesse nos espérances au niveau le plus élevé.

Le futur et le présent constituaient un tout dans lequel nous voguions continuellement, comme dans un ensemble énantiotrope. (90)

Le temps représentait la frontière de stabilité comme une constante.

La philosophie lui prenait beaucoup de temps et imposait d'acquérir une rhétorique (91) qu'avec l'absence de professeur il était plus difficile de réussir à atteindre.

Je lui disais qu'il fallait du temps pour savoir bien raisonner sur des sujets philosophiques et que plus elle ferait d'exercices, plus les progrès deviendraient automatiques.

« L'imagination et l'invention » qui étaient son prochain exercice philosophique me mirent un peu à contribution pour émettre quelques idées que je m'empressai de lui transmettre.

Il fallait évidemment s'appuyer sur le cours de philosophie qu'on lui avait adressé et ne pas trop s'en écarter.

Je me lançai cependant à lui donner quelques idées et conseils sans imaginer que je puisse couvrir complètement le sujet, particulièrement riche et vaste.

Il était nécessaire, par une réflexion sur « l'imagination » d'appréhender le concept, et considérer par exemple la notion d'éloignement à la réalité.

L'imagination est productrice d'images qui peuvent soit imiter le réel, soit s'en écarter.

**Platon** considérait que l'image était le plus bas degré de ce qui peut exister et donc le plus bas niveau de connaissance.

Il faut reconnaître que cette vision platonicienne est dépassée aujourd'hui et dans une certaine mesure assez inexacte.

L'imagination trompeuse !

« Entre illusion et imagination, la distance est faible » selon **Spinoza**.

Mais on peut aussi considérer qu'entre l'imagination et un autre futur, il peut exister un lien très fort lorsqu'il y a créativité et volonté pour l'atteindre !

André Breton estimait que l'imagination est ce qui tend à devenir réel !

Il n'est pas faux de croire que l'imagination est proche de la magie ; elle correspond à une révélation intelligente et mystérieuse qui peut modifier le cours des choses et donc finir par modifier le monde réel, telle la magie de l'amour ou de la vie, ou encore la magie d'une intuition qui conduira à une grande découverte !

**Pascal** nous dit que « l'imagination devient maîtresse d'erreurs ou de faussetés ». Elle engendre des illusions.

Dans certains cas, c'est évidemment exact quand, ne connaissant pas grand-chose sur une question, on imagine le reste pour compléter le savoir, alors que seule la connaissance peut prévaloir. Mais l'imagination peut être un guide pour aller vers des certitudes. Mais on peut dire aussi l'inverse.

**Kant** dira dans son ouvrage *La critique de la raison pure* : « l'imaginaire, c'est produire le temps lui-même dans l'appréhension du divers ».

Or, l'appréhension est une synthèse de l'imagination.

L'imagination a le pouvoir, en se combinant au réel ou non, de concevoir des versions nouvelles.

« L'imagination invente une vie nouvelle, un esprit nouveau, avec des yeux nouveaux » selon **Bachelard**.

L'imagination implique un monde inachevé et la nécessité d'en trouver de nouvelles versions. Elle permet le progrès et donne un sens à l'action pour la promulguer.

Je terminerai par cette interrogation : l'imagination est elle unique ou multiple ? La question se pose puisque qu'elle permet de juger, de faire des synthèses, de tromper, de créer ; elle affine la sensibilité. Elle ouvre la voie à de nouveaux univers.

« **L'invention** » quant à elle, peut-elle exister sans l'imagination ?

Ce qui caractérise l'espèce humaine, c'est d'être capable de s'arracher du néant en ayant conscience de ses limites et du caractère inéluctable de sa mort.

L'espèce humaine par sa diversité culturelle et sa recherche nous a montré en ce siècle plus qu'aucun autre les aspects fulgurants de ces découvertes et inventions !

L'univers contient la connaissance que nous recherchons sans cesse, comme un livre qu'il nous suffit d'ouvrir et de lire avec intelligence. Notre terre d'où nous sommes issus contient en elle-même tous les secrets qu'il nous reste à déchiffrer :

N'est étonnant finalement que ce qui n'a pas encore fait l'objet d'un déchiffrage complet, et c'est cela le rôle dévolu à la recherche depuis toujours pour comprendre.

La science s'inscrit dans la perspective de lire le grand livre de l'univers, en référence à Galilée qui révolutionna celui de Copernic, ou d'Einstein avec sa loi sur la relativité, qui décrypta les lois de l'univers.

Et, après Einstein, il faudra bien trouver une autre loi plus complète couvrant l'infiniment petit et l'infiniment grand, répondant au désir de trouver une loi unique et universelle !

L'humain s'invente, se construit sans cesse.

Rien ne va de soi avec l'Homme, puisqu'il oscille constamment entre des contraires, comme une profonde bassesse et une éclatante grandeur !

Mais aussi une absolue bêtise et un génie éclatant, comme une grande bonté altruiste et un tortionnaire à peine imaginable !

Il balance entre la conscience de ses possibilités et l'oubli de cette conscience ! Entre l'esprit le plus exceptionnel et l'animalité la plus nature !

Le peintre **Francis Bacon** disait :

« Donner une structure à la peinture, pour la rendre plus vraie… capter des forces, c'est rendre visible des forces qui ne le sont pas et par conséquent donner à voir ce que la figuration ou la narration sont incapables de montrer ».

Les inventions sont innombrables et évolutives. Elles transforment sans cesse le monde et nos perceptions, elles influent sur notre imaginaire.

On pourrait citer :

- l'invention des pyramides d'Égypte

- l'invention des cathédrales
- l'invention de la voiture
- l'invention de l'avion
- l'invention du cinéma
- l'invention du téléphone
- l'invention de l'électricité
- l'invention de l'art…

La liste serait longue et il est inutile d'aller plus loin. Il faut simplement remarquer que chaque invention n'a pu se produire qu'à partir de la connaissance acquise et agrégée par les hommes à un instant de leur histoire et dans sa diversification.

Je venais à peine de lui adresser mes quelques notes qu'un nouveau sujet la questionnait en philosophie.

« Le temps » :

Le sujet était d'une dimension telle que je préférais lui dire que je « n'avais pas le temps » d'y réfléchir et qu'il valait mieux s'appuyer sur les cours qu'on lui avait adressés et que ma réponse constituait en elle-même déjà un aspect de la question posée.

Je lui adressai cependant un début de réponse pour participer à sa réflexion en citant à titre d'exemple cette pensée de **G. Berger** *(92)* qui différenciait « le temps opératoire du temps existentiel » en disant qu'il faut toujours choisir entre l'un et l'autre.

Notre vie à tous les deux oscillait constamment entre ces deux temps !

**Merleau Ponty,** dans son *Traité sur la phénoménologie (93) de la perception,* disait à peu près ceci :

« Le temps demeure le même parce que le passé est un ancien avenir et un présent récent. Le présent un passé prochain ; l'avenir enfin un présent et même un passé à venir ; c'est-à-dire parce que chaque dimension du temps est traitée ou visée comme autre chose qu'elle-même ».

En philosophant, Mireille me dit que nous devions compter avec le temps, et qu'il serait préférable qu'il « n'existât pas ».

Mais là, elle ne savait pas qu'elle rejoignait la théorie de la relativité qui indique que le temps ne s'écoule pas pour une personne se déplaçant à la vitesse de la lumière dans l'univers : le temps est alors élastique.

« Le temps n'existe pas sans un changement » disait **Saint Augustin.**

Il est en fait la seule chose qui bouge dans un ensemble immuable. Le passé ne fait que s'agrandir et le futur ne fait que se réduire. Quant au présent impalpable, il fait bouger la ligne de partage entre le passé et le futur.

Si Aristote imagine à son époque que le temps est la mesure du mouvement sans préciser lequel, il aurait pu rejoindre ma réflexion précédente s'il avait vécu à notre siècle.

Quant à **Shakespeare**, il pensait que le temps n'avait pas la même allure pour tout le monde, mais il n'expliquait pas pourquoi !

Il est vrai qu'on n'a pas la même appréhension du temps selon que l'on est actif, ou au contraire en situation de contemplation. Ne rien faire est à coup sûr un excellent moyen pour observer le temps défiler devant nous, alors qu'une superbe activité nous le fait oublier totalement !

L'effet du temps a une cause qui le précède.

Mais si l'effet précède la cause ?

Alors, la science aura remis en cause les lois sur la vitesse d'un photon de lumière et trouvé une autre particule inverse qui lui est supérieure !

Ne serait-ce pas l'avenir qui reviendrait en arrière et alors l'enfant qui me posait la question il y a quelque temps n'aurait-il pas devancé tous les savants du monde, avant que la physique ne le démontre, grâce à son imagination, ou à sa capacité à poser des questions ?

Existe-t-il des limites à nos connaissances ?

Oui et non !

**Oui** : dans la mesure où l'on ne pourra pas dépasser la connaissance induite dans l'univers jusqu'à la création des formes de vie potentiellement existantes.

**Non** : dans la mesure où atteindre la connaissance ultime conduirait à ce que l'homme devienne Dieu lui-même !

Le temps, toujours le temps, y répondra peut-être un jour. Un présent et un futur emprisonnés dans une bulle avec le temps les séparant, « constant et fixe », jusqu'à ce qu'il y ait un changement d'état !

Le temps ne s'écoulait pas.

# Un mannequin de circonstance m'assista pour concevoir mon premier cadeau de Noël à ma jeune épouse !

Le dernier mois de l'année 1962 était représentatif de notre existence tout au long de cette deuxième année à Brest et de cette première année de couple.

Mireille et moi étions dans l'espérance de nous retrouver pour deux semaines, comme un couple classique lorsqu'ils se sont mariés et qu'ils vivent le plus naturellement du monde « ensemble » !

Il était essentiel que nous puissions disposer dans l'indépendance la plus totale d'un lieu bien à nous, où nous pourrions passer nos vacances prochaines !

Après diverses péripéties, nous finîmes grâce à l'efficacité de ma sœur Nicole par trouver une chambre dans l'appartement d'une de ses amies, Liliane, qui se faisait une joie de faire plaisir à ce jeune couple.

J'avais rencontré une fois Liliane en étant allé avec ma sœur écouter de la musique tout un après-midi alors qu'elle venait de se marier.

Les difficultés d'un jeune couple, elle devait les avoir connues avant nous, ce qui la rendait plus solidaire encore ! Il y avait bien la possibilité d'aller à l'hôtel, mais cela était plus impersonnel et bien plus cher pour nos moyens financiers d'étudiants.

Lorsque j'appris que notre problème de logement pour les vacances était résolu, je venais de passer avec ma promotion toute une journée sur un bâtiment de guerre !

« Le porte-avions Foch » (94).

Il allait devenir le fleuron de notre marine pour les décennies à venir et nous allions assister aux derniers préparatifs avant qu'il ne soit mis au service actif quelques mois plus tard.

La visite effectuée s'était scindée en deux parties : l'une portant sur tous les aspects militaires et logistiques et la deuxième sur les aspects techniques de dernière génération principalement.

À la fin de la visite, le futur commandant nous fit un petit discours de sympathie pour notre École d'Ingénieurs, qui fut suivi d'une petite collation amicale.

La cause « du plaisir immense » qui parcourait Mireille deux semaines avant Noël était en elle !

Des signes d'existence, comme une terre qui sursaute sous les effets de la nature créatrice, se manifestaient par intermittence pour indiquer qu'elle n'était plus seule !

Un enfant allait apparaître en même temps que l'éveil du printemps.

J'avais pronostiqué une fille !

Mireille me disait depuis peu que les sursauts imperceptibles qu'elle ressentait de plus en plus souvent étaient un signe :

« Elle veut te dire bonjour mon chéri, en se manifestant à moi afin que je n'oublie pas de te le dire ».

Mon retour imminent de Brest me mettait dans un état de fibrillation et d'agitation, comme un acteur dans les moments qui précèdent le spectacle !

La pièce qui allait se dérouler avec sa partenaire prenait une dimension exceptionnelle, puisqu'elle n'avait jamais été vécue auparavant.

Notre expérience allait ainsi devenir transcendantale pour notre vie future. (95)

Elle allait débuter sur la musique du poème de Rimbaud *Rêvé pour l'hiver* :

« L'hiver, nous irons dans un petit wagon rose

Avec des coussins bleus.

Nous serons bien. Un nid de baisers fous repose

Dans chaque coin moelleux. »

Une première surprise que je réussis à faire fut de modifier la date « de la pièce » en la programmant un jour plus tôt que prévu et en l'annonçant par un télégramme :

« Arrive mercredi 14 heures au lieu de jeudi. Mille baisers ».

J'avais souhaité que Mireille se rende dans « notre nid d'hiver » un jour avant mon arrivée, mais la modification que je faisais à la dernière minute modifia un peu ce plan pour accomplir « le premier étonnement » du séjour !

À la descente du train, une image floue que je vis au loin devenait de plus en plus précise, au fur et à mesure que je m'avançais.

Comme dans un rêve, le sourire de l'actrice avec laquelle j'allais donner la réplique durant les deux semaines à venir diffusait un tel rayonnement qu'avec tout son talent, Léonard de Vinci lui-même, n'aurait pas réussi à la peindre !

Durant des minutes nous n'avions pas besoin de parler.

Le silence de nos voix suffisait à nous raconter ce que nous ressentions. Cet intermède était nécessaire pour passer du monde imaginaire de nos pensées écrites, à celui réel du présent bien vivant qui nous permettait de bouger ensemble en piétinant le même sol !

Véhiculé par ma sœur, nous allions nous installer chez Liliane, oubliant tout, mais oublieux de personne.

Notre logeuse nous accueillit chaleureusement en nous mettant à l'aise et en nous invitant à faire comme si c'était nous qui l'hébergions pour quelque temps !

C'était la mise en condition par excellence !

Le soir même, nous étions invités chez les parents de Mireille comme si nous étions ensemble depuis toujours.

Nous avions réussi à provoquer en quelques mois une révolution intellectuelle et comportementale auprès de la plupart des personnes qui nous aimaient ou qui nous connaissaient !

Notre amour irradiait une telle chaleur que tout fondait en s'en approchant.

La Lorraine était ensevelie sous la neige et le froid était glacial. Les routes étaient devenues verglaçantes la veille de Noël, nous obligeant à de nombreux déplacements à pied, les chaussures emmitouflées dans des bas de laine pour ne pas tomber.

Je portais une attention accrue sur chaque geste de la femme enceinte que je tenais par le bras, pour lui éviter de risquer de revenir au stade de la jeune fille qu'elle avait été.

D'une certaine façon, la nuit de Noël ressemblerait aux rêves de l'imagerie populaire, rajoutant à la beauté du jour le merveilleux de notre présent !

Le soir du réveillon, nous allâmes en famille à la messe de Noël : nous ressentîmes tous les deux en même temps un phénomène de sérénité et d'apaisement d'une extrême intensité. Les contraintes et contretemps du passé s'étaient évanouis.

La cérémonie de Noël qui représentait la naissance du Christ précédait l'autre naissance que nous attendions pour les mois à venir avec une intense espérance !

Ce fut un Noël comme aucun autre dans le passé et le futur !

Comme pour la première fois, je ressentis que s'opérait une symbiose entre « la vie, la pensée et l'amour » Une impression de premier baiser, favorisant un climat de plénitude !

« La seconde surprise » se déroula à l'ouverture des cadeaux qui avaient été déposés au pied du sapin de Noël.

C'était aussi le premier cadeau significatif que j'offrais à ma jeune épouse.

Dans le mois qui avait précédé les vacances, je me demandais bien ce que j'allais pouvoir lui offrir.

J'eus alors cette idée difficile à mettre en œuvre, en décidant d'acheter deux robes de soirées représentatives l'une : « de la nuit » et l'autre « de l'ensoleillement du jour ».

La robe « de la nuit » était en taffetas noir avec des accessoires bleu nuit.

La robe « de l'ensoleillement du jour » était d'un jaune soutenu parsemé d'étoiles scintillantes.

Dans les deux cas, ce genre de robe n'était utilisable qu'à de rares occasions, en soirée ou pour des événements où il valait mieux être paré de ses plus beaux atours !

J'eus l'idée de me mettre à la recherche d'une jeune fille dont la silhouette pouvait être très proche de celle de Mireille et qui jouerait le rôle de mannequin, le temps d'un essayage mais aussi d'une recherche dans les magasins de style situés à Brest.

Ainsi, je mis mon projet à exécution en allant fouiner dans les principales boutiques pour femmes, à la recherche de ce que j'avais dessiné dans mon imaginaire !

J'observais aussi au restaurant universitaire les filles sur lesquelles j'allai jeter mon dévolu étonnant, mais là, pour cette circonstance, je préférais donner l'impression d'un jeune homme à paradoxes plutôt qu'ayant des préjugés !

Je fis assez rapidement la connaissance d'une jeune étudiante qui me connaissait, mais que je n'avais jamais rencontrée auparavant.

Elle pensait peut-être que j'avais quelques intentions de séduction, mais d'emblée je lui fis part de mon projet un peu insensé.

Il ne me fallut pas plus d'une demi-heure pour la faire adhérer à mes folies amoureuses et elle accepta de m'accompagner la semaine suivante dans mes recherches pour effectuer les divers essayages au fur et à mesure de mes choix successifs.

Elle devait avoir les mensurations de Mireille et il fallait que je m'en assure en lui posant les questions nécessaires, ce à quoi elle se plia avec un rien de plaisir complice qui m'étonna et m'enchanta.

Elle s'appelait Guénolé. C'était une bretonne bien sympathique qui venait de débuter ses études à la faculté de lettres, mais cela n'avait pas d'importance.

Après avoir obtenu ses mensurations, il fallait que je puisse faire une comparaison.

Alors, feignant de m'intéresser à la métamorphose en cours de Mireille, je lui demandai aussitôt par courrier : son tour de poitrine, le tour de taille et le tour de hanche qu'elle pouvait avoir après ces quelques mois de grossesse. Pour le reste, je connaissais grosso modo les réponses.

J'imaginais bien la taille et les mensurations académiques du personnage qui occupait mes pensées, mais là, le centimètre d'écart avait son importance. Une grande inconnue venait s'y rajouter avec les transformations en cours au niveau de la taille de la silhouette de mes rêves !

Après deux semaines de recherches et d'essayages successifs avec mon mannequin de circonstance ou présenté comme tel, ce qui ne manqua pas de faire sourire les vendeuses avec une certaine complaisance amusée.

Finalement, je finis par réussir à trouver exactement ce que je recherchais dans deux magasins différents.

Les essayages furent rapidement concluants, en dehors de quelques retouches au niveau de la longueur et de la poitrine qui s'avéraient nécessaires.

De plus, par précaution, il fallait considérer que la poitrine était probablement plus abondante et que la taille, surtout, allait être un peu différente.

L'addition fut plutôt confortable, car elle épuisait mes économies effectuées à partir des cours que je donnais et il fallut que j'y rajoute à peu près le budget de nourriture du mois de janvier pour couvrir l'ensemble.

**Je n'avais pas une vie d'étudiant difficile sur le plan financier.**

J'avais réussi parfaitement à adapter mes recettes à mes dépenses et l'inverse.

Ma gestion était ainsi parfaitement adaptée à ma situation.

Je concentrais en particulier mes dépenses sur ce qui était foncièrement utile.

Mes revenus *(96)* dépendaient d'une bourse d'études, complétée par les cours que je donnais et les stages ou missions d'été que je m'imposais.

La dépense un peu folle que je venais d'accomplir avec un plaisir indicible devait être au moins, s'il en était, un pâle reflet de l'amour qui m'envahissait.

Je savais que je trouverais les solutions qui permettraient de redresser ma trésorerie progressivement, quitte à n'envisager qu'un seul repas par jour pour quelques semaines, mais tout cela était sorti de mes préoccupations et n'était que quantité purement négligeable.

Avant d'ouvrir ses deux cadeaux, Mireille me regarda d'un air tendre et dubitatif !

Elle venait de recevoir les plus belles robes qu'elle n'avait jamais eues et qui soulignaient peut-être ce que serait sa vie lorsqu'avec plus de moyens je terminerais mes études et elle les siennes !

La surprise passée, elle se mit à essayer chaque robe.

Il fallait se rendre à l'évidence : la petite bretonne et mon intuition avaient réussi à identifier la silhouette de ma jeune épouse à la perfection.

Elle me demanda comment j'avais pu choisir et obtenir un résultat aussi impeccable ! Je lui racontai alors mon histoire.

Elle garda sur elle la robe de jour « dans les tons jaunes, parée de broderies et d'étoiles » qui était peut-être plus appropriée, jusqu'à la fin de la soirée de réveillon, puis nous retournâmes vers notre demeure d'un temps, un peu après minuit.

**Les journées qui allaient suivre** entre Noël et le dernier jour de l'année se déroulaient un peu comme si nous étions venus en visite dans nos deux familles respectives pour les vacances !

Les déjeuners et dîners se déroulaient chez les uns et les autres et nous jouions de bonheur avec un plaisir non dissimulé.

Nous eûmes l'occasion de voir de courts instants certaines personnes qui étaient venues au mariage et d'autres que nous rencontrions au hasard de nos brèves promenades qui étaient plus que limitées en raison du grand froid qui sévissait sur la région !

# CHAPITRE XVII

La surprise fut grande d'être invités chez ma tante Catherine pour prendre le thé.

Elle avait préféré ne pas venir à notre mariage, en déléguant la présence de ma cousine Marie-Louise, qui de toute façon avait elle-même été invitée.

Elle avait prétexté lâchement qu'elle ne pouvait venir parce qu'elle était malade, comme elle l'avait été si souvent dans sa vie chaque fois qu'une situation lui donnait l'impression de perdre son identité, autrement dit lorsqu'elle était confrontée à ce qui était en écart avec ses croyances les plus absurdes !

Nous reçûmes avec un peu de retard, son cadeau de mariage qui avait dû faire l'objet de nombreuses hésitations et réflexions avec sa conscience depuis les deux mois qui nous séparaient de l'événement.

Ainsi, elle nous offrit une boite de chocolats de la meilleure pâtisserie de Thionville et une enveloppe que nous avons eu la pudeur de ne pas ouvrir sur l'instant, qui comprenait un billet de cinquante francs de l'époque, soit en valeur d'aujourd'hui un peu plus de soixante euros.

Quand on se rappelle la malversation qui se produisit environ dix ans plus tôt, lors du partage des biens de mes grands-parents et qui eut pour conséquence de ruiner pratiquement de moitié le patrimoine de ma pauvre mère !

On peut rester pour le moins perplexe sur les sentiments nouveaux de ma tante ce jour-là !

Nous avions le loisir de laisser nos esprits vagabonder à recomposer le monde idéal dans lequel on souhaitait « exister », avec la grandeur et la candeur de notre jeunesse !

Un sujet, dont Mireille me parlait dans ses lettres en vue de l'aider à faire une dissertation de français, fut abordé pour une fois de vive voix au lieu de passer par l'écrit.

Il s'agissait d'une question inspirée de l'œuvre de François Mauriac, écrite en 1932.

### Thérèse Desqueyroux

L'objet de la dissertation était : « Pourquoi Thérèse Desqueyroux a-t-elle voulu empoisonner son mari » ?

Assis au salon de l'appartement de notre hôte, nous prenions le thé pour accompagner notre débat :

La discussion s'amorça rapidement.

Mireille me demanda de commencer et nous passâmes environ une heure sur le sujet.

Comme une élève studieuse, elle prenait des notes sur mes réponses et moi, pour l'aider, je prenais des notes sur ses propres observations.

En préambule, je dis que le sujet tel qu'il était posé était déjà une affirmation de la culpabilité de Thérèse et que c'était justement la réflexion qui restait à faire sans rien affirmer a priori !

À vrai dire, je crois que Thérèse n'a pas voulu tuer Bernard son mari : c'est en observant l'état dans lequel il était un jour, après avoir pris une dose d'arsenic trop forte, que l'idée a peut-être germé dans son esprit comme une possibilité à poursuivre !

Mireille : « Thérèse avait observé qu'il n'était pas bien après une prise double de sa dose de médicament pour soigner sa maladie cardiaque et ce jour-là, elle eut l'idée de l'empoisonner. »

Moi : « L'idée de mettre une dose plus forte d'arsenic dans le verre de Bernard « son mari » lui est venue le jour où eut lieu un incendie de forêt. Elle s'est probablement dit que cela pourrait avoir des conséquences sans qu'elle ait vraiment pris conscience clairement qu'elle voulait le faire disparaître ! »

Mireille : « Le personnage du mari est infect. D'une grande indifférence envers sa femme ; elle aura malgré tout une fille avec lui, Anne. Thérèse constatait que Bernard s'occupait plus de sa fille que d'elle-même. »

Moi : « Oui ! Et la conséquence fut que Thérèse finit par délaisser sa fille ! »

Mireille : « Le mari est incapable d'aimer, il ne fait que désespérer sa femme qui perd tout espoir. Un rien, un geste de lui, et elle devient heureuse et tout peut alors recommencer. Il se tait toujours ; en sortant du café, rien !

Ou plutôt si, il dit : « les boissons sont payées ! »

Cette femme avait un grand besoin d'amour. Il ne se passe rien entre eux. »

Moi : « Le mari de Thérèse était un homme rangé, parfois plein de vie que celle intérieure ne contrariait pas. Sa vie était sans fantaisie, elle était tracée. Pendant ce temps, sa femme délaissée pensait au bonheur, à sa vie, et désirait vivre ! »

Mireille : « Un tel homme pousse à la révolte et pourquoi pas au crime ! »

Moi : « Thérèse avait besoin de voir son mari souffrir, lui qui ne souffrait que de sa maladie, quand elle souffre de l'âme et de la vie qu'elle a avec lui. »

Mireille : « Un ménage sans amour, une vie quotidienne sans attrait, dont le seul lien était de dire : je suis marié ! Lui, très loin spirituellement de sa femme ! »

Moi : « On découvre un homme qui marche droit, qui ne s'arrête pas sur un problème de sentiment.
Sa vie est axée sur la nécessité de conserver un certain esprit familial. En fait, c'est un hypocrite quand il s'agit de préserver l'honneur familial. On peut se demander lequel ? »

Mireille : « Thérèse, dans cette atmosphère, étouffe : elle a besoin de liberté. Elle veut fuir et découvre chez la demi-sœur de Bernard un peu ce qu'elle recherche. »

Moi : « Le roman est écrit en regardant le passé à des époques variables, induisant une réflexion de type « auto psychanalytique » par Thérèse.
Elle analyse ses sentiments sans arrêt.
On peut y trouver en cela la réponse de Thérèse sur son propre acte de façon implicite. Responsable ou coupable !
À mon avis, sa conscience lui induit une responsabilité mais pas de culpabilité au regard de ce qu'elle endure depuis des années !
La justice tranchera d'ailleurs par un « non-lieu » : c'est la première phrase du livre !
L'avocat ouvrit la porte : non-lieu !
Thérèse, dans ce couloir dérobé du palais de justice, sentit sur sa face la brume et profondément l'aspira.

Après le jugement et le retour à la maison avec Bernard, elle découvrira que lui son mari a « jugé » et décidé de condamner sa femme. Il la fera vivre des années un véritable calvaire.

Elle sera punie en étant enfermée dans sa chambre et privée de sa fille à vie.

Elle vivra un véritable enfer durant de nombreuses années et passera son temps à lire, boire, fumer, dans un dénuement physique et moral terrible.

Finalement, en voyant son état pitoyable son mari finira par lui donner sa liberté en la laissant partir. »

Nous étions satisfaits de notre travail de réflexion en commun. Ma chère épouse avait tous les éléments pour faire un bon devoir.

Cet effort commun fut couronné d'un tendre baiser qui n'était pas épistolaire pour une fois !

Mireille, en imaginant jouer le rôle de Thérèse, fit les commentaires suivants, montrant sa révolte de femme au nom de l'amour et du respect que l'on doit à l'autre.

« Par contre, je n'aurais pas agi inconsciemment » me dit-elle !

« Au contraire, j'aurais agi en sachant ce que je faisais.

Par haine froide pour mon mari, je l'aurais regardé verser sa dose deux fois sans sourciller. Ce personnage est nul et rustre et ne doit avoir aucune idée de ce que signifie le verbe aimer. »

# CHAPITRE XVIII

## L'ANNÉE QUI FUT CELLE DU TOURNANT DE MA VIE SE TERMINA EN APOTHÉOSE !

### *Une nuit de Saint Sylvestre qui fut un moment de plaisir !*

Nous étions transplantés dans un réveillon, où la bourgeoisie thionvilloise avait décidé de se retrouver ce soir-là pour finir l'année.

Jeunes, moins jeunes, ou plus âgés se trouvaient réunis pour festoyer agréablement, en tournant la page de l'année 1962.

Repas de réveillon et danses faisaient naturellement partie de la fête avec l'animation d'un orchestre local.

Le réveillon se déroula dans « la salle des capitulaires » *(97)* du Beffroi qui appartenait à la mairie.

Le repas était assuré par le restaurant du Crocodile, situé juste en face et donc à l'endroit où nous avions effectué notre repas de mariage.

La salle était utilisée à l'époque carolingienne par Charlemagne pour y signer ses capitulaires, autrement dit il s'y établissait les ordonnances et les lois de l'Empire.

On imaginera aisément que la salle, ayant un tel caractère historique, ne faisait qu'accroître la qualité du lieu pour notre premier réveillon !

Mille cinquante-sept années auparavant, nous aurions pu festoyer parmi la cour de l'empereur Charlemagne !

Nous n'aurions pas échangé notre place pour autant « si d'un coup de baguette magique » nous avions pu faire un tel voyage à travers le temps !

Il n'était pas certain que nous puissions nous offrir cette soirée de réveillon qui nous faisait envie !

Nous avions parlé de nos hésitations toutes financières lors d'un déjeuner en présence de la grand-mère de Mireille *(98)*, si bien que, devant notre indécision pour effectuer les réservations, ce fut elle qui décida pour nous **de la troisième surprise**, en nous offrant en cadeau la soirée de réveillon.

Il est vrai qu'elle avait depuis longtemps une tendresse particulière pour sa petite-fille et le mari qu'elle avait su choisir était loin de lui déplaire. Dans les conversations que nous avions sur les sujets du moment, elle avait été souvent une alliée inconditionnelle sur pratiquement tout et cette magnanimité lui est restée jusqu'à sa disparition, de nombreuses années plus tard !

Mireille porta pour l'occasion la deuxième robe de son cadeau de Noël, « celle du soir, en taffetas noir, avec des paillettes brodées ».

J'étais fier de la voir à mes côtés, resplendissante et heureuse !

Bien qu'à mi-parcours, sa grossesse ne se voyait pas, préservant de façon étonnante son aspect juvénile.

Toutes les coiffures lui allaient à merveille !

Pour le réveillon, elle avait voulu maîtriser sa chevelure sauvage en un chignon indéfinissable de finesse et de justesse, qui donnait l'impression qu'elle avait perdu sa longue chevelure comme dans un tour de magie !

C'était d'ailleurs une experte en ce domaine.

Notre naïveté apparente au début de la soirée se manifesta au moment où le sommelier vint à notre table pour nous faire choisir les consommations.

Pris au dépourvu, nous commandâmes une bouteille d'eau gazeuse sans regarder la carte, comme si le prix d'une simple bouteille d'eau allait pouvoir mettre en péril nos finances en cet instant de plaisir !

Le sommelier reviendrait de toute façon un peu plus tard !

Lorsque ce fut le cas et que nous nous mîmes à regarder la carte, notre surprise fut aussi grande que notre déception d'avoir choisi une eau quasiment aussi chère que le champagne.

Mais il était trop tard pour revenir en arrière !

Les convives voisins ne pouvaient pas supposer que nous avions choisi une eau par mesure d'économie en la circonstance, mais ils s'imaginèrent peut-être que nous faisions partie de ces nouveaux jeunes, dont la sobriété était exemplaire.

Le repas était de qualité avec pour entrée un nid d'hirondelle farci de crevettes, puis suivi d'un demi-homard qui nécessitait quelque adresse : je fus obligé de venir au secours de Mireille qui éprouvait quelques difficultés avec les pattes du crustacé.

Vint ensuite un lapereau, qu'il avait dû être difficile d'attraper en cette saison hivernale.

Pour finir, un foie gras truffé et ensuite un dessert composé de glace, d'amandes et d'une pâte légère noyée dans un coulis de framboise.

Je regrettais d'avoir absorbé un peu trop rapidement mon dessert, car Mireille ne se serait certainement pas privée pour m'accompagner dans ce domaine !

Je découvrais à quel point elle était gourmande, comme de la vie d'ailleurs !

Nous ne pouvions passer cette soirée sans danser sur l'air qui avait accompagné nos premiers pas : « Verte campagne ».

Il fallut en faire la demande auprès du responsable de l'orchestre, lequel se fit un plaisir d'accepter.

Lorsque le slow débuta et que nous nous regardâmes, Mireille se leva sans produire un désastre comme la première fois et nous allâmes sur la piste de danse, comme si l'auteur l'avait imaginé pour nous depuis toujours !

*Dans le train qui m'emportait vers Brest, je me laissais aller à faire la rétrospective de l'année qui venait de passer pour faire partie de « l'Histoire de France » et de la mienne !*

Les vœux du président de la République avaient ranimé en moi les principaux mouvements étudiants de l'année, qui visaient à clore l'affaire algérienne et dont de Gaulle avait enfin fini par réussir à nous débarrasser.

Le soir du 31 décembre 1962, juste avant de partir à notre réveillon, je l'écoutai attentivement ; il dit à peu près ceci :

« Nous achevons une année qui a, dans le bon sens, marqué le destin de la France... À chacun de vous, mes meilleurs vœux de nouvel an. Et puis, en notre nom à tous, je forme pour la France le souhait immémorial que l'année soit heureuse.

Le progrès est aujourd'hui notre ambition nationale... car le temps est venu où, sans tomber dans l'outrecuidance, nous devons regarder loin et viser haut... »

Au cours des huit années précédentes le père de Mireille avait souvent été absent : il avait dû accomplir son devoir à travers le corps de la gendarmerie mobile dont il faisait partie.

À de rares occasions, Mireille m'indiquait qu'elle n'avait pas réussi à s'entendre avec son père.

Il avait du mal à la comprendre, mais elle lui conservait naturellement tout son respect de fille auquel il avait droit !

Son père aimait profondément sa femme.

Lors des séjours de retour, il fallait bien qu'il montre sa personnalité et le rôle qui était le sien, face à ses deux filles qu'il adorait et qui grandissaient sans qu'il s'en aperçût.

L'autorité avait été assurée par son épouse ; il ne lui restait alors plus qu'à jouer des rôles qu'il avait parfois du mal à imaginer et quand il exprimait une certaine autorité il se heurtait à la réaction de ses enfants, comme à celle de son épouse !

Chaque année depuis 1954, les jeunes Français en âge d'être incorporés avaient eu une épée de Damoclès au dessus de leurs têtes, avec cette guerre qui n'en finissait pas !

Les enfants de la nation avaient été à tour de rôle, pour une grande partie d'entre eux, faire en Algérie une pacification impossible.

Notre république, arc-boutée sur des positions erronées de pacification pendant près de huit ans, avait finalement grâce à la fermeté du général de Gaulle, réussi à y mettre fin par la seule voie possible : c'est-à-dire par le dialogue !

Le fameux « je vous ai compris », prononcé par le Général lors d'un discours en Algérie devant une foule en délire, fut suffisamment ambigu s'il en est ! Il donna sa véritable signification, quelques années plus tard, avec les accords de paix.

L'histoire, la grande histoire de la France, que ma vie personnelle semblait oublier, se poursuivait donc inexorablement.

La guerre d'Algérie s'était terminée. Mais beaucoup d'événements marqueront encore cette année 1962, avant que le climat national ne s'apaise.

Le 1er juillet 1962, le scrutin d'autodétermination concluait à l'indépendance de l'Algérie en ratifiant les accords d'Évian qui avaient mis fin à la guerre quelques mois plus tôt.

**La lettre du général de Gaulle du 3 juillet 1962,** adressée au président de l'exécutif provisoire de l'état algérien, Abderrahmane Farés, concluait en ces termes l'indépendance de l'Algérie :

« La France a pris acte des résultats du scrutin d'autodétermination du 1er

juillet 1962, et la mise en vigueur des déclarations du 19 mars 1962.Elle a reconnu l'indépendance de l'Algérie.

En conséquence... les compétences afférentes à la souveraineté du territoire
des anciens départements français d'Algérie sont, à compter de ce jour, transférées à l'exécutif provisoire de l'état algérien...»

En Algérie, c'était l'exode vers la France : sept mille pieds noirs quittaient
le pays chaque jour.

Depuis le 22 avril 1961, l'O.A.S. avec ce « quarteron de généraux en retraite »
(Salan, Challe, Jouhaud, Zeller, suivant la formule du général de Gaulle) abat-
tait ses dernières cartes pour une Algérie française.

Les attentats se poursuivaient et frappaient un peu partout, telle une bête
blessée à mort qui sortait encore ses griffes.

La tête de l'O.A.S. a été progressivement décapitée jusqu'à ce que Salan soit
arrêté le 20 avril 1962.

Malgré un effritement significatif du mouvement pour l'Algérie française,
des groupes extrémistes poursuivaient leurs actions.

On voulait abattre le président de la République.

L'attentat manqué de justesse du petit Clamart, le 22 août 1962, fut le début
définitif de la fin des drames ! *(99)*

De Gaulle, comme vingt ans plus tôt, représentait une nouvelle fois le destin
de la France.

Les opposants finirent par se rallier, à bout d'arguments.

Face à la médiocrité des politiciens, seul face à la peur des uns, à la violence
des autres, il poursuivra sa route dans la solitude dont il tira toujours toute sa
force et son orgueil, qui sont aussi la conscience de la France.

Il avance fataliste !

Maître du futur de notre Histoire et de celle plus petite, la nôtre, celle de
chaque français !

Il deviendra contre toutes les oppositions, le premier président de la Cinquième République française. *(100)*

Après dissolution de l'Assemblée nationale, les scrutins des 18 et 25 novembre provoquèrent un « raz de marée » gaulliste avec 32 % pour l'U.N.R. et la
majorité quasi absolue des sièges, un score jusqu'alors jamais franchi dans
l'histoire parlementaire de la France pour un parti.

Le général disposait des moyens pour mener une politique « de grandeur » pour la France !

Il a 72 ans. Il règne sans rival en ce début d'année 1963.

Il lui reste sept années à vivre, et de pouvoir un peu moins car rejeté au référendum du 27 avril 1969 avec « le non » qui l'emporta avec 53 % des suffrages exprimés.

Scrutin dont le but n'était que d'accomplir une réforme de décentralisation des institutions qui ne méritait pas un tel enjeu de rupture avec celui qui avait incarné la France depuis le 18 juin 1940. Sa légende pouvait alors commencer !

**Pour Mireille et moi, l'année 1962 se terminait dans l'apothéose !**

Les rêves les plus insensés s'étaient réalisés : cette année devenait le tournant de ma vie.

J'avais fini de grandir pour devenir un homme qui allait bâtir sa vie en tenant compte de l'être qui allait désormais m'accompagner pour l'accomplir.

La poursuite réussie de mes études et de mes activités étudiantes venait compléter l'impression de plénitude qui m'enveloppait.

Mireille montrait le trinôme de ses forces, composé de volonté, de douceur et de sensibilité.

L'amour, la confiance, et le plaisir de devenir bientôt mère, venaient compléter son état d'esprit.

En allant voir juste après mon départ un film : *Les blouses blanches (101),* elle pleura d'émotion tout au long de la séance : l'histoire se passe dans un hôpital où l'on assiste à un accouchement prématuré d'un nourrisson qui lutte pour vivre et que l'équipe médicale réussira à sauver !

Le parallèle qu'elle devait faire avec sa propre situation était inévitable !

La seule ombre apparente était la contrainte impérative de nos nombreuses séparations.

Cependant nos lettres, d'une fréquence digne des plus beaux romans et histoires d'amour, permirent de mieux nous connaître, mieux nous comprendre, mieux donner à l'autre en faisant grandir une confiance réciproque qui s'avérera de nombreuses années plus tard inaliénable !

Et une force pour la vie d'un couple !

La matérialité de la distance était devenue immatérielle.

Mireille résuma cette impression en relatant l'effet qui venait de lui apparaître à l'instant où le train s'éloignait en ne devenant plus qu'un point imperceptible !

« Il me semble que mon cœur est sorti de moi, créant un grand vide qui ne se comblera qu'au prochain retour… ma vie est partie avec toi, et je sais que tu me la rendras dès que tu le pourras ».

Cette merveilleuse féminité était sans cesse en recherche de progrès pour atteindre la perfection, non d'un point de vue narcissique, *(102)* mais pour l'homme qu'elle aimait !

Mais aussi pour l'idée qui se forgeait en elle de sens moral, qu'elle donnait à sa vie en étant à mes côtés !

Nous étions chacun un miroir pour l'autre et le reflet qu'on y voyait, poussait à l'inspiration !

Je savais quant à moi qu'un peu plus tard, lorsque je serais dans la solitude de ma chambre, ma pensée serait continuellement orientée vers cette lumière qui illuminait mon esprit.

Je me comparais un instant, comme dans l'histoire de ce film que je venais de voir, *L'île nue* où un couple japonais vivait sur une île minuscule et déserte, luttant pour survivre, sans paroles, cultivant à grand-peine le blé qui sera leur nourriture avec d'autres subterfuges ! *(103)*

### *Les vacances que nous venions de passer à Noël me conduisaient souvent à la rêverie en me remémorant certains moments !*

Elle avait la tête sur mon épaule et nos esprits se laissaient glisser dans une douce musique en écoutant *Rêve d'amour*.

**Mireille me racontait alors cette histoire :**

« Imagine, me dit-elle, que nous soyons en promenade à la montagne et qu'à un moment je me retrouve devant une crevasse difficile à franchir alors que toi tu es déjà de l'autre côté depuis longtemps !

Moi je suis devant le précipice et en regardant je suis envahie par le vertige.

Je suis là, perplexe, comme figée dans ma peur irraisonnée.

Il suffirait d'avoir un peu de courage ou de fermer les yeux et que dans un élan, je puisse me lancer vers toi qui m'attends !

Pourtant, tu m'encourages avec une patience et une tendresse qui me bouleversent et je ne bouge pas !

Je sais que si, avec toute mon ardeur, je me décidais à faire le pas, j'y réussirais ! Je me suis déjà trouvée dans des situations semblables et après avoir hésité, je me suis lancée en avant, la tête la première.

Je constatais alors que le résultat était souvent positif et que ce n'était pas aussi difficile qu'il y paraissait. Ensuite après m'être lancée, je finissais par regretter de ne pas l'avoir fait plus tôt » !

Il m'arrivait quelques fois de pousser Mireille à prendre des attitudes ou de faire des actions dont elle n'avait pas toujours toute la maturité, l'expérience ou même simplement l'audace.

J'étais le plus souvent convaincu que c'était principalement lié à sa jeunesse et en partie à un certain manque de confiance en soi, ou bien encore que cela relevait d'une modestie trop affirmée.

Alors, je m'ingéniais à essayer de lui transférer ma philosophie, en lui apprenant à « oser » pour que ses propres talents puissent s'épanouir sans contrainte et sans retenue.

C'est en présence d'une de ces circonstances qu'elle eut envie de me raconter cette histoire de précipice !

Un réflexe instinctif l'animait souvent à commencer par : « dire non » !

Ce qui caractérisait assez bien l'attitude qu'elle avait au départ dans de nombreuses situations.

Je découvris ainsi peu à peu que c'était en réalité une invitation à la discussion, comme un jeu, pour éclairer le sujet avant de prendre une décision ! Cette philosophie « du non » permet en fait de progresser par la « négative » en invitant à la remise en question permanente des postulats de départ.

En science sans « le non » quels progrès aurait fait l'humanité ?

On peut dire « non » quand on ne veut pas absolument, mais on peut le dire aussi pour progresser, comme on vient de le voir.

Ainsi, comme en science, le « non » originel engendrait une certaine naissance vers un « oui » supérieur ou nouveau !

« Dire oui » tout de suite, instinctivement, conduit souvent vers des impasses, ou oblige de nombreuses fois à revenir en arrière en s'obligeant à remettre en cause son « oui ».

Ainsi, pour dire « oui », il vaut mieux avoir réfléchi préalablement en ayant pesé le pour et le contre, en le comparant à ses croyances ou aux repères qui constituent sa propre identité.

Le « oui », ou le consentement, est une affirmation qui engage et dont la portée peut être très importante.

Nous venions tous les deux de lancer depuis quelques mois un feu d'artifice de « oui » qui allaient de soi, comme le soleil qui se lève le matin et disparaît à l'horizon le soir, ou comme l'évidence de l'air que nous respirons pour ne pas mourir !

Ces « oui » avaient changé nos vies en mettant en valeur les choses importantes et celles qui nourrissent l'amour insatiable qui était le nôtre.

Il faut se contenter des nourritures essentielles et qui font du bien, mais c'est si difficile à trouver parfois !

Tout n'est pas utile dans une vie. Seul le bonheur peut la remplir avec intérêt, et quand il est là, il faut savoir œuvrer pour le préserver.

# CHAPITRE XIX

## LE TRIÈDRE MAGIQUE DU COUPLE DURABLE S'INSPIRAIT DE MA PHILOSOPHIE ET DE L'EXISTENTIALISME AMBIANT

*Je reprenais mes habitudes philosophiques, sollicité par mon « prof », en faisant deux exposés sur « Le mur » de Jean Paul Sartre. (104)*

J'acceptai de faire ces exposés avec plaisir malgré ma surcharge de travail.

Je me souvins de l'heureux hasard que j'avais eu quelques années auparavant, lorsque je partis pour Grenoble et que j'avais eu la bonne idée de lire un traité sur l'existentialisme de Sartre.

**La pensée de Sartre marquait la jeunesse étudiante** de ces années 1960.

Ne pas l'avoir lu relevait de la pure et simple ignorance.

Du moins dans le milieu étudiant dans lequel j'essayais d'exister avec la passion de ma jeunesse !

Cette « foliemania » sartrienne faisait qu'il n'était pas rare de voir dans les cafés, ou en allant au restaurant universitaire, de nombreuses jeunes filles jouer à l'intellectuelle existentialiste, se promenant en arborant sous le bras de façon bien visible une de ses œuvres : là, *La Nausée*, là, *L'Être et le Néant*, ou bien ces pièces de théâtre comme « *La P... (Putain) respectueuse*, ou encore *Huis clos* pour ne citer que quelques exemples !

La présence, à proximité, d'une jeune fille qui donnait à croire qu'elle avait la même inclinaison pour l'existentialisme qu'un spécialiste, était comme une provocation pour une invitation à la séduction, en feignant n'avoir aucune arrière-pensée autre qu'intellectuelle, puisque le sujet de la conversation était immédiatement connu.

Parfois la naïveté de certaines filles superficielles ne laissait aucun doute sur leurs véritables intentions.

Mais ici, chacun pouvait trouver ce qu'il recherchait : une future petite amie, ou une partenaire pour s'étendre à loisir sur Sartre.

D'ailleurs, le libéralisme sartrien ne manqua jamais d'être fortement à son propre service dans ce domaine, malgré sa préférence intellectuelle et sentimentale pour Simone de Beauvoir !

Autrement dit, Sartre avait su par sa philosophie faire mieux que tous les discours éducatifs pour révolutionner nos consciences d'intellectuels en devenir !

L'idée qu'il n'y a pas d'essence objective, puisqu'on ne définit les choses qu'après coup : « l'homme étant seul responsable de ses actes devant lui-même et devant la civilisation conduit à ce qu'il n'y a ni morale, ni vérité absolue ».

De cette vérité sartrienne, la jeunesse étudiante de la décennie 1960 engendrera les événements de 1968 avec le fameux slogan « il est interdit d'interdire ».

Il n'était pas possible pour moi d'animer deux séances de cours sans avoir un minimum de connaissance sur la pensée du grand philosophe et avant d'aborder cet essai en cinq nouvelles qu'était *Le mur*, publié en 1939 avec :

### *Le Mur-La Chambre-Erostate-Intimité-L'Enfance d'un chef*
J'entrepris alors de relire mes notes anciennes que j'avais conservées et j'avais eu la chance de les retrouver à Thionville lors des vacances de Noël pour réduire mon temps de préparation.

*Le Mur* : avec la guerre civile en Espagne, le fascisme en France et l'antisémitisme, l'individualisme est rappelé à la raison en faisant prendre conscience du politique qui conduit à la farce jusqu'à devenir délateur sans le savoir.

*L'Enfance d'un chef* : fait le cheminement inverse, en partant d'un contexte de comédie généralisée pour aller vers un engagement d'extrême droite et fascisant par l'homosexualité.

Raconte l'enfance, l'adolescence et les premières années du futur chef. Oui, mais chef de quoi ?

Issu d'un milieu bourgeois, il assiste à l'émergence du surréalisme, de la psychanalyse, et de la poussée de l'antisémitisme en France. Il cherche sa voie parmi une jeunesse éduquée mais perdue, manquant de repères, confrontée à l'homosexualité, la drogue, l'hypnose. Cette évolution inexorable finit par faire froid dans le dos.

*La Chambre* : ou la folie dans une bonne famille. Sartre déconstruit de façon ironique la polarité d'un monde sain et d'un monde dément. On oscille dans le paradoxe de se croire utile et indispensable dans un monde absurde !

*Intimité* : ou la microscopie des mœurs sexuelles. Comment on sombre dans la folie passionnelle pour la sécurité de la névrose conjugale.

*Érostrate* : ou l'assassinat comme preuve de l'existence. Au centre des deux nouvelles précédentes est une autre histoire de la folie paranoïaque et meurtrière. La folie et la gloire.

Actualité et futur donnaient à réfléchir à partir de la pensée sartrienne, provoquant vertiges, inquiétudes et raison pour y faire face sans détours !

## *Le sentiment d'amour en philosophie !*

Ô combien complexe ! Qui peut dire ce qu'est l'amour ? Il est si différent et multiple à la fois !

L'existence même de chaque homme induit l'amour comme essence à la vie, ce qui lui donne cette infinité de facettes et d'expressions !

Platon, dans *Le Banquet*, nous fait savoir qu'il est passage, élan qui nous libère des entraves de la vie sensible, pour nous ouvrir le monde de l'immuable.

Il comble les manques indéfinis de « l'être » par son caractère subjectif, mais aussi les manques définis par son caractère objectif ; il pourra avoir une empreinte faible, forte, obsessionnelle ou douloureuse !

Je l'aime jusqu'à la déraison et ma raison l'approuve !

La haine, la peur et l'indifférence sont bien les contraires de l'amour.

Avec Mireille, l'amour que j'éprouvais pour elle se confondait avec celui que j'inspirais et que je découvrais dans chacune de ses lettres ! Et la jeune épousée chuchotait l'amour à mon oreille : dans les instants de bonheur sublimés, les larmes troublent ma vue et les mots me manquent pour exprimer ce que je ressens, mon esprit change d'état.

Le sentiment de l'amour est comme une élévation vers un infini mystérieux et grandiose insaisissable et qui vous aspire vers une sorte d'inconnu qui vous donne le vertige ! Il est aussi étonnement dans la durée et durée pour étonner encore !

Il est confiance et don de soi.

Il donne un sens nouveau à la vie inexprimable.

Il est un bonheur insaisissable, souffrances et plaisir : tout à la fois.

Ce qui est incompatible avec la possibilité d'aimer, c'est le manque d'intelligence naturelle et la vulgarité.

Bien meilleur que la haine, l'amour rajoute à notre force en la transcendant.

Nous avions découvert que les absences répétées ne faisaient qu'allumer la passion, comme le vent attisant le feu.

Beaucoup plus tard, je suis arrivé à formuler consciemment ce que jeune homme je réalisais inconsciemment : l'amour impose d'être attentif à l'autre, de s'inquiéter de lui, de le respecter dans sa liberté et quand on le connaît bien, continuer à le suivre pour le connaître toujours mieux.

*La vie prenait forme à l'intérieur de la femme*
*qui naissait en même temps que la prochaine naissance.*

**Une grossesse sans histoire** après plus de cinq mois.

La mère, comme les oiseaux cachant leur nid au regard des prédateurs ou des curieux, avait légèrement gonflé ses ailes pour ne laisser apparaître que six plumes de plus qui venaient se rajouter aux quarante-six qu'elle portait au milieu de l'été précédent. *(105)*

**La préparation par correspondance** qu'accomplissait Mireille pour obtenir le « bac philo » passait par des moments de découragements et de lassitude qui n'eurent jamais aucun effet sur la continuité de sa motivation.

Les « maths » étaient sa hantise.

Je m'efforçais de répondre à toutes ses demandes, au fur et à mesure qu'un besoin d'assistance se manifestait pour résoudre un exercice, et je m'ingéniais à définir la meilleure approche pédagogique possible qui puisse ensuite devenir généralisable à d'autres exercices semblables.

De temps en temps, j'apportais mes réflexions et quelques idées pour ses dissertations philosophiques, remplaçant modestement si c'était possible, l'absence de professeur.

Elle faisait cependant des progrès de plus en plus remarquables malgré un début placé sous un climat de pessimisme, dont les origines n'étaient dues qu'à un mauvais jugement sur ses réelles capacités.

« Comment veux-tu que je sois fière de moi ?

Quand je vois tout ce que je dois acquérir encore ?... Je ne suis jamais contente de moi, parce que je voudrais toujours me surpasser et faire davantage que je ne fais déjà !

Je me demande si j'atteindrai un jour cette satisfaction intérieure que l'on souhaite obtenir pour arriver à être fière de ce que l'on est, ou de ce que l'on est devenu ?

Il me semble qu'il n'y a pas de limites et que l'on peut toujours faire plus !

C'est en fait cette marche perpétuelle vers plus de connaissance qui engendre parfois une chute de confiance en moi-même, car c'est sans fin » !

Il arrivait qu'une adhésion trop forte ou trop rapide sur « une pensée quelconque », par complaisance plus que par réflexion, de la part de Mireille, puisse me provoquer l'envie de feindre quelques petites colères tactiques.

Ma réaction avait une dimension pédagogique, certes, mais elle était surtout provoquée par mon envie d'entendre un raisonnement argumenté qui soit différent du mien pour enrichir la discussion, plutôt que recevoir un acquiescement à mes idées sans combattre avec les siennes.

C'est ensuite qu'une synthèse peut s'envisager en tenant compte des différentes argumentations produites autour d'une pensée !

Peu de personnes que j'ai rencontrées ensuite dans ma vie comprenaient cette réelle caractéristique de mon esprit toujours disposé au débat contradictoire, pour atteindre un plus haut niveau de conscience, grâce à l'autre ! Mais il faut que l'autre existe et soit capable de débattre.

Elle avait aussi une autre dimension, plus en accord avec ma vision imaginaire du fonctionnement d'un couple pour qu'il puisse accroître ses chances dans la durée !

# CHAPITRE XIX

Je croyais à cette époque et je le pense toujours aujourd'hui.

Pour qu'un couple réussisse l'exploit de résister à l'usure de la vie, il faut qu'existe un trièdre magique !

Telle une pyramide à trois faces dont chacune est le reflet de ce qu'il faut entreprendre et défendre :

- *En premier,* la face de la liberté d'être et de penser de chacun.

- *En second,* la face d'une vision personnelle du don de soi envers l'autre, sans chercher à le rendre identique à celui de l'autre.

- *En troisième,* la face d'une volonté de dialogue absolue. La façon d'établir le dialogue ne peut que correspondre à la personnalité de chacun en chaque circonstance. *(La parole, l'écrit ou les deux).*

Il faudra éviter l'enlisement et trouver une solution acceptable pour le couple *(*qui constitue une troisième entité*).*

Chacun étant imprégné d'amour et de volonté de survie.

Pour le couple, rien ne s'oppose au règlement du désaccord en allant au terme de la connaissance des arguments de l'un et de l'autre. Chaque discussion menée à terme ne fait que cimenter le couple. De plus, ce qui est vrai pour un couple l'est tout autant en général.

Chaque situation non réglée ou non évacuée accentuera les lézardes sur l'édifice qui finira presque toujours par s'effondrer.

Cet ensemble alimentant le feu qui a pu naître un jour reste alors le garant pour continuer à faire jaillir la flamme de l'amour située au sommet de la pyramide.

Je voulais ainsi que soient présents à chacune de nos discussions : son intelligence, son raisonnement, sa sensibilité. Il fallait que sa propre pensée puisse grandir et s'épanouir pleinement en toute liberté sans aucune contrainte.

Je lui disais souvent qu'aimer n'impose pas d'être en accord sur tout ; mais ce qui est plus important qu'un accord, c'est d'avoir pu s'exprimer, même pour finir par constater un désaccord intellectuel !

Une confrontation réfléchie et sincère, un échange argumenté, sont plus importants que vouloir obtenir l'adhésion sans avoir pu recevoir au préalable toute la pensée de l'autre.

Sinon, comment construire un couple qui soit la synthèse de « deux êtres » à part entière, libres et indépendants, quand « l'aura de l'un peut avoir l'ascendant sur l'autre en aliénant sa pensée » ?

Et plus encore, si cet ascendant a été obtenu sans être passé par un dialogue préalable.

L'échange entre deux pensées pour en former une troisième qui rejaillit à nouveau sur les deux premières. C'est, avec le temps, le déroulement « de la spirale de l'amour » !

Je lui adressais ainsi, avec l'esprit du jeune mari un peu philosophe, ce qui me semblait devoir être le chemin à suivre pour réussir à conserver l'envie d'être côte à côte quoi qu'il arrive durant une vie entière.

### *Les souffrances que nous subissions révélaient davantage encore notre bonheur.*

Ces souffrances qui s'apparentaient à l'absence de l'être aimé finissaient par être douces à nos cœurs, parce que nous savions avec certitude qu'elles finiraient par se réduire et disparaître.

**Freud disait que nous ne sommes jamais aussi mal protégés contre la souffrance que lorsque nous aimons !**

C'est pourquoi notre correspondance permanente avait réussi à construire un rempart face à la souffrance produite par l'absence.

Notre souffrance nous permettait de mieux comprendre notre bonheur et en même temps finissait par devenir une sorte de causalité inductive à celui-ci.

Était-ce du bonheur en négatif ? Ou encore du bonheur en retard et en devenir ?

« **Amour, bonheur, souffrance** » : ces trois mots jaillissaient dans nos réflexions comme un besoin de synthèse dont il fallait faire ressortir l'essentiel ! Mais si on réfléchit bien, la vie n'est-elle pas cela même ?

**Mireille** : « Je pense qu'il faut souffrir pour atteindre le bonheur ! »

**Moi** : « Ne penses-tu pas que la souffrance peut être une forme de bonheur ? Car à partir de la souffrance, on connaît mieux le sens ou la direction qu'il faut donner pour essayer de l'atteindre ! La souffrance correspondra toujours à la distance qui nous sépare de l'idée que l'on se fait du bonheur. Le bonheur n'est jamais statique, il est une attente et un espoir. »

Mireille : « Lorsque l'on est heureux très longtemps, sans variation, on ressent moins les vibrations du bonheur.

C'est pareil pour un cœur qui bat régulièrement : on oublie qu'il est là ! »

Moi : « Pour vivre son bonheur, il faut savoir en prendre conscience chaque jour, et pour cela, les événements qui se passent dans le quotidien et qui ont le pouvoir de faire battre notre cœur plus vite ou moins vite, sont autant d'indicateurs naturels pour nous situer par rapport à lui. »

Mireille : « Les petites disputes grandissantes avec mon père m'imposaient de l'indifférence, qui en même temps me provoquait de la peine.

Je ne pouvais plus rester sereine devant des formes d'autorité dépassées que seule ma mère commençait progressivement à comprendre.

La sérénité passée s'était aujourd'hui changée en souffrance.

Mon esprit ne dépend plus de mes parents, il ne dépend plus que de toi et de moi, bien sûr !

L'esprit du confort familial avait disparu et se trouvait dans l'attente de vivre un autre confort encore lointain, inconnu et à construire ! »

Moi : « Comme tu le vois, notre amour qui engendre des souffrances, finit par redéfinir le chemin qui conduira au bonheur comme des étapes successives. On peut alors s'interroger si ce genre de souffrance, qui est une forme de mal, n'a pas sa part de nécessité pour y conduire ? »

Mireille : « Ton absence me rend folle de besoin d'amour et me met au désespoir et dans la tristesse. Mais dès que je commence à t'écrire, mon cœur s'apaise. Heureusement, ce miracle se produit à chaque fois depuis bien longtemps maintenant, aidé par le retour ininterrompu de tes messages et de tes pensées. »

Moi : « Nous avons *Toi et Moi* l'intrépidité de la jeunesse, et pourtant nous ne cessons pas de faire preuve « de sagesse », là où notre passion nous pousserait aux pires excès ! »

Serions-nous devenus des adeptes de la philosophie d'Épicure quand il souffle à notre âme que l'on ne peut pas être heureux sans être sage, honnête et juste ; ni être sage, honnête et juste, sans être heureux.

Chacun de nous démontrait à l'autre qu'il avait peut-être en lui la vertu du bonheur, grâce à une forme de sagesse épicurienne !

## Il m'arrivait souvent de me laisser aller à la rêverie dans certains cours !

J'étais en train de me souvenir d'une phrase récente que Mireille venait de me faire en regardant le passé où elle disait :

« Quand je t'ai rencontré pour la première fois, alors que l'amour n'existait que dans mes rêves, c'était comme si tu étais venu me réveiller, endormie sur mes études.

Tu m'as alors fait gravir un à un les échelons du bonheur et me voici maintenant ta femme pour la vie. Il ne reste maintenant plus qu'un seul échelon à gravir pour être avec toi pour toujours et ce sera pour l'été prochain.

Quel bonheur ! »

Ma rêverie se passait en assistant au cours de « maths ».

La prof me voyant probablement peu concentré eut subitement, en me regardant, l'audace de me poser cette question :

« À quoi pensez-vous ? ». En m'adressant la parole !

Engagé à devoir sortir de ma torpeur face à une question aussi insolite que surprenante, je lui rétorquai comme par réflexe :

« Voulez-vous que je vous réponde franchement ? »

Je vis poindre sur son visage un léger rosissement d'inquiétude, dans l'attente de la réponse que j'allais faire !

« Je pense à ma femme ! »

D'un geste rapide, elle se retourna comme contrite de m'avoir posé sa question qui relevait de l'intime, pour terminer sa démonstration au tableau concernant « les variables aléatoires ». *(106)*

Ma réponse provoqua, on se l'imagine aisément, une hilarité générale.

Cette « prof » sortie en tête de l'École Normale Supérieure, à peine plus âgée que nous, était loin d'être laide, avec sa chevelure mi-longue, de couleur tirant sur une certaine blondeur, encadrant un visage parsemé de multiples tâches de rousseur et un cerveau des plus remarquables, juste avant de devenir notre souffre-douleur des neurones du raisonnement pur !

Elle avait d'ailleurs un excellent contact avec les élèves, puisqu'elle tomba amoureuse de l'un d'entre eux, qui était dans la promotion après la mienne. Ils se marièrent dès sa sortie de l'École.

La fin du premier semestre de cette deuxième année venait de se terminer et malgré un échec incompréhensible, par manque de concentration lors d'un partiel de maths et un résultat plutôt médiocre en anglais, je n'étais pas mécontent de réussir à être malgré tout second de ma promotion. (*107*)

Mireille, satisfaite de n'avoir eu aucun effet négatif sur mes résultats, se trouva un peu soulagée : elle savait mieux que personne à travers mes lettres que j'étais déconcentré et que je ne cessais pas de lui dire que j'avais peu d'envie à travailler.

J'attendais souvent la dernière limite pour regarder mes cours avant une épreuve ou un partiel de contrôle.

Elle imitait en cela ma propre attitude envers elle, quand je m'associais à sa joie lorsqu'elle recevait de bonnes notes.

Lorsque les résultats étaient moins bons, j'en minimisais les effets ou bien je trouvais de nombreux motifs pour rester optimiste, en jouant mon rôle de stoïcien de circonstance.

Pour moi, le but était d'atténuer régulièrement son pessimisme ou ses découragements quand ils se produisaient. Nous jouions chacun à notre manière un rôle de soutien et d'encouragement, pour maintenir une concentration suffisante sur nos études.

Une autre fois, sur un exercice d'électronique, je résolus un autre exercice que celui qui nous avait été donné, par pure distraction : le résultat fut bon, mais j'obtins la note de zéro puisque ce n'était pas l'exercice prévu.

C'était la première fois depuis toujours que j'obtenais un tel résultat !

Il eut l'effet d'une gifle qui me secoua définitivement pour éviter de courir de tels risques de façon aussi stupide.

Mon prof fut très étonné par ma distraction. Il me proposa pour me racheter une interrogation orale !

J'acceptai le défi avec un grand plaisir. J'obtins un vingt qui améliora quelque peu la situation que je venais de subir dans cette matière, au grand dam de certains copains qui dans leurs pensées secrètes avaient déjà imaginé ma descente aux enfers !

Pour mes activités étudiantes, je fis le strict nécessaire, davantage pour soulager ma conscience et mon sens de la responsabilité que l'on m'avait confiée que par réelle motivation. J'accompagnais le mouvement plutôt que de le promouvoir.

### *Les progrès de l'autodidacte étaient de plus en plus significatifs !*

Les « maths » restaient sa bête noire et « en philo » il y avait encore des hauts et des bas, car les notes pouvaient être excellentes comme franchement mauvaises.

Il faut bien reconnaître que dans cette matière fortement liée au raisonnement et à la rhétorique, il est toujours possible de prendre une mauvaise direction dans la démonstration, surtout si l'on veut sortir des pensées préétablies.

La dissertation qui lui avait valu une mauvaise note avait pour sujet :

« **Les rapports entre l'émotion et la passion** ».

Sujet sur lequel son expérience de vie actuelle devait lui permettre d'exceller en imagination et en rhétorique.

Souvent, j'avais perçu chez elle une sensibilité émotionnelle hors du commun qui avait don de m'émouvoir !

Dès qu'un sujet pouvait s'apparenter à son propre vécu, elle avait beaucoup de difficultés à prendre de la hauteur par le raisonnement pur.

Je pensais parfois que dans le futur, il n'était pas sûr que cette caractéristique ne devienne parfois son talon d'Achille ?

De toute façon, je me fis la réflexion que je serais toujours là pour en atténuer les effets quand cela deviendrait nécessaire, afin que l'émotion ne l'emporte sur la raison, comme la raison ne doit pas l'emporter sur l'émotion quand il s'agit de relations entre les humains. Je pensais aussi qu'il fallait toujours trouver un bon équilibre entre raison et émotion pour avancer dans la bonne direction.

Elle souhaita que je lui donne quelques idées pour refaire la dissertation et mieux approfondir sa réflexion sur le sujet.

Il faut bien reconnaître que la question n'est pas facile puisqu'elle impose une distanciation entre le ressenti et la raison.

Je me livrais avec passion à une réflexion générale que je ne faisais finalement qu'effleurer.

Mon plaisir était de lui faire plaisir et cela faisait partie de ma passion pour elle !

« N'as-tu jamais ressenti le trouble, l'émotion, la peur, en prenant conscience d'un état de passion en amour, au jeu, ou dans le cadre d'une action qui pouvait te tenir à cœur ?

Pour l'amour, tu en sais plus que beaucoup d'autres : il suffit de relire tes lettres qui incarnent à elles seules, l'émotion et la passion !

Relis les miennes qui en sont le miroir ! »

Penser par exemple au *Joueur* de Dostoïevski, que la passion du jeu conduira à la déchéance :

« Demain, tout cela finira » dit le joueur qui recommence à jouer éternellement.

« *L'émotion* » :

En philosophie, elle n'avait pratiquement pas été étudiée par les philosophes récents ou anciens.

La psychanalyse appréhendera mieux la question, car elle a un lien profond avec l'intuition originelle liée au vécu de chacun.

La pensée, dans son mouvement temporel, peut retrouver la représentation du vécu : on appelle cela « la sympathie divinatrice » engendrant de l'émotion.

Il faut donc un minimum de fusion affective avec la représentation du vécu et la pensée pour rendre possible une répétition émotionnelle.

Sympathiser avec autrui n'est pas autre chose que s'introduire dans son affectivité pour essayer de le comprendre.

On pourrait dire que les émotions sont des désirs violents et que les croyances y jouent un rôle.

Citons par exemple : la peur, la colère, la tristesse, la joie, l'espoir, l'amour, la haine, etc.

En s'inspirant de Platon : « j'ai la gorge nouée par la force émotionnelle de cette musique » !

Devient-on meilleur pour avoir respiré cette paix plus grande que le monde ?

Non, répondra Platon : « car c'est trop demander pour si peu donner ». Tout le danger est là !

Une musique ouverte à l'ordre cosmique dispose au bien.

Une autre qui excite les passions enfermées sur les désirs et les émotions primaires prépare au mal pour l'individu comme pour la société.

Les actions facilitent les émotions, mais non l'inverse !

Sartre disait :

« L'homme qui prend peur et qui s'évanouit agit de la sorte pour ne pas affronter la loi du monde, comme si en s'évanouissant, il allait résoudre le problème ».

Peut-on passer facilement de l'émotion à la réflexion ? La réponse est non. Pour le faire ? Il faut savoir prendre de la distance par rapport à l'événement qui vous concerne et c'est là que se trouve la difficulté.

D'une réaction initiale émotive et sentimentale, passer à la pensée rationnelle est très difficile pour notre cerveau.

De là tous nos tracas et comportements passionnels, parfois tragiques.

Il existe une intelligence émotionnelle : la peur de se tromper peut aider à corriger des erreurs de raisonnement, comme la crainte de perdre l'être aimé peut conduire à modifier certains comportements.

Descartes dit que « l'homme doit apprendre à maîtriser ses émotions et à rediriger son esprit vers la pensée logique », s'il veut sortir de ses erreurs.

« **La passion** » : plus l'esprit est grand, plus les passions sont grandes ! Si on s'inspire de la pensée cartésienne.

Quand un désir s'éveille en nous, il se produit une image de l'objet désiré, une sensation qui nous secoue et nous fait connaître notre passion, en nous demandant d'obéir et de la satisfaire.

La passion peut nous réduire à l'esclavage suivant son objet et le risque qu'elle peut induire.

Pour rester maître de soi, nous ne devons dépendre que de notre volonté.

« Les décrets de l'âme ne sont rien d'autre que les appétits eux-mêmes et varient en conséquence selon la volonté du corps » selon Spinoza.

« Les passions sont toutes bonnes par nature et nous n'avons rien à éviter que leur mauvais usage, ou leur excès » selon Descartes.

Selon la philosophie, tout ce qui arrive de nouveau peut faire l'objet ou est une passion.

L'effet des passions incite et dispose l'âme à vouloir les choses auxquelles prépare le corps :

exemples : le sentiment de peur pousse à fuir, la témérité pousse à combattre, l'amour pousse à se livrer sans défense.

L'homme sera toujours dans une situation duale entre *raison* et *passion*.

Posons-nous ainsi la question : peut-on avoir des passions sans raison ou bien avoir raison sans passion ?

Selon Pascal : « Les passions n'étant que des sentiments et des pensées appartenant à l'esprit, quoiqu' occasionnées par le corps, il est visible qu'elles ne sont plus que l'esprit même et qu'ainsi elles remplissent toute leur capacité. Ce sont des passions de feu... dans une grande âme, tout est grand ».

Les sens, l'imagination et les passions font bon ménage : cette conjugaison, causée par les sens et l'imagination, engendre le mouvement de l'âme et de l'esprit qui à son tour interagit sur la cause en accroissant la passion.

La sagesse veillera à ne pas aller trop loin.

L'inclination que la raison ne peut maîtriser est la passion selon Kant. Le risque aboutit à l'esclavage de la pensée.

« Émotion et passion » : on pourrait dire que l'émotion est comme un trop plein d'eau qui rompt la digue.

L'émotion est un débordement que l'on peut apprendre à maîtriser par la raison.

La passion est comme une tornade qui balaie tout autour d'elle !

« Tout est mirage, tout concourt à tromper l'amoureux qui s'interroge car l'attente fait qu'il doute, s'il est aimé ; mais l'attente fait aussi qu'il ne doute plus s'il aime, quoiqu'il n'ait pas délibéré là-dessus » (Alain).

Il existe une notion de servitude dans la passion qui y trouve son plaisir. Mais comme la raison ne cesse de faire appel à sa liberté interne, l'infortuné atteint de passion soupire dans ses fers sans trouver l'apaisement.

Il ne peut les briser parce qu'il se sent en quelque sorte aimanté.

La passion consiste à subir une action et l'action à produire une passion : dans les deux cas une profonde transformation se produit sur les sujets concernés.

En amour par exemple, là où l'émotion peut être très forte, pour qu'il n'y ait pas esclavage ou aliénation, il faut consentement dans la liberté et cela n'est possible que si dans la durée un projet commun consciemment choisi existe !

Ainsi, nous poursuivions notre dialogue philosophique, intellectuel et sentimental, de façon ininterrompue depuis que nous nous étions rencontrés.

## Dans mon imaginaire, je voyais sans cesse l'apparition d'une fille !

C'était le dernier samedi de février 1963 d'un hiver rigoureux, comme il n'y en avait pas eu en Lorraine depuis celui de 1957.

Nous étions à deux mois de la date théorique de la naissance !

Depuis Noël, les risques étaient grands en cas de mauvaise chute pour la future maman.

Malgré ma présence à Noël, je n'avais pas réussi à lui éviter une première chute lors d'une promenade ! Trois autres chutes suivirent ensuite, toujours sans gravité mais là, elles se produisirent quand elle était seule, sans possibilité de secours immédiat.

Il devenait donc impérieux d'éviter d'autres incidents du même genre, car la chance ne peut pas toujours être aussi insolente en épargnant la future mère !

Ce samedi, une envie de tricoter une brassière pour le futur bébé lui vint à l'esprit avec l'assistance de sa grand-mère, grande spécialiste en la matière !

Après une bonne heure d'exercice, les premières difficultés rencontrées, un abandon sans gloire se produisit !

Mais cet essai infructueux n'était que partie remise, avec le caractère pugnace que je commençais à découvrir chez ma jeune épouse.

**J'imaginais pour la première fois le futur prénom de Nathalie** *(108)* en sollicitant la double approbation de la mère : approbation d'abord qu'une fille soit au rendez-vous et ensuite pour le prénom.

Lorsqu'elle me répondit, son adhésion sur le prénom était totale mais son pressentiment de femme d'avoir un garçon semblait être certain.

Mais, disait-elle :

« Pour te faire plaisir, je préférerais avoir une fille et j'essaierai malgré tout d'exaucer tes vœux avec l'aide de Dieu, s'il veut bien continuer à nous apporter son soutien ».

Intuitivement, ma conviction d'avoir une fille devenait comme une certitude. Si bien que je n'avais plus qu'un prénom en tête, qui pour une telle circonstance ne pouvait qu'être miraculeux s'il se produisait, puisqu'il signifiait « jour de la naissance » et donc **Nathalie**.

*Je voulais en « conscience » que la femme que je venais d'épouser « pense comme l'Être qu'elle était » en recherchant sans cesse sa vérité.*

Que sa « conscience » s'épanouisse en complémentarité de la mienne.

En considérant « qu'elle pensait avec philosophie », je m'inscrivais dans la droite pensée de Descartes : « je pense, donc je suis ».

En sorte que son âme par laquelle elle « Est », soit entièrement distincte de son corps et qu'ainsi elle se révèlerait « Être » tout ce qu'elle est.

Un état pessimiste la gagnait quand elle recevait une note moyenne en philo, malgré d'excellentes notes très souvent dans les autres matières et même parfois en maths de temps en temps.

« Je me demande si j'arriverais un jour à être la femme que tu veux » ?

Lorsqu'elle posait cette interrogation, je savais qu'elle l'était déjà !

Quand elle entreprenait un travail ou une transformation sur elle-même, il fallait que ce fût parfait et tout de suite !

Comme tout progrès ne s'obtient que dans la durée, mon soutien l'aidait à franchir les instants d'abattements, certes avec un décalage, le temps du croisement de nos lettres.

J'avais un livre de chevet dans lequel je me plongeais un petit quart d'heure presque tous les jours : *Les Pensées* de Pascal dont je m'inspirais en lui disant que Pascal lui-même se trouvait ignorant de tout et qu'en fréquentant les têtes les mieux pensantes de son époque il avait fini par les dépasser toutes.

Son état de grossesse déjà bien avancé produisait fatalement les changements physiques et psychiques imposés par la nature du « fait » et ne faisait que rajouter au découragement, bien que tout se passât merveilleusement bien.

La nouvelle « existence » qui s'annonçait n'hésitait pas de temps en temps à venir frapper de petits coups sur la barrière qui l'empêchait de commencer à « être ». C'était bien le signe encore qu'une existence sans conscience allait arriver bientôt !

Elle venait troubler à sa manière les pensées du moment de la future mère ! Toute sa pensée imprimée dans ses lettres montrait que de nombreuses opinions ou incertitudes avaient fini avec force réflexion et analyse ou même introspection par devenir indubitables et que cela serait donc sa vérité.

Une vérité fragile, puisque récente, mais profondément réelle.

Cette vérité acquise était aussi la mienne et finissait par la rassurer définitivement.

Je l'invitais à devenir plus « stoïque », considérant que l'on n'atteint le bien et le mieux dans l'effort que si on privilégie davantage la raison et que l'on est indifférent aux circonstances extérieures.

« Ne demande pas ce qui arrive, arrive comme tu veux. Mais veuille que les choses arrivent comme elles arrivent, et tu seras heureux ». *(109)*

Les autres opinions cessaient d'exister ou portaient encore le poids du doute.

J'avais un plaisir attendri de voir qu'avec un décalage dans le temps ma petite femme avait entrepris d'effectuer le même parcours que moi, aidée par les circonstances et la constance de mon soutien qui transcendait son incroyable volonté.

Sa philosophie du doute était si forte qu'elle pouvait parfois basculer dans un pessimisme très injustifié. Je lui montrais alors un autre regard sur sa vision des choses !

La lassitude ou le découragement ne manquaient pas d'apparaître à cause du travail en solitaire qu'elle accomplissait. L'absence de filles de son âge pour échanger des idées lui pesait, mais quand cela se produisait, elle finissait par les trouver futiles et trop adolescentes.

L'arrivée du printemps allait correspondre à l'aboutissement de toutes les naissances des êtres et des consciences, comme autant de fleurs ! Laissons-les venir !

« J'admire le calme avec lequel tu peux envisager n'importe quelle situation, avec une maîtrise de soi que je voudrais acquérir » !

Je lui disais que cette qualité n'existe pas à la naissance. On acquiert cette force par introspection sur soi-même en lisant son âme et en observant le monde réel avec ses imperfections pour se construire progressivement des certitudes, après avoir éliminé ses doutes, par l'analyse et la réflexion !

Il ne sert à rien de gesticuler dans le vide tant que l'on n'a pas fait ce qu'il fallait pour bien appréhender une situation simple ou complexe !

De plus, il ne sert à rien de courir toujours !

Il vaut mieux se hâter lentement !

Mireille : « J'ai cherché à trouver en toi tout ce qui me manquait et que j'aimais ! »... C'est pour cela que lorsque je suis près de toi, je trouve sérénité, équilibre et sécurité... C'est aussi pour cela que je peux vraiment m'abandonner à moi-même en toute tranquillité et que je suis pleinement heureuse ».

Moi : « Je ne veux pas que ton existence soit uniquement fonction de moi, je veux seulement que tu regardes dans la même direction : nous serons deux regards tournés vers un même avenir, et non deux regards qui ne savent que se diriger l'un vers l'autre. L'amour ce n'est pas seulement deux « êtres » qui se regardent, ce sont deux consciences différentes qui réussissent à conjuguer leur vie ensemble de façon magnifique ! »

## L'amour allait-il être partagé avec la présence d'un enfant ?

Nous eûmes quelques échanges qui montraient une approche philosophique partagée sur cette question qui ne s'est d'ailleurs pas démentie tout au long de notre vie.

Moi : « Je pense à ce petit « être » qui viendra bientôt parmi nous, il faudra l'abreuver d'amour chacun à sa manière ! Le lait que tu lui donneras et les sourires que j'aurai toujours pour lui, ne feront que grandir notre infini potentiel d'amour. Mon inquiétude infondée apparaît quand j'imagine que sa future conscience de jeune fille pourrait oublier plus tard l'exemple qui aura été le nôtre !

Je sais que cet enfant s'appellera Nathalie, même si toi tu ne le sais pas encore.

La supplique que tu dois laisser paraître auprès de Dieu, quand tu l'implores pour avoir une fille et me faire plaisir, ne doit pas le laisser indifférent, surtout si tu le regardes avec les yeux qui ont si bien su capter mon attention ! »

Mireille : « Un enfant ne pourra jamais venir altérer l'amour que j'ai pour toi, car ce serait pure bêtise de ma part.

Si cela se produisait un jour, ton talent de raisonneur et tes sentiments arriveraient certainement à me convaincre de retrouver notre chemin, qui ne peut et ne doit jamais être le même que celui où nos enfants pourraient nous conduire !

Un enfant peut rajouter du sentiment entre nous, il n'a pas le pouvoir d'en soustraire.

Dans certains couples qui ne s'aiment pas vraiment, l'enfant peut conduire à réduire les sentiments qui avaient existé. Ce couple-là finira alors par ne plus s'aimer un jour. Je serai toujours avant tout ta femme qui n'acceptera jamais qu'un enfant vienne troubler cette réalité. Ce bébé qui va nous arriver bientôt, je l'aime parce que c'est toi qui me le donnes ; il est à toi comme à moi et en lui je verrai tout ton amour.

Je sais que tu penses exactement comme moi.

L'amour maternel n'a d'ailleurs jamais rien enlevé à l'amour quand il existe !

Il est incroyable que tu aies tant de certitude sur le sexe de notre futur bébé !

Aurais-tu des dons divinatoires ? Si c'est le cas, j'aimerais que tu me confirmes l'avenir que j'imagine pour nous deux ! »

Moi : « Que dire à ta réflexion que je partage totalement ! Aimer est un art qui ne connaît pas ses limites.

Un enfant ne fera finalement que les repousser un peu plus loin encore. »

Mireille : « Ce que j'aime dans ce que tu dis, c'est ce lien entre l'homme et l'enfant ! Comment est-il possible de ne pas t'aimer ! En plus tu fais toujours ce que tu dis ! »

Moi : « Convaincu que le bébé que nous attendons sera une fille, j'imagine aussi que tu peux éventuellement penser que je pourrais partager cet amour entre elle et toi ?

Car souvent les filles adorent leur père et deviennent captatrices.

Mais en réalité, je sais que tu n'as aucune interrogation à ce sujet puisque tu connais ma philosophie.

Comme l'amour ne se paie qu'avec de l'amour, il faut toujours œuvrer pour qu'il s'accroisse en l'inventant, pour que tous ceux qui nous entourent puissent le recevoir s'ils le désirent. »

# CHAPITRE XX

## EN DEVENANT PÈRE SE RÉALISAIT LE PREMIER SENS DE LA VIE DANS L'ACCOMPLISSEMENT DE LA PROPHÉTIE !

*Réflexion sur cette année qui fut la plus remarquable d'un point de vue existentiel depuis ma naissance ! (110)*

Avec le mariage d'amour que je venais d'accomplir s'arrêtait le doute quant à la femme avec qui j'allais faire ma vie.

Mais en même temps, un monde d'autres possibles était abandonné. C'était un choix facile puisque la femme qui avait réussi à capter toutes mes attentions et mes ardeurs, je l'aimais et je venais de l'épouser ! Mais « le fait » correspondait à un basculement de ma vie dans une autre direction qui impliquait la prise en compte d'autres valeurs latentes et endormies qui allaient devenir importantes.

La séparation que nous nous étions imposée par réalisme pesait lourd pour réussir à maintenir un climat psychologique acceptable !

La correspondance abondante que nous échangions presque quotidienne-ment permettait au moins de lire la pensée et les états d'âme de chacun, avec une force qui s'apparentait à une autre respiration.

**Mes études se plaçaient dans une perspective d'endormissement.**
À cause de cette séparation forcée, il fallait sans cesse que je me raisonne pour ne pas perdre pied.

J'y perdais un certain intérêt pour la première fois en me laissant aller sou-vent à la rêverie durant les cours.

J'étais moins concentré et mon travail était moins approfondi dans les dif-férentes matières enseignées, en dehors de la philosophie qui me passionnait par les questionnements qu'elle m'imposait sans cesse.

Je devais aussi apporter mon aide à l'autodidacte lointaine qui avait besoin de moi.

Ce qui était paradoxal dans tout cela, c'était que mes résultats restaient plutôt excellents, mais s'accompagnaient parfois d'étourderies que je n'aurais jamais eues auparavant.

Habituellement, il était rare que je ne sois pas superbement affûté comme un sportif, là où aujourd'hui, sans y laisser paraître, je fonctionnais sur mon potentiel et mes acquis complétés d'un fatalisme existentiel lancinant.

**Mes activités étudiantes** se limitaient au strict minimum, c'est-à-dire aux réunions hebdomadaires où je n'assistais jamais plus de deux heures, sans chercher à faire des éclats, mais uniquement à montrer ma présence comme dans une position d'attente d'autre chose !

Nous avions une fois de plus déclenché une grève d'une journée en guise d'avertissement, pour réagir sur les conditions de logement et la faiblesse des bourses d'études.

Notre objectif était que la prochaine rentrée universitaire puisse se dérouler dans de meilleures conditions ! Ce mouvement avait été piloté par l'U.N.E.F de Rennes, avec qui nous avions décidé de jouer une totale solidarité. Le mouvement avait été largement suivi grâce aux meetings d'information auxquels j'avais comme d'habitude participé sans chercher à en faire plus que le nécessaire !

**Mes divertissements extérieurs** s'étaient fortement réduits, ce qui faisait dire à ceux qui me connaissaient que je devenais depuis mon mariage de plus en plus « polar ».

Alors qu'en réalité, je m'isolais pour réfléchir davantage à la femme que j'avais laissée en Lorraine, tout en m'imprégnant de la pensée des philosophes qui m'avaient ouvert l'esprit dans le passé et dont j'avais besoin maintenant comme une force équilibrante !

Mireille de son côté, avec une constance et une énergie en partie induite par l'amour, mais surtout par sa volonté étudiait les matières du bac philo avec une régularité exemplaire.

Elle avait constamment en point de mire les prochaines grandes vacances où nous allions enfin être réunis et souhaitait poursuivre nos études ensemble l'un près de l'autre.

Deux copains s'étaient également mariés depuis peu, mais vivaient avec leur épouse. Je les enviais en les regardant heureux et sereins et en attendant que cela m'arrive aussi.

**J'allais devenir père** et ainsi répondre « au premier sens de la vie » depuis nos grands ancêtres à travers l'histoire en apportant le maillon manquant avec le reste de l'humanité pour le futur des hommes !

La théorie de l'évolution de Darwin *(111)* et les recherches paléontologiques nous indiquent que les premiers hominidés sont apparus avec « Toumaï » *(112)* il y a un peu moins de huit millions d'années.

Il ne s'agissait pas d'une apparition spontanée, comme le disent les « créationnistes » *(111)*, mais d'une fantastique évolution depuis que la vie est apparue sur terre, il y a peut-être plus d'un milliard d'années.

Quelle longue marche pour qu'une *éclosion* de plus se soit produite avec l'arrivée de la « petite Nathalie » *(114)* en cette année 1963.

Elle était descendante des parents que l'on sait et de sa lointaine ancêtre !

« Lucy », son illustre ascendance d'il y a 3,5 millions d'années, représente un jalon ancien de l'histoire de l'humanité comme elle le sera à son tour, pour les humains qui vivront dans plusieurs millions d'années et qui découvriront peut-être ses restes merveilleux si les modes actuelles d'incinération des corps peuvent ne pas l'influencer le moment venu !

À l'échelle de l'univers, cette évolution est si proche et si lointaine à l'échelle des hommes ! J'avais également mis en veilleuse un certain plaisir de séduction, au sens noble du terme : lequel s'exprimait par mon sens de la justice, ma recherche d'une pensée, ou d'une expression vraie, d'une analyse qui se voulait sincère dans les nombreux débats avec tous ceux qui étaient portés à la réflexion. Comme tout jeune homme de mon époque, je pensais que l'on pouvait refaire le monde pour qu'il permette un épanouissement de tous les hommes !

C'était une vision irréaliste, portée par l'énergie de la jeunesse et par ma naïveté. Mais ne pas l'avoir à vingt ans ne permet pas de trouver son chemin d'homme et à quarante ans, fort de son savoir et de son expérience, c'est l'énergie et le temps qui manqueront pour accomplir les grands projets qui peuvent entraîner une génération d'hommes et de femmes vers des idéaux humains dignes d'intérêt !

# CHAPITRE XX

## *Loin de moi, tu es comme une cité endormie renaissant à la vie à mon approche !*

Le retour pour les vacances de Pâques !

Il était désiré, comme une sortie d'un état de torpeur qui allait disparaître au premier croisement de nos regards quand je descendrais du train et que je verrais ce visage rayonnant de joie !

Les impressions que nous échangions dans l'attente de ce futur proche étaient en symbiose avec toutes nos pensées.

**Mireille** : « Chaque jour qui nous rapproche, mon cœur bat plus vite ! Je suis tellement heureuse à l'idée que l'on va passer quinze jours merveilleux ensemble ! »

**Moi** : « Mon bonheur est si grand à l'idée de te revoir que j'en ai la tête à l'envers ! Ma raison devant l'amour me pousse à la déraison et je l'accepte tout en étant stupéfait de mon état. »

**Mireille** : « Reviens vite ! Je suis comme une fleur qui n'a pas de soleil pour s'épanouir et qui se flétrit sur elle-même !

Je me vide de rosée le matin, et le soir je suis un peu plus fanée. Les personnes que je rencontre et qui s'étonnent de ma gaieté et de mes sourires ne savent pas que je joue la comédie de l'apparence et que toi seul vois la pièce du côté des coulisses où se trouve la vérité. »

**Moi** : « Ton amour est trop grand pour ma capacité à le vivre puisqu'il engendre chez moi folies et déraisons, comme des délires dont je pensais être épargné, tant je croyais grande la maîtrise que j'estimais avoir de moi-même !

Mon conscient et mon inconscient t'appartiennent ! »

**Mireille** : « Nous n'accepterons plus jamais d'être seuls après les grandes vacances quoi qu'il arrive ! »

**Moi** : « Loin de moi, tu es comme une cité endormie renaissant à la vie à mon approche et d'où jaillissent des faisceaux de lumière comme par enchantement ! »

Mireille : « Il y a des jours où je souhaiterais que mon corps se transcende dans mon âme. Fermer les yeux en me laissant m'évanouir, glisser dans le ciel et que l'on puisse se rejoindre ainsi comme des esprits purs et libres de toutes contraintes ! Combien de fois j'ai failli me laisser couler ainsi jusqu'à ton retour. »

Moi : « Je crains que tel un « Harpagon » *(115)* je ne devienne avare.
Tu représentes une fortune spirituelle que je vais thésauriser. Je veillerai à t'éviter tous les tracas de la vie et faire en sorte que le temps ne puisse avoir aucune prise sur toi. »

Mireille : « Je t'attends, mais je me rends compte à l'instant que je n'attends pas que toi ! Bientôt un mignon petit être viendra se joindre à notre bonheur et je me demande si ta prévision va se réaliser.
Une petite Nathalie ?
Je vois déjà sa petite frimousse qui très souvent comblera les moments de solitude et de spleen qui se produiront au cours du dernier trimestre. »

Moi : « Ce qui est extraordinaire, c'est qu'elle a déjà autant de délicatesse pour toi en lisant dans tes pensées et ainsi rajouter à ta parure, que deux petites plumes supplémentaires en deux mois. Depuis sa création, elle a voulu te nimber seulement de huit plumes et je crois qu'elle ne t'en offrira pas plus de neuf comme les neuf muses de la mythologie *(116)* afin que mon inspiration puisse t'orner du voile d'une jeune maman. »

Mireille : « Lorsque tu seras là, je lirai tes pensées dans tes yeux puisque tu seras mon livre de chevet pour la vie où je puiserai mon optimisme et mon bonheur.»

Moi : « Après des nuits de tempête où je n'entendis que le bruit des vagues incessantes sur le rocher, sans aucun répit, je suis impatient de pouvoir bientôt écouter le bruit de ce cœur battant comme le rythme de la vie ! Resté trop longtemps sous l'eau, j'ai grand besoin de reprendre ma respiration pour éviter l'asphyxie.

Le temps qui nous sépare s'amenuise et nos mains tendues se rapprochent un peu plus chaque jour.

Nos yeux scrutent un horizon qui se raccourcit.

Nos lèvres s'élèvent vers le calice de notre amour, laissant s'échapper nos voix de plus en plus, pour qu'elles finissent par se confondre dans un chant unique ! »

**Mireille :** « Je vois l'aube qui se lève, couchée dans mon lit, et quand le soleil éclairera mon visage, je te verrai apparaître comme sortant d'un rêve qui s'achève. »

## *Les événements que nous allions vivre seraient placés sous le charme, les petits plaisirs et les surprises !*

« Un mariage heureux est une longue conversation qui semble toujours trop brève » *(117)*. Et la nôtre était permanente et continue, comme une source de vie incontournable permettant à cet égard d'oublier l'absence en la transformant en présent et en temps opératoire quand nous étions éloignés, grâce à nos lettres, et vivre le présent quand nous étions réunis, qui devenait alors un temps existentiel !

J'avais espéré faire une nouvelle fois une surprise en revenant plus tôt, mais telle une morsure de crabe, le directeur de l'école refusa ma demande : je fus étonné d'entendre :

**Lui :** « Vous avez été un peu trop souvent absent ce trimestre ! »

**Moi :** « J'ai toujours été présent à tous les partiels et de plus vous connaissez mes excellents résultats ! »

**Lui :** « C'est vrai, je ne peux pas faire d'exception pour vous. Même si je le voulais ! D'autres sont venus me voir également pour partir, un, et même deux jours avant la fin des cours.

# CHAPITRE XX

Et je n'ai pas donné mon accord ! »

**Moi** : « Je comprends ! C'est donc sans appel ! »

**Lui** : « En effet ! »
Je quittai le bureau du directeur dans une colère contenue, et dépité de ma déconvenue !

Le soir même, j'annonçai à Mireille dans une lettre, mon état d'âme encore brûlant de colère, et je lui faisais le portrait non objectif du directeur, que je venais de rencontrer.

C'est un personnage froid et sans cœur... un véritable robot sans âme... un scientifique étriqué, incapable de savoir ce qu'aimer peut vouloir dire !

J'arriverai au train de 3h52, dans la nuit de samedi à dimanche le 31 mars 1963 en gare de Thionville, pour venir finir la nuit avec toi ! C'était le télégramme que j'adressai à ma chère épouse.

Je ne pensais plus à mon retour qui était proche et inéluctable car mon cœur se mettrait à battre trop fort !

Alors je pensais à cette phrase :

« C'est agréable quand les deux voix silencieuses, après un long cheminement dans l'ombre apparaissent ; soudainement les deux esprits se mettent à prononcer la même phrase en pleine lumière ! »

Comme « un écho » à mon état d'âme « post-retour », son esprit ne pouvait pas lui aussi se concentrer sur un sujet quelconque.

Seule l'image associée au baiser vivant que je ferais dès que je descendrais la dernière marche du train emplissait son esprit.

Alors pour ne pas penser à l'événement, le meilleur moyen était d'aller se distraire dans des conversations multiples avec ses anciennes copines du lycée.

Le baiser spirituel que j'avais reçu juste avant de prendre le train à Brest, je venais de lui rendre la réponse physique à l'instant même, sur le quai de la gare de Thionville.

CHAPITRE XX

## *Un étonnement renouvelé après une si longue absence !*

Les vacances qui se présentaient avaient été attendues et méritées, autant pour moi que pour la jeune fille qui était devenue ma femme.

Dans une continuité transcendantale, où la connaissance se trouvant déjà dans l'esprit antérieurement à toute expérience, lui facilitant naturellement l'accès à toutes les expériences, *(118)* elle obtenait des résultats dans ses études en « solitaire » de plus en plus remarquables, grâce à une organisation et une volonté que je ne pouvais qu'admirer !

Elle avait pris en compte sa grossesse comme une évidence inévitable pour répondre à l'idée qu'elle s'était faite de la maternité et de l'Amour.

Puisque cela était, il fallait la vivre comme un don du ciel : c'était ni plus ni moins un cadeau merveilleux et donc pris en compte comme une situation incontournable !

Elle montrait un sens du vrai et du bien inné, là où moi-même j'avais réussi à l'atteindre par raisonnement et à partir des idées philosophiques que j'avais pu découvrir dans mes lectures auprès des grands penseurs du passé et du présent, en les faisant miennes.

En principe le « jour de la naissance » *(119)* était estimé par la médecine pour le sept mai, ce qui devait normalement donner à nos vacances une ambiance d'attente et de précaution, pour éviter à la future maman tout tracas et lui éviter tout stress éventuel.

J'avais un plaisir mesuré pour la vaticination, qui parfois se vérifiait, bien que cela s'apparentât plus à un certain déterminisme *(120)*, lequel est d'ailleurs plus en osmose avec ma nature profonde.

Mon esprit se laissait parfois aller à ratiociner *(121)* un peu trop dans certaines occasions où mon bonheur était plus grand !

Ainsi, j'avais le sentiment que je ne repartirais pas à Brest sans assister à la naissance que je prévoyais le 16 avril, soit trois semaines avant la date prévue.

Nous avions pu bénéficier pour le séjour d'une certaine tranquillité au domicile de mes beaux-parents : mon beau-père était, comme très souvent, en déplacement et le reste de la famille était en vacances dans la famille ardennaise.

Il y eut cependant quelques rares moments de promiscuité familiale qui participaient davantage d'une ambiance chaleureuse et sympathique qu'à un quelconque inconvénient.

Pour les jeunes mariés, les trois longs mois qui venaient de se dérouler avant de se retrouver étaient devenus de plus en plus pénibles.

Ils avaient eu cependant le don de sublimer le transfert de nos pensées de façon assez extraordinaire !

Plus tard, on s'apercevra qu'ils contribueront à la construction des fondations durables de notre future vie en commun. Des décisions pratiques étaient à prendre avec le proche événement qui allait se produire : nous eûmes de nombreuses discussions pour essayer d'apporter les bonnes réponses communes à toutes nos interrogations.

Tout ce qui serait étroitement lié à la vie future du fruit de notre histoire devait pouvoir bénéficier des attentions les plus grandes !

Nous étions en train de prendre conscience que la vie, comme depuis des millions d'années, nous confiait une nouvelle responsabilité que nous allions devoir assumer au mieux, instinctivement et sans préparation.

Nous avions d'autant plus confiance en nous qu'en y réfléchissant bien, dans la chaîne historique de l'évolution de l'humanité, notre cœur et nos savoirs ne pouvaient pas être moins performants que toutes ces générations de parents qui avaient vécu avant nous une expérience qui allait devenir aussi la nôtre !

Ils n'avaient pas trop mal réussi l'aventure puisque nous étions là !

Mon frère Paul était parti faire son service militaire en Allemagne depuis trois mois.

Il avait été incorporé au « 42e régiment de transmission » et après avoir fait « ses classes », avait été affecté à l'État-major du général Massu, situé à Rastat, près de Baden-Baden.

En dehors des états d'âme habituels que l'on a dans les premiers mois du service militaire, il était plutôt content de son affectation.

Nous le rencontrâmes lors de la première de ses permissions, avec le plaisir de lui demander de bien vouloir accepter de devenir le parrain de notre prochain rejeton dont je lui annonçai de façon péremptoire que ce serait une fille et qu'elle s'appellerait « Nathalie ».

Mireille souriait sous cape en disant :

« Tu sais Paul, nous n'en savons encore rien !

C'est ce que ton frère imagine en l'affirmant ! »

Il me répondit :

« Mais comment peux-tu le savoir ? »

« Tu connais mes dons divinatoires ? » lui dis-je !

Légèrement émoustillé de cet échange amusant, il accepta comme un grand honneur d'avoir été choisi pour jouer le rôle qu'on lui assigna. « De plus tu seras accompagné de la sœur de Mireille, la petite Nicole », qui allait gentiment vers ses dix-sept printemps !

Je lui rappelai le rôle de « parrain » selon la religion catholique : il est celui qui, avec « la marraine » accompagne l'enfant sur les fonts baptismaux. Plus tard, il veille à son éducation religieuse.

Il est vrai que cette fonction est à notre époque plus ou moins tombée en désuétude.

Chaque famille ayant à cet égard un point de vue très différent.

De plus, quand les relations avec les parents ont pu rester amicales, ce genre de pratique peut résister à l'usure du temps selon les adaptations nécessaires : souvent alors, pour les événements importants accompagnés de festivités, marraines et parrains offrent un cadeau à leur filleul(e).

Une jeune femme qui avait l'art de se parer sans que l'on puisse imaginer qu'elle attendit pour les quelques semaines à venir, un bébé !

Nous venions de passer une soirée agréable chez ma mère avec ma sœur et mon frère.

En regardant sa belle-fille, ma mère eut cette remarque surprenante :

« C'est étonnant ! On ne voit pas du tout que vous êtes enceinte ! Comment cela se fait-il ? »

« Je n'ai pas beaucoup grossi en effet, mais ne vous inquiétez pas, tout va bien, le bébé se porte bien et je viens d'aller voir le médecin au titre de la dernière visite avant l'accouchement prévu pour le sept mai. »

Je m'empressai de refaire ma prévision en glissant au coin de l'oreille de ma mère avec un petit sourire complice :

« Je pense que le bébé naîtra avant mon retour pour Brest, pressé qu'il doit être de faire la connaissance avec le premier homme qu'elle rencontrera en venant sur terre » !

Une autre soirée différente, non moins agréable, se passa chez mon « parrain Louis » et sa femme.

Il avait épousé Berthe, une ancienne « P Fate ». Elle avait quitté l'armée depuis quelques années et avait un besoin d'exercer son autorité sur quelqu'un.

Elle trouva l'homme le plus malléable qui soit, d'un naturel jovial, il devait en avoir assez, dans sa cinquantaine passée, de vivre en célibataire endurci, lui qui était la gentillesse « faite homme ».

Nous évoquions notre avenir proche et la sérénité qui nous enveloppait pour l'aborder.

Nous indiquions les décisions que nous prendrions pour la continuation de nos études et les perspectives pour notre futur enfant !

Ils ne pouvaient que nous écouter et éventuellement nous faire des remarques de bon sens, eux qui n'avaient jamais eu d'enfants malgré leur grand âge à tous les deux.

Ils avaient l'air attendri et étonné de notre sens des responsabilités lié aux propos que nous tenions ce soir-là. Berthe, un peu guindée, dans un style devenu « B.C.B.G. » depuis son mariage, après s'être associée aux moyens financiers de son premier mari acquis sur le tard, voulait se montrer prévenante et pleine de savoir maternel face à ces deux jeunes tourtereaux qui respiraient l'avenir !

Avant de partir, elle demanda à Mireille de « ne pas oublier de la prévenir quand la naissance se produirait afin qu'elle puisse venir contempler le chef-d'œuvre » !

## *La fin des vacances confirma la qualité du déterminisme de son auteur !*

La soirée du samedi se terminait lentement.

Nous venions de dîner avec ma belle-famille, qui devait certainement découvrir que le couple que nous formions était plutôt attendrissant.

Les deux semaines qui venaient de s'écouler avaient permis d'avoir à diverses occasions beaucoup plus d'échanges avec les différents membres de cette famille relativement inconnue pour moi.

Ils devaient constater également de leur côté que le mari de leur fille n'était pas du genre à se laisser abattre devant les difficultés de la vie et qu'avec un tel jeune homme la sécurité de leur enfant ne pouvait qu'être assurée.

Afin que l'on me connût mieux, je parlai beaucoup de mon passé, tout en soulignant comment j'avais toujours fait face à certaines situations difficiles, notamment financières, auxquelles j'avais été parfois confronté. Ils ne pouvaient ainsi que constater le sens des responsabilités qui étaient miennes et les qualités humaines de l'homme en devenir et encore étudiant.

Ainsi, chaque échange avec les parents effaçait les craintes imaginaires qu'ils avaient pu avoir depuis le jour où ils apprirent notre intention de nous marier.

Lorsque nous allâmes dans notre chambre pour y passer la nuit, un certain vague à l'âme surgit entre nous à la pensée que dans trois jours je serais de nouveau en route vers Brest, pour y passer le dernier trimestre de cette deuxième année à l'École d'Ingénieurs.

Y penser ne servait à rien, si bien que nous nous laissâmes glisser vers une douce nuit, enlacés l'un contre l'autre en nous laissant envelopper dans un voile de bonheur parfait.

Vers trois heures du matin, Mireille me réveilla subitement pour m'annoncer que notre bébé avait probablement décidé de nous faire une énorme surprise pour le jour de Pâques. Ainsi, le jour de « la résurrection du Christ », un enfant allait apparaître à la vie.

La maisonnée était à peine endormie que les lumières jaillirent de toutes parts dans une effervescence qui gagnait très vite toute la famille. Des sentiments de joie, de bonheur, et de surprise, animaient les uns et les autres à des degrés divers.

Mireille avait la crainte de la première fois et des prochaines douleurs en perspective, mais surtout elle laissait monter sa joie tout en étant un peu agitée !

Moi je n'avais que de la joie sur ce qui se préparait et n'étais attentif qu'aux besoins de la future mère, pour qu'elle pût consacrer toute son énergie à la seule et unique préoccupation utile et nécessaire :

# CHAPITRE XX

## « *L'événement de la naissance* ».

Lorsque nous arrivâmes à la clinique qui avait été prévue pour l'accouchement, tout alla très vite puisque moins d'une heure après notre arrivée, dans une dernière douleur et un dernier effort de la jeune maman, naissait un mignon bébé. (*122*) La prophétie s'était parfaitement réalisée : c'était une fille ; on l'appela Nathalie puisque c'était le jour de sa naissance, selon la signification historique de son prénom.

Elle avait décidé de naître deux jours avant ma prévision, le dimanche 14 avril, le jour de Pâques.

Et deux jours avant mon départ !

Un peu plus de vingt mois auparavant, « le premier baiser » que j'avais échangé avec sa mère, me permettait de le transmettre à mon premier enfant qui allait avoir besoin de beaucoup d'amour pour grandir et devenir une femme un jour !

Il n'y avait qu'une seule ombre au tableau ce jour-là, bien que très atténuée par la joie des parents.

C'était que le bébé était « prématuré » et qu'il devait poursuivre sa croissance durant au moins trois semaines dans une couveuse.

C'était le juste inconvénient pour que mes vaticinations se réalisent !

Passer le jour de Pâques dans une clinique n'était pas l'idéal.

Il fallait que je trouve un moyen pour embellir la journée : je demandai à ma belle mère si elle pouvait avoir la gentillesse de préparer des douzaines d'escargots selon les bases d'une recette que j'avais déjà eu l'occasion de goûter et qui était le secret de fabrication de la grand-mère Jeanne.

Les moments d'extases passés, il fallait trouver les moyens d'embellir la chambre de cette nouvelle famille ! Je revins les bras chargés de roses pour imprimer auprès de la nouvelle maman, un air de fête !

Le déjeuner ne fut pas celui de la clinique, mais celui qui avait été préparé par les parents de la jeune maman.

J'espérais naïvement manger suffisamment d'escargots pour être malade d'indigestion et ainsi pouvoir retarder mon départ prévu le surlendemain. Après avoir absorbé plus de deux douzaines de ces mollusques herbivores, il fut impossible d'en faire davantage.

À mon grand regret, les dégâts attendus ne se produisirent pas ! Ainsi, la maman et sa petite fille allaient toutes deux perdre le goût des tendres baisers du nouveau père !

Ce jour-là s'accomplissait la fin du premier relais, qui avait permis de passer **d'une éclosion de vie**, la mienne, qui allait devenir un homme, **à une autre** éclosion, qui deviendrait plus tard une femme, qui s'appela Nathalie.

Ainsi, Mireille et moi étions fidèles au respect du premier sens de la vie des hommes !

Depuis la naissance du Christ, c'était ainsi la quatre-vingt–dix- septième transmission de relais pour que l'humanité puisse se poursuivre *(123)* ou, depuis la découverte de Lucy, la 171570ᵉ transmission dans l'histoire de l'humanité très lointaine.

Ne serait-il pas utile de développer, non pas au niveau de la connaissance mais de la conscience des hommes, cette notion de valeur humaine dont les autres doivent en partie dépendre ?

À savoir perpétuer la vie le mieux possible depuis son éclosion à la maturité « d'homme » ! Chaque naissance temporelle placée dans l'espace-temps d'hier et de demain, pour que le présent soit plus humain.

Faire en sorte que chaque génération n'ait qu'un seul objectif majeur, rendant tous les autres dépendant de lui : faire évoluer l'humanité vers une conscience universelle donnant ou imposant aux hommes un sens plus humaniste, plus altruiste et plus juste.

Les avancées scientifiques et techniques ne valent en dernier lieu, que si elles engendrent plus de bonheur pour tous, et non pas pour quelques-uns.

Le moteur du progrès doit alors être centré sur l'homme comme finalité à tout ce qu'il entreprend pour disposer d'un avenir meilleur.

La naissance est le début de la vie ; la mort est la naissance d'un naufrage ou d'un basculement dans le néant.

**La vie n'est que cet infime trait d'union** entre ces deux certitudes. Autant œuvrer pour qu'il soit le plus exceptionnel possible et ne devienne pas, comme c'est le cas pour les deux tiers de l'humanité, un véritable cauchemar.

*Nous venions d'assister au commencement de la vie de notre premier enfant ! Comme je vais le montrer ci-après, notre enfant n'a pas fini de naître à partir de l'instant où il est né !*

Il faudra beaucoup de temps à ce petit « être », pour que du nourrisson sans conscience qu'elle est aujourd'hui, elle se métamorphose en jeune fille, puis en femme, que j'aurai plaisir à regarder grandir.

Elle deviendra le résultat de la synthèse fantastique du miracle qui se produit pour chaque « être » humain depuis si longtemps dans toute sa diversité, laissant cependant planer jusqu'à son âge d'adulte et au delà un gigantesque point d'interrogation !

Elle sera la meilleure synthèse possible de la combinaison ou de l'influence de nombreux facteurs parfois contradictoires suivant leur nature : des gênes originels, du rôle de ses parents durant les troisième et quatrième naissances, de l'intégration par elle-même des acquis, de l'écoute des autres *(parents, professeurs, et rencontres diverses)*, des hasards favorables et défavorables qui viendront perturber sa conscience, du milieu social dont font partie ses parents et qui évoluera dans le temps, en fonction de leur propre carrière professionnelle après avoir accompli leurs études.

Elle prendra peu à peu conscience de tout cela pour construire son identité de jeune femme pour les vingt ans à venir. Sa vie va dépendre de ces réalités incontournables.

Moi, en écrivant et donc en pensant à cela, je suis atteint par le vertige de mon impuissance, pour que mon enfant devienne ce que je voudrais qu'il soit !

Me penchant vers le berceau de ma petite fille, je lui parlais tout bas en disant : sache que ce que tu deviendras sera toujours pour tes parents le meilleur résultat qu'il était possible d'atteindre humainement et finalement ce qui comptera, c'est l'amour qui circulera entre nous pour cimenter le tout.

Dans notre rôle de géniteurs, nous étions à la fois acteurs et spectateurs des six naissances essentielles pour faire de toi un « être » qui évoluera lentement vers son ultime sagesse, avant de sombrer beaucoup plus tard dans le néant de la septième naissance.

En respectant la logique de la vie, c'est bien après nous que tu quitteras le monde des vivants.

Je pris conscience, avec la naissance de mon premier enfant, que nous nous attelions à une tâche pratiquement impossible, mais que pourtant nous devions assurer au mieux. Notre rôle devrait alors s'accomplir selon nos capacités, mais surtout aussi nous devions tenir compte de notre disponibilité et de notre potentiel d'amour exprimable et non exprimable, mais encore plus présent !

**La première naissance** avait eu lieu depuis près de neuf mois, par hasard, dans une recherche de l'absolu spirituel et physique, guidée par l'amour.

« Une existence » se construisait avant « d'exister » à l'abri des hommes, se dotant de tout le capital génétique nécessaire avant d'entrer dans un nouveau monde.

Nous apportions aussi tous les caractères héréditaires que nos propres parents avaient pu nous transmettre, biologiquement parlant d'abord, et psychologiquement ensuite, en nous éduquant.

Quelques années plus tard, les humains toujours très curieux et inventifs mettront au point un appareil qu'on appellera « scanner » *(124)* pour voir avant la deuxième naissance comment tous les embryons situés dans le ventre des mamans grandissent

Mais ce qui devenait extraordinaire avec cet appareil, c'était de pouvoir observer si nous allions devenir de futures filles ou de futurs garçons !

Il en était terminé à ce sujet des vaticinations en tous genres que l'on faisait depuis l'aube de l'humanité malgré la réussite de la mienne.

**La seconde naissance** venait d'avoir lieu depuis quelques jours avec « le cri primal » caractéristique de toute nouvelle arrivée parmi les « homo-sapiens » *(125)*.

La petite Nathalie respectait en ce sens tous les cris qui s'étaient produits avant elle depuis celui de son illustre aînée « Lucy ».

Le sien cependant avait été un peu plus faible, parce qu'elle avait besoin pour quelque temps de prendre des forces dans une couveuse fabriquée par les humains.

Les autres naissances s'étaleront sur toute sa vie. Chacune d'elle, ou nouvelle étape, en fera dépendre la suivante et ainsi, pas à pas, sa vie sera progressivement prédéterminée sans qu'on y puisse grand-chose !

Les hasards heureux et les autres alimenteront ses espoirs quand ses propres pouvoirs auront atteint leurs limites.

**La septième naissance,** qui correspondra au basculement dans le néant dont on ne sait rien ou vers un après, dont on ne sait pas davantage dans l'absolu, tant que nous resterons des hommes. Mais il faudra se préparer à cette naissance-là si on ne veut pas la rater. Autrement dit, assurer sa sortie du monde des vivants.

Il reste donc « quatre naissances » qui vont jouer un rôle primordial pour accomplir l'essence de l'Être en devenir parmi de nombreux possibles. Les parents joueront un rôle primordial après la seconde naissance et parmi les trois suivantes.

**La troisième naissance,** qui correspond à l'enfance *(126)*, sera le commencement de l'éveil sans la conscience. La communication avec l'extérieur du petit « Être » ne s'effectuera que sur le mode du « ressenti » et de « l'affectivité ».

L'enfant reçoit sans pouvoir répondre, sinon par des cris de joie ou de douleur, et sitôt que les mots apportent du sens, la communication se produit sur le mode de l'émerveillement.

L'image du père biologique ou non va induire une image rassurante et structurante, facilitant la séparation traumatique d'avec la mère.

La séparation avec la mère ne finira cependant jamais de s'achever, selon les maîtres à penser de la psychologie moderne !

**La quatrième naissance,** qui se situe à l'adolescence, fera naître une conscience et la découverte de soi-même avec des sensations et des sentiments nouveaux dans un corps sexué. Peu à peu, se développera la prise de conscience de ce que l'on est, avec la conquête de l'autonomie dont la contrepartie sera aussi de constater la dualité avec le renoncement du monde affectif de l'enfance avec son côté paradisiaque. C'est certainement l'étape la plus déterminante de la vie, et celle où les attentions les plus grandes doivent être opérées.

La cinquième naissance, qui va conduire cet « être » de l'adolescence au jeune adulte *(127)*, fera progressivement prendre conscience de son « être social », en esquissant notre figure humaine reconnaissable et digne de ce nom. Les années d'études et les relations ou les rapports à « autrui », accompagnés des introspections, joueront un rôle important.

Avec la sixième naissance, l'homme *(128)* est placé à la croisée de tous les chemins, devant lesquels il peut décider de ce qu'il va progressivement pouvoir devenir en fonction du parcours effectué dans l'étape précédente.

Chaque chemin ouvre la voie vers un infini que seule la mort finira par stopper, en le plaçant face à sa septième naissance dont on ne sait rien et qui ne peut de ce fait que l'angoisser.

En marchant dans la vie, nous allons découvrir que nous sommes des êtres à dimension de vie finie, de courte durée, alors que l'histoire des hommes est aussi à dimension de vie finie, mais de très longue durée par rapport à nous-mêmes.

Or l'histoire de la terre est d'une durée infiniment plus grande, mais de dimension finie elle aussi !

Notre participation à **cette marche finie dans un univers infini**, dans sa dimension de temps, nous conduit tout naturellement à imaginer l'existence de Dieu dans une telle perspective, qui devient de ce fait difficilement contestable, mais l'interrogation subsiste !

Mais là, nous sommes dans une autre réflexion bien plus complexe, que les humains des millénaires à venir ne manqueront pas de poursuivre.

Il y a douze mille ans l'humanité commençait à avoir une pensée, si l'on s'appuie sur les premières figurines de femmes découvertes par les archéologues au Proche-Orient.

La première représentation de Dieu avec la triade d'Osiris, la déesse Isis et l'enfant Horus, il y a cinq mille ans, plus ancienne encore que l'idée du Dieu Yahvé de la Bible dans l'Ancien Testament, il y a moins de trente siècles.

Ce même Dieu aura une épouse Ashera, qui sera bannie du temple pour réapparaître sous la forme de la sagesse.

Nous sommes ainsi confrontés à la conscience que nous avons de nous-mêmes et de l'humanité à laquelle nous appartenons.

# CHAPITRE XX

Les sept naissances ou les sept âges de la vie à l'échelle d'un homme *(Conception, naissance, enfance, adolescence, âge adulte, maturité et vieillesse, mort)* méritent d'être comparées à celle de l'espèce humaine qui pourrait selon moi se trouver à la fin de son enfance ou au début de son adolescence, à l'échelle du temps universel de son évolution.

Il faudra beaucoup de sagesse à l'humanité pour réussir à franchir toutes les étapes qui la conduiront vers sa fin absolue !

# CHAPITRE XXI

## J'IMAGINE NOTRE TRIO FAMILIAL COMME L'ARBRE DE VIE ET SON FRUIT !

### *Le caractère magique du chiffre sept !*

Reconnu et observé par les hommes dans leur histoire, le chiffre sept montre à la fois son extraordinaire coïncidence avec l'observation de la nature et jusqu'à la spiritualité elle-même !

La construction d'un « Homme » depuis son commencement dans le ventre de sa mère jusqu'à sa finitude, qui correspond à la sixième naissance à partir de laquelle il se construira pour se laisser aller ensuite dans la septième naissance de l'éternité.

On a montré qu'à chaque homme correspondent sept naissances.

L'enfance, l'adolescence, l'évolution vers le jeune adulte, se dérouleront sur sept années à chaque fois.

Dans une autre échelle, on peut comparer la vie aux sept jours qui furent nécessaires à Dieu pour créer l'homme selon la Bible. La version biblique n'a évidemment qu'un caractère symbolique par rapport aux explications effectuées à partir de nos connaissances scientifiques qui identifient également sept périodes.

La fin du sixième jour correspondant à la naissance de l'homme avec un monde qui se développera par lui-même jusqu'au septième jour.

Faut-il faire un parallèle entre la septième naissance de l'homme *(la mort)*, avec le septième jour de la création où, après avoir créé l'homme, Dieu se reposa, en considérant que son œuvre était achevée et qu'il fallait laisser la vie s'épanouir ?

Ainsi, laissons à l'échelle de l'homme s'épanouir la mort en l'apprivoisant !

Citons au hasard quelques coïncidences universelles étonnantes que nous ne pouvons que constater, en nous disant qu'elles dépassent l'ordinaire observation ou réflexion pour les comprendre !

**Sur un plan physique**, citons par exemple : *(129)* les 7 couleurs de l'arc en ciel *(1)*, les 7 continents *(2)*, les 7 odeurs primaires *(3)*, les 7 étoiles de la Petite et de la Grande Ourse *(4)*, les 7 catastrophes *(5)*, les 7 collines de Rome *(6)*, les 7 orifices du crâne humain *(7)*.

**Sur un plan ésotérique, spirituel ou philosophique**, on peut citer : les 7 péchés capitaux *(8)*, les 7 vertus *(9)*, les 7 piliers de la sagesse *(10)*, les 7 paroles du Christ sur la croix *(11)*, les 7 phases de l'expansion de l'univers *(12)*, les 7 arts principaux *(13)*, les 7 vertus chinoises *(14)*.

Sans vouloir prétendre à un décryptage des plus osés des règles qui régissent l'univers jusqu'à l'homme et à sa spiritualité, les quelques observations précédentes peuvent pour le moins interpeller !

Une tendance fera que les précédentes identifications provoqueront l'imagination des hommes qui auront plaisir à en créer beaucoup d'autres telles que : les 7 merveilles du monde *(15)*, les 7 sacrements chez les catholiques *(16)*, les 7 jours de la semaine *(17)*, les 7 consciences *(18)*, *etc.*

*Je repartais pour une septième et dernière étape de véritable séparation, comme un accomplissement à réaliser avant d'atteindre enfin un bonheur continu !*

Les Dieux nous avaient mis au purgatoire pour nous éprouver ! Ils allaient nous accueillir à la fin de la septième épreuve ! Les voyages d'Ulysse et les attentes de Pénélope allaient prendre fin comme une odyssée ! *(130)*

La dernière épreuve serait difficile, mais elle portait en elle l'espoir d'une prochaine certitude qui allait s'accomplir.

Le poignard qui venait de s'enfoncer dans le cœur de ma jeune femme lorsque je refermai la porte de sa chambre d'hôpital ne sera retiré que le jour où le baiser du retour pourra l'anéantir.

En recevant son message, je savais que ce n'était pas une blessure qu'elle avait eue, mais son âme qui subissait les effets du vide qui allait se prolonger en la laissant seule.

Mais non !

Elle n'était plus seule, puisqu'une partie de moi-même n'était pas loin d'elle dans cette couveuse, comme une existence sans conscience, mais présente, qui allait l'accompagner durant toute cette absence.

Mireille : « Cette joie que j'ai vue sur ton visage lors de la naissance et lorsque nous allions la regarder ensemble est la plus belle récompense que tu pouvais me faire.

Ce petit « être » n'est pas une finalité à notre amour, mais une gerbe de fleurs qui vient l'exaucer pour le grandir encore ! »

Moi : « Pour moi, il fallait que s'opère une réaction d'orgueil face à la vacuité morale qui m'envahissait.

Aucun soleil ne peut venir remplacer l'intensité de ton lumineux regard. Chaque lettre que je reçois est comme un rayon qui traverse l'embrasure d'un volet fermé empêchant la vie de s'éteindre. Quand j'observe un coucher de soleil, j'ai parfois cette impression ridicule que c'est toi qui disparaît à l'horizon et je n'en finis pas de regarder le spectacle pendant des minutes encore. Le voile de la nuit qui s'étend progressivement me fait imaginer que c'est toi qui t'endors ! »

Mireille : « Le désarroi qui m'envahit le soir est en même temps la source à partir de laquelle je rassemble toute mon énergie, que je retrouve le matin pour recommencer chaque journée en étant digne de toi et en étant courageuse.

Chaque fois que nous avons été ensemble, mon émerveillement n'a fait que grandir. Tu es l'homme tel que je pouvais me l'imaginer dans mes rêves d'adolescente, incarnant la droiture, la patience, la responsabilité et l'apaisement devant les difficultés. Ta sensibilité que je suis seule à connaître et que tu caches pour les autres derrière un certain masque de pure composition m'émeut, car plus ta sensibilité est atteinte, plus ce fameux masque s'épaissit donnant l'impression fausse que tu es invulnérable. »

**Moi** : « Le masque dont tu me parles, il est vrai qu'il existe. Cependant, ma froideur si souvent évoquée par de nombreuses personnes disparaît avec celles que j'aime bien ou celles pour lesquelles j'ai de l'affection.

Lorsque tu me demandas un jour de ne jamais avoir un masque sur le visage avec toi, il était inutile de me le dire, car si ce jour là devait arriver cela signifierait que nous aurions fini de nous aimer. »

**Ma cousine Gaby** était venue à la clinique rendre visite à la jeune maman qu'elle ne connaissait pas, en lui apportant un bouquet d'œillets rouges : elle montrait à sa manière l'art consommé qu'elle avait sur le langage des fleurs puisque pour l'initié, il signifiait qu'elle avait foi en notre amour.

Le bébé quant à lui eut droit à des bottines roses.

J'avais toujours eu une grande sympathie pour cette cousine qui avait une bonne dizaine d'années de plus que moi.

Au cours de mon adolescence et dans les années qui suivirent, sans qu'elle le sût, elle m'avait servi de miroir réfléchissant sur beaucoup de mes idées en devenir.

Elle se prêtait de bonne grâce et avec une satisfaction amusée aux exercices de rhétorique que j'avais plaisir à faire avec elle, chaque fois que j'en avais le temps ou l'occasion.

Elle était mariée depuis peu de temps avec un jeune homme qu'elle avait épousé par amour.

Elle était gaie par nature et toujours prête à participer aux raisonnements de son interlocuteur quand elle le trouvait sympathique.

Intuitivement je pensai que ses jugements ou ses réflexions pouvaient être dignes d'intérêt, car elle avait une grande intuition sur beaucoup de sujets.

Sa rencontre avec Mireille me montra qu'il était resté quelque chose de nos nombreuses discussions et j'en fus agréablement ému.

*Il restait environ deux semaines d'attente à la maman pour prendre notre petite Nathalie dans ses bras !*

Elle avait dû l'abandonner contre sa volonté, après avoir retrouvé ses habitudes et les devoirs par correspondance qui s'étaient accumulés avec les vacances et la semaine passée à la clinique.

# CHAPITRE XXI

Elle se sentait un peu perdue après ces trois semaines où elle ne retrouvait ni ma présence, ni l'enfant qui s'était invité plus tôt que prévu pour faire plaisir à son père.

Alors, un grand vide l'envahissait, que seul un plongeon dans ses études pouvait un peu faire oublier. Son abattement au soir du retour à la maison était aussi grand que la farouche énergie qui l'animait et qui une fois de plus l'emporterait, après une nuit de sommeil et d'oubli.

Sa capacité de régénération était restée intacte, car rien ne pouvait altérer son immense courage et la volonté qui l'alimentait.

Chaque lettre dégageait comme un parfum qui ressemblait à de l'encens.

Il parfumait l'esprit pour qu'il fût plus réceptif aux instants de paix et de bonheur induits dans la musique des mots et des phrases qui vibraient jusqu'à la lettre suivante, dans un mouvement lancinant et « crescendo » comme dans *Le Boléro* de Ravel ! *(131)*

Ce qui était vrai pour elle l'était autant pour moi, en éteignant les jours pour rallumer les soirs dans le silence.

Les nuits s'effondraient ensuite comme dans un ballet continu et ininterrompu.

Tel le bruit des sirènes, je lisais parfois dans ma mémoire endormie une pensée en forme de poème qui tintait plus fortement que les autres et que me soufflait Mireille dans la nuit au creux de mon oreille :

*La nuit*

« *Amoureusement je m'endors serrée contre toi.*
*Je t'entends respirer doucement,*
*Et je vais régler lentement,*
*Ma respiration avec toi ;*
*Et unis pour toujours*
*Endormons-nous.*

Dans mes rêves Morphée transmettait à sa muse :

*Toi seule feras route avec moi.*
*Je le veux !*

*Tu le veux !*
*Je le désire pour toi.*
*Je veux lutter avec volupté*
*Et avec ta présence à mes côtés.*
*Je suis comme ce preux chevalier*
*Qui n'a plus qu'un bras pour affronter le monde ;*
*J'attends que tu me le rendes !*
*Pour mettre les pieds à l'étrier,*
*Mais en retraite pour quelques mois*
*Jusqu'à ce que le bonheur nous emplisse de joie.*

*Dans la lumière partout, nous aurons !*
*Une vie à deux,*
*Des plaisirs à deux,*
*Des soucis à deux,*
*Des espoirs à deux !*
*Nos pensées individuelles, nous les respecterons,*

*En espérant qu'avec le temps*
*Elles continueront à se ressembler*
*Autant que maintenant »* !

**Moi :** « Autant j'aimais me retrouver au milieu de groupes, avec des garçons et des filles à participer à des débats en tous genres sur une infinité de sujets !

Autant je me surprends depuis quelque temps à préférer les éviter, car en ne les partageant pas avec toi, j'éprouve moins de plaisir à m'exprimer.

Un lien inconscient existait sûrement avant, qui me portait à séduire, mais aujourd'hui toute mon envie de séduction n'est dirigée que vers toi qui incarnes toute la féminité du monde.

Mon tempérament de joueur dans la vie, et non selon *Le Joueur* de Dostoïevski, me portait souvent à passer d'une situation à une autre pour en découvrir tout le mystère de l'inconnu et pouvoir garder toute la vivacité de mon esprit.

C'était vrai pour les idées et pour les rencontres !

# CHAPITRE XXI

Je me rendis compte que je me laissais aller vers le syndrome stendhalien de la cristallisation en considérant qu'il n'y avait plus que « toi » et « moi » tant que nous serions séparés.

Je refusais en quelque sorte de voir d'autres réalités, préférant vivre avec la dimension imaginaire que m'imposait l'absence !

Nos différences ne seront jamais autre chose qu'un moyen pour nous enrichir, chacun au contact de l'autre et nous accomplir en tant « qu'être », dans un épanouissement total, sous le regard de notre amour et des tolérances qu'il induit. »

Mireille : « Chaque fois que je lis tes phrases, je me dis que ce n'est pas à moi qu'elles s'adressent et que la femme qui les reçoit doit être bien heureuse d'être aimée comme cela !

Mais l'instant d'après, je vibre de tout mon être, comme si à chaque fois je recevais un électrochoc de plaisir après les avoir lues !

Souvent, lorsque tu es présent, je préfère t'écouter que m'exprimer moi-même.

Quand nous serons ensemble, je deviendrai plus spontanée et je perdrai les habitudes que j'ai actuellement en me renfermant sur moi-même.

Ce que plus naturellement je fais en écrivant, je le ferai verbalement.

Je sais que tu me guideras et que tu m'aideras !

Je pense à cette discussion que nous avions eue sur l'amour platonique !

Je t'avais répondu qu'il était à la base d'un véritable amour et que l'amour passion par exemple était plus imprégné du désir qui n'a pas de fondement durable.

La passion ne peut durer et ainsi l'amour ne peut que finir plus ou moins rapidement. Dans l'amour platonique, il y a plus de désintéressement par rapport à soi-même, mais on n'atteint pas l'amour véritable, car il n'y a pas de don véritable !

Le véritable amour est une sorte de composition artistique de ces deux versions de l'amour !

Aimer c'est donner, alors que souvent on préfère recevoir !

Qu'en penses-tu mon chéri ? »

Je lui répondis :

**Moi** : « L'amour platonique, s'il ne peut évoluer vers un amour spirituel et physique à la fois, ne sera jamais total.

La dimension platonique de l'amour, si elle est partagée, peut durer la vie entière.

Son état initial inspiré par l'esprit et imposé par des circonstances jugées incontournables une fois pour toutes ; il faudrait que les circonstances changent pour que cet amour-là évolue.

Grand admirateur de la pensée stendhalienne et s'en inspirant, il existe au moins quatre formes principales d'amour et il faut rajouter les combinaisons de celles-ci !

**L'amour passion, l'amour goût, l'amour physique, l'amour vanité selon Stendhal, et il faut rajouter l'amour platonique.**

« *L'amour passion* » : il ne peut durer si ensuite il ne se transforme pas.

Tout le monde en rêve et le craint à la fois, car il est destructeur. Il constitue un risque irrésistible qu'il faut savoir apprendre à maîtriser pour le faire évoluer si l'on aime vraiment. Il est comme une bouteille de champagne que l'on boit, mais lorsqu'elle est vide ou épuisée, que reste-t-il ?

« *L'amour goût* » : s'identifie avec les bonnes manières, l'éducation. L'amour noble ; il devient alors le résultat d'un procédé dont il faut connaître les règles pour l'atteindre. Il est une forme affaiblie de l'amour passion et se trouve directement lié à des règles de castes.

La politesse dans cet amour devient le signe de la hauteur, et plus elle est grande plus on s'élève.

On se promène ici dans les sphères du 17e et 18e siècle à la cour de Louis XIV avec le protocole, ou de Louis XV avec des contraintes sociales.

Il ne faut pas croire que cela ait tout à fait disparu de nos jours.

« *L'amour physique* » : s'il est évident, n'est rien d'autre que l'assouvissement de ses pulsions corporelles causées par une autre personne que l'on n'a pas besoin d'aimer pour cela.

Il exige en général au minimum de la sympathie pour l'autre pour s'accomplir.

Il me semble aussi que le plaisir physique n'a rien à voir avec l'amour physique, car je pense qu'il correspond à un point commun pour toutes formes d'amour.

« *L'amour vanité* » : ressemble à un simulacre d'amour, en s'identifiant à une cause autre que l'amour pour se justifier. Je l'aime parce qu'elle est bien née ou riche !

« *L'amour platonique* » : sera ainsi un amour passion spirituel uniquement et il peut durer toute la vie, avec une acceptation qui est à la hauteur de l'impossibilité de son accomplissement final !

Dans toutes ces amours, posons-nous maintenant la question.

### C'est quoi l'amour idéal ?

Je me contenterai de répondre que c'est un savant saupoudrage de ces amours, et avec le temps il doit évoluer dans les proportions qu'on accorde à chacune de ses composantes !

Pour cela, il faut réussir à faire progresser sa propre spiritualité en la combinant à l'autre, dans une volonté de dépassement permanent.

Cet amour-là a toutes les chances de ne pas pouvoir être aliéné par le temps !

Le paradoxe de l'amour réside en ce que deux êtres deviennent « Un » et cependant restent « **Deux** ».

Deux êtres qui s'aiment doivent exister par eux-mêmes et réussir à découvrir à chaque fois que se retrouver ensemble apporte des plaisirs nouveaux pour chacun.

Et ces plaisirs n'ont pas besoin d'être les mêmes s'ils veulent faire une longue route ensemble.

*La vie lycéenne de Mireille reprenait ses exigences en faisant oublier les attentes et les tristesses personnelles.*

Pour occuper nos esprits sur des sujets communs, nous plongions dans *Antigone* d'Anouilh. *(132)* À d'autres occasions, notre réflexion portait sur quantité d'autres lectures que nous faisions ou avions faites afin de pouvoir découvrir la sensibilité de l'autre.

« **Antigone** » : c'est à partir d'un acte de résistance isolé d'une efficacité relative qu'un jeune Français *(133)* essaiera héroïquement de tuer Laval et

Déat qui ne seront que blessés. L'auteur trouvera dans ce geste, à la fois inutile et tragique, l'idée de donner une version moderne « sur la notion de résistance d'un individu » face à l'État, en s'appuyant sur la pièce de Sophocle.

Chez Sophocle, le personnage tragique n'est pas Antigone mais le roi Créon qui, s'étant cru heureux, doit être puni. Antigone sera l'instrument des dieux et meurt, bien que n'ayant commis aucune faute.

La tragédie de Créon est celle d'un homme qui avait cru à son bonheur démesuré et que les dieux ramènent aux réalités terrestres.

Créon chez Anouilh représente une politique qui ne se soucie guère de la morale ; Antigone est une anarchiste ; on dirait aujourd'hui une terroriste, que ses valeurs conduisent à un sacrifice inutile.

Entre Créon et Antigone, le dialogue est impossible : c'est celui de la résistance et de la collaboration.

L'obsession du sacrifice et la pureté de l'héroïne la conduiront à être condamnée à mort.

Antigone s'oppose au décret de Créon dès sa proclamation et l'indiquera à sa sœur Ismène, tandis que Créon apprend que le corps de Polynice a reçu les hommages funèbres. Lorsqu'il verra Antigone, il la condamnera à mort. Hémon, son fiancé, viendra supplier son père en vain et s'enfuira, ainsi que celui de la Reine.

Créon restera, pour finir, seul face au désastre !

Ces dérivatifs intellectuels sur tous sujets étaient des moyens, autant que des nécessités, pour résister au temps qui nous séparait. Ils étaient aussi une forme indirecte pour comparer, à propos de tout, notre vision ou notre pensée respective à partir des sujets évoqués. Nos volontés étaient plus grandes que les effets de l'absence, en la spiritualisant sans cesse.

**Une amie de ma mère** ! Maria W. se présenta un après-midi pour venir voir notre « petite fille » et lui apporter un cadeau. Malheureusement, elle était encore à la clinique. Quant à la jeune mère, elle la surprenait en plein travail sur un sujet de philosophie :

« La raison, le raisonnement et la logique »

Elle m'avait demandé de lui apporter des idées car elle imaginait que le sujet était pour moi quelque chose de naturel.

Notre bébé n'était plus qu'à quelques jours de pouvoir rattraper son poids de naissance. Il fallait pour cela qu'il atteigne 2,7 kg pour être enfin autorisé à sortir de la clinique.

Cela devenait long.

La jeune maman n'avait pas encore eu le plaisir de sentir sa peau. Elle ne l'avait pas encore embrassée puisqu'elle était en atmosphère aseptisée depuis la naissance.

La visiteuse qui ne connaissait pas Mireille dit un peu plus tard à ma mère que j'avais bien choisi ma femme, qui était très jolie et qui semblait avoir de grandes qualités humaines.

Orientée vers des éloges, elle s'empressa de dire à ma jeune épouse qu'elle serait heureuse avec un mari tel que moi qui avait une volonté extraordinaire et que j'étais un garçon qui avait un grand sens des responsabilités !

L'inquiétude qu'avait la jeune mère sur l'évolution du poids de notre petite Nathalie commençait à se dissiper depuis une semaine.

Depuis la naissance, elle attendait avec anxiété le poids que lui communiquait quotidiennement la puéricultrice. Dans ses lettres, je recevais avec quelques jours de retard l'information pour la traduire aussitôt en courbe et me livrer à quelques estimations prévisionnelles, principalement pour avoir des arguments convaincants pour rassurer sa maman. *(134)*

J'observais que, depuis la naissance, l'évolution du poids était passée par un minimum après quatre jours, pour amorcer une croissance régulière ensuite.

À partir du dixième jour de naissance, je fis le pronostic que Nathalie sortirait de clinique vers le 10 mai et qu'elle pèserait plus de 2700 grammes.

Le suivi de la courbe montra que mon pronostic se révéla totalement exact.

Le 10 mai au matin notre poupée vivante pesait 2710 grammes et sa maman put la ramener à la maison avec le plaisir qu'on peut aisément imaginer !

**Mireille :** « Si tu savais comme je suis heureuse de l'avoir près de moi désormais.

Chaque fois que j'aurai le cafard, il suffira d'aller la regarder pour qu'il disparaisse.

La présence de notre « magnifique bébé » à côté de moi égaie ma vie !

De plus, elle a une petite fossette comme la tienne. Elle est adorable et ne pleure que lorsqu'on est en retard pour lui donner son biberon !

Tu m'as offert un véritable trésor.

Lorsque je la tiens dans mes bras, j'ai du mal à réaliser qu'elle ne serait pas là si nous ne nous étions pas aimés !

Lorsque je vais sentir ses mains, j'ai l'impression que s'en exhale un doux parfum musqué.

Nathalie produit en moi comme un réflexe qui me pousse encore plus à travailler… c'est étonnant le pouvoir qu'elle a sur moi. »

Moi : « Tu as de la chance d'avoir un réconfort permanent tout près de toi ! Tu l'as mérité. Maintenant pour la première fois de ma vie je me surprends en train de dire : je pense à vous ! Je ne songe plus qu'à vous !

Et je ne dis pas : je pense à toi ! Serait-ce de l'éloignement ? Par l'emploi de la deuxième personne ?

Ne m'en veux pas, je plaisante avec la grande joie qui m'imprègne désormais puisque tu viens de réussir à te dédoubler.

Je viens de rentrer du cinéma où j'avais l'intention d'aller voir *L'Immortelle* (135).

J'allais en fait au cinéma imprégné par mes pensées et ce n'est qu'après un quart d'heure que je me rendis compte que je regardais un autre film *Désert dans un ranch*, qui était supportable !

Ce qui est extraordinaire, c'est la première année où je me surprends soit à rêver en plein jour, soit à faire une chose en pensant à une autre. En un mot à être étourdi alors que je ne l'avais jamais été.

Je n'ai évidemment pas besoin d'en imaginer les causes et toi non plus, puisqu'elles sont évidentes !

*Je ne perdais pas mes habitudes, ce dimanche matin juste deux jours avant le premier mois « de la naissance » de Nathalie.*

J'avais promis de réfléchir sur une question de « philo » :

« La raison, le raisonnement et la logique ».

Raisonner est une chose quand on le fait comme une habitude de penser ; c'est peut être un peu plus compliqué quand il faut s'en expliquer avec pédagogie ou avec des arguments convaincants !

Tout d'abord la philosophie, avec les raisonnements qu'elle impose permet d'appréhender le réel dans sa globalité tout en donnant un sens aux idées et à la vie !

J'avais toujours, à travers elle, voulu tout connaître, tout comprendre, tout imaginer, là où la science s'arrête, elle permet d'aller encore plus loin. Elle ouvre des voies possibles !

Aujourd'hui, en plus, elle questionne les religions en les poussant à répondre sur leurs vérités !

Elle permet à partir de la réflexion érigée en système, voire en doctrine, de tirer la quintessence de la pensée et des connaissances de l'homme. Une compréhension et une conscience du monde réel peut être atteinte à son plus haut niveau de généralisation grâce aux raisonnements qu'elle implique !

**La raison :** *(136)* est l'ensemble des facultés mentales qui donnent à notre conscience la possibilité de discerner le bien du mal, la vérité de l'erreur, qui permet de juger et d'agir en fonction de principes.

Avoir la capacité de critique en général, et de critique sur les principes en particulier.

Le raisonnement permet de faire contrepoids à l'émotion et en ce sens il équilibre la conscience.

« La raison démontre là où le cœur sent » selon Pascal.

Ce qui distingue justement l'homme de l'instinct animal, c'est sa capacité à raisonner.

« La raison est la seule chose qui nous distingue des bêtes » selon Descartes.

Le propre de la raison est de permettre d'atteindre toutes les vérités librement.

Kant indique que « la raison est un pouvoir de connaître non sensible », son activité consiste à coordonner entre elles les connaissances pour assurer l'unité du savoir.

Elle permet ainsi de formuler des concepts et des idées nouvelles sur tout pour aller vers des absolus.

**Raisonner,** c'est se servir de son esprit pour formuler des idées et des jugements. C'est aussi traiter de l'information, l'analyser, la critiquer, l'interpréter, comparer. Savoir en tirer l'essentiel.

Le raisonnement repose sur la capacité de déduction. Les mathématiques permettent aussi de déduire ou de confirmer une réflexion quand c'est possible par cette voie là !

Quand on raisonne, il faut une cohérence : c'est, selon Aristote, « l'exigence fondamentale du discours rationnel ».

Tout est contradictoire à condition d'y opposer des arguments rationnels et qui peuvent donc convaincre s'ils sont entendus avec la capacité d'interprétation et donc du raisonnement.

Le principe de causalité est essentiel lorsque l'on observe un problème ou une situation.

L'analyse d'un problème montre que les causes qui le produisent peuvent être nombreuses et interfèrent entre elles, parfois de façon importante.

Souvent, pour ne pas dire toujours, quand un problème survient la plupart des personnes donnent une réponse instinctive et donc par définition irréfléchie en disant : « la cause est ceci ou cela...» !

Or, il existe toujours une arborescence de causes avec celles qui sont principales et celles qui sont secondaires, comme j'ai déjà eu l'occasion de le montrer dans ce livre.

**La logique :** comment pourrait-on philosopher sans la logique ? Elle s'oppose à l'empirisme qui ne s'appuie que sur l'expérience et l'observation des faits en ignorant toute théorie.

Logique, éthique et métaphysique, les trois piliers de la pensée consciente.

Pour le commun des mortels, « la logique » est synonyme de mathématique, voire d'informatique, ce qui alors la cantonne à sa dimension sociétale la plus commune.

Cette conception est restrictive car il faudrait alors considérer qu'un individu nul en mathématique n'a aucun sens logique, ce qui serait absurde dans la mesure où il est capable de raisonner avec d'autres outils.

La déduction est un raisonnement qui peut permettre à partir d'une ou plusieurs idées, d'en déduire une troisième qui en sera la conséquence logique.

Les stoïciens considéraient que :

« - la logique est le squelette, elle traite le bien penser ;

- la physique est la chair, elle traite du bien ordonner ;
- l'éthique est l'âme, elle traite du bien vivre ».

**Le premier mois de « la naissance »**

Mireille m'annonçait qu'il y avait une grande ressemblance avec son père, jusqu'à certaines expressions qui essayaient de paraître.

« Elle a une petite fossette sur le menton comme la tienne, mais son nez est comme le mien et je crois qu'un artiste ne l'aurait pas mieux dessinée !

J'aimerais qu'elle ait les mêmes cheveux que moi mais on ne pourra le voir que d'ici six à huit mois. Elle est souvent attirée par mes mains et mon visage et prend alors plaisir à mettre ses doigts sur mes lèvres pour que je les embrasse.

C'est comme un baiser que je te donne à travers elle à chaque fois. Elle est pleine de vie !

Si tu la voyais relever très haut sa petite tête quand elle est couchée sur le ventre !

Je voudrais tant que tu sois présent pour qu'on la regarde ensemble s'éveiller à la vie ; c'est si beau, c'est comme un miracle nouveau chaque jour. »

Moi : « Tu m'annonces que le poids de notre mignon bébé est de 2910 grammes à son trente-deuxième jour d'existence, ce qui montre qu'elle rattrape l'évolution normale qu'elle aurait eue en venant au monde à terme ; elle aurait neuf jours, si elle n'avait pas été « prématurée ».

Ce qui m'ennuie le plus, c'est que durant plus de deux mois elle ne verra pas mon visage de père. Elle n'entendra pas le son de ma voix. Elle ne verra pas mon sourire et elle ne pourra pas imprégner son subconscient de mon être !

Ta présence auprès d'elle atténuera cependant ce vide parental dont profiteront tes parents de plus en plus et qui la marqueront plus que nous sur le registre des émotions dans les années à venir.

J'imagine aisément notre trio familial comme l'arbre de vie *(137)* : toi et moi cueillant pour elle les fruits de vie qui lui donneront pour nous une éternité ! »

Mireille : « Notre petite est de plus en plus adorable et elle grossit de plus en plus !

Elle est éveillée dans son berceau et j'entends Johnny Hallyday chanter sur un air de twist, ce qui m'entraîne à danser.

Quand je vois quelqu'un danser sur cette musique, mes jambes ne peuvent rester immobiles. Avec toi, j'aime le slow, le tango ou la valse. Le vertige que j'ai avec la valse s'amplifie quand je ne vois plus que tes yeux et que je m'y perds comme dans une spirale tournoyante.

La première épreuve du bac vient de se terminer avec « l'allemand ».

Je n'avais pas le trac et je ne pense pas avoir été trop nulle !

La danse devient ce soir, après l'épreuve, une sorte d'exutoire en attendant la suite ! »

Moi : « Après mon étourderie d'il y a une semaine, en m'étant rendu au cinéma, je viens de voir finalement le film *L'Immortelle*, qui raconte l'histoire d'un homme qui cherche une femme ; ils ne se connaissent pas… il ne pense qu'à elle, sa vie et sa pensée ne sont occupées que par cette femme.

L'amour est puissant, vivant, loin, immatériel… Les mêmes pensées reviennent, d'autres se superposent, les anciennes reviennent à nouveau…!

Tu transcendes l'amour et le peintre qui sommeille en moi te fixera un jour pour toujours sur la toile, avec *ce déshabillé rose donnant le sein à notre coquine*[1], qui l'aspire goulûment ! Ainsi, la scène sera immortalisée sur ce tableau intitulé « **la maternité** ».

Au dehors, la rue s'agite dans un bruit de cornemuse, d'applaudissements et de cris d'enfants excités au passage des chars fleuris !

J'avais oublié que c'était la fête de fin d'année des écoles de Brest.

Oui !

Je suis obligé de me rendre enfin à l'évidence : les signes de fin d'année scolaire se multiplient un peu plus chaque jour, comme le parfum des fleurs de printemps qui envahissent l'air partout où l'on se trouve.

---

1   *Voir 1ère de couverture*

# CHAPITRE XXII

## NOTRE VIE ALLAIT DEVENIR UN VÉCU À LA PLACE DU RÊVE !

### *Le bac est en point de mire et la première épreuve est déjà derrière nous !*

Il a donc démarré le 13 juin, avec l'épreuve d'allemand et se terminera le 3 juillet. Les résultats seront connus le 11 juillet.

Mon rôle consistait à poursuivre la mise en confiance que j'avais entreprise depuis le démarrage de l'année scolaire. Le mois de mai s'était effondré dans le passé et juin était déjà bien entamé, avec son lot de révisions intensives pour la lycéenne.

L'état d'esprit de Mireille oscillait entre la peur d'échouer, un certain fatalisme et l'impression de ne plus rien savoir.

La matière qu'elle exécrait particulièrement, c'est-à-dire les mathématiques, m'avait obligé très souvent à établir un document pédagogique pour faciliter la compréhension des exercices ainsi que leur réalisation.

Pour la philosophie, j'avais également apporté, mais moins souvent, mes réflexions à titre de complément à ses cours par correspondance.

Malgré une autocritique plutôt négative qu'elle s'infligeait, j'avais observé que ses résultats étaient plutôt corrects.

Par ailleurs, sa correspondance avait une profondeur qui était de plus en plus influencée par la philosophie et les raisonnements qu'elle impliquait !

Lorsqu'elle reçut son livret scolaire et qu'il fallut le transmettre à l'administration du bac, dans l'ensemble les appréciations étaient plutôt élogieuses dans toutes les matières. Pour les maths, les résultats ne correspondaient pas à sa propre valeur, mais c'était l'exception !

La directrice de l'établissement faisait les commentaires suivants : « candidate sérieuse, le succès au bac est souhaitable ».

Être pessimiste pour le bac aurait été quelque peu défaitiste et même irréaliste.

En ayant beaucoup de malchance, un échec était toujours possible, mais personnellement je n'y croyais pas. Le travail effectué tout au long de l'année avait été intense et d'une certaine manière plus important que si elle avait suivi les cours comme ses copines du lycée de jeunes filles de l'année précédente !

**La deuxième année à l'École d'Ingénieurs arrivait à son terme,** avec les derniers partiels qui se terminaient début juin. Il n'y avait plus qu'à se laisser aller ensuite en roue libre jusqu'aux vacances.

Les cours étant quasiment terminés, je ne voyais aucune raison de continuer à perdre mon temps comme prisonnier d'une règle qu'il fallait respecter sans contrepartie utile !

Je décidai donc de réitérer la même demande qui m'avait été refusée aux vacances de Pâques pour partir plus tôt.

Lorsque je rencontrai mon directeur, je lui fis à tout hasard la demande de partir une semaine avant la fin des cours !

Je plaçai ma demande à un niveau presque inacceptable afin qu'il puisse montrer sa magnanimité, en m'accordant au moins quelques jours.

Ma surprise fut grande quand il me dit qu'il acceptait que je parte une semaine plus tôt. Il venait d'estimer que mes résultats avaient été excellents et qu'une largesse de sa part était possible d'autant plus, estimait-il, que je pouvais être d'un certain soutien auprès de mon épouse pour l'aider à surmonter plus facilement les épreuves du bac.

En l'écoutant, je fus tellement surpris et satisfait que je le remerciai très chaleureusement pour sa compréhension.

Cette fois-ci je le portai en haute estime, contrairement à ce que je m'étais dit à Pâques !

L'année qui était sur le point de s'achever ressemblait à cet Éden qui nous avait été interdit par des forces supérieures et, comme « les chérubins placés à l'orient du paradis », ils nous avaient empêchés jusque-là d'atteindre l'arbre de vie, en brandissant leur épée foudroyante.

Les chérubins transformèrent l'épée en fleur épanouie pour nous permettre son accès au début de l'été. L'événement allait devenir biblique.

## Parmi les épreuves scientifiques et techniques, un sujet de philosophie restait à faire : « L'évolution de la conscience morale chez l'enfant ».

Le sujet n'était pas banal pour des élèves ingénieurs et fut pour les uns et les autres, une surprise. Je dus être parmi les cas rares qui s'étaient documentés et avaient vraiment réfléchi sur la question, notamment depuis la naissance de Nathalie.

Ma note fut excellente et m'amena à poursuivre la réflexion avec mon fameux prof un soir après les cours.

Saint Augustin, dans ses *Confessions,* donnait une réponse assez remarquable sur la conscience en disant :

« L'âme donne des ordres au corps et elle est obéie sur le champ. L'âme se donne à elle-même des ordres et elle se heurte à des résistances ».

C'est que l'âme ne veut pas d'un vouloir total et ainsi elle ne commande pas totalement... J'étais ce moi qui voulait, et ce moi qui ne voulait pas. *(138)*

J'avais dans une de mes lettres été préoccupé par le premier sourire de l'enfant, qui s'accompagne en même temps par une reconnaissance du visage humain le plus proche de lui et qu'il fixera pour toujours dans sa mémoire, siège de l'émotion.

Je tenais à ce que ce visage soit celui de Mireille. Cet événement se produit en général entre la huitième et la douzième semaine.

Je voulais absolument que ma chère épouse fût très attentive, afin qu'elle seule capte son premier sourire.

Moi : « Je voudrais qu'elle te ressemble et puisse devenir aussi belle, corps et âme, avec ta douceur et ta capacité à aimer ! »

Mireille : « Rassure-toi ! Je n'ai pas encore rencontré de bébé plus joli que notre magnifique petite fille ! Si je ne me retenais pas, elle serait continuellement dans mes bras. Je suis sûre que tu en seras « fou », mais je ne serai pas jalouse, car en l'aimant, c'est comme si tu m'aimais encore un peu plus ! »

L'image qui sera gravée dans la mémoire de l'enfant ne sera pas consciente, mais elle en sera imprégnée éternellement.

Revenons à notre sujet : la morale se rapporte aux valeurs et aux principes qui vont guider les attitudes et les conduites tout au long de l'enfance et de l'adolescence.

Les valeurs sont par ailleurs dépendantes du milieu où vit l'enfant, mais aussi des parents, de la religion des parents et de la pratique de celle-ci, de l'école et de la société en général.

Ainsi, l'enfant doit entrer dans les rôles qu'on lui assigne et qui sont placés sous le contrôle d'une ou plusieurs autorités.

On modèle « son moi » durant toute l'enfance, au cours « de la troisième naissance », surtout après deux ou trois ans.

Il apprendra des règles, il sera confronté au mensonge, à la loyauté, à la justice, le vrai, le faux, le bien et le mal et en fonction des autorités et en fonction de ce qu'il aura fait, il pourra craindre la sanction.

La peur lui fixera les interdits et étalonnera sa conscience tout en la forgeant.

Une voix intérieure lui dira que ce qu'il fait est bien ou mal, comme une impression, ou comme une pensée référente dont son cerveau sera imprégné.

Pour un enfant de cinq à dix ans, la règle devient en général intangible à partir du moment où elle provient d'une autorité extérieure, dont les parents sont souvent les principaux représentants ainsi que les maîtres.

L'enfant respecte les règles, parce qu'il aime ses parents mais aussi parce qu'il craint leur autorité.

Au cours de l'adolescence se développera le « sur moi » avec une conscience surajoutée. Sa moralité sera de plus en plus basée sur des réflexions personnelles et de moins en moins issue de l'autorité. Les notions de responsabilité, de justice ou d'équité, seront de plus en plus importantes.

Le poids des affects initiaux sera parfois ou souvent en dualité avec la conscience qui s'appuie sur une réflexion indépendante d'autrui.

Le risque de la sanction permet de trouver le meilleur équilibre possible.

Ensuite lors de la période allant de quatorze à vingt ans la morale sera le résultat d'un bon équilibre entre la conscience initiale orientée par le milieu et celle acquise par la réflexion.

L'analyse faite deviendra conforme au groupe, aux lois de la société ou à l'ordre social en général.

Les connaissances acquises par la lecture compléteront de façon importante la morale et donc la conscience du petit Homme en devenir ou de la petite Femme, avant d'être responsable par soi-même et face aux autres !

Une fois adulte, chaque individu suivra son éthique personnelle qui ressemblera à une certaine universalité ambiante.

Les concepts acquis lors de l'enfance joueront généralement un rôle dont la rémanence sera d'autant plus forte que le « sur moi » sera faible et inversement. Sans jamais renier « son moi », car cela équivaudrait à rompre avec ses racines et donc à se perdre !

Pour finir, l'enfant devenu « adulte » atteint normalement un niveau de conscience prédominant composé d'une part « du moi » acquis dans l'enfance et d'une part du « sur moi » acquis ensuite.

Ainsi, le jugement moral se construit tout au long de la vie et sera continuellement confronté aux situations rencontrées : au cours des études face à autrui ou face à l'autorité professorale, devant les interdits de la loi ou ce qu'elle permet, devant les règlements en entreprise ou dans les collectivités les plus diversifiées, face aux conventions existantes, devant les règles interpersonnelles telles que le respect envers les parents, envers des autorités supérieures, dans une religion ou dans un groupe.

On peut citer par exemple : le salut face à quelqu'un que l'on rencontre, frapper avant d'entrer, savoir écouter quand une autorité s'exprime et s'exprimer avec franchise quand l'autorité vous donne la parole, face à autrui avoir une attitude polie, etc.

## La première fois où l'on souhaite à une femme « la fête des mères » (139)

J'avais depuis toujours souhaité à ma propre mère cette fête, comme un hommage à ce qu'elle représentait d'amour : la mère nourricière et aimante pour ses enfants.

Mireille entrait elle aussi dans la confrérie des mères, avec l'émotion de la jeune femme qu'elle était. Je ne pouvais, pour cette première fois, que lui adresser un message de tendresse en mon nom et au nom « de ma fille Nathalie », qui devait en plus lui jeter des bouquets de sourires pour l'occasion.

Mireille : « Tu es toujours plein de délicatesse et d'attentions en te faisant l'interprète de notre charmante petite fille ! Elle n'a que quarante-quatre jours et tu lui as déjà appris à me réciter un poème de sa composition qui sonne à mon oreille comme le chant d'un oiseau :

*Maman chérie !*

*Tu es trop belle pour que je te fasse pleurer ;*
*Papa m'a appelée « bouton de rose » ;*
*Il m'a dit ; prends la parole et ose !*
*Au printemps je suis apparue,*

*Comme les oiseaux à la naissance j'étais nue !*
*En me jetant de ton nid j'ai pleuré,*

*Tu as des larmes quand tu me regardes,*
*Et tu me dis que ce sont des larmes de joie ;*
*Je vais alors être toujours gentille pour toi ;*
*Excuse-moi si je te faisais de la peine par mégarde.*

## *Ma sœur m'apprend qu'elle va se fiancer ! Puis se marier !*

Je ne compris pas très bien le sens de la lettre que m'écrivait ma sœur en m'annonçant qu'elle allait se fiancer avec un garçon que je n'avais jamais vu !

Elle me disait qu'elle avait fait sa connaissance quand il faisait son service militaire à Thionville et qu'elle en était éperdument amoureuse.

Mon étonnement ne venait pas de cette rencontre !

J'étais resté sur l'aventure qu'elle entretenait avec un garçon que j'avais rencontré quelquefois et dont elle était éprise depuis au moins un an.

Ce garçon me paraissait sérieux et sympathique. Il faisait des études d'expert comptable et tout donnait à penser qu'ils allaient se marier un jour !

Ainsi brutalement, c'était une autre histoire qui allait se dérouler : ma sœur venait ainsi de rompre avec le garçon que j'avais connu et sans autre préalable m'apprenait ses fiançailles !

Elle me donna l'impression d'avoir subi un tel coup de foudre qu'elle n'était plus en mesure d'imaginer son avenir avec un autre jeune homme.

J'étais assez abasourdi de ce qui se passait.

Ma mère ne semblait nullement étonnée et acceptait la situation dans une curieuse sérénité !

Nicole me disait que le garçon qu'elle allait épouser avait toutes les qualités et qu'il était un génie de la musique en ayant obtenu le premier prix du conservatoire de Paris comme « trompettiste » en même temps que son bac, alors qu'il n'avait que quatorze ans.

Il n'y avait rien à dire sur un tel talent !

Sauf que j'interrogeai ma sœur par courrier dès que je reçus l'information et donc moins d'une semaine avant les fiançailles et moins de six semaines avant la date fixée pour le mariage.

Je lui demandai le métier qu'allait exercer son futur mari et ce qu'il avait fait depuis ses quatorze ans après avoir obtenu son bac.

Je l'interrogeai également sur ce qui avait bien pu se passer avec Guy... alors que j'étais resté sur l'impression qu'il allait devenir un jour mon beau-frère !

Je n'eus pas de réponse avant mon retour de Brest pour les vacances.

Lorsque j'eus une conversation avec ma sœur, cela faisait plus de quinze jours qu'elle s'était fiancée.

Que pouvais-je dire !

Toutes questions ne pouvaient qu'avoir un caractère saugrenu ou déplacé.

Ma sœur me paraissait rayonnante et heureuse.

Mon rôle n'était pas de risquer de l'attrister par des raisonnements ou des interrogations qui devenaient inutiles.

Dans nos discussions, elle me donna cependant trois informations qui me rendirent perplexe et sur lesquelles je ne fis qu'enregistrer le message, pour ne pas risquer de la décevoir par mes réponses !

Elle me répondit en fait oralement à la lettre que je lui avais adressée, lorsqu'elle m'indiqua qu'après le mariage elle irait certainement habiter à Fontainebleau, près des parents de son futur mari qui dirigeaient une petite entreprise de peinture en bâtiment dans laquelle il travaillait et qu'il dirigerait à son tour un jour.

Je trouvais très curieux d'avoir autant de talent et faire un simple métier de peintre.

Quel gâchis, pensais-je ! Sur ce sujet, j'en parlerai plus tard quand les circonstances s'y prêteront mieux !

Pour les raisons de la rupture avec le prétendant initial, je fus un peu ébahi d'entendre qu'il était trop entreprenant selon ma sœur et que cela n'était pas conforme avec l'idée qu'elle se faisait dans les relations jusqu'au mariage.

Une jeune fille catholique pratiquante, me dit-elle, doit respecter les principes de l'Église et arriver jusqu'au sacrement du mariage « avec une pureté intacte » dans la plus parfaite tradition.

Nous qui étions sa famille proche respectâmes sa décision indépendamment de nos avis, car c'était de sa vie qu'il s'agissait.

Par contre, ma tante Catherine avait eu l'occasion de rencontrer l'ancien petit ami de ma sœur, qu'elle trouvait être un parti acceptable et convenable.

Lorsque ma sœur vint lui annoncer sa rupture avec lui, et le mariage qui se profilait avec un autre prétendant, elle fut littéralement éconduite comme si elle venait de produire la pire des avanies.

Malheureusement, on constatait une fois de plus l'attitude intolérante de cette pauvre tante, prisonnière de son caractère.

Elle répétait d'une autre manière ce qu'elle avait fait à l'occasion de mon propre mariage, en ayant simulé un état souffreteux circonstancié.

Avec moi, elle avait en réalité affiché une totale indifférence, car elle craignait mes raisonnements en cas d'affrontement.

Avec ma sœur, elle se laissa aller à une certaine violence d'une curieuse indignité pour une personne de son âge !

Une discussion aurait sûrement apporté plus d'informations utiles, pour comprendre et se faire une raison personnelle ensuite !

### *Nous eûmes pour la première fois une longue réflexion sur les méthodes contraceptives !*

Comme tout couple responsable, nous devions naturellement nous interroger sur les moyens connus de contraception. *(140)* Désormais les enfants que nous pourrions décider d'avoir, feront l'objet d'une réflexion attentive et d'une programmation rigoureuse selon nos désirs ! Notre petite Nathalie n'entrait pas dans ce type de raisonnement. Nous n'avions pas décidé de la concevoir ;

mais lorsqu'elle fut annoncée, c'était encore mieux que si nous avions pris la décision : elle avait été « la clé magique » de notre futur commun !

Elle était apparue comme une délivrance heureuse qui permettait de balayer toutes les contraintes qui nous empêchaient de vivre pleinement notre amour. L'événement était vécu comme un cadeau du destin extraordinaire ; tout le reste était sans importance !

Sur tous les plans c'était une réussite absolue sans équivoque. Les seules conséquences étaient d'avoir à assurer une responsabilité nouvelle et imprévue.

Les parents de Mireille n'hésitèrent pas un instant qu'on leur confie notre enfant, du moins tant qu'on ne pourrait pas faire autrement !

Terminer nos études, puis le service militaire, était pour moi et Mireille les impératifs à accomplir en priorité pour être en mesure de nous installer de façon totalement indépendante.

Les méthodes contraceptives existantes en 1963, ou les moyens d'éviter d'avoir des enfants, se limitaient à pas grand-chose de fiable !

Pour les catholiques pratiquants que nous étions, la religion enseignait le principe d'abstinence, à défaut de quoi c'était Dieu, et donc le hasard, qui décidait de l'apparition de la vie !

Mes réflexions personnelles, ainsi que celles de mon épouse, nous conduisaient à refuser d'obéir à la loi du hasard et ainsi, à partir des méthodes connues, de faire en sorte que la probabilité d'être enceinte soit la plus faible possible, pour un épanouissement commun à la hauteur de nos sentiments.

Si le hasard devait être contraire à nos choix nous décidâmes qu'en qualité d'êtres humains intelligents, conscients et responsables, ni Dieu, ni la religion, ni les hommes, ni la société en général, n'auront jamais le pouvoir de nous imposer ce que nous ne voulons pas !

Nos réflexions nous conduisirent à décider que le second enfant serait à prévoir dans les années qui suivraient notre installation dans la vie sur le plan professionnel et que celle-ci devait être suffisamment acceptable sur le plan financier pour accueillir un second rejeton.

**Notre vie avait été jusque-là un rêve plus qu'un vécu ; elle allait devenir un vécu à la place du rêve.**

*Rêve et réalité !*

*Ton âme est ta grandeur ;*
*Ta beauté l'entoure avec douceur,*
*Ton amour la transcende comme un infini ;*
*Tu es celle qui me comprend, ravie ;*

*Pourtant mon caractère est si complexe !*
*Tu es là ; je suis heureux et perplexe ;*
*Tu dis n'exister que pour moi,*
*Je te réponds : Existe pour toi !*

*Et je boirai à ton calice !*
*Je te remercie pour chaque journée comme un délice,*
*Tout est plaisir à ton contact ;*
*Ce sera notre pacte.*

*Même la douleur s'évanouit !*
*Par désir j'effacerai devant toi,*
*Obstacles et nuisances comme un roi.*
*Avec toi j'ignore l'ennui !*

*Je n'ai peur que de mes insuffisances,*
*Pour que ton bonheur puisse éclater toute ta vie ;*
*Venant de moi pour être assouvi,*
*Rester sur le piédestal où tu m'as placé sera suffisant.*

*Du hasard, tu as donné la vie !*
*Nous ferons une place à Nathalie,*
*Lorsqu'elle sera grande, elle ne pourra pas nous décevoir,*
*Car elle est à l'origine de notre victoire…*
**La perspective proche du mariage de ma sœur.**
L'information que j'avais reçue de Nicole avait été surprenante. Il fallait cependant s'adapter à cette nouvelle réalité, malgré le fait que j'aurais préféré que l'événement se passe bien plus tard !

# CHAPITRE XXII

Mes préoccupations étaient davantage orientées vers notre future installation et sur le cadeau que j'allais devoir effectuer à ma chère épouse pour la prochaine réussite de son bac !

Mon imaginaire se mit immédiatement en effervescence, pour que Mireille puisse réfléchir sans contraintes sur la toilette qu'elle pourrait envisager pour cette occasion et qu'après le couple des mariés, nous soyons le second point de mire parmi les invités, juste huit mois après notre propre mariage.

**Dans un mois, Mireille et moi serons réunis et le bac sera terminé.**

Mireille : « Je suis obligée de reconnaître que je trouve que mes notes sont assez bonnes, mais je ne peux m'empêcher d'avoir peur du résultat !

Au fond de moi-même, j'ai malgré tout un peu d'espoir, car j'ai travaillé davantage que les années précédentes.

Cependant j'ai cette drôle d'impression de ne plus rien savoir !

Ma mémoire semble vide. »

Moi : « Je n'ai aucun doute sur ta prochaine réussite au bac. Ma certitude est aussi grande que lorsque je te disais que nous aurions une fille.

De plus je pense que tu auras au minimum une mention « assez bien » qui pourrait être meilleure encore s'il n'y avait pas les maths !

Il est vrai que la réussite n'est pas liée qu'au travail. Celui que tu as accompli aura été assez exceptionnel et digne d'admiration.

Le résultat sera de toute façon en partie dépendant de la chance et des notes obtenues tout au long de l'année.

Or tes notes ont souvent été supérieures à quatorze, ce qui est simplement excellent.

Le meilleur conseil que je peux encore te donner est de ne pas penser à l'examen, mais de faire le maximum jusqu'à deux jours des épreuves principales et tout ira bien !

Tu t'apercevras que l'impression de vide dans ta mémoire va s'inverser au moment où tu passeras l'épreuve ! »

Mireille : « J'aimerais tant te faire ce cadeau en obtenant le bac. Ma fierté serait aussi la tienne en te l'offrant ! J'y mets ma volonté et toutes mes forces.

Ce qui serait terrible pour moi, en cas d'échec, serait de voir ta déception.

Je sais que tu ferais tout ton possible pour la cacher mais je la verrais quand même… »

**Moi** : « Mes derniers partiels sont terminés pour ce deuxième semestre, ce qui va me permettre de penser à autre chose en préparant mon retour et de consacrer plus de temps à la lecture.

Je viens de passer depuis longtemps l'année la moins concentrée sur mes études, comme tu le sais mieux que personne.

Malgré cela, les résultats sont restés convenables, puisque je suis resté parmi les meilleurs de la promo.

J'ai eu beaucoup d'étourderies et des manques de concentration et de travail qui auraient pu être plus graves sur mes résultats. »

### *Le démarrage des épreuves du bac et le retour attendu !*

Quand l'épreuve d'allemand se déroula, Mireille s'y était rendue avec un esprit fataliste et décontracté.

Après l'épreuve, elle s'était sentie ni déçue, ni satisfaite, ce qui signifiait qu'elle avait plutôt fait un bon travail quand on connaît son pessimisme du moment qu'il s'agit d'avoir une opinion sur elle-même !

Quand elle rentra chez elle après l'épreuve, elle découvrit une surprise ! J'avais pris la précaution de lui adresser deux jours avant le contenu de celle-ci, pour qu'elle la trouve en revenant de l'épreuve.

**Mireille** : « Je suis folle de joie d'apprendre que tu reviens une semaine avant la fin de tes cours ! J'espère que ce n'est pas un rêve que je suis en train de faire, en lisant ta lettre ?

Quelle surprise au retour de mon épreuve d'allemand ! Elle est passée et je n'y pense déjà plus. En y allant, je n'avais pas peur, puisque c'était dans l'ordre des choses.

Enfin c'est terminé ; il ne me reste plus qu'à poursuivre mes révisions pour les prochaines épreuves !

Je ne peux pas dire que je suis découragée, car je pense finalement que je n'ai été ni bonne, ni mauvaise !

Je ne réalise pas que tu seras là dans dix jours à peine et que nous allons enfin être durablement ensemble.

J'ai envie « de crier, de sauter, de danser de joie et de plaisir ». Je viens d'embrasser notre petite fille avant de me plonger dans mes rêves endormis. »

Moi : « Pour la première fois, on me souhaite la fête des pères : une mère et son enfant se sont réunis pour me faire ce cadeau. Elles ont décidé que je deviendrai leur prisonnier adoré. »

Mireille : « Depuis que je sais que tu vas revenir plus vite, je reste plongée dans mes cours pour accélérer mes révisions.

Pour parler de Nathalie, elle a juste deux mois et pèse déjà 4470 grammes.

Tu ne devrais pas donner autant de cours à tes élèves !

Je me doute très bien pourquoi !

Tu es incroyable et je crois que je ne te changerai jamais, car je me suis aperçu que lorsque tu as décidé de faire quelque chose, rien ne t'arrête ! »

Moi : « Ma vie tourne actuellement au ralenti. Discussions avec des copains, que je prolonge indéfiniment pour ne pas penser à mon retour imminent.

Je n'arrive pas davantage à lire, par manque de concentration.

Les activités à l'association des étudiants s'organisent pour l'été mais pour moi je ne serai pas là, et il est évident que j'y suis complètement indifférent.

Désormais, pour me retrouver, ta présence est indispensable et il ne reste plus que quelques jours à attendre. »

Mireille : « Après des mois, puis des semaines, puis encore des jours, c'est maintenant des heures que je décompte avant ton retour.

Le temps décélère et finira bientôt par s'arrêter afin que nous entrions en scène pour accomplir notre vraie vie.

Il y a désormais trois personnages principaux qui vont chacun à leur manière tenir leur rôle d'acteur.

Je t'écris la dernière lettre avant longtemps ; enfin, nous allons penser et nous exprimer oralement ; tu ne peux t'imaginer l'intensité du bonheur que je sens monter en moi !

J'ai l'impression que du sommet d'une montagne je suis partie en « delta-plane » et que je me laisse aller tout doucement vers un paradis sur terre ! »

**Moi :** « Nous avons été visiter avec l'École une manufacture de tabac à Morlaix : c'était intéressant !

J'étais assez touché de voir de si nombreuses jeunes femmes travailler dans des conditions parfois très difficiles à cause des odeurs et des cadences qu'on leur imposait.

Je me fis cette réflexion, que le métier d'ingénieur n'aurait pas de sens s'il n'était pas en mesure d'améliorer les conditions de vie et de travail de toutes ces pauvres femmes qui s'échinent en accomplissant un nombre aussi élevé d'heures pour des salaires de misère !

Il est vrai que si elles disposaient de plus de temps, elles n'auraient pas les moyens de l'occuper en toute liberté.

Un tel système est pervers et c'est un devoir d'homme de le faire évoluer là où l'on se trouve !

En discutant ensuite avec quelques copains, j'étais loin d'emporter l'unanimité. Mes propos étaient interprétés pour de la naïveté pour ne pas dire de l'utopie.

L'histoire est pourtant jalonnée d'hommes qui ont fait progresser l'humanité à partir de visions jugées utopiques par le plus grand nombre !

Pour cela il faut être de la trempe des Hommes !

Il ne faut pas être comme les attentistes et les suiveurs des solutions faciles. Une vie et des siècles ne suffiront pas pour faire de la Terre un paradis.

Ce dernier message que j'envoyai à ma chère épouse traversait le désert avant de l'avoir vaincu !

*Comme un rêve achevé !*

*Mon cœur me guide vers toi,*
*Oubliant enfin les mots qui font souffrir,*
*Ceux qui engendrent, spleen et mélancolie pour finir !*
*Porté par la patience et l'espoir avec toi.*

*Pour éviter le désespoir mortel.*
*T'avoir rencontré m'a rendu riche !*
*Je t'appellerai parfois ma biche ;*
*Nos fidélités spirituelles resteront éternelles.*

*Tu es mon ange et tu m'en as donné un,*
*Pour que j'accomplisse toutes les prouesses ;*
*Mon âme dépend de toi et la tienne avec hardiesse,*
*Respire le même air et boit le même vin.*

*Dans l'instant vivront nos pensées et nos dons !*
*Nos rires et nos pleurs seront du bonheur.*
*Mon âme ne connaîtra pas la peur,*
*Entre nous il y aura toujours des ponts !*

*Une nouvelle vie allait pouvoir démarrer avec le sourire !*

Mireille en s'inspirant des *Fleurs du Mal* de Baudelaire avait accompagné chacun de ses messages par les vers d'un poème, comme l'expression de son âme !

### La chevelure

« *Ô toison, moutonnant jusque sur l'encolure !*
*Ô boucles ! Ô parfum chargé de nonchaloir !*
*Extase ! Pour peupler ce soir l'alcôve obscure*
*Des souvenirs dormant dans cette chevelure,*
*Je la veux agiter dans l'air comme un mouchoir !*
*La langoureuse Asie et la brûlante Afrique,*
*Tout un monde lointain, absent, presque défunt,*
*Vit dans tes profondeurs, forêt aromatique !*
*Comme d'autres esprits voguent sur la musique,*
*Le mien, ô mon amour !nage sur ton parfum.*

*J'irai là-bas où l'arbre et l'homme, pleins de sève,*
*Se pâment longuement sous l'ardeur des climats ;*
*Fortes tresses, soyez la boule qui m'enlève !*
*Tu contiens, mer d'ébène, un éblouissant rêve*
*De voiles, de rameurs, de flammes et de mâts :*

*Un port retentissant où mon âme peut boire*
*À grands flots le parfum, le son et la couleur ;*
*Où les vaisseaux, glissant dans l'or et dans la moire,*
*Ouvrent leurs vastes bras pour embrasser la gloire*
*D'un ciel pur où frémit l'éternelle chaleur.*

*Je plongeai ma tête amoureuse d'ivresse*
*Dans ce noir océan où l'autre est enfermé ;*
*Et mon esprit subtil que le roulis caresse*
*Saura vous retrouver, ô féconde paresse,*
*Infinis bercements du loisir embaumé !*

*Cheveux bleus, pavillon de ténèbres tendues,*
*Vous me rendez l'azur du ciel immense et rond ;*
*Sur les bords duvetés de vos mèches tordues*
*Je m'enivre ardemment des senteurs confondues*
*De l'huile de coco, du musc et du goudron.*

*Longtemps !toujours !ma main dans ta crinière lourde*
*Sèmera le rubis, la perle et le saphir,*
*Afin qu'à mon désir tu ne sois jamais sourde !*
*N'es-tu pas l'oasis où je rêve, et la gourde*
*Où je hume à longs traits le vin du souvenir... »*

Mireille mélangeait ma pensée et la sienne et je partageais, en lisant ces vers, la vision baudelairienne qu'elle avait chaque jour, en m'écrivant jusqu'à mon retour ! Je venais de terminer ma deuxième année à l'École d'Ingénieurs et après un voyage qui ne dura qu'un instant, j'étais dans les bras de Mireille dans un transbordement de joie partagée.

Je pus enfin admirer notre œuvre commune, sans avoir à l'imaginer, mais simplement la regarder avec ma vision de jeune père inexpérimenté.

Nous allions enfin pouvoir décider de notre vie future dans une concertation permanente sur tous les sujets au lieu de nous écrire !

En me regardant, alors que je tenais Nathalie dans les bras, Mireille me voyait rire, en répondant au sourire de notre bébé !

**Elle m'interrogea alors sur le « rire » !**

En espérant le voir plus fréquemment sur mon visage. Il est vrai que j'avais davantage tendance à sourire qu'à rire.

Mais là, devant mon enfant, je me mis à rire et à sourire avec Mireille, en harmonie avec les sourires de notre fille qui depuis son berceau était au diapason avec nous !

Nietzsche évoquait qu'il se laisserait bien aller à classer les philosophes suivant qu'ils se soient exprimés sur le contenu et la valeur du « rire » !

Je crois qu'il est important de :

**Distinguer le « rire » du « sourire »** : alors que faut-il en penser philosophiquement ?

Il faut se rendre à l'évidence : il n'y a que les êtres humains qui rient, à moins que l'on ait observé chez certains grands singes des esquisses de sourires ou des manifestations de joie.

Seraient-ils plus sages que nous, ou meilleurs ?

Les hommes, à la différence des animaux, ont une intelligence et une conscience : le rire est une manifestation subite de l'esprit dont le sourire est la plus parfaite expression.

Il suffit de regarder le tableau de *La Joconde* de Léonard de Vinci pour admirer l'infinie douceur et le caractère énigmatique de ce sourire qui se prolonge au delà de la simple vision !

Qui a vu le Christ rire ? Personne n'a jamais pu répondre à cette question !

On peut cependant imaginer qu'il a dû sourire en regardant avec bonté d'autres hommes !

Or, d'aucuns pensent que le sourire exprime « l'amour » alors que le rire montre parfois un certain « mépris » pour autrui.

Baudelaire parlait du « rire diabolique » qui prend ses racines dans l'orgueil méprisant pour celui en face de qui on est.

On n'admire pas en riant, mais on peut sourire d'admiration.

Depuis que j'avais rencontré Mireille, je ne riais pas, mais je souriais fréquemment.

Rire correspond à une forme de gloire subite dont le sentiment est d'apparaître supérieur à autrui.

« De sorte que lorsqu'on rit de vous, on se moque de vous, on triomphe de vous et on vous méprise. »

C'est souvent vrai, mais pas toujours !

J'allais entrer dans une longue période de ma vie, où je sourirais certainement souvent pour des choses insignifiantes ou importantes, à côté de celle qui sera mon point d'appui et la cause de tout ce que je ferai ou ne ferai pas, puisque ce que j'accomplirai sera principalement pour elle, ou à cause d'elle !

### *La réussite attendue au bac fut la récompense de la ténacité et de la volonté.*

Les dix jours qui précédèrent la fin des épreuves, j'étais là pour soutenir les derniers efforts et favoriser les conditions de la réussite autant que je pouvais sur un plan psychologique, comme un entraîneur devant son champion, avant et pendant les épreuves.

Après chaque retour d'épreuves, nous faisions le point sur la façon dont Mireille avait répondu et les impressions personnelles qu'elle avait !

Je me risquais à attribuer une note mini/maxi.

Lorsque l'épreuve de philosophie fut passée, c'était la matière où le coefficient était le plus élevé, les jeux étaient à peu près faits !

J'attribuai la note de douze sur vingt.

Pour les maths, les résultats ne seraient pas brillants, puisqu'elle eut la note de cinq.

J'étais certain de sa réussite, mais après les épreuves et avant d'aborder la phase d'attente, je lui dis qu'elle ne pouvait pas ne pas réussir !

Elle fut reçue : ce qui pouvait à juste titre être considéré pour un exploit, dont elle avait toutes les raisons d'être fière et moi aussi.

Ce bout de femme avait donc obtenu en moins d'un an : un mariage qui était la consécration de l'amour, une petite fille qui l'incarnait ; elle avait préparé seule son année de philo avec une réussite éclatante au bout !

Le soir des résultats nous allâmes,

« Au bal du bac » !

La journée avait été chaude ; c'était le début de l'été ; le ciel jetait ses feux étoilés dans l'infini ; un croissant de lune nous montrait le chemin de l'éternité, hier comme demain ; on entendait les pétards des feux d'artifice du 14 juillet avant d'entrer dans le gymnase préparé pour la soirée des nouveaux bacheliers et des autres, s'ils avaient le cœur pour venir oublier leur échec !

Les filles étaient en beauté, ainsi que les garçons, bacheliers et étudiants, tous étaient là pour la fête !

Je regardai la nouvelle bachelière ; elle était la plus belle, presque irréelle dans sa robe plissée blanche et son corsage blanc.

Sa chevelure bouclée « de bois brûlé » lui donnait cet air d'ingénue inaccessible et pourtant elle était femme, mère, épouse et amoureuse !

## *Un tourbillon s'était élevé depuis deux ans et venait de s'arrêter pour ces vacances d'été !*

Il y avait eu de grands événements et un foisonnement de moments et de petits plaisirs, qui m'avaient fait basculer d'une vie personnelle indépendante à une situation de dépendance pour la concevoir à deux, avec déjà l'existence d'un petit être qui était la cause de cette accélération du temps vers un nouvel état.

Les absences fréquentes avaient laissé la place aux idées et à l'espoir des retours.

J'allais cette fois me laisser glisser vers le charme des petits plaisirs avec la jeune mère et notre petite fille qui cherchait à me séduire chaque fois que je la prenais dans mes bras.

Nos vies depuis ces deux dernières années avaient été presque toujours à contre temps.

# CHAPITRE XXII

Elles allaient pouvoir désormais se dérouler au diapason de nos décisions.

Nous avions, Mireille et moi, un long parcours à accomplir encore pour être dans une situation stable.

Pour moi, je n'avais plus que deux années à faire pour avoir le diplôme d'ingénieur et ensuite accomplir mes obligations militaires avant de pouvoir démarrer ma vie professionnelle.

Pour Mireille, elle allait poursuivre ses études à mes côtés à la faculté de lettres.

Après quelques hésitations, elle opta pour faire des études d'histoire, avec l'intention ensuite d'exercer le métier de prof !

Ainsi, les années à venir n'allaient pas ressembler aux deux précédentes.

Elles se plaçaient plutôt dans une perspective d'objectifs prévisibles, qui restaient à construire.

Je n'étais pas d'accord avec cette pensée d'André Maurois qui disait :

« Le mariage ou toute relation permanente avec une femme est la mort d'un grand artiste ».

Je pensais en réalité juste le contraire : le charme, la volonté et la douceur de la jeune fille que j'avais épousée, allaient comme l'oxygène, alimenter de façon ininterrompue le feu de mon énergie pour les années à venir !

Fin du Tome 1
*D'une éclosion de vie à une autre*

# INDEX

Chapitre I :

*(1) Claude Bernard ; (2) Descartes*

Première partie :

Chapitre II :

*(3)* « **l'hydre de Lerne** » : Lerne, située dans le Péloponnèse près d'Argos et Mycènes : serpent ayant de 5 à 100 têtes dont l'une est immortelle qui réagissait au fur et à mesure qu'on les tranchait. La légende d'Hercule raconte dans sa deuxième épreuve qu'il réussit à le tuer. La tête immortelle enterrée fait entendre encore aujourd'hui ses terribles grondements (extrait des *Métamorphoses* d'Ovide)

*(4)* **La ligne Maginot** : s'étendait de Longuyon dans les Ardennes à la Suisse. On la considérait pour infranchissable.

*(5)* **Attaque de l'Allemagne** le 10 mai 1940 : « le blitzkrieg » ou guerre éclair.

*(6)* **Décision du 19 juin 1940** : les villes de plus de 20 000 habitants sont déclarées villes ouvertes interdisant de fait la possibilité de détruire les ponts.

*(7)* **Rethondes** : se trouve dans l'Oise en Picardie. Le wagon fut détruit en 1944 par les SS sur ordre d'Hitler. Goebbels en choisit l'endroit en réparation à l'humiliation subie avec la défaite de l'Allemagne du 11 novembre 1918. La signature : la délégation française est représentée par le général Huntziger et

l'ambassadeur Léon Noël avec instructions du ministre de la défense le général Weygand, en formulant l'impératif refus sur : refus de l'occupation totale du territoire, refus de livrer la flotte, refus de l'installation des allemands dans l'Empire. Les Allemands seront représentés par Hitler et le général Keitel.

*(8)* **Les conditions de l'armistice** : les prisonniers de guerre (1,5 millions d'hommes) restent en captivité jusqu'à la signature d'un accord de paix et emmenés en Allemagne.

L'Alsace et une partie de la **Lorraine** (la Moselle) sont quasiment annexées sous l'autorité d'un Gauleiter ; l'Allemagne y exerce les droits de la puissance occupante, ce qui implique que l'administration doit collaborer d'une manière correcte.

Les trois cinquièmes du territoire constitueront la zone occupée (y compris la côte Atlantique).

La France devra assurer l'entretien de l'armée allemande d'occupation (400 millions de francs/jour) ; dans la zone libre l'armée française ne devra pas dépasser 100 000 hommes avec des troupes sans armes.

L'Empire colonial reste sous l'autorité française et la France doit livrer tous réfugiés politiques allemands ou autrichiens situés sur son sol.

*(9)* **L'Alsace et la Lorraine** ont été annexées à l'Allemagne de 1870 à 1918 et du 22 juin 1940 au 8 mai 1945 : soit durant 53 ans sur 75 ans.

*(10)* **Les exemples :** la 1ère République (1792-1804) : laissera surtout le souvenir de la terreur et de la guillotine et du massacre des Vendéens.

La 2e République (1848-1852) : retient le massacre en juin 1848 du peuple (des milliers de morts).

La 3e République (1870-1940) : avec le massacre de la commune, l'asservissement des noirs et des algériens en vertu de la supériorité de la civilisation des lumières, la boucherie de la guerre de 1914-1918.

La 4eRépublique (1945-1958) : avec les guerres d'Indochine et d'Algérie.

*(11)* **Le 9 décembre 1940** : (le jour de la naissance du personnage principal du Tome 1) dans une lettre qui devait être remise par le général de la Laurencie à Hitler par l'intermédiaire du gouverneur de Paris, Von Stülpnagel.

*(12)* Le village de Guentrange est situé en périphérie de Thionville (la ville des 3 frontières). Est aujourd'hui un quartier résidentiel très prisé.

(13) Le Roi René (1409-1480) : Duc de Lorraine et d'Anjou et premier Comte de Provence.

(14) La princesse Mira : un chant russe sur un cosaque du Don a laissé sa légende à la postérité.

En 1670, les cosaques se révoltèrent contre le pouvoir russe. Vaincu, leur chef Stenka Razin fut exécuté.

Le poète Glazounov imagina les paroles d'une chanson, entrée dans la culture populaire Russe depuis.

Poème ou chanson, il y est fait état d'une princesse Mira que le fier guerrier serra dans ses bras pour sceller une alliance avec la fière Volga.

Par désespoir, il la jeta dans le fleuve immense où elle succomba. Mais subitement s'enfuit une blanche colombe, du nom de Mira. Cette légende à l'origine du conte de fée sur la mirabelle indique que les esprits intuitifs lorrains pensent que peut-être les mirabelles viendraient du Caucase !

(15) Une fille Marguerite l'aînée et un garçon Nicolas d'un premier lit et ensuite Marie puis Madeleine (ma mère) et la dernière, Catherine.

Chapitre III :

(16) La propriété familiale : fut une des résidences du général Hoche à partir de son mariage avec Adélaïde Déchaux dont c'était la demeure auprès de son père.

Il épouse Adélaïde en 1793 : elle a 16 ans et lui est déjà général et commandant de l'armée de Moselle. Il a alors 25 ans.

Jenny sa fille naîtra dans la période où il aura la charge de garder le Rhin (son commandement se trouve alors à Cologne) contre les Autrichiens. En 1797 il meurt en pleine gloire d'une phtisie. Sa femme a 20 ans quand il meurt. Elle quittera la Lorraine après la mort de son époux pour aller s'établir en Normandie, au château de Gaillefontaine qu'elle achète.

Jeune lieutenant en 1792, général de brigade en 1793, il sera blessé à Thionville face à l'ennemi : à cheval sous un chêne un premier boulet coupe une partie de l'arbre et un second tue son cheval qui le blesse. (Le lieu où il reçut cette blessure est situé à 500 mètres de la maison familiale)

Il se relève et plaisante. C'est après sa blessure qu'il rencontrera Adélaïde qui est très jolie, avec des cheveux blonds.

(17) **Réseau de passeurs** : réseau lorrain de résistance : Jean Denis, responsable du réseau et agent secret, a raconté son aventure dans un livre *La nasse*, édition 1992.

(18) Parmi les nombreux enrôlés **du S.T.O.** (Service de Travail Obligatoire) auquel les Alsaciens et les Lorrains de Moselle étaient astreints en premier avant que cela ne s'étende sur l'ensemble du territoire.

(19) **Le nihilisme** de Nietzsche correspond à l'inverse de sa pensée par rapport à son utilisation par les nazis. Le philosophe y voyait une crise de civilisation pour 20 siècles, quand les nazis en niant et détruisant toutes les valeurs veulent construire un ordre nouveau et immédiat pour 1000 ans.

(20) **Dieu du temps** dans la mythologie grecque : « Chronos » fils de la terre et du ciel.

(21) **Le plan initial** : il s'agissait de conduire l'opération sur le tronçon de route entre les villes de Joeuf et Montois, distantes de 5 à 6 kilomètres à vélo en empruntant des chemins forestiers de nuit.

**Les deux passeurs** : le chef de réseau Jean Denis et son bras droit, Jean Noblesse de Lyon, prendraient le train omnibus de vingt heures (à une heure de grande fréquentation) pour aller de la gare de Metz à celle d'Amanvillers située à 16 kilomètres plus loin (c'était la dernière station située en Moselle avant la frontière entre la zone occupée et la France) et leurs bicyclettes partiraient en « bagages accompagnés » pour être ensuite récupérées.

Ensuite, depuis la gare, les deux passeurs se dirigeraient lentement vers les fugitifs qu'ils devaient retrouver à un endroit parfaitement repéré sur le chemin forestier.

Les deux jeunes en fuite partiraient, eux, à 19 h 45 depuis Metz à vélo en direction du chemin forestier, pour retrouver environ vers 20 h 45 les passeurs qui, une fois arrivés à la gare d'Amanvillers et avoir récupéré leurs vélos, pouvaient se diriger sur le chemin en sens inverse vers 20 h 30 et se retrouver au lieu de rendez-vous à 20 h 45.

Un quart d'heure d'attente sur le lieu de rendez-vous était inscrit pour les uns et les autres, pour assurer une jonction parfaite au-delà de quoi il fallait annuler la suite et refaire l'opération un autre jour.

Tout était minuté et les consignes diverses devaient être respectées à la lettre. Les feux rouges des vélos serviraient de point de repère afin de pouvoir réagir au moindre incident imprévu.

(22) **Les modifications du plan** : les deux fugitifs prendraient eux aussi le train depuis la gare de Metz au lieu d'utiliser leur vélo depuis Metz pour se rendre au lieu de rendez-vous.

Ils feraient le trajet dans un compartiment éloigné de celui des passeurs. En cas de croisement dans le train, ils devaient afficher une indifférence totale. Les contrôleurs ne devaient avoir aucun soupçon de connivence entre les deux groupes, passeurs et fugitifs.

(23) **Rutabaga** : sorte de chou à racine tubérisée qu'on appelle aussi chou-navet.

Chapitre IV :

(24) **Un jeune français** : Bonnier de la Chapelle fut liquidé par les autorités giraudistes (général Giraud) à Alger très certainement, pour éviter des révélations gênantes.

Le cadavre fut criblé de balles. On pense que les louvoiements du comte de Paris (bien que manipulé) fut un des instigateurs de cet assassinat peut-être aussi « pro gaulliste »

(25) « **La piscine de sang…** » : Chateaubriand (1768-1848)

(26) **Le général Koenig** (1898-1970) : d'origine alsacienne en 1940, il sera capitaine dans la 13ᵉ brigade de la Légion étrangère quand il s'engage du côté de la France libre avec de Gaulle en juillet 1940.

Général en 1942, il bat les Allemands à Bir-Hakeim ; député RPF (1951-1958), ministre de la Défense et des Forces armées avec Mendès-France de juin à août 1954, puis avec Edgar Faure de février à octobre 1955.

À titre posthume, il sera le 4ᵉ et le dernier général à être nommé « Maréchal de France » par Mitterrand en 1984.

(27) **Le pillage** : 500 millions de francs par jour.

(28) **Catégories rationnaires** de consommateurs : elles furent fixées au nombre de huit.

- **Catégorie E** : enfants de moins de 3 ans
- **Catégorie J1** : enfants de 3 à 6 ans
- **Catégorie J2 et J3** : jeunes de 6 à 13 ans et de 13 à 21 ans
- **Catégorie A** : consommateurs de 21 à 70 ans ne se livrant pas à des travaux donnant droit aux catégories T ou C
- **Catégorie T** : travailleurs de force définis suivant des règles fantaisistes et à peine compréhensibles
- **Catégorie V** : les personnes de plus de 70 ans.

Chaque famille était ainsi tenue de se rendre régulièrement récupérer les fameux tickets de rationnement pour chaque période, afin de pouvoir être servie dans un magasin ou chez un commerçant habilité.

À titre d'exemple, ce que mangeait en 1939 un parisien moyen (employé de banque, fonctionnaire, artisan, commerçant) qui fera partie des catégories A, en un mois : 13,5 kg de pain (contre 8,5 en 1942), 3,5 kg de viande (contre 620 grammes en 1942), 12 litres de vin (contre 4,5 litres en 1942), etc.

(29) **La rafle** qu'on appela dans le langage courant celle du « Vel' d'hiv' » : se déroula les 16 et 17 juillet 1942 ; environ 9000 policiers et gendarmes français arrêtent 13152 juifs dont 4115 enfants (la plupart mourront à Auschwitz).

Le plan prévoyait 28000 arrestations. Les personnes arrêtées furent parquées au vélodrome puis transférées à Drancy d'où les trains les achemineront vers la Pologne orientale.

(30) **Les déportations** de juifs atteignirent environ 75 000 personnes dont environ 2500 revinrent des camps. Il y eut 86 827 déportés partis de France dans les camps dont 10 % de femmes. (Sources/Fondation pour la mémoire des déportés). Les archives allemandes indiquent 95000 dont 30 % de résistants.

*(31)* **Victoire de Stalingrad le 2 février1943.**Les troupes allemandes épuisées et mal équipées pour l'hiver n'avaient plus le moral d'autant plus que 90 % des Allemands qui étaient sur le front n'étaient pas nazis.

Ce fut la plus grande boucherie de l'histoire : 2 millions de morts et à peu près autant de chaque côté.

Pour les Russes, 90 % n'étaient pas communistes, mais ils avaient à se battre contre un occupant. Les forces ennemies avaient perdu 25 % de leurs effectifs.

(32) **Un Gauleiter** : chef régional dans le parti nazi.

Le deuxième plus haut titre juste après celui de Reichleiter (Leiter voulant dire « chef » en allemand et « gau » : région) ; Gauleiter le plus connu : Goebbels (Berlin), Joseph Bürkel : Palatinat-Sarre- Lorraine, Robert Wagner : Pays de Bade et Alsace.

(33) **Hitler** se suicidera le 30 avril 1945 avec Eva Braun qu'il venait d'épouser la veille.

Il donna ses instructions pour qu'on ne retrouve pas son corps qui fut brûlé (selon toute vraisemblance) à l'entrée du bunker où il était terré. Il avait appris qu'en Italie, quelques jours auparavant, le cadavre pendu par les pieds de Mussolini était promené par une foule en délire. Huit jours après son suicide le 8 mai 1945 l'armistice est signé sans conditions.

(34) **La Deuxième Guerre mondiale fit environ 46 à 60 millions de morts.** Soit 1,9 % à 2,5% de la population mondiale de l'année 1940.

L'incertitude aussi élevée des morts vient de la Chine dont les chiffres connus oscillent entre 6 et 20 millions de morts.

L'U.R.S.S dénombre à elle seule 21,1 millions de morts (10% de sa population).

La Pologne 5,42 millions (15% de sa population), l'Allemagne aura 7 millions de morts (12 % de sa population), la France dénombre 600 000 victimes (1,5 % de sa population), les États-Unis 300 000 (0,2% de sa population), le Japon 3 millions de morts (4 % de la population), le Royaume-Uni 388 000 (0,8 % de sa population), l'Italie 400 000 morts (1 % de sa population), la Yougoslavie 1,5 million de morts (10 % de sa population).

(35) **L'Armada** : 5000 navires, 156 000 hommes participeront au débarquement (dont 132 700 parmi l'armada et 23 400 par air), 10000 avions. En attente en Angleterre environ plus de 3,4 millions d'hommes.

(36) **ORADOUR** sur Glane : la division Das Reich fît brûler 450 personnes en les enfermant dans une église. Une seule femme s'en échappera par miracle.

*(37)* Le 6 août 1945 à **Hiroshima** au Japon une première bombe à l'uranium est lancée suivie le 9 août par une autre au plutonium à **Nagasaki** : elles feront instantanément et indirectement par les effets des radiations plus de 200 000 morts sur une population de ces 2 villes d'environ 580 000 habitants.
Lourde décision morale du nouveau président des États-Unis, Harry Trumann !

Chapitre V :

*(38)* **La maison familiale** : elle comprenait 8 pièces, deux cuisines, des dépendances diverses. Le terrain de la propriété avait environ 7000 m2.
Les principales plantations : quelques arpents de vignes et de nombreux arbres fruitiers en majorité des mirabelliers mais on récoltait aussi des cerises, des quetsches, des pommes, des poires, des noix, des nèfles, des groseilles rouges, des grosses groseilles, des pommes de terre, des choux, des choux-fleurs, des radis, des potirons, des fraises, des poireaux, des cornichons, etc.

*(39)* **Mon père** en 1945 avait 32 ans, ma mère 40 ans, sa sœur Marie 44 ans, sa sœur Catherine 38 ans. La matriarche 67 ans.

(40) **Robert Schumann** fit son discours le 7 novembre 1954, il fut député depuis 1919, ministre des Finances en 1946, président du Conseil en 1948 puis ministre des Affaires étrangères de 1948 à 1953 et président de l'assemblée parlementaire européenne ; il fut à l'origine du fameux pool charbon-acier.

(41) Le blé en gerbes parsemées de coquelicots.


**Chapitre VI :**


*(42)* **Le patois lorrain** *:* n'est quasiment plus parlé aujourd'hui.

Il existait une certaine proximité avec le latin. Les mots et les expressions étaient souvent plus courts et imagés.

Depuis 1789, le patois a été sans cesse combattu et avec l'arrivée de la télévision les générations qui suivirent l'abandonnèrent. Il y avait des mots et des expressions savoureuses :

**Quelques mots typiques** *:* *bassiner* (faire une sérénade grotesque à un veuf ou une veuve qui se remarie, ou abuser de la patience d'autrui en parlant trop), *bézon* (quelqu'un de borné ou de sot), *dâbo* (le dindon de la farce), *fiérot ou fiérote* (qui fait le ou la fière), *un galapia* (un garnement ou un polisson), *une gueniche* (femme de mauvaise vie), *mâmiche* (vieille femme), *pinchard* (en parlant d'une voix criarde), *sâpré* (ou sacré), *tournisse* (avoir le vertige), *trâouine* (femme sale ou de mauvaise vie).

**Expressions lorraines** *:* *il fait bon chaud,* *un vrai repas de chien crevé* (quand on a bien mangé), *tais donc ta grande jatte* (ordre pour faire taire un bavard).

(43) Produits : lait-fromage-beurre jambon-saucisson-pâté-etc. ; élevage de vaches-porcs etc.

*(44-45)* Jean **de la Fontaine** (1621-1695) : il a écrit 240 fables ainsi que des contes et fut en son temps un grand moraliste-poète- dramaturge-romancier.

(46) Héritier du premier lit : Marguerite et Nicolas

*(47)* Héritier du second lit : Marie, Madeleine (ma mère), Catherine

(48) **La maison de maître** valait environ cinq fois plus que la maison dont hérita ma mère ; dans l'estimation officielle, le rapport était du simple au double. Ce qui permit à ma tante Catherine d'avoir un contrôle sur 55 % du patrimoine et d'acquérir les meilleurs terrains promis aux meilleures plus values foncières.

*(49)* **Le psoriasis** *:* correspond à une anomalie du système immunitaire de sorte que la peau se régénère en 2 ou 3 jours au lieu de 28 jours normalement (la maladie survient généralement entre 10 et 40 ans).Cette desquamation rapide engendre des rougeurs et des écailles et de fortes démangeaisons et parfois des douleurs.

On estime que 2 à 5 % de la population mondiale en est atteinte. La maladie n'est pas guérissable, mais on peut en réduire les effets.

Le taux de suicide est 3 fois plus élevé dans cette population.

(50-51) Extrait des fables de Phèdre en parlant « d'Ésope et du bavard ».

Ésope aurait vécu au 6e ou 7e siècle av. J.-C.

Hérodote en témoignera. Les fables nous parviennent par la tradition orale et finalement écrite au 11e siècle par Babrias.

Toute la littérature fut influencée en Europe. Il était bossu, bègue et avait été affranchi comme ancien esclave. Le recueil des fables d'Ésope inspira Jean de la Fontaine.

**Chapitre VII :**

**Deuxième partie**

**Chapitre VIII :**

(52) L'école formait des cadres pour l'industrie électrique et EDF pour le pilotage de centrales de production d'électricité. Avant d'aller à Grenoble, cette année de préparation s'était combinée avec un emploi à plein temps comme

électricien d'entretien durant six mois, suivi de six mois comme dessinateur industriel dans la sidérurgie lorraine à proximité de Thionville.

(53) Guérin Casarini, devenu par la suite professeur de mathématiques dans un lycée.

(54) En entrant en deuxième année à l'Institut pour obtenir le diplôme d'ingénieur en deux ans au lieu de trois. (La première année se passant après les deux années préparatoires, math sup. et math spé.)

(55) **Vestale** : dans l'Antiquité, prêtresses de Vesta qui entretenaient le feu sacré de la déesse et qui étaient astreintes à la chasteté.

(56) En 1$^{ère}$ année, je logeais à la « Maison des étudiants » et en 2$^e$ année à la « Cité universitaire du Rabot » qui venait d'ouvrir.

(57) **Houari Boumediene** prit le pouvoir le 19 juin 1965 et y resta jusqu'à sa mort le 27 décembre 1978 : il fut le troisième président de la république démocratique et populaire algérienne.
Avant lui, Ahmed Ben Bella fut président du 15 septembre 1963 au 19 juin 1965 destitué par Boumediene.
Le premier fut Ferrat Abbas (25 septembre 1962 au 15 septembre 1963).

(58) **Samson et Dalila** : opéra en 3 actes sur une musique de Camille Saint-Saens (1835-1921) et un livret de Ferdinand Lemaire datant de 1877.
Inspiré de l'Ancien Testament. L'histoire : ennemis d'Israël, les princes Philistins promettent à la fille du grand prêtre du temple, Dalila, si elle découvre le secret de la force de Samson.
Elle simulera qu'elle l'aime pour qu'en tombant amoureux il lui livre le secret de sa force extraordinaire qu'il lui révélera résider dans ses cheveux. À sa merci, il vint à la fête et aux libations des Philistines. Trahi, il fit tomber les colonnes du temple par sa force et y sombra.

(59) **Les bras de Morphée** : dans la mythologie grecque, il est le dieu des rêves. C'est le fils d'Hypnos, le dieu du sommeil et de Nyx, la déesse de la nuit.

*(95)* Le concours avait eu lieu en septembre 1961 avec les épreuves écrites à Reims et l'oral à Saint Étienne.

(60) **Verte campagne** : avec les paroles de R.Varnay et Mamoudy datant de 1960.

Les principaux interprètes étaient François Deguelt et Jean Claude Pascal, accompagnant une musique de slow.

(61) **Mireille** : nom provençal de Marie, mère de Jésus ; en Égyptien veut dire « aimer » ; un poète écrira son nom en disant qu'il est « une goutte d'eau dans la mer » ; autre signification : « étoile de la mer »

**Chapitre IX :**

(62) Pensée du grand savant Albert **Einstein** (1879-1955)

*(63)* Hector **Berlioz** (1803-1869) : écrivain et musicien, il fut considéré pour un romantique tout en refusant ce qualificatif.

(64) Pensée de **Confucius** (-551 à -479 av. J.-C.) : son enseignement a donné naissance à une doctrine politique et sociale érigée en religion d'état appelée le confucianisme et qui perdurera jusqu'au début du 20ᵉ siècle. En partie ensuite remplacé par la doctrine communiste à la chinoise.

(65) Activités du vice président : relations avec le rectorat, logements, M.N.E.F. (Mutuelle des étudiants), administrations universitaires.

(66) **A.G.E.B** : Association des étudiants brestois dépendante à l'époque de celle de Rennes et affiliée à l'U.N.E.F (Union Nationale des Étudiants de France), etc.

(67) **Casanova** Giacomo Girolamo (1725-1798) :Vénitien, fut tour à tour bandit, écrivain, escroc, amuseur, spadassin, assassin, espion selon lui, pédophile, diplomate selon ses dires, homme ruiné, père incestueux.

Il reste un symbole, avec Don Juan, de la séduction plurielle : son charme et sa perfidie lui permirent de conquérir 122 femmes avec qui il aurait eu des relations sexuelles, dont des filles à peine pubères et consentantes et parmi lesquelles sa propre fille mariée à l'un de ses frères, dont il aura le seul enfant connu. S'arrogeant le titre de Chevalier de Seingalt, il écrira ses mémoires *Histoire de ma vie*, qui *restent* une source intéressante sur la vie sociale en Europe du 18ᵉ siècle.

(68) **Dulcinée** : femme aimée, héroïne de Don Quichotte dans le roman de Cervantès.

(69) Platon-Voltaire-Nietzsche-Descartes-Pascal-Heidegger-Bergson-Alain-Sartre-Freud, etc.

Chapitre X :

(70) **La guerre d'Algérie** provoqua entre 250 000 et 400 000 morts côté algérien et selon le FLN plus d'un million de morts.
Pour la France, on dénombra 30 000 morts et 250 000 blessés soit l'équivalent d'environ six années d'accidents de la route dont on ne s'émeut guère.

Chapitre XI :

(71) **Les Fleurs du mal** en sortant en 1857 firent scandale. Un procès eut lieu pour atteinte à la morale publique et aux bonnes mœurs. La condamnation ne fut annulée que 92 ans plus tard.

(72) **Poèmes de l'auteur** (1961-1962)

(73) **Immanente** : qui est supérieur à l'être ou à l'objet de pensée et agit de soi-même.

(74) **Transcendantal** : dans la philosophie scolastique certaines qualités appartenant à tous les êtres, et chez Kant il s'agit de toutes les qualités, c'est-à-dire de tous les principes de la connaissance se trouvant dans l'esprit avant toute

expérience et qui sont les conditions pour atteindre l'expérience en général. Philosophie du vrai et du bien.

(75) Environ 550 euros en valeur d'aujourd'hui par personne, tous frais inclus (hôtel-restaurant-voyage)

**Chapitre XII :**

(76) **Simone de Beauvoir** (1908-1986) : agrégée de philosophie à 21 ans, compagne mythique de Jean Paul Sartre « le philosophe de l'existentialisme », dont elle sera l'avocate spirituelle.

En 1943, elle sort un roman *L'Invitée,* suivi en 1949 du *Deuxième sexe »* (essais) puis *Les Mandarins* en 1954 (roman), et à partir de 1958 elle n'écrira plus que des essais autobiographiques comme *Mémoires d'une jeune fille rangée, La Force de l'âge* (1960), *La Force des choses* (1963), etc.

(77) Jean Paul **Sartre** (1905-1980) : agrégé de philosophie de l'École Normale Supérieure où il rencontre Simone de Beauvoir en y partageant sa vie, selon la philosophie existentialiste.

**Chapitre XIII :**

(78) Jean Beaufret (1907-1982) : agrégé de philosophie sera au centre du débat sur la pensée d'Heidegger qu'il fera connaître en France entre 1940 et 1970.

(79) *Rêves de valses, rêve d'un jour* : opérette avec les paroles de Félix Dörmann, avec une adaptation de Léon Xanrof et Jules Chancel sous une musique d'Oscar Strauss.

(80) **Cro-Magnon** : on l'a découvert sur la commune des Eyzies-en- Tayac dans le Périgord. On l'appela naturellement « Cro-Magnon » (Cro, signifie abri en occitan). On découvrit 5 squelettes d' « homo sapiens »

(81a) Turner (1775-1851) : peintre né à Londres, représentant de la vision intérieure ; son imagination se projette sur le spectacle du monde.

(81b) Zao-Wou-Ki : peintre français d'origine chinoise (né en Chine vers 1922) : *La Sérénité retrouvée*

(82) **Le rayon vert** : phénomène optique rare que l'on a pu photographier au moment du lever ou du coucher du soleil à son sommet comme un flash vert.

Le ciel doit être clair et dégagé et les conditions atmosphériques doivent être dans la meilleure coïncidence possible (de pression- température-vents-relief, etc.)

(83) Entreprise locale : la société Générale d'électricité de Thionville

(84) **Hercule** : fils de Zeus, fut conçu pour protéger les Dieux de la mort sous l'œil d'Amphitryon abusé. Portant une tunique empoisonnée, désirant s'en séparer il se donna la mort au milieu des flammes.

En revenant des enfers **la métamorphose** le transforma en taureau, en serpent et en homme à tête de taureau pour accomplir **les douze travaux** qu'évoque la légende d'Ovide (-43 avant JC à plus 17 après JC) dans ses métamorphoses :

affronter le lion-l'hydre-le sanglier-la biche-les oiseaux-le taureau-les cavales de Diomède- nettoyer en une journée les écuries d'Augias sales depuis 30 ans-s'emparer de la ceinture d'Hippolyte la reine des amazones- capturer les bœufs féroces- rapporter les pommes d'or cachées dans l'immense jardin des Hespérides-affronter le chien à 3 têtes sans armes.

## Chapitre XIV :

(85) **Givet** : petite ville de 7000 habitants aujourd'hui qui en comptait en 1962 environ 7500.L'origine du nom est controversée :

Version 1 : selon les uns il viendrait d'un terme patois local pour désigner les convois de « bois flottants descendant la Meuse : « **les Givées** »

Version 2 : pour les autres il viendrait d'un établissement « mérovingien » installé sur une rive de la Meuse pour récupérer les péages lors du passage de marchandises .A l'époque le nom de l'impôt était appelé « **le Galbum** » et ensuite successivement « **Gabélium-Givélium-Givétium** et enfin au 15 ème siècle **Givet**. »

### Chapitre XV :

(86) Interprétation au piano des amours de **Liszt** avec Marie Agoult qu'il finira par laisser seule après avoir accepté la charge de Maître Chapelle à Weimar.

(87) Le Centre National de Télé-enseignement situé à Vanves en région parisienne

(88) Cythère : une île grecque consacrée à l'amour.

### Chapitre XVI :

(89) **Sophie** : Signifiant sage ; Sophia voulant dire en grecque (sage)

### Chapitre XVII :

(90) **Énantiotrope** : du grec énantios (inverse) : se dit d'une substance qui existe sous deux formes différentes, dont les zones de stabilités se situent de part et d'autre d'une température de transformation.

(91) **Rhétorique** : un style permettant de rendre la pensée plus incisive en employant des allégories, des hyperboles ou autrement dit une expression confinant jusqu'à l'exagération, des métaphores ou des inversions.

(92) Gaston Berger (1896-1960) : Philosophe et homme d'action ! Il fut directeur général de l'enseignement supérieur, membre de l'académie des sciences

morales et politiques ; président de la société française de philosophie et de l'institut international de philosophie.

(93) **Phénoménologie** : étude philosophique des phénomènes présents à notre esprit et consistant essentiellement à les décrire. A décrire aussi les structures de la conscience qui les connaît (objectif de Husserl et Merleau Ponty).

(94) **Le porte-avions Foch** : Il avait été commencé sur les chantiers de Saint-Nazaire en 1957, puis terminé à Brest le 23 juillet 1960 .Il ne devait être mis en service actif qu'en juillet 1963.

Navire d'une taille de 265 mètres de longueur et 51 mètres de largeur pesant environ 24000 tonnes. Son pont d'envol de 259 mètres et une piste oblique inclinée de huit degrés permettait l'hébergement de 50 aéronefs dont la moitié de super étendard fabriqués par l'entreprise Marcel Dassault.

L'armement prévu d'environ 50 missiles et même davantage en cas de nécessité et 4 tourelles de canons de 100 mm et 5 mitrailleuses de 12,7 mm. Un équipage pouvant atteindre 1350 personnes dont 64 officiers et avec un groupe aérien ce chiffre peut atteindre 1920 personnes. Après 40 années de service le Porte-avion fut cédé le 15 novembre 2000 à la marine brésilienne pou 300 millions de dollars.

(148) Extrait du poème de Rimbaud : *Rêvé pour l'hiver*

(95) **Transcendantal** : voir index 74

(96) **Revenus** : environ 550 euros par mois dont 20% de cours, mais sans compter les stages ou missions temporaires que j'accomplissais en été (une heure de cours était facturée 10 ).

Les dépenses obligatoires (logement : 190 , restaurant universitaire : 1,50 /repas, sorties cinéma : 2,30 , théâtre, sorties diverses, train : un aller et retour Brest-Thionville : 150 , une consultation médicale : 10 , sans compter les imprévus et l'habillement) atteignaient environ 400 à 420 euros par mois (coefficient multiplicateur entre 1962 et 2007 : 8,2)

**Chapitre XVIII :**

(97) Thionville s'appelait Théodonis villa depuis 753 (domaine de Théodon) où séjourna Pépin le Bref en 752 et où Charlemagne se trouvait fréquemment, se partageant entre Aix-la-Chapelle, Sélestat, Herstal et Qiercy, ses résidences préférées.

À l'époque des rois mérovingiens et carolingiens, les lois étaient rédigées en capitula ou chapitres d'où le nom de salle des capitulaires.

Très longtemps, un tableau de Chambertin (1797 à 1883) était placé au fond de la salle représentant Charlemagne dictant ses capitulaires : le tableau se trouve aujourd'hui au palais du Luxembourg dans la salle des messagers d'états.

(98) Le prix du repas de réveillon sans les boissons était de 50 francs/personne ou en euros d'aujourd'hui 62,50 et la bouteille d'eau gazeuse 20 francs ou 25 euros : la soirée s'éleva à 150 environ pour nos finances estudiantines.

(99) L'instigateur de l'attentat : le lieutenant-colonel Bastien-Thiry, polytechnicien sera arrêté le 22 septembre, condamné à mort et fusillé.

(100) Élu au suffrage universel le 28 octobre 1962 avec 61,75 % des suffrages.

(101) Film américain de Lewis Seiler avec Phil Karlson et Ben Gazzara, mais aussi avec la voix et la narration d'un homme « Ronald Reagan » qui devint de 1981 à 1989 le quarantième président des États-Unis.

(102) **Narcisse** : un jour qu'il voulait s'abreuver, il tombe amoureux d'un jeune homme qu'il voit dans l'eau et qui n'est autre que son reflet. Il se tient là pétrifié, en extase devant la perfection de tant de traits, au point de ne pas se reconnaître et d'appeler en vain ce visage qui ne peut recevoir de baisers. Il se pencha tant pour retrouver son visage qu'il tomba dans la fontaine, se noya et fut changé en fleur qui porte aujourd'hui son nom. À l'emplacement de son corps, sort de terre, belle et dorée, le Narcisse qui au printemps se reflète dans l'eau.

(103) Pensée inspirée du film de Kaneto Shindô : *L'Île nue*, qui eut le prix du festival de Moscou en 1961 et que je vis à Brest en janvier 1963 ; c'est un chef d'œuvre comme la pureté d'un cristal envoûtant et bercé par une musique lancinante. Ce film de plus de 40 ans revient actuellement en DVD et n'a pas perdu de son actualité.

**Chapitre XIX :**

(104) **Sartre et l'existentialisme athée** : il déclare qu'il y a un « être » qui ne peut être défini avant son existence et que cet « être » c'est l'homme.
C'est-à-dire que l'homme apparaît dans le monde, existe et se définit après. Si l'homme ne peut être défini au commencement de son existence, c'est qu'il n'est d'abord rien, devient ensuite et devient tel qu'il choisit de se faire.

(105) Allégorie : Une plume représente ici 1 kg

(106) Variable aléatoire (calculs de probabilité, espérance, variance, écart type, etc.)

(107) Avec 14 de moyenne générale

(108) Sainte **Nathalie** fut martyre à Cordoue et mourut en 852 sur ordre de l'Émir Abd al-Rahman pour avoir caché un moine. L'origine latine du prénom « Natalia » était associée à « Natalis » qui signifie « **jour de naissance** » (sous entendu du Christ) : **Nathalie a** aussi la même signification que Noël et évoque la nativité de l'enfant Jésus ; le prénom fut ainsi très souvent utilisé dans les premiers siècles de la chrétienté.

(109) **Épictète** (50 à 125/130 apr. J.-C.) : un des représentants de l'école stoïcienne. Ancien esclave affranchi d'Epaphrodite qui jouera un rôle important à la cour de Néron.
Sa pensée a surtout été transcrite par l'un de ses élèves et soldat Arrien.

**Chapitre XX :**

(110) Période de septembre 1962 à août 1963

(111) **Darwin** (dans l'origine des espèces publiée en 1859) : théorie de l'évolution selon laquelle l'homme et les grands singes ont un ancêtre commun.

Descartes naturaliste s'en remet à Dieu quand il ne pouvait résoudre un problème (la nature existe par elle-même de façon immanente ; étude des plantes, des animaux, des minéraux) ; la science aujourd'hui s'appuie sur l'éthologie (science des mœurs animales) pour approfondir nos connaissances sur l'évolution des espèces.

(112) **Toumaï** : « les primates étaient sur terre depuis la fin du cétacé il y a 70 millions d'années.

C'est seulement vers 8 millions d'années que l'une de ses familles de primates s'est séparée en deux lignées : celle des grands singes (panidés) et des hommes (hominidés) ; cette divergence aurait été provoquée par le soulèvement d'une chaîne de montagnes en Afrique de l'Est, le long d'une faille appelée rift. »

À l'ouest de cette barrière naturelle, les grands singes se seraient adaptés à la vie en forêt et auraient évolué vers les chimpanzés et les gorilles, tandis que ceux restés à l'Est auraient subi l'assèchement progressif du milieu.

La savane aurait sélectionné les plus aptes à se redresser, conduisant ainsi aux premiers ancêtres des hommes... dont l'identité est vivement débattue : **trois** candidats sont possibles : **Toumaï** exhumé au Tchad en 2001 avec plus de **7 millions** d'années, **Orrorin** fossile de **6 millions** d'années découvert au Kenya et dont le fémur rectiligne montre qu'il marchait plus droit que Lucy, **Ardipithecus ramidus** l'Éthiopien de **5,5 millions** d'années.

Ainsi, la science toujours incertaine avance, doute et trouve !

(113) **Les créationnistes** : considèrent que la théorie de l'évolution est fausse. L'homme a été créé par Dieu.

Les religions feront leur lit de cette approche, à commencer par la chrétienté à travers la Bible qui date de la genèse du monde il y a 3750 ans av. J.-C. et le déluge il y a 2104 av. J.-C. ; un archevêque anglican dans un traité dira même que le monde a été créé le dimanche 23 octobre il y a 4004 ans av. J.-C.

Le monde se serait fait en six jours et l'homme aurait été créé le sixième. Situé au paradis, il sera chassé du jardin d'Éden pour sa curiosité en mangeant la pomme « du péché originel ». Évidemment, les six jours sont aujourd'hui symbolisés en allégorie au regard des connaissances scientifiques et correspondraient aux ères géologiques :

1$^{er}$ jour : le précambrien (de la création de la terre il y a -4,7 milliards d'années à -540 millions d'années).

Le 2$^e$ jour : le cambrien (-540 millions à -500 millions d'années : correspond au début du primaire)

Le 3$^e$ jour : la suite du primaire qui va jusqu'à la fin du permien il y a -225 millions d'années).

Le 4$^e$ jour : le secondaire (de -225 millions d'années à -65 millions d'années avec le Trias/le Jurassique/le cétacé)

Le 5$^e$ jour : le tertiaire (de -65 millions d'années à -2 millions d'années avec les époques Paléocène-Éocène- Oligocène-Miocène- où l'homme apparaîtra vers la fin de cette époque au pliocène, *soit* le 6$^e$ jour *et se poursuivra au* quaternaire.

Le 7$^e$ jour où la nature investie de tous les éléments n'a plus qu'à se laisser évoluer avec ses propres forces, Dieu se repose ce jour-là selon la Bible (qui débute il y a environ -2 à -1,8 millions d'années : correspond à la grande période qui sera marquée par l'évolution de l'homme jusqu'à aujourd'hui).

Les créationnistes veulent ainsi repenser leur théorie parce que la science les y pousse sans changer le principe de création et en réfutant le principe d'évolution.

(114) **Nathalie** : elle apparaît comme si Dieu l'avait créé le 14 avril 1963, mais comme je ne suis pas créationniste elle est le relais de la vie pour aller plus loin : ses parents Mireille et moi lui avons juste permis de poursuivre l'évolution de l'humanité depuis « Lucy »

(115) **Harpagon** : dans *L'Avare* de Molière, pièce jouée la première fois par la troupe du Roi à Paris le 9 septembre 1668.

De peur d'être volé, il cachera sa fortune dans une cassette qu'il enterrera dans son jardin, un temps elle lui sera dérobée et il finira par la retrouver après de multiples péripéties.

(116) **Les Muses** : chacune des 9 déesses de la mythologie qui présidaient aux arts. Les filles de Zeus et de Mnémosyne : **Clio** (histoire), **Euterpe** (musique) **Thalie** (comédie), **Melpomène** (tragédie), **Terpsichore** (danse), **Érato** (élégie), **Polymnie** (poésie lyrique), **Uranie** (astronomie), **Calliope** (éloquence).

(117) Citation d'André Maurois (1885-1967) : Romancier et essayiste

(118) Philosophie kantienne : **Kant** Emmanuel (1724-1804) : philosophe allemand : chez Kant, toutes les qualités, c'est-à-dire tous les principes de la connaissance qui se trouvent dans l'esprit antérieurement à toute expérience et qui sont les conditions de l'expérience d'une façon générale.

*(119)* « **jour de la naissance** » qui veut dire Nathalie comme on l'a vu précédemment.

(120) **Déterminisme** : ensemble des conditions nécessaires à la production d'un phénomène ; scientifiquement, considérer que tout fait a une cause ; les mêmes causes produisent les mêmes effets.

(121) **Ratiociner** : raisonner avec une subtilité excessive ou de façon générale : raisonnement subtil.

(122) **Le bébé** pesait 2,3 kg et apparaissait 3 semaines et 2 jours en avance d'un point de vue médical.

(123) Transmission de relais où « **une génération** » dans notre estimation vaut la moyenne d'âge des parents à la date de naissance du premier enfant, Nathalie.

(124) **Le scanner** : le premier instrument d'imagerie tomographique et premier scanographe à positron (ou à électron positif) fut inventé et mis au point en 3 ans entre 1968 et 1971 où eurent lieu les premiers essais.

(125) **Homo sapiens** : les seuls représentants de l'espèce humaine depuis 150000 années apparaissaient en même temps que l'homme de Néandertal qui disparaîtra il y a 30000 ans, et restant seuls en vie aujourd'hui encore.

Homo sapiens a démontré depuis sa naissance un ensemble de capacités exceptionnelles le conduisant à inventer des techniques et des innovations sans précédent et même dans le domaine artistique. Ce qui le place dans le monde symbolique

(126) **L'enfance** (le milieu de l'enfance environ 7ans) qui s'étale depuis la deuxième naissance jusqu'au début de l'adolescence 13-14 ans. **L'adolescence** entre 13-14 ans et environ 16 à 18 ans (période de la puberté au jeune adulte).

(127) L'évolution **vers le jeune adulte** se fait entre la fin de l'adolescence et la fin de la construction de l'être social, ayant pleinement conscience de ce qu'il est avec la perspective de tous les possibles (jusqu'à 21 ans environ).

(128) La sixième naissance vers 21 ans (multiple de 7) jusqu'à la mort qui sera la septième naissance.

**Chapitre XXI :**

(129)

(1) **Les 7 couleurs de l'arc-en-ciel** : violet, indigo, bleu, vert, jaune, orangé, rouge.

(2) **Les 7 continents** : Europe, Afrique, Amérique du Nord, Amérique du Sud, Asie, Océanie, Antarctique.

(3) **Les 7 odeurs primaires** : camphrée, musquée, florale, mentholée, éthérée, piquante, putride.

(4) **Les 7 étoiles** de la Petite et de la Grande Ourse

(5) **Les 7 catastrophes** : voir les théories mathématiques sur le chaos : le pli, le tranchant, le porte-queue, le papillon, umbilic elliptique, umbilic parabolique.

(6) **Les 7 collines** de Rome

(7) **Les 7 orifices** du crâne humain

(8) **Les 7 péchés capitaux** : l'envie, l'orgueil, la paresse, la gourmandise, la luxure, la colère, l'avarice.

(9) **Les 7 vertus** : foi, espérance, charité, justice, prudence, force, tempérance.

(10) **Les 7 piliers de la sagesse** : respect de son corps, intériorité ou regarder à l'intérieur de soi, disponibilité au réel en s'opposant à l'illusion et à l'espoir d'évidence vain, distanciation et détachement, ni préjugés ni jugement, mais compréhension, vivre au présent c'est-à-dire agir, apprivoiser la mort.

(11) **Les 7 paroles du Christ sur la croix** : père, pardonne-leur, ils ne savent ce qu'ils font ; aujourd'hui, tu seras avec moi dans le paradis ; femme voici ton fils, fils voici ta mère ; mon Dieu, mon Dieu, pourquoi m'as-tu abandonné ? ; j'ai soif ; tout est accompli ; père, entre tes mains, je remets mon esprit.

(12) **Les 7 phases de l'expansion de l'univers** : les ères quantiques, des quarks, de la rupture de la symétrie de l'antimatière, hadronique, leptonique, radio active, stellaire

(13) **Les 7 arts principaux** : architecture, peinture, sculpture, musique, danse, poésie, cinéma.

(14) **Les 7 vertus chinoises** : droiture, honneur, courage, loyauté, bienveillance (compassion, générosité, grandeur d'âme), respect (politesse), honnêteté ou sincérité.

(15) **Les 7 merveilles du monde** : la pyramide de Kheops ; le colosse de Rhodes ; les jardins suspendus ; le temple d'Artémis ; le phare d'Alexandrie ; le mausolée d'Halicarnasse ; la statue de Zeus.

(16) **Les 7 sacrements** : baptême, eucharistie, confirmation, renonciation, onction des malades, ordre, mariage.

(17) **Les 7 jours de la semaine** : du lundi au dimanche

(18) **Les 7 consciences de l'homme** : la conscience du corps physique, de l'émotion, de l'intelligence, de l'intuition, de la spiritualité, de la volonté, de la vie.

(130) **Pénélope** : est le type immortel de la fidélité conjugale.

Pendant l'absence d'Ulysse, parti guerroyer au loin et que l'on croyait disparu, elle meuble sa solitude en travaillant à de nombreux ouvrages ; elle échappe aux sollicitations de ses prétendants, qu'en promettant de fixer son choix lorsqu'elle aura terminé une tapisserie dont elle défait la nuit ce qu'elle a fait le jour. Comme le renard, elle est prudente avisée et réfléchie.

(131) *Le Boléro* de Ravel créé vers la fin de sa vie artistique en novembre 1928 où il fut joué pour la première fois à l'opéra de Paris.

(132) Jean Anouilh (1910-1987) : écrivit de nombreuses pièces en s'inspirant de l'Histoire mais aussi parfois d'auteurs anciens célèbres. Il s'appuie sur Shakespeare en écrivant *Becket ou l'honneur de Dieu,* par exemple.

Il s'inspire de Sophocle pour *Antigone* en faisant le lien avec les événements de la période 1939-1945. Antigone sortit en 1942 et reçut l'aval de la censure hitlérienne mais fut jouée pour la première fois le 4 février 1944 à Paris.

(133) Paul Colette : lors d'un meeting de la Légion des volontaires de Versailles où assistent Pierre Laval et Marcel Déat.

(134) **L'évolution du poids de Nathalie** : à la naissance 2350 g, au $4^e$ jour elle atteint un minimum de 2050 g, au $12^e$ jour 2250 g, au $15^e$ jour elle retrouve le poids de naissance (le 28 avril), elle atteindra le 7 mai soit le $24^e$ jour 2590 g, et le jour de la sortie de la clinique soit le $27^e$ jour 2710 g.

(135) *L'immortelle* : film d'Alain Robbe-Grillet (1922-2008).Son premier film *L'Année dernière à Marienbad* avait eu le Lion d'or à Venise. Il est en 1960 le chef de file du nouveau roman.

(136) **Raison** : vient du grec « logos » signifiant paroles, discours, théorie, raison. Vient aussi du latin « ratio » lien avec le calcul, la

supputation, le compte. Le logos est aussi un nom donné à Dieu : « Au commencement était le logos » dans les évangiles.

## Chapitre XXII :

(137) L'arbre de vie au milieu du jardin d'Éden : arbre d'aspect attrayant dont on peut manger les fruits. « L'arbre de la connaissance de ce qui est bon ou mauvais », dont il ne faut pas manger les fruits car on en mourra.

(138) **Saint Augustin** (354-430) : né à Thagasle (actuelle Souk-Ahras en Al-

gérie), philosophe et théologien chrétien qui deviendra évêque d'Hippone (actuelle Annaba), est le deuxième docteur de l'Église le plus important après saint Paul.

(139) **La fête des mères** : en 1939 le gouvernement officialise cette fête. Le gouvernement de Vichy l'inscrit au calendrier. En 1950 la loi du 24 mai officialise la fête en hommage à toutes les mères !

(140) **Moyens de contraception connus en 1963** : méthode Ogino, méthode de températures, le stérilet et la pilule apparaîtront vers 1964-1965, mais la contraception sera légalisée en France en 1967.

Le recours à l'avortement qui constitue un échec des méthodes est illégal (en France en 1963, (mais légal en Angleterre ou en Suisse par exemple à la même époque).

# Bibliographie :

- *Humiliés et Offensés* et *Le Joueur* de Dostoïevski
- *Antigone* de Jean Anouilh
- *Le rouge et le noir* de Stendhal
- *Ainsi parlait Zarathoustra* de Nietzsche
- Citations dans le texte de Platon, Descartes, André Maurois, Chateaubriand, Pascal,Aristote, Hegel, Spinoza, Merleau Ponty, Alain Bergson, la Bible, E. Kant, Heidegger, Épicure, Spinoza, G. Bachelard, Sigmund Freud, Claude Bernard, Confucius, Lamartine, Paul Éluard, saint-Augustin, Rimbaud.
- *Thionville cité méconnue* de Paul Noël
- Extraits des *Fleurs du mal* de Charles Baudelaire
- *Actuelles* I-II-III d'Albert Camus
- *Les Filles du feu* de Gérard de Nerval
- *Romans et Contes* de Voltaire
- *Le Phénomène humain* de Teilhard de Chardin
- *Le général de Gaulle* de Max Gallo
- *Mémoires* du Général de Gaulle
- *Une Nouvelle histoire de la France* de Jacques Marseille
- Opuscules statistiques de l'Institut National démographique
- *Othello* de Shakespeare
- *L'Avare, Les Femmes savantes* de : Molière
- *Les Raisins de la colère* de John Steinbeck
- *Le Deuxième sexe* de Simone de Beauvoir
- *Le Mur, L'Être et le Néant, La Nausée* et citations diverses de Jean Paul Sartre
- *Don Quichotte* : Cervantès
- Extraits des fables de Phèdre et d'Ésope
- *Thérèse Desqueyroux* : François Mauriac

# BIBLIOGRAPHIE

- Extraits des fables de Jean de la Fontaine
- Notes personnelles anciennes sur l'histoire des religions (cours et extraits de la Bible et du Coran)
- Entretien avec Gilbert Goedert (Ancien déporté)

www.ingramcontent.com/pod-product-compliance
Lightning Source LLC
Chambersburg PA
CBHW030653120726
47905CB00001B/192